Jorge Luis
Borges

Borges profesor

博尔赫斯教授
二十五堂文学课

[阿根廷] 豪尔赫·路易斯·博尔赫斯 著

[阿根廷] 马蒂恩·阿里亚斯　马蒂恩·哈迪斯 编

冯洁音 译

上海译文出版社

我知道，或者说是有人告诉我（因为我看不见），越来越多的学生来上我的课，很多人甚至都没有注册。所以，我猜，我们可以认为他们就是想来听我讲课，对吗？

豪尔赫·路易斯·博尔赫斯

与 B.D. 的访谈，一九六八年

一九八九年十二月七日刊载于《号角报》

目 录

1_ 引言

7_ 第一课
盎格鲁-撒克逊人　日耳曼国王的谱系　诗与隐喻语

16_ 第二课
《贝奥武甫》　日耳曼人的描述　古代葬礼

22_ 第三课
《贝奥武甫》　英勇气概和吹嘘：比较《贝奥武甫》与牛皮客

38_ 第四课
《芬斯堡之战》片段　《布伦纳堡之战》　维京人　博尔赫斯约克之行轶事　丁尼生的翻译

52_ 第五课
《莫尔顿之战》　基督教诗歌　《开德蒙的赞美诗》　如尼字母　盎格鲁-撒克逊哀歌的特征

68_ 第六课
英格兰诗歌的起源　盎格鲁-撒克逊哀歌　基督教诗歌：《十字架之梦》

81_ 第七课
上帝的两本书　盎格鲁-撒克逊人的动物寓言集　谜语　《坟墓》　黑斯廷斯之役

99_ 第八课
十八世纪前的简史　塞缪尔·约翰生生平

106_ 第九课
塞缪尔·约翰生的《王子出游记》　佛陀的传说　乐观主义与悲观主义　莱布尼兹与伏尔泰

120_ 第十课 114
鲍斯威尔眼中的塞缪尔·约翰生　传记艺术　鲍斯威尔及其批评

136_ 第十一课
浪漫主义运动　詹姆斯·麦克弗森生平　我

相的杜撰　关于我相的意见　与约翰生的争执　重新评价麦克弗森

147_ 第十二课
威廉·华兹华斯生平　《序曲》和其他诗篇

159_ 第十三课
塞缪尔·泰勒·柯勒律治生平　亨利·詹姆斯的故事　柯勒律治和马塞多尼奥·费尔南德斯比较　柯勒律治与莎士比亚　杜鲁门·卡波蒂的《冷血》

171_ 第十四课
柯勒律治的最后几年　柯勒律治与但丁·阿利吉耶里比较　柯勒律治诗歌　《忽必烈汗》　柯勒律治的梦

185_ 第十五课
威廉·布莱克生平　《老虎》　布莱克和斯维登堡的哲学比较　鲁珀特·布鲁克的一首诗　布莱克的诗

199_ 第十六课

托马斯·卡莱尔生平　卡莱尔的《旧衣新裁》　卡莱尔，纳粹主义的前身　卡莱尔描述的玻利瓦尔的士兵

212_ 第十七课

维多利亚时代　查尔斯·狄更斯生平　查尔斯·狄更斯的小说　威廉·威基·柯林斯　狄更斯的《埃德温·德鲁德之谜》

220_ 第十八课

罗伯特·勃朗宁生平　作品的晦涩之处　他的诗

228_ 第十九课

罗伯特·勃朗宁的诗　与阿方索·雷耶斯的谈话　《指环与书》

241_ 第二十课

但丁·加布里埃尔·罗塞蒂的生平　对诗人和画家罗塞蒂的评价　分身的主题　一本出土诗歌集　罗塞蒂的诗歌　反复循环的历史

256_ 第二十一课
　　罗塞蒂的诗　马克斯·诺尔道眼中的罗塞蒂　《有福的女子》《伊甸园的闺房》和《特洛伊城》

298_ 第二十二课
　　威廉·莫里斯生平　配得上诗歌的三个主题　亚瑟王与英雄归来的神话　莫里斯的兴趣　莫里斯和乔叟　《桂妮薇儿的辩诉》

316_ 第二十三课
　　威廉·莫里斯的《七塔之音》《剑的航行》《世俗的天堂》　冰岛萨迦　《贡纳尔的故事》

338_ 第二十四课
　　威廉·莫里斯的《伏尔松的西古尔德的故事》　罗伯特·路易斯·斯蒂文森生平

348_ 第二十五课
　　罗伯特·路易斯·斯蒂文森的作品：《新天方夜谭》《马克海姆》《化身博士》　电影《化身

博士》 奥斯卡·王尔德的《道连·格雷的画像》 斯蒂文森的《安魂曲》

359　跋
360_ 后　记
367_ 课堂上的博尔赫斯
379_ 尾　注
421_ 索　引

引　言

这些讲课记录由几位英国文学课的学生录音，为了让其他因为工作需要而不能前来上课的学生也能作为教材。这些录音的文字版由同一批学生抄录，构成了本书的基础。

原始录音带已经遗失，也许被用去为其他科目的课程录音。这样的草率马虎在我们今天看来似乎不可原谅，然而，我们应当理解在一九六六年——讲授这门课程的那一年——豪尔赫·路易斯·博尔赫斯尚未像今天这样被视为无可争议的天才人物。鉴于阿根廷不断变化的政治形势，他对当时事件的评论比他的文学作品获得了更多的公众关注。对于他课堂上的许多学生而言，博尔赫斯——尽管已经是一位著名的作家和国家图书馆馆长——大概也只不过是一位教授而已。因此，这些课堂录音笔记是作为学习教材而制作的，很可能仓促而成，为了应付考试。

实际上我们也许应该为此而心怀感激：无人尝试去修饰博尔赫斯的口头语言，也没有修订他的句子，我们拿到手的是免不了重复和套话的原始记录，这种忠实性可以通过对比博尔赫斯此处的语言与其他口头论述文本的语言——例如他的许多讲座和公开访谈——而得到证实。抄录者在每一堂课录音笔记的结尾都标注有这样的话："原文照录"。幸运的是，这种忠实不仅表现在记录博尔赫斯的陈述，而且表现在记录了教授对他的学生说话时的偏题话和口头用语。

另一方面，因抄录者受限于时间且缺乏学术训练，每个专有名词、标题或者外语用词都用注音标注，因此大部分作者名和作品标题都写错了；原始记录中的盎格鲁-撒克逊语和英语原文摘录以及顺带的词源解释均完全无法辨识。

出现在文中的每一个名称都必须详细核对。要辨认出"Roseti"是但丁·加布里埃尔·罗塞蒂（Dante Gabriel Rossetti）并不难，但是要猜出"Wado Thoube"实际上是诗人罗伯特·骚塞（Robert Southey）则花费了更多时间。抄录者每次提到哲学家乔治·贝克莱（George Berkeley）的时候都将其写成"Bartle"。许多这样的名称需要花费大量精力查找，例如十八世纪耶稣会士马丁·多布雷兹霍夫（Martin Dobrizhoffer）——在原始记录中写作"Edoverick Hoffer"，还有利文斯顿·洛斯（Livingston Lowes）教授，他的名字被写成一本书的名称，"Lyrics and Lows"。

显然许多情况下抄录者不熟悉课上谈到的文学作品，像杰基尔博士和海德先生这样尽人皆知的名字在原始记录中有着奇怪的拼写，几乎可以将角色可怕的双重身份变成多重身份。例如，杰基尔博士（Dr. Jekyll）分别写作"Jaquil""Shekli""Shakc""Sheke"

和"Shakel",海德先生（Mr. Hyde）则是"Hi""Hid"和"Hait",这些变异有时出现在同一页上,甚至同一段话中。有时很难确定是否所有的变异指的是同一个人。因此英雄亨吉斯特（Hengest）在上一行里拼写正确,在下一行里就变成了"Heinrich";哲学家斯宾格勒（Spengler）躲在"Stendler""Spendler"这样的名称后面,甚至跑得更远,变成了"Schomber"。

博尔赫斯列举的诗歌内容也同样难以分辨。有些分辨出来后,结果令人觉得很有喜剧性。也许最值得一提的是出自《草叶集》的一行诗,原本是:"*Walt Whitman, un cosmos, hijo de Manhattan*"（"沃尔特·惠特曼,和谐一体,曼哈顿之子"）,结果在原始记录中变成了"*Walt Whitman, un cojo, hijo de Manhattan*"（"沃尔特·惠特曼,瘸子,曼哈顿之子"）,这样的变异肯定会让诗人感到不安。

在课堂上,博尔赫斯经常要求学生全神贯注大声朗读诗歌,学生朗读时,博尔赫斯会对每一节诗加以评论。在原始记录中,学生朗读的原文被省略了,在缺乏原文的情况下,博尔赫斯对每一节诗的评论上下连续出现,完全无法解读。为了恢复前后一致性,我们找到了这些学生朗读的诗歌原文,将博尔赫斯的评论穿插在其中,这的确是一项费力的编辑和复原工作。

这样的工作要求恢复先前按照原文发音抄录的古英语的原文摘选内容。尽管有很多舛误,这些还是可以辨识的,我们用原文替代了。

博尔赫斯文本的标点符号在仓促而成的原始抄录中必须全部更改，原则上总是令其符合上课说话的节奏。

这项编辑工作要求修订所有的事实，纠正抄录错误，在必要时进行更正。大部分文本的原始资料都已经找到，我们还添加了尾注，提供了诗歌原文（如果简短的话）或者片段。

在有些情况下，为了方便读者，做了一些必要的小修改：

一、添加了遗漏的词（连接词、介词等等），博尔赫斯说话时肯定会用到的，尽管在原始抄录中没有出现。

二、有些连接词的确出现在口语中，但会使书面文本更难理解，则予以删除。

三、有几处地方有必要使主语和动词更加贴近彼此，因为博尔赫斯有时会热情洋溢地长时间偏题——这在口语中是可以接受的，但在书面文本中，讨论的线索就会完全中断。我们改变了一些句式中词语的顺序，但没有删去任何说过的词。

鉴于这些修订并未改变博尔赫斯讲课的用词和主旨，我们没有注明这些修订之处，以免打扰读者。在其他情况下，如果添加博尔赫斯没有说过的词，则将其置于方括号内，以方便理解。

尾注大多提供有关作品、人物或事件的信息，为了充实阅读材料。我们基本上没有试图将这些课程中的主题与博尔赫斯的其他作品相关联，否则作家博尔赫斯与教授博尔赫斯之间的关系是如此紧密，会需要几乎无限量的注释，何况，我们的目的并非对文本进行批评或分析。

许多注释都只是生平简介。篇幅的相对长短并不反映我们对人或事的价值评判，而是在大多数情况下，均由两个因素决定：一、具体所指不为人所知的程度，二、与课程的相关程度。因此，例如乌尔菲拉这位哥特神职人员，还有冰岛历史学家斯诺里·斯图鲁松有几行文字介绍；而年代更近或更加为人所知——或者只是顺便提到——的人物的注释则只包含生卒年份、国籍以及便于读者识别的少量事实。

读者将会发现许多这样的短小生平注释对应著名人物，但这并不意味着我们认为读者不熟悉他们。考虑到博尔赫斯常常在不同世纪、不同大陆之间来回跳跃，进行对比和比较，这些注释有利于读者对具体人物进行历史定位。

我们不知道博尔赫斯是否知晓存在这些教材笔记，但是可以肯定，他会很高兴得知有这些纸张来传承他作为教师的工作。无数读者现在可以加入那些学生的行列，博尔赫斯曾经多年满怀深情兢兢业业地亲自向他们面授英国文学。

衷心希望读者也像我们享受编辑本书一样，在阅读中获得享受。

马蒂恩·阿里亚斯
马蒂恩·哈迪斯
布宜诺斯艾利斯
二〇〇〇年二月

第一课

盎格鲁-撒克逊人　日耳曼国王的谱系　诗与隐喻语

一九六六年十月十四日，星期五

英国文学始于七世纪末或八世纪初，我们现有的最早期作品就出自那个时代，时间早于任何其他欧洲文学作品。在最初的两个课程单元中，我们要讨论这种文学：盎格鲁-撒克逊诗歌和散文。为了学习这些课程的资料，你们最好参考我同巴斯克斯女士合著的《日耳曼中世纪文学》[1]，由法尔博书人出版社出版。在继续讲课之前，我要先说清楚这门课的出发点是文学，只有为了理解课文需要时才会参考经济、政治和社会背景。

现在我们就开始第一课。我们将讨论史诗和盎格鲁-撒克逊人，他们是在罗马军团离开不列颠群岛之后到来的。我们谈的是五世纪，大约为公元四四九年。不列颠群岛是罗马最遥远的殖民地，位于最北边，一直到加勒多尼亚，也就是今日苏格兰的一部分，都被征服了，当时这里居住着皮克特族，他们是起源于凯尔特的民族，哈德良长城将其与不列颠其他部分分开。南边住着凯尔特人，他们皈依了基督教，还有罗马人。在城市，受过教育的人说拉丁语；低阶层人说各种凯尔特方言。凯尔特人是居住在伊比利亚、瑞士、蒂罗尔、比利时、法国以及不列颠的一个民族。他们的神话毁于罗马人以及野蛮人的入侵，除了在威尔士和爱尔兰之外，那里还保留着一些残余。

四四九年，罗马崩溃，军团撤离不列颠，这是非常重要的事件，因为这个国家失去了赖以生存的保护，很容易受到北部皮克特人和东部撒克逊人的攻击。撒克逊人被视为强盗部落联盟，因为塔西佗在他的著作《日耳曼尼亚志》中并没有称其为"民族"。他们属于"北海日耳曼语系"，与后来的维京人有关系。他们居住在下莱茵河流域和低地国家。盎格鲁人居住在丹麦南部。朱特人（the Jutes），如他们的名字所表明，居住在日德兰（Jutland）。恰好有一位凯尔特酋长，一位不列颠人，看见南部和西部都受到强盗的威胁，意识到可以让他们互斗。因此他召唤朱特人帮助他抵抗皮克特人。两位日耳曼酋长就是这时候出现的：亨吉斯特（Hengest），他的名字意为"雄马"；霍萨（Horsa），他的名字意为"牝马"。[2]

"日耳曼"则是一组部落的通用名称，这些部落各自有不同的统治者，说着相似的方言，而现代丹麦语、德语、英语等就源自这些方言。他们共有一些神话，但只有古代北欧神话流传至今，而且也只是在欧洲最遥远的地方：冰岛。我们根据《埃达》中保存的神话知道它们之间有某些联系：例如北欧神奥丁（Odin）是日耳曼神沃丁（Wotan）和英格兰神沃登（Woden）。[3]

诸神的名字保留在一周日子的名称里，从拉丁文译成古英语：周一（Monday）是月亮（moon）日。战神（Mars）日，周二，是日耳曼战争和光荣之神的日子。信使墨丘利的日子则是沃登日，周三（Wednesday）。主神朱庇特（Jove）日是周四（Thursday），雷神托尔（Thor）日，这是他的北欧名字。周五（Friday）是美神维纳斯日；在日耳曼语中是弗丽嘉（Frija），在英格兰则是 Frig。周六（Saturday）是农神萨杜恩（Saturn）日。主的日子——西班牙语是 domingo，意大利语是 domenica——则是太阳（sun）的日子，周日（Sunday）。

盎格鲁-撒克逊神话保留下来的很少。古代北欧人信奉瓦尔基里——女武神，能够飞翔，并且将死去武士的灵魂带往天堂；我们还知道英格兰也信奉她们，因为九世纪曾经有次审判，一位老妇人被指控信奉瓦尔基里。换句话说，基督教把这些用飞翔的马匹将死者带往天堂的女武士变成了女巫。旧时的诸神通常被诠释为魔鬼。

虽然日耳曼人并没有在政治上统一，但的确认可另一种统一：民族统一。因此异族被称为 wealh，这在英语里变成了"Welsh"，意为"来自威尔士（Wales）的人"。Welsh 在西班牙语里是 galeses，这个词还保留在"加利西亚"（Galicia）或西班牙语 galo 中。也就是说，这个名称曾被用于指代任何不属于日耳曼民族的人……所以凯尔特人酋长沃蒂根呼唤皮克特族人来帮助他，但是等他们划动船桨——他们没有船帆——抵达肯特郡时，凯尔特人立刻发动战争，轻而易举地打败了他们。实际上胜利来得如此轻而易举，以至于他们决定侵略整个国家。这不能真的被称为武装侵略，因为征服几乎是和平地进行的。随即建立了英格兰第一个日耳曼王国，亨吉斯特为其统治者。接下来建立了许多小王国。同时，日耳曼人放弃了整个丹麦和日德兰南部地区，建立诺森布里亚①、韦塞克斯、伯尼西亚。因为罗马和爱尔兰修道士们的努力和召唤，所有这些小王国一个世纪之后全都皈依了基督教。起初这些努力是互补的，但很快就变成这两个地域的修道士们的对立竞争。这种精神征服有几个有趣的方面，第一是异教徒接受基督的方式。尊者比德讲述过一位国王有两个圣坛的事情：一个奉献给基督，另一个给魔鬼。[4] 这些魔鬼无疑就是日耳曼人的神了。

现在我们来谈另一个问题。日耳曼国王是诸神的直接后代，不可能禁止一位酋长尊崇自己的祖先。因此，基督教教士的职责是记录国王的宗谱——有些流传至今——发现自己处于两难的境地：他们不想冒犯国王，同时也不想违背《圣经》。他们找到的解决办法的确很新奇。我们必须意识到，对于古人来说，"过去"并不会超过十五或二十代人：他们构想的过去不像我们构想的那么长。因此，追溯数代人，就与诸神有了亲缘关系，而诸神与希伯来族长有关系。因此，例如，奥丁的曾祖父是某族长的一位侄

---

① Northumbria，位于今英格兰北部和苏格兰东南部。

儿，由此就有了与亚当的直接关系。他们对过去的概念至多延至十五代，或者稍微多一点。

这些民族的文学跨越许多世纪，大部分都已遗失。因为尊者比德的缘故，我们将其开始的日子定于大约五世纪中期。从四四九年直到一〇六六年，即黑斯廷斯战役那年，这整个阶段只有四部主要手抄本和几种小作品留存下来。[5]第一部是《韦尔切利抄本》，二十世纪在意大利北部同名修道院里发现，是以盎格鲁-撒克逊语言写成，被认为是英国朝圣者在从罗马归国途中带到这里的，对我们来说幸运的是，他们把手稿忘在修道院里了。还有其他手抄本：《盎格鲁-撒克逊编年史》，一部波爱修斯作品译本，奥罗修斯的一部作品，法典，《所罗门与萨图恩对话录》。[6]就这些了。然后是史诗，著名的《贝奥武甫》，作品包含近三千两百行，表明也许曾经还有其他湮没的史诗。但这全都是假设。何况，考虑到史诗出现在短篇诗章激增之后且从中而来，如果认为这一史诗独一无二，那也是合乎情理的。

在所有情况下，诗歌都先于散文。似乎人们在开口说话前先唱歌，但这也有其他非常重要的原因。一行诗一旦拟就，就成为范例，被一再重复，然后我们就有了一首诗。另一方面，散文就要复杂得多，要求更多的努力。而且，我们还不应该忘记诗行有助于记忆的价值，因此在印度，法典都是以诗行的形式写成的。[7]我猜它们肯定都有些诗的价值；当然这并非以诗行来写的理由，而是因为以这种形式，就更容易记住。

我们必须仔细看看所谓"诗行"是什么意思。这个词的意思非常有弹性，对于不同时代不同民族而言，并非总是同一个意思。例如，我们想到了押韵或者等音节的诗行；希腊人想到了吟唱出来的诗行，特点是平行的结构，彼此平衡的词组。日耳曼诗行完全不是这样。很难找到决定这些诗行是如何组成结构的规律，因为在法典中，那些诗并非——不像我们的诗行——上下一行行写出来，而是连续书写的，而且也没有标点符号。但最后还是发现每行前三个单词的首音节是重音，并且押头韵。也发现了韵，但这只是偶然的：那些听这些诗歌的人很可能听不出来。我说那些听的人，因为这些诗歌旨在朗读或者吟唱，由竖琴伴奏。有一位日耳曼学家说，头韵诗行的好处是能形成一个单元。但是我们也必须提到它的缺点，那就是不允许诗节。的确，如果我们听见西班牙语中的韵，我们会因此期待有结尾；即，如果一个四行诗节的第一行结尾是 -ia，然后有两个结尾是 -aba 的诗行，我们就会期待第四行诗结尾也是 -ia。但是押头韵的情况下就不是这样。例如，在几行诗之后，第一行诗的声音从我们心中消失了，因此诗节的感觉也消失了。是韵将诗行聚集在一起。

后来，日耳曼诗人发现了叠句，有时也会用到。但是诗歌发展出了另外一种诗的分层手段，那就是隐喻语（kennings）——描述性、具体的比喻。[8] 因为诗人总是谈着同样的事情，总是应对同样的主题——即，长矛、国王、剑、地球、太阳——因为这些词并非以同样的字母开始，他们必须要找出一个解决办法。如前所述，当时唯一的诗歌是史诗。（没有艳情诗。情诗要很久以后才会出现，在九世纪，随盎格鲁-撒克逊哀歌一起出现。）为这种诗歌——仅仅是史诗——他们组成了复合词来指代一些其名称不是以所要求的字母开头的事物。在日耳曼语言中，这种结构形成是很有可能的，很正常。他们意识到这些复合词能够很好地被用作比喻。以这种方式，他们开始称呼大海为"鲸鱼—路"、"船帆—路"，或者"鱼—澡盆"；他们称呼船只为"海—马"或者"海—鹿"或者"海—猪"，总是采用动物的名称；总的来说，他们将船只视为活物。国王被称为"民众的牧羊人"，而且——这肯定是因为吟游诗人的缘故，为了他们自己的好处——"赐予指环的人"。这些比喻，有些很美，被用成了套话。每个人都用，每个人都懂其含义。

但是，英格兰的诗人最后意识到这些比喻——我再重复一次，有些很美，例如称鸟为"夏日守卫"——会牵制诗歌，因此就逐渐放弃了。另一方面，在斯堪的纳维亚，他们将其用到了最后阶段：他们从比喻中创造了比喻，使用一连串的组合。因此，如果船只是"海—马"，海是"海鸟地"，那么船只就成了"海鸟地之马"。这能够被称为一级比喻。因为盾牌是"海盗之月亮"——盾牌是圆形的，木头制作——长矛是"盾牌之蛇"，因为长矛可以摧毁盾牌，因此那个长矛就是"海盗月亮之蛇"。

这就是诗歌如何进化得非常复杂和隐晦的例子。当然，这是发生在博学的诗歌界的事情，处于社会最高阶层。鉴于这些诗歌是朗诵或吟唱的，那就必须认定主要的比喻，那些作为基础的，是已经为受众所熟悉的。熟悉，甚至非常熟悉，以至于几乎与词本身同义。尽管如此，诗歌还是变得非常隐晦，以至于找出真实意思就好像猜谜，以至于接下来数世纪的抄写者表明——根据我们现有的同一些诗歌的抄写复本来看——他们并不明白其意义。这里有一个比较简单的隐喻："死神啤酒的天鹅"，我们第一次见到时，不知道该如何解释。所以，如果将其拆分，就会看到"死神的啤酒"意为血，而"血的天鹅"意为死神之鸟，即"乌鸦"。在斯堪的纳维亚，整首诗都是这样写就的，越来越复杂。但是这种情形并没有在英格兰发生，比喻只停留在第一个层面，没有继续下去。

至于头韵的用处，有趣的是一行诗即使包含了以不同元音开始的重音词，也被视为押头韵。如果一个诗行包含具有元音 a 的词，另一个词具有 e，还有另一个具有 i，它们就是押了头韵。实际上，我们并不确切知道在盎格鲁-撒克逊语言里，元音是如何发音的。毫无疑问，古英语比今天的英语有着更加开放的声音，更强的发音。如今在英语里，辅音成为音节的重点，相反，盎格鲁-撒克逊语或古英语——这两个词同义——是非常元音化的。[9]

另外，盎格鲁-撒克逊词汇是完全日耳曼的。在诺曼征服之前，唯一另一个重要的影响是从拉丁文引进了约五百个词，这些词大多是宗教用词，或者如果不是宗教用词，那就是用来指称此前在这些民族中不曾存在的概念。

至于日耳曼民族的宗教皈依，值得注意的是，他们因为信奉多神教，接受另外一个神不存在问题：再多一个也没什么。对于我们来说，要让我们接受多神异教是很困难的，但是对于日耳曼民族而言，并非如此；起初基督只不过是一个新的神而已。而且，皈依也没有什么问题。皈依当时并不像现在是个人的行为，事实上，如果国王皈依了，整个民族就皈依了。

有些词在盎格鲁-撒克逊语言中找到一席之地，因为它们代表了新的概念，例如，"皇帝"这样的词，这是他们从前没有的概念。即使现在，同一含义的德语词 Kaiser，也出自拉丁词 caesar。日耳曼民族实际上非常熟悉罗马，他们认可其为更高级的文化，推崇它。这就是为何皈依基督教意味着皈依更高级的文明；无疑它有着无可争议的魅力。

下一堂课我们要来看看《贝奥武甫》，一首出自七世纪的诗，最早的史诗，早于九或十世纪的《熙德之歌》以及比《熙德之歌》与《尼伯龙根之歌》早一个世纪写成的《罗兰之歌》。[10]这是全欧洲最早的史诗。然后接下来我们会谈到《芬斯堡之战》片段。

第二课

《贝奥武甫》 日耳曼人的描述　古代葬礼

未注时间，大约一九六六年十月十五日[1]

上一节课我说到今天我们要讨论史诗《贝奥武甫》。我们将看到主角是一位骑士，代表了中世纪看重的一切美德：忠诚、勇敢——这些在尊者比德的书中都有，但是让我们深入探究一下《贝奥武甫》(*Beowulf*)。这个名字本身就是比喻，意为"蜜蜂—狼"(bee-wolf)，即"熊"。这的确是一首长诗：近三千两百行，全都遵循日耳曼作诗法则：押头韵。语言错综复杂；经常采用所谓"倒置法"，即颠倒一个句子中的前后逻辑次序。我们知道这并非日耳曼语言的通常形式，更非其诗歌的形式，因为另一个保留至今的片段，《芬斯堡之战》，采用的是非常直截了当的语言。

过去人们相信《贝奥武甫》的风格属于诗歌创作的某种原始、野蛮阶段。但是，后来一位日耳曼学者发现《埃涅阿斯纪》的诗行穿插在这首诗里，而其他地方，源自那首史诗的段落则被拿来分插在诗文中。因此，我们意识到我们读到的并非野蛮人的诗篇，而是一位博学的神职人员新颖的试验，他是一位可以接触拉丁文本，并且研究过它们的人。

作者将一个古代日耳曼传奇化为一首史诗，遵循拉丁文的句法规则。幸亏有了这些插入的诗行，我们才能够看出作者在着手撰写一部日耳曼人的《埃涅阿斯纪》。一个明显的标志前面已经提到过：英雄的《芬斯堡之战》残篇以及我们现有的那个年代的其他文本（例如咒语等）均使用很直接的语言，与其形成鲜明对照。但是作者在试图贯彻他的意图时遭遇了一个问题：按照当时的规则，他不能称赞异教诸神。在八世纪，异教时代只是不久之前，在民众中依旧很鲜活。直到十七世纪，差不多十个世纪之后，我们才看见贡戈拉平静地说话，无拘无束地说到异教诸神。[2]但是，[《贝奥武甫》的作者] 也不能说到基督和童贞女，实际上，他从来没有在任何地方提到过他们的名字。但是出现了两个概念，我们不知道作者是否明白这两个概念互相矛盾。出现了"神"这个词，也出现了韦德（wyrd）或者"命运"这个词。命运在日耳曼神话中，甚至是比诸神本身还要强大的力量。我们从北欧神话中知道这一点。Wyrd 这个词留存到了现代英语中：莎士比亚在《麦克白》中说到女巫时用到了它，虽然很可能意思不同。总之，[《贝奥武甫》中] 这个词并非"女巫"，而是"命运的使者"、"怪异的姐妹"、"命运的姐妹"。[3]贯穿整个《贝奥武甫》，上帝的概念——新的上帝，和旧的神，韦德这样的神——穿插在文本中，被不加区分地使用。

日耳曼学者克尔批评过《贝奥武甫》，他认为情节很幼稚。[4]主角杀死吃人妖魔、妖魔的母亲，然后杀死一条龙，这种情节属于儿童故事。然而实际上这些元素是不可避免的；它们在那里，因为必须在那里。一旦作者选择了这个传说，他就不可能忽略吃人妖魔、巫婆和龙。公众期待它们，因为他们知道这个传说。何况，这些怪物都是邪恶力量的象征；公众对待它们是很认真的。

该史诗最奇特的一个方面是故事先发生在丹麦，然后在瑞典南部。这意味着在新的土地上生活了三百年之后，盎格鲁-撒克逊人依旧怀念他们在波罗的海岸边的家乡；这又意味着在北欧人和盎格鲁-撒克逊人之间有很亲密的关系。诗中的角色是斯堪的纳维亚人，主角自己是瑞典王子。这可能会促使一些学者宣称哥特人的传说包含了他们起源的传说，据说他们源自北欧。但没有证据可以证明。（实际上我们知道有关这些人的第一个信息是谈到他们从多瑙河南岸向外面致意。）然而，瑞典的查理十二世相信这一点，以至于在与教皇的一次冲突中，他写信给他〔教皇〕，警告他不要太自觉安稳；他说自己的祖先曾经进入过罗马，他们的后代也同样英勇。他是在暗示有可能入侵，重演哥特人对意大利的入侵。（现在，让我们仔细看一看耶阿特人〔Geats〕这个词，我们可以看到它很容易令人联想到"哥特人"〔Goths〕，[5]因此如果我们将耶阿特人等同于哥特人，那么西班牙人也就是古代北欧人的亲戚，因此，所有西班牙人的后裔都是贝奥武甫的亲戚。）

在《奥德赛》和《伊利亚特》中，我们发现血腥好战的事件是最重要的。相比军事才能，《贝奥武甫》的作者对好客、举止、馈赠和吟游诗人更感兴趣；换句话说，他对我们今天称为"社交生活"的事情感兴趣。所有这些当时都很受重视，肯定对撒克逊人很有吸引力，他们居住在蛮狠的年代，地处荒凉。欧洲那时候更冷一些，我们知道这一点，因为研究表明当时生活在南欧的动物现在去了北欧。例如，驯鹿曾经生活在德国，现在却只能在斯堪的纳维亚才找得到了。英格兰是沼泽地带，日耳曼人认为那是可怕可憎的地方，他们认为所有这些沼泽地带都住满了邪恶的东西，住着魔鬼。另外，他们根据冬天来计算年度，根据夜晚来计算日子，这也能表明那些人的心理状况。那块土地上的寒冷经常出现在这些文本中；经常会提到恐怖的风雪，严酷的冬天。春天的到来受到欢迎，是一件大事情。

再回到诗歌，第一部分大量涉及丹麦人神话中的国王希尔德·塞芬，这个名字的意思是"用麦捆掩护"。这个名字出自关于他本源的传说。有天，一条神秘的船只将一个婴儿带到丹麦海岸边，船上无人掌控，小孩躺在船底，身下堆满了武器、麦捆和珠宝。这个奇妙的孩子成为国王，他强大无比，使他的民族繁荣强盛。这在当时的观念看来，是一位"好国王"：强大的国王令邻国害怕，还是个武士，受到他的子民敬畏。时间流逝，国王老了；他觉得死期临近了，因此他计划自己的葬礼，命令要根据他的旨意来举行葬礼，包括建造一条同他来时一模一样的船，将他安放在围绕着武器和珠宝的桅杆旁，把他推向大海。

11　　所有的民族都相信死神的领域在大海彼岸。生命与太阳的旅程相关；因为太阳生于东方没于西方，因此与人的生命就有了平行关系。人们相信生命结束时，就会去到太阳沉没的地方，去到西边，去到太阳的另一边。因此，在凯尔特人的传说中，天堂位于西方。在希腊神话中，死神的王国在水一方，人们必须渡过海水才能抵达彼岸。因此，他们推向大海的船只就有这个意思。然后是对船只和躺在桅杆旁的国王的描写，然后是臣民哭泣，把船推向大海。这是诗篇里面最动人的场景之一。[6]我们无法知道诗人——他对这个场景有真实的感受——心中认为这位国王（在他来时乘坐的船只中）被推向大海是否象征人神秘地回到他神秘而来的地方。总而言之，这种启动船只的仪式并非该诗人的杜撰，而是一种日耳曼人的习俗。在海底曾经发现过装载人和动物残骸的船只，据此我们可以推断他们不仅把死者推向大海，在他们最后的旅程中，还有仆人和最喜爱的动物陪伴。日耳曼人的习俗是将死者的狗埋在他们的脚下。在小说《火爆三兄弟》中，主角提及他的"维京人的葬礼，狗埋在脚边"。[7]他谈的是一个刚刚下葬的军士。还有个古代的文本也提到船只推出去之后，会被点着火。

[《贝奥武甫》的]作者特地描述了日耳曼民族的不同葬礼仪式，这可以在诗篇结尾看到，贝奥武甫的葬礼在海边举行，柴

堆那么高,远在海上的水手都能看得到,上面堆满了武器、盾牌和头盔。这个细节也出现在《奥德赛》中,那里面也有一场葬礼。

下一节课我们将继续学习《贝奥武甫》,可能还会探讨《芬斯堡之战》片段。

第三课

《贝奥武甫》英勇气概和吹嘘：
比较《贝奥武甫》与牛皮客

一九六六年十月十七日，星期一

上一堂课我们讨论了史诗《贝奥武甫》，今天我们要接着上次的往下讲。我谈到了这首诗最具诗意的部分：神秘地来到丹麦海岸的那个孩子，后来成为国王，使他的敌人心惊胆颤。诗人提到他是位好国王，因为人们对国王的期待是他身强体壮，好战，邻国害怕他的人民。然后一年年过去，死亡到来时，他传下有关自己葬礼的旨令，然后他们准备葬礼船只。

诗人说这艘船"isig ond utfus"。第一个词意为"冰冻的"，与英语词"iced"和德语词"eisig"相关，但是我们不知道船只是否覆盖着冰（很奇怪诗人此前并没有提到过冰），或者他的意思是"辉煌的""闪光的""像冰一样透明"。第三个词很难翻译，因为"fus"意为"渴望"，"ut"意为"出去"。[1] 换句话说，船只急着要离开，好似有生命的东西。然后描绘这艘船；诗人说它扬起金色布料做的旗帜，人们将国王以坐姿放置，靠着桅杆："强者靠着桅杆"。然后他的臣属一边哭着，一边把船推向大海。然后就有了我能够背诵得出来的这些诗行："没有谁，不管是宫中的大臣，还是天下的英雄，知道谁会接纳这船货物。"据说船被大海的力量推得很远："在大海的力量之下，它行驶得很远。"现在，还提到了一位祖先，也叫贝奥武甫，与诗中的英雄同名，但他是另一位贝奥武甫。这令我们想象在丹麦的皇室与耶阿特人的皇室之间有着联系，后者是有点神秘的部落，有人将其等同于曾经侵入英格兰的朱特人，还有人认为他们是哥特人，即西班牙人的祖先，西哥特人。但关于这个有很多不同的意见。

《贝奥武甫》的一个特征就是我们现在探讨的故事是原始的故事——有些人甚至认为很幼稚，但是这个野蛮和原始的传说发生的气氛并非神话故事那种梦幻般的气氛，即使发生的事件的确如此。故事有大量现实的细节，尤其是有关角色的谱系，如英国日耳曼学者克尔所言，它具有现实主义小说的充实气氛。[2] 事件具有梦幻性，但我们感觉角色是真实的，就像真在那里一样喋喋不休喜欢发表演讲；他们彬彬有礼、快乐、讲究礼仪。的确，所有这些在那个危险的时代都得到高度重视，那是一个人们可能不怎么喜欢暴力的暴力时代；是野蛮的时代，却依旧受到文化的吸引，享受文化。

诗人罗列了丹麦皇室里国王的名字，一直记录至一位名叫赫罗斯加（Hrothgar）的国王。这些辅音连缀在盎格鲁-撒克逊语言中很常见，但那以后就消失了：hr，以及随后的如尼字母能够被转写为 th。³ 我们还可以在盎格鲁-撒克逊语的"环"这个词中见到另一个例子。在日耳曼语言，我认为，还有北欧语言中，这个词是"ring"。而盎格鲁-撒克逊人则说 hring，还有其他类似发音。例如，英语中的"neigh"是盎格鲁-撒克逊语言中的动词 hnægan。⁴ 还有其他我们无法发音的辅音连缀，因为我们不知道过去是如何发音的。例如，他们的"傲慢"这个词是 wlanc。我不知道 wl 该如何发音，有可能 w 发音同 u。但还是让我们回到诗歌上来吧。

诗人提到多位国王，最后则提到丹麦国王赫罗斯加，他建造了一座宫殿叫做鹿厅。诗人告诉我们，这座宫殿是最辉煌的宫殿，虽然我们可以想象它是木材建造的。我在美国见过美丽的房屋，豪华的房屋——朗费罗的房子，爱默生的房子——三百年之久的房子，这些房屋都是木材建造的。如今，在布宜诺斯艾利斯，说"木房子"的意思是指棚屋，在英格兰情况不同：木房子也许非常漂亮，有许多层，有客厅、书房，建造得很好，不会四面透风。

国王建造了宫殿，诗人告诉我们说，这个宫殿光辉照耀所有的邻国；换句话说，很有名。我们可以想象一个宽敞的中央大厅，国王在那里会见臣属和就餐。我猜他们会吃猪肉和鹿肉，用角杯喝啤酒；葡萄酒很稀罕，要从南方运过来。在诗中，有吟游诗人演唱，自己用竖琴伴奏，活跃宴会的气氛。竖琴是所有日耳曼民族的通用乐器。音乐无疑是非常简单的。

国王有宫廷，他在那里把金戒指和手镯分发给臣属，因此有一位国王的头衔就是"赐予指环的人"或 beahgifa。我们发现这个词 beag 在法语中是 bague，意即"指环"。国王很强大，但是宫廷的喧闹声或音乐声吓坏了或者惊扰了一个魔鬼，他住在附近一个全是沼泽的地域。有些人相信在有关这位名叫格林德尔的魔鬼居住地的描写中可以辨认出英格兰的若干地区，例如林肯郡，但这纯粹只是猜测。魔鬼被描述为貌似人类，但身形庞大。他是个食人魔，显然属于古代日耳曼神话，但既然诗人是基督徒，想要将其与基督教传统而非异教传统联系在一起，因此他告诉我们他是该隐的后代。这个魔鬼在沼泽地游荡，跟他母亲一起住在湖下面，他与巫婆母亲一起居住的洞穴深不可测，诗歌中的英雄要游泳一整天才能抵达。诗人称她为"海洋的母狼"，"海洋的女巫"。还有风暴，使得这个湖看上去像大海一样，还有对湖泊周围的树林的描述，说到乌鸦都害怕飞到湖泊附近，因为那是暴风雨、雾霭和荒凉笼罩的地域，还因为有所谓"神圣的恐怖"。对湖泊及其周边的描述长达二十行左右。这并不令人惊奇，但是请记住诗歌写于七世纪末，或者，根据学者的看法，写于八世纪初，因此充满了对于自然界的情感，这种情感直到相对很晚才出现在其他文学作品中。人们常说——说得过于急切了，因为除了《贝奥武甫》还有莎士比亚——这种对于自然的情感跟浪漫情感是一样的。换句话说，跟十八世纪的是一样的，那已经是《贝奥武甫》十个世纪之后的事情了。实际上在有些书籍，值得注意的书籍

15　中，我们今天所感知的世界并没有出现。看看最著名的例子，我相信——我不知道我是否能确定——我猜在《堂吉诃德》中，从来没有下过一次雨。《堂吉诃德》中描绘的景色，与卡斯蒂利亚①的完全不是一回事：只是惯常的景色，处处是草地溪流，还有属于意大利小说的那种矮树林。另一方面，在《贝奥武甫》中，我们感觉到的自然有点可怕，对人类很不友好；夜晚和黑暗的感觉很可怕，对于撒克逊人肯定如此，因为他们定居在一个未知的国家，他们只是在征服这个国家的时候才发现其地理状况。毫无疑问，最初的日耳曼侵略者对英格兰的地理没有准确的了解，如果想象霍萨或者亨吉斯特会携带着地图来，那是很荒谬的，完全难以置信。我们甚至不知道他们是否能理解《贝奥武甫》，那是用非常扭曲的语言写成的，充满了隐喻，无疑盎格鲁-撒克逊人在日常口语中是不会用到这些隐喻的。总之，这些隐喻从来没有出现在他们的散文中。在北欧斯堪的纳维亚地区，那些同撒克逊人关系最紧密的地区，我们发现散文和诗歌之间有非常明显和刻意的区别，散文可以是非常雄辩充满悲哀的，却非常简单，而诗歌的语言则充满了隐喻语——这是那些比喻的名称，如我们所见，这些隐喻语达到了非同寻常的复杂程度。

　　因此，国王赫罗斯加统治着丹麦。自然，那时并没有谁会想到帝国；帝国这个概念对于日耳曼人的头脑来说是完全陌生

---

① Castile，西班牙中部传统地区。

的。但他是一位卓有成效的国王，一位胜利的、富裕的国王，他宫廷里面欢乐的庆祝活动——竖琴的一个隐喻是"快乐之木"或"派对之木"——令格林德尔恼火，他攻击了城堡。这个传说编得很糟糕，因为一开始我们看见的是非常强势的国王，然后这同一位国王，还有他的臣属和军队，所采取的唯一措施居然是向诸神祈祷，向他们古老的神祇，奥丁、托尔以及其他诸神请求帮助。诗人告诉我们，他们所有的祈求都是徒劳的，诸神对魔鬼无计可施。就这样不可思议地过去了十二年，每隔几个夜晚，食人魔就会冲破城堡的双重大门——没有其他大门——进来，吞掉一个人。国王束手无策。食人魔攻击的消息四下传扬，食人魔身形巨大，能抵挡一切武器。消息传到了邻国瑞典。瑞典有位年轻人，一位王子，贝奥武甫，这位王子在整个童年时代都表现得笨拙迟钝，但是他想以伟大的壮举成名。他已经参加过抵抗法兰克人的战争，但这对于他来说还不够，因此他和十四位同伴一起乘船离开。

16

当然，诗人让海上起了风暴，航程不容易，贝奥武甫在丹麦登陆。国王的卫士前来欢迎他，也是像贝奥武甫一样的贵族，是一位王子。贝奥武甫说他要来拯救这个国家，因此受到宫廷上下的礼遇。但是有一个人质疑贝奥武甫个人的勇气，因此贝奥武甫提议举行竞赛，比赛游泳。比赛不可思议地进行了十天之久，同另一个有名的叫作布雷卡的游泳者竞赛。两人游了十天十夜，他们跟海里的魔鬼搏斗，魔鬼把贝奥武甫拖到海底，他在那里杀死了魔鬼，或者把它们赶跑了。然后，他一直游出海面，赢得了竞赛。

现在我们发现自己面对一个现代的习俗，一个使我们与诗歌隔开的现代偏见。今天我们会说，或更好的表述是，我们会认为，一个勇敢的人不应该自吹自擂。我们认为所有自吹自擂的人都像拉丁语喜剧《吹牛的军人》中的那样，其实是个胆小鬼。[5] 但总的来说，这种观念在古代并不存在。英雄吹嘘自己的成就，也被允许这样做。实际上，这样做赋予他们勇气。我想要在此背诵二十世纪初布宜诺斯艾利斯 *compadritos*（无赖，牛皮客）的几句话，我觉得不应该认为某人是胆小鬼，仅仅因为他说：

> *Soy del barrio 'e Monserrá*
> *donde relumbra el acero,*
> *lo que digo con el pico,*
> *lo sostengo con el cuero.*

（我来自蒙塞拉特区，/ 那里到处有利刃，/ 我用嘴唇说出的话，/ 会用暴揍来支撑。）

或者：

> *Yo soy del barrio del norte,*
> *soy del barrio del Retiro,*
> *yo soy aquel que no miro*
> *con quién tengo que pelear,*
> *y aquí en el milonguear*
> *ninguno se puso a tiro.*

17 （我来自北部地区，/ 我来自雷蒂罗，/ 我从来不会停下来看看 /

跟我打架的是谁，/ 在这里打成一片 / 没人胆敢来应战。)

或者：

> *Hágase a un lao, se lo ruego,*
> *que soy de la Tierre 'el Fuego.*

(靠边站，请你，/ 因为我来自火地岛。)

也就是说，来自监狱周围的区域。

总之，贝奥武甫与我们来自蒙塞拉特或者雷蒂罗的牛皮客有很多共同之处。贝奥武甫想要吹嘘他有多么勇敢，而没有人认为他是个胆小鬼。要找出更有名的例子，我们还可以去看《伊利亚特》，那里面武士申明自己是谁，并不影响他们的声誉，反而彰显了声誉。这是战斗前必要的序曲，是他们热身的方式。他们甚至还可以互相侮辱，可以互相指责对方是胆小鬼。

在《贝奥武甫》中，游泳比赛和对海上魔鬼的战役结束之后，大家都上床休息去了。这个插曲同样编得很糟糕：他们知道食人魔会来进攻，却睡得很安稳。贝奥武甫是唯一醒着的人，贝奥武甫没有携带武器，因为他知道没有什么武器可以伤害魔鬼。何况，他对自己非凡的体力有信心。诗人告诉我们他的拳头比得过三十个男人。

然后魔鬼来了，围着城堡打转，尽管大门用坚固的铁门闩锁着，他还是砸碎了，吓住了他遇到的第一个武士，并且一口生吞了他。他吞下了武士的手脚，然后急匆匆奔向贝奥武甫。贝奥武甫虽然尚未起身，却一把抓住食人魔的手，把它弄断了。两人开始打起来——其他人不参与的搏斗——这使得英雄更加炫耀自己。贝奥武甫只用了双手的力气——想象一下我们面前有个北方的赫拉克勒斯——扯下了食人魔的手臂和肩膀。他们边打边叫喊。这很真实,例如,步兵冲锋时是会喊叫的。吉卜林有一首诗描写过这个情景。因此,两人都大喊大叫。整个鹿厅宫殿都在颤动,几乎要坍塌,但是最后食人魔受了致命的重伤,跑出去死在他的沼泽地里。第二天,他们庆祝食人魔的死亡,把他的手臂挂在大厅里作为战利品。又举行了一次宴会,但是那晚食人魔的母亲——她是巫婆,也很强大——跑来要收回儿子的手臂,她拿到了手臂,杀死了一个武士。然后贝奥武甫决定去寻找食人魔居住的沼泽地,这里我们看到了关于沼泽地的描述,这是诗篇中的经典段落之一。有些人想要陪同贝奥武甫,但他是英雄:最好还是让他独自完成壮举,就像多个世纪之前赫拉克勒斯那样。他在沼泽地里看见一片片碎肉,人肉,也许是食人魔的,还有泡沫,似乎血污了。英雄跳入水中,游了一整天才到达洞窟。洞窟是干燥的;有超自然的魔幻光亮照明。食人魔的母亲就在这里,可怕,像食人魔一样强大,贝奥武甫同她搏斗,几乎要被打败了:她实际上比儿子还要强大,但是(贝奥武甫)终于抓住了墙上挂着的一把剑。食人魔的母亲并非刀枪不入;他用剑杀死了她,但是剑熔化了,因为巫婆的血液含有某种毒素。然后贝奥武甫拿了食人魔的头和剑柄,但没有拿剑身,因为已经熔化了。人们焦急地在岸上等待着他,他带着战利品浮出水面,此处诗人杜撰了一个附带的细节：巨人的头非常沉重，要两个人才能抬起来。然后满身血污，受了伤但却凯旋的贝奥武甫回到赫罗斯加的宫殿，赫罗斯加感谢他劳苦功高，赠送他一大堆礼物——接受这些礼物并不有损尊严——贝奥武甫回到自己位于瑞典南部的王国。

其实贝奥武甫并非瑞典人。瑞典人属于另一个部落。耶阿特人是瑞典人的敌人……嗯，就这样过去了五年……抱歉，是五十年，"五十个冬天"，诗人是这样说的。撒克逊人用冬天来计算时间，因为气候严酷。同时，贝奥武甫建立了很多功业，但诗人只是顺便提及，因为他只对贝奥武甫第一和最后一项功业感兴趣。有人说诗篇的目的之一就是描绘一位模范王子，根据当时的观念，即强大——超自然地强大，因为他有着三十个人的力量——同时还杀死了威胁到大家的魔鬼——这再次与赫拉克勒斯相似——同时也为人公正。因为当他在诗篇结尾死去时，他祈求上帝，说他在大宴会厅里从来没有杀害过任何亲戚。这被认为是一种相当不寻常的事情，很可能在当时的确如此。

过去了五十年，胜利的五十年，最后是凯旋而至的和平，然后出现了另一位角色，一条生命不朽的龙，生活在山洞里守卫着宝藏。龙看守宝藏这种说法在古代日耳曼神话里很普遍。我们记得西古尔德或齐格弗里德与龙的故事；还有老普林尼《自然史》中的格里芬，守卫金山，同独眼的阿里马斯人争斗。[6] 龙看守宝藏这种说法如此普遍，以至于在北欧诗歌中，黄金最为常见的隐喻——每个人都立刻明白的——就是"龙床"。即，人们想象黄金，龙睡在黄金上面，睡在上面是为了更好地看守它。诗人告诉我们，一个逃跑的奴隶进入了山洞，龙在睡觉，他偷了一个金壶。然后奴隶就从传说中消失了。第二天，龙醒来，发现金壶不见了，它离开山洞，想着必须因为被偷而报复。然后我们看见了人的特征：在摧毁耶阿特人的土地之前，他先回到山洞，仔细查看每一件东西，只是为了确认金壶没有在任何地方。但是他没有找到，因此他使耶阿特人的王国感到恐惧，正如半个世纪前食人魔在丹麦那样。然后发生的事情传到了老贝奥武甫这里，他再次决定去与魔鬼争斗。如果我们使用一点想象力，就可以发现这是有关一个为命运所迫的人的故事：与魔鬼争斗，然后死亡。龙在某种程度上——无论诗人是否这样理解，其实和我们应该没有关系，因为作者的本意不如他创作的成功那么重要——龙是与命运的另一次遭遇，也就是说龙也是丹麦的食人魔。国王带领人马去那里，他们想要帮助他，但是他说不，他要像五十年前对付食人魔和食人魔的母亲那样单枪匹马地出征。他到达了龙所处的洞口，诗人用了很多隐喻来描写这条龙——他被称为"黄昏带斑点的丑恶"和"黄金卫士"——贝奥武甫向他挑战。龙出现了，他们缠斗在一起。有一段对这场争斗相当血腥的描写；贝奥武甫杀死了恶龙，但是龙喷出火焰，贝奥武甫知道火会毒害他。有个仆人名叫威格拉夫，是唯一陪同他去那里的人；国王说他要把自己的灵魂献给主——这一段是基督教的——他知道自己会上天堂，因为他的生活是公义的，他为自己的葬礼颁布了旨令。这场葬礼跟我们先前看见的那场葬礼不同：不会有葬礼船。他吩咐他们搭一个柴堆，用头盔、盾牌和闪亮的盔甲堆得高高的——"*Helmum behongen, hildebordum, beorhtum byrnum, swa he bena wæs.*" *Helmum behongen* 意为"用头盔装饰"——日耳曼语"头盔"也是这个词；*hildebordum* 是"战斗板"：是这样称呼盾牌的，它是一种圆形盾牌，木制，包裹着皮革；*beorhtum byrnum* 意为"闪亮的盔甲"；*swa he bena wæs* 意为"正如他所命令"。然后他们把他放在柴堆顶上，点着了火，他还嘱咐他们建造一个从海上就能望见的坟墓，让人们永记。然后他被埋葬在坟墓里，十二位武士骑马绕着国王的坟墓兜圈，唱歌赞美他，称赞他勇敢的行为。

中世纪有一份由约达内斯撰写的关于哥特人历史的文本描述了阿提拉的葬礼和同样的仪式：柴堆、坟墓，还有骑马绕坟墓转圈歌唱赞颂国王的武士。[7] 显然诗人很博学：他在诗中想要描绘日耳曼民族的各种葬礼。（他们认为阿提拉是自己人，即使他其实是匈奴，因为许多日耳曼人的国王是他的臣属。）诗篇最后以赞扬贝奥武甫结束，这种赞扬相当奇怪。尽管我不相信这种说法，但是有些人认为这是后来插进去的，因为人们可能会期待提到食人魔，还有恶龙，提到别的他与之争斗的瑞典人，还有他的胜利，但这些都没有提到。倒数第二行说他是 *manna mildust*，最温和的人，最善良的人，最渴望得到称赞的人。这也有悖于我们当下的情感，因为我们生活在一个宣传的时代：渴望出名并不被视为值得钦佩的特征。但是我们必须记住这首诗写于中世纪。在中世纪，人们相信所有的赞扬都是合理的：人们希望得到赞扬，值得赞扬。诗篇最后是这样的话："最温和的人，最渴望得到赞扬的人"。没有提到他的勇气。然而，我们看到整部诗篇都在以事例来说明勇气。

这首诗还有另一个新奇的地方，那就是出现了一位吟游诗人。这位吟游诗人唱着——但没有唱完——一个时间早于《贝奥武甫》的日耳曼传奇故事：有关一位名叫希尔德堡的丹麦公主。她的名字意为"战争城堡"或"战役城堡"。吟游诗人唱的这个片段也许同歌曲——旧时的歌谣——不一样，因为其语言同《贝奥武甫》的一样，即修辞语言，有大量隐喻，日耳曼原始诗歌无疑要简单得多。例如我们可以在《希尔德布兰特之歌》中见到这一点，尽管这首诗撰写的时间大致与《贝奥武甫》相同，却符合一个原始得多的时代，因为很少押头韵，而且我相信只有一个隐喻，何况即使这个也是可疑的：盔甲被称为"战争服装"或"战役服装"，这也许是也许不是隐喻。远远比不上复杂的用"人的交织"来比喻"战役"，如我们能在北欧人那里找到的，或者用"天鹅之路"来比喻"海"。

这个故事只讲述了一部分，是另一首盎格鲁–撒克逊古代史诗的残篇，即《芬斯堡之战》，包含大约六十行诗，我认为肯定早于《贝奥武甫》，因为语言很直截了当。[8]

《贝奥武甫》作者选择的寓言本身不会引起悲伤情绪，我们在诗中读到同一位英雄完成的两项业绩，两者中间相隔五十年，诗中没有冲突。换句话说，贝奥武甫总是完成他作为勇士的职责，仅此而已。他勇敢地死去。诗篇充满虔诚的宣言，有些显然属于异教，例如，"与其为一位死去的朋友哀悼，不如为他复仇"。这显然是异教，属于复仇不仅仅是正确的而且是职责的年代——一个人有责任为死去的朋友复仇。因此这没有前后矛盾之处。另一方面，希尔德堡的故事是插入《贝奥武甫》里面的，则包含了前后矛盾之处。故事是这样的：丹麦有位公主名叫希尔德堡，丹麦人与弗里斯兰人——低地国家的人——之间有冲突，因此决定，一位公主，丹麦的公主，将嫁给弗里斯兰国王，通过这种两个王室之间的联姻来解决冲突。这种做法非常普遍，以至于撒克逊人的诗歌中公主的隐喻之一是"编织和平的人"，并非因为她本人特别和平，而是因为她的作用是在两个竞争的邻国之间编织和平。希尔德堡嫁给弗里斯兰国王，然后她哥哥来拜访她，带着六十位武士来到宫廷。他们受到欢迎，让他们住在围绕着中央大厅的房间里。大厅有两扇大门，可以说跟赫罗斯加的宫殿相似。但是夜里弗里斯兰人发起了进攻，丹麦人自卫，争斗了数日，期间丹麦公主的哥哥杀死了他的侄儿。最后，弗里斯兰人意识到他们不是丹麦人的对手。两首盎格鲁-撒克逊诗歌都表达了对丹麦人和对耶阿特人，也即北欧人深切的同情。几天之后，[弗里斯兰人]意识到他们不能再打下去了，他们无法打败他们[丹麦人]，他们提议停战，公主的哥哥接受了。他等待冬天结束

22

好扬帆启程——因为冬天海上结冰阻碍道路——然后他回到自己的国家。他聚集了比上次跟随他的六十位武士更多的力量。他回来了，进攻弗里斯兰人，杀死了国王，带着公主妹妹回到了自己的国家。

如果这首诗完整保存下来——我们必须认为当初的确是完整的——那就可能会有悲剧冲突，因为我们会读到公主的故事，她的儿子死于自己舅舅之手。换句话说，诗人会有比《贝奥武甫》更多的抒写悲伤情绪的机会，因为后者只不过叙述了两项英勇业绩，在我们看来都不大可信，对手是食人魔和恶龙。下一节课我们将要探讨——我们可以非常详细地探讨——《芬斯堡之战》片段。我们不谈残篇的开头，因为我已经谈过了。我们将首先谈到丹麦人意识到弗里斯兰人强行进入了他们的房间，将攻击他们，我们会一直讲到弗里斯兰人意识到他们不是丹麦人的对手，他们被打败了。我们将基本上逐行分析这首诗，一共有大约六十行。你们会看到语言多么直截了当，与《贝奥武甫》自负浮夸的语言大相径庭。也许其作者是一位讲求实际的人。另一方面，就《贝奥武甫》的情形而言，我们可以想象作者是一位僧侣，来自诺森布里亚王国，喜欢读维吉尔，他着手完成写作一首日耳曼史诗的任务，这在当时是非常大胆的行为。这让我们面对一个小小的问题，那就是：为何在日耳曼民族中——此时我想到的是乌尔菲拉，想到撒克逊人，想到威克里夫，还有六世纪时的英格兰，还有路德——为什么日耳曼民族的《圣经》译本要早于拉丁民族?[9]

有一位出身犹太的日耳曼学者名叫帕尔格雷夫,他有个答案,答案是这样的:中世纪阅读的《圣经》是《拉丁通俗译本》,即拉丁语文本。[10] 如果有人想要将《圣经》译成普罗旺斯语或者意大利语或者西班牙语——这些语言太接近拉丁语了,以至于译本一不小心就很容易看上去像原作拙劣的模仿。另一方面,日耳曼语言完全不同于拉丁语,翻译起来就不会有这种危险。我的意思是,在中世纪,说普罗旺斯语或者西班牙语或者意大利语的人知道他们说的是拉丁语的变异或者讹误,因此从拉丁语翻译到普罗旺斯语似乎不合时宜。另一方面,日耳曼语完全不同。为那些不懂拉丁语的人完成[《圣经》翻译]不会冒任何危险。也许我们可以把同样的道理用于《贝奥武甫》这个第一部用通俗语言撰写的史诗?因为那种通俗语言与拉丁语大相径庭,因此没有哪个读到《贝奥武甫》的人会认为他们其实是在读模仿《埃涅阿斯纪》的作品。另一方面,要让罗曼语言的吟游诗人鼓足勇气来用自己的语言尝试史诗,还需要等很长时间。

下一节课,我们将谈论《芬斯堡之战》片段,以及一部时间更晚得多的盎格鲁-撒克逊史诗,然后第一单元课程就结束了。

第四课

《芬斯堡之战》片段 《布伦纳堡之战》 维京人 博尔赫斯约克之行轶事 丁尼生的翻译

一九六六年十月二十一日，星期五

24　　前一节课我们谈到了史诗《芬斯堡之战》片段。该残篇十八世纪初发现，是一位古董商人出版的，现在他会被称为学者。然后手稿遗失了。该残篇与史诗《贝奥武甫》中赫罗斯加宫廷一位吟游诗人所唱的歌谣的一部分相符。[1] 我记得前一节课我概述了丹麦公主希尔德堡的故事，为了防止丹麦人与弗里斯兰人之间发生战争，她哥哥［赫罗斯加］把她嫁给弗里斯兰国王，这是低地国家的一个王国。过了一段时间之后——这段时间肯定很长，因为后来她已经有了一个长大成人的儿子——她哥哥去拜访她，带着六十个武士做随从。他们被安排住在大厅旁边的一个房间里，中央大厅两边有门。然后诗篇开始是守卫看到有什么东西在闪光，在黑暗的夜色中闪闪发光。基于接下来发生的事情，我们可以认为，当时人们有几种关于为何闪光的猜测。"'屋檐没有起火，'国王［赫罗斯加］说，他是战场上的新手，'东方也没有亮光，没有龙朝这边飞来，'"——这种解释在当时是可能的——"'连屋檐也没起火：一定是有人在袭击我们。'"我们可以根据此前的诗行知道他们看见的闪光是月光"透过云层照射"在卑鄙地前来袭击他们的弗里斯兰人的盾牌和矛上。

语言非常直截了当，我想让你们听听开头[几行]，你们可以再次听到古英语硬邦邦的发音，这远比现代英语更适合史诗；现代英语不再有开元音①，辅音也没有那么硬。

"*Hornas byrnað naefre*？"此处 *Hornas* 意为"屋檐"；"*byrnað naefre*"是"从来不燃烧"或"没在燃烧"。"*Hleorrode ða, heaðogeong cyning*"是"国王，战场上的新手"。"*Ne ðis ne dagað eastan, ne her draca...*"——draca 是"龙"——"*ne fleogeð, ne her ðisse bealle hornas ne byrnað, ac her forð berað*"，然后国王大约意识到了接下来会发生什么。他谈的不是当下。他说："鸟在歌唱。"这些是将要扑到战场上来的猛禽。然后他说，"打仗的木器在发出声响"——"*guðwudu*"，换句话说，就是"矛"。"盾牌将抵挡剑。"然后他谈到袭击者盔甲上反映出的月光。然后他告诉他的武士赶紧醒来，起床，鼓起勇气。许多人身披黄金——他们斗篷上的金线刺绣——起床，系好剑，剑出鞘，朝两扇门冲过去，保护他们的国王。

这首诗名叫《芬斯堡》(*Finnsburh*)，"芬兰人的城堡"。

---

① 原文如此。

Burh 或 burg 是你们知道的词，意为"城堡"，保留在许多城市的名称中：爱丁堡（Edinburgh），"爱丁之城堡"；斯特拉斯堡（Strasbourg），哥德堡（Gothenburg）——位于瑞典南部——卡斯蒂利亚城市布尔戈斯（Burgos），这是西哥特名称。然后我们还有像"资产阶级"（bourgeois）这样的词，指住在城里的人，还有"小资产阶级"（bourgeoisie）。还产生了法语词 *burgraves*（城堡里的爵爷们）（这也是雨果一部剧作的名字），还有其他一些词。[2]

接下来诗歌列出了来保卫城堡的武士的名字。有一个名字尤其突出：那就是亨吉斯特，诗歌说到"亨吉斯特本人"。有人认为这个亨吉斯特就是后来建立了英格兰第一个日耳曼王国的人。这很可信，因为亨吉斯特是朱特人。我们肯定还记得日德兰是丹麦北部的名称。在成为在英格兰建立第一个日耳曼王国的首领之前，亨吉斯特也可能曾经与丹麦同胞并肩作战。何况，如果这位亨吉斯特不是起初征服英格兰的同一位亨吉斯特，那我就不明白为何作者要在这几行诗中如此强调他的名字。诗人是盎格鲁-撒克逊人，征服英格兰发生在五世纪中叶。这首诗大约源于七世纪末。（也许更早，因为风格要直接得多，而且没有那些拉丁语倒装和隐喻语——《贝奥武甫》中的那种隐喻。）因此，英语读者可能会有兴趣知道这个主要角色是英格兰撒克逊王国创建者之一。

然后诗人将注意力转向那些卑鄙地袭击丹麦人的人，其中就有加鲁尔夫（Garulf），王后希尔德堡的儿子以及一位被袭击者的侄儿，加鲁尔夫可能就死于那人之手。有人告诉他说他太年轻，有很多人会愿意夺走他的生命，因为他是王子，王后的儿子。但他是位勇敢的年轻人，无惧这种劝告，要求知道一位防御者的名字。（这还属于贵族时代，他作为王子不会跟随便什么人作战：他只能跟同等身份的人争斗。）然后防御者回答说："我名叫齐格弗里德，我是塞克甘王子"——这个部落没有任何踪迹留存下来——"我是个著名的冒险家，参加过许多次战役，现在命运将决定你能从我这里得到什么，或我能从你那里期待什么，"换句话说，命运将决定谁将赢得荣耀，谁会死亡。

"Sigeferð"这个名字意为"胜利的精神"，显然是"齐格弗里德"（Siegfried）这名字的撒克逊语形式，齐格弗里德因为瓦格纳的歌剧而出名，他杀死了恶龙（他在《伏尔松萨迦》中的北欧对应词应该是"Sigurd"〔西古尔德〕）。[3] 然后进行了一场战役，诗人告诉我们，如王子加鲁尔夫所预见，盾牌在矛的击打下纷纷落下。许多进攻的武士也倒下了，最先倒下的是加鲁尔夫，年轻的弗里斯兰人，他曾经被告知不要冒险在前线战斗。战役继续下去，几乎匪夷所思地进行了五天，许多弗里斯兰人倒下了，但防御者没有谁倒下。此处诗人变得非常兴奋，他说，"我从没听说过这六十位武士在人的战役中还有表现得比这更出色的。"此处"人的战役"这个说法似乎有点冗余：所有战役都是人的战役。但这的确给予这句话更多力量。然后我们读到这个新奇的词，*sigebeorna*，"获胜的武士"，"获胜的人"，或"胜利的武士"。诗人还说芬斯堡的大厅闪着刀剑的光芒，"好似芬斯堡在燃烧"。我认为《伊利亚特》中有个类似的隐喻，将战役比作一场大火。这种比拟既指盔甲的闪光，也指其道义立场。

也许我不需要提醒你们在北欧神话中，给奥丁的天堂瓦尔哈拉照明的不是蜡烛而是刀剑，自带超自然的光亮。然后"人民的保护者"——这是弗里斯兰国王的称号——问道战役进行得怎么样了。他们告诉他说很多人伤亡，有个弗里斯兰人退下来了，盾牌盔甲都毁坏了，然后又是一位年轻人……残篇就在这里结束了，这是日耳曼文学最古老的文献之一，绝对比《贝奥武甫》更早。我们从其他来源知道了故事的其余部分。我们知道他们宣布休战，一年以后，丹麦国王，王后的哥哥，被允许回到丹麦。那一年之后他离开了，然后带着队伍回来，打败了弗里斯兰人，摧毁了芬兰人的城堡，最后同妹妹一起回家。然而在此有悲剧冲突：一位公主失去了儿子，可能是死于他的舅舅，她哥哥之手。很遗憾这首诗的其余部分没有留存下来，尽管它如此充满悲伤的可能性。但是毕竟有六十余行的确留存下来，我们还是应该心怀感激。

我们迄今讨论过的两首盎格鲁-撒克逊史诗都有北欧主题。但是还有一首更晚的，故事发生在英格兰，叙述了撒克逊人和北欧人之间的武功战绩，因为到了八世纪，英格兰——此时已经是基督教国家——开始遭受维京人的蹂躏，他们主要来自丹麦，还有些是挪威人，但全都被视为丹麦人。而且有些是瑞典人，也并非不可能，实际上很有可能。此处我想停顿一下，先说说维京人。

维京人也许是中世纪日耳曼民族中最不同寻常的,他们是当时最好的水手。他们有船只,称为"长船",船头上装饰有龙,龙头。有船桅,有帆;配有成排的桨橹。据说一位挪威国王,奥拉夫(Olaf),动作非常灵敏,驾船时可以从一个船桨跳到另一个船桨。[4] 维京人的海上战争冒险不同寻常。首先,是征服了英格兰北部和中部,建立了一个称为"Danelaw"的区域,即"丹麦人法律"的地方,因为这是根据丹麦法律来统治的地方,是他们定居的地方。他们是农夫,但也是武士,最后同撒克逊人混合在一起,消失在他们中间。但是他们在英语语言中留下了许多词。总的来说,语言总是从其他语言中借用名词和形容词,但英语中还有北欧代词。例如,they("他们")这个词就是丹麦语词。撒克逊人说 *hi*,但是鉴于英语中已经有"he",两个词容易混淆,最后他们就采用了丹麦语词"they"。[5] "dream"(梦)这个词也是丹麦语。约克郡是丹麦人主要定居点之一,在该地方农夫的方言中留下了许多北欧词。我在约克的时候,有机会同艺术评论家赫伯特·里德爵士聊天,他告诉我数年前,一艘丹麦或挪威船只——我不记得具体是哪艘了——在约克郡海岸附近沉没。[6] 镇上住的人当然前去帮助沉船的水手。他同船长说话,船长像所有受过教育的北欧人——丹麦、瑞典和挪威小学就开始教英语——那样会说英语,但是水手和其他没怎么受过教育的人不会说英语,然而他们也能同前来帮忙的渔民和农夫交流。这令人惊奇,想想至少已经过去十或十一个世纪了。但是,英语中依然保留着足够的北欧语言残余,使得这些普通人也能够彼此理解。他说一位约克郡农夫不说"I am going to York"(我去约克),而是说"I'm going *till* York",这个 till 就是北欧语词。我们可以找出许多例子。但是简要起见,就再举一个例子:"Thursday"(周四),在撒克逊语里是 *thunresdæg*,包含北欧主神托尔(Thor)的名字。但是让我们还是回到维京人吧。

维京人是个人冒险家,这也是从来没有过一个北欧帝国的原因。北欧人没有种族意识,每个人对自己的部落和首领效忠。在英国历史上曾经有过一段时期本来可能会出现一个北欧帝国,那时国王克努特是英格兰、丹麦和挪威的国王。[7]但是他没有种族意识,他不加区分地选择撒克逊人和丹麦人任地方长官和大臣。事实上,帝国这个概念是罗马概念,对于日耳曼人的心智是完全陌生的。但还是让我们看看维京人做了些什么。他们在英格兰和法兰西的诺曼底建立了王国,诺曼底(Normandy)意为"北方来的人"(men from the North)。他们攻下了伦敦和巴黎,他们本来可以留在这些城市,但他们情愿要求贡赋,然后撤退。他们在爱尔兰建立了丹麦人的王国。人们相信都柏林就是这个时候建立的。他们发现了美洲——他们在美洲的东海岸定居——他们还发现了格陵兰岛。[8]将其称之为格陵兰,简直有点像拍卖商的诡计,因为格陵兰岛实际上是一片浮冰构成的地域。①

---

① 格陵兰英文为 Greenland,意为"绿地"。

但是他们称其为格陵兰，为了吸引人们前来殖民。然后他们放弃了美洲。他们本来可以征服美洲的，但这是块贫瘠的土地，居住着爱斯基摩人和红皮肤印第安人，没有贵金属——他们从来没有抵达墨西哥——他们不感兴趣。然后，在南方，他们攻下了法兰西、葡萄牙、西班牙和意大利的城市，甚至抵达君士坦丁堡。君士坦丁堡的拜占庭皇帝有北欧武士组成的卫队。[9]他们来自瑞典，穿越整个俄罗斯。有人说俄罗斯第一个王国就是一位名叫留里克（Rurik）的人建立的，这个国家由他得名。黑海岸边发现过维京人的坟墓。他们还征服了不列颠群岛北边那些小岛，设得兰群岛、奥克尼群岛。[10]那里的居民现在说的方言还包含很多北欧词，还提到一位北欧贵族，奥克尼伯爵……他们称之为"去耶路撒冷的旅行者"。[11]还提到另一位攻克意大利某个城市的维京人，他将其误认为罗马，然后放火烧了它，为了获得第一个放火烧罗马的人的荣誉。[12]结果那只是无足轻重的一个小海港城镇，但他还是有自己荣耀的时刻，有他在军事上的喜悦。他们还攻克了北非的城市。在北欧语言中有个词，*Serkland*，意为"萨拉森人的土地"，这个词含糊地指称葡萄牙、摩洛哥和阿尔及利亚——因为摩尔人住在那里。所有这些都是萨拉森人的土地。再往南是北欧历史学家称为 *Bland*，"蓝色土地""蓝人之地"的地方，或干脆称为黑人，因为他们有点混淆颜色。除了一个词，*sölr*，意为"黄色的"，被用来描述休耕地和海洋，他们不再有其他颜色。他们经常会说到雪，但从来不说雪是白色的，也会说到血，但从来

29

不说血是红色的。他们谈论田地，但从来不会说田地是绿色的。我们不知道这是否某种色盲，或者只不过是一种写诗的惯例。荷马时代的希腊人说"酒的颜色"，但是我们不知道对希腊人来说酒是什么颜色；他们也不谈论颜色。另一方面，与日耳曼诗歌同时代或更早的凯尔特人诗歌包含大量颜色——充满了色彩。在那里，每次提到女人，他们都会说到她雪白的身体，她金色或火红色的头发，她红色的嘴唇。他们还谈论绿色的田地，区分水果的颜色，等等。换句话说，凯尔特人生活在一个视觉世界里；北欧人不这样。

30　　既然我们在讨论史诗，那就让我们看一些较晚撰写，但仍然被视为出自九世纪的史诗。首先，我们要看看颂诗《布伦纳堡之战》，写于十世纪初，出现在《盎格鲁-撒克逊编年史》中。[13]有几种版本，你们懂英语的人可以看看丁尼生的作品中有一篇真正美妙的译作，很容易找到。丁尼生并不懂盎格鲁-撒克逊语，但是他的一个儿子学习过一种原始形式的英语，在一份专业杂志上发表了这部作品的散文体翻译。这个译文引起了父亲的兴趣，儿子肯定对父亲解释了盎格鲁-撒克逊语的韵律规则。他被告知这是基于头韵，而不是韵脚，每一行的音节数目不规则，因此丁尼生这位对维吉尔相当着迷的诗人，有生以来第一次，而且毋庸置疑地大获成功，完成了这项从来没有在任何语言中进行过的试验，那就是用现代英语几乎逐字逐句翻译了一首盎格鲁-撒克逊诗歌，并且采用了盎格鲁-撒克逊语的韵律。[14]事实上，丁尼生略微在韵律规则上做了一点变通。例如在丁尼生的译文中有比原文更多的头韵和更好的头韵。总之，他的译文值得一读。在丁尼生诗歌集的任何版本中，你都能找到《布伦纳堡之战》。在我们谈论这首颂歌之前，应该先谈谈这场战役。根据诗歌的叙述，这是中世纪英格兰进行的最长最血腥的战争，因为战役在黎明开始，打了一整天直到黄昏，这对于中世纪的一场战役来说，是相当长的。[15] 想想我们有名的胡宁战役，打了三刻钟；一枪都没放，整个战役都只使用了军刀和长矛。[16] 我们可以知道中世纪一场战役打一整天意味着时间很长，相当于十九世纪最血腥的美国内战期间的长时间战役，也相当于一战和二战时的长时间战役。

战役状况也相当奇怪。在苏格兰——当时苏格兰是个独立的国家——国王康斯坦丁与女婿，都柏林的丹麦国王奥拉夫——他在诗中被称为安拉夫——之间建立了联盟，起初似乎是不可战胜的。他们与韦塞克斯（意即"西撒克逊人的土地"）的撒克逊人作战。同时参战的还有五位不列颠——也即凯尔特——国王。因此这个苏格兰人、爱尔兰的北欧人和不列颠国王的联盟，对付撒克逊国王埃塞尔斯坦——这个名字的意思是"高贵的石头"——和他的一位兄弟。有一个细节从来没有得到过解释。根据所有的编年史，都柏林的丹麦国王离开都柏林去侵略英格兰，人们自然会期待他渡过北海海峡，在英格兰登陆。不知什么原因，——也许他希望突袭——他带领船队——五百艘船，每艘船装载一百名武士——一直绕过苏格兰北部，在一个地方登陆，具

31

体没有说明什么地方，只知道位于英格兰东海岸，而不是如我们所期待的那样在西海岸。他在那里与康斯坦丁的苏格兰军队和来自威尔士的最后的不列颠国王联合，这样就组成了一支令人生畏的军队。然后埃塞尔斯坦国王和他的兄弟埃德蒙从南方过来迎战他们。两支军队相遇，互相挑战，决定等到第二天开始战役——那个年代的战役有点像体育比赛。安拉夫国王设计了一个方案来发现撒克逊阵营的地点和布局。他打扮成吟游诗人的模样，带着一张竖琴——显然他知道如何弹琴和唱歌——去撒克逊国王的宫廷觐见他。如我先前所说，两种语言很相近，而且，我还说过，当时人们不认为战争是两个民族之间的争战，而是两个国王之间的争战，因此出现一位丹麦吟游诗人并不会让任何人感到惊恐或惊讶。他们把吟游诗人带到埃塞尔斯坦国王面前，他用丹麦语吟唱，国王很喜欢听，然后给了他——可能是扔给他——一些硬币。吟游诗人观察到了撒克逊人阵营的布局后就离开了。此处发生了一件《编年史》中没有提到的，但并不难想象的事情。安拉夫国王得到了一些硬币，是撒克逊国王给他的，本来他计划第二天要杀死国王，或总之是要打败他的。也许他想到了几件事情。也许他想到——这是最有可能的——这些硬币会在第二天他要进行的战役中带来霉运，但也有可能他觉得不应该从一个他想要与之争斗的人那里接受钱财。如果他把钱扔了，可能会被别人找到，他的诡计可能会被发现。因此他决定把钱埋了。但是撒克逊国王手下有个人曾经在安拉夫手下打过仗，他怀疑这位假吟游诗人的身份。他跟踪他，看见他埋钱币，因此疑心得到了证实。他回去告诉撒克逊国王："那个在这里吟唱的吟游诗人其实是安拉夫，都柏林国王。"[17] "你先前为何不告诉我？"这位士兵显然也是位高贵的人物，他说，"陛下，我已经起誓效忠您。如果我背叛我过去曾经起誓效忠的人，您会怎么看待我？但是我的建议是您重新布局您的阵营。"国王听从了这位士兵的话，重新调整了阵营的布局，在他先前占据的地方——撒克逊国王在这一点上有点背信弃义——他留下了带领自己的教民一起前来的一位主教。黎明前，苏格兰人、丹麦人和不列颠人试图偷袭，果然杀死了主教，然后开始这场战役，打了一整天，《布伦纳堡之战》记载的就是这场战役。一位杰出的冰岛诗人也记述了这场战役，他就是维京诗人埃吉尔·斯卡德拉格里姆松，他同撒克逊人一起对自己的北欧兄弟们作战。在这场战役中，埃吉尔的一位兄弟死了；后来埃吉尔还在古代北欧文学史上一首著名的诗歌中赞颂了撒克逊人的胜利。[18] 那首诗歌是对国王的颂诗，其中包含了一首对自己兄弟们的挽歌。那是一首奇怪的诗歌：一篇颂歌，胜利的诗篇，其中居然包含了一首悲伤的哀歌，有关在战役中死在他身边的亲兄弟们。

但是让我们还是回到这首诗歌吧。我们不知道是谁写的，大概是一位僧侣。这个人尽管在十世纪初写作，却满脑子都是先前的撒克逊史诗。我们发现深藏诗中的还有《贝奥武甫》中的一句话。例如，他谈到一把剑杀死了五位国王。他谈到这些年轻的国王，这是诗篇中少有的温柔情景……人们本来以为在一首中世纪撰写的诗篇中能看到诗人表示感谢上帝，会感谢上帝把胜利赐予撒克逊人而不是他们的敌人。但是诗人对此根本只字未提；诗人歌颂国王和兄弟的荣耀，"长久的荣耀"，"长久的战神"，诗歌用的词是"*ealdorlangne tyr*"。（*Tyr* 这个词等同于古典战神玛斯，这个词的意思也是"荣耀"。）"他们在布伦纳堡附近用剑刃获胜"——"*sweorda ecrum*"，意即"用剑刃"。然后诗歌说他们打了一整天，"从太阳"——"*mære tungol*"，他称之为"那颗著名的星星"——"跃出地平线直到这光辉的东西沉入西边"。然后他描述了战役，诗人显然为打败敌人感到高兴。他谈到精明的苏格兰叛徒康斯坦丁，他只能回到北边去，没有理由吹嘘长矛碰撞，旗帜飘扬……他用了很多比喻来描述战役。但是首先他谈到了安拉夫，他说安拉夫只好乘船逃跑，在都柏林避难，陪同他的只有几个侥幸逃脱的人。他说撒克逊人一整天追赶他们痛恨的敌人。诗中提到了一次上帝，只有一次，那就是他称呼太阳是"上帝明亮的蜡烛"，"*godes condel beorht*"。这是唯一一次提到上帝，尽管这首诗显然是基督徒写的——这是十世纪初——却充溢着古代日耳曼人的英雄气概。诗人描述了战役之后，显然心情愉快地驻足观看乌鸦用"像角一样坚硬的"喙来撕扯吞吃死尸。他还谈到"树林里那只灰色的野兽"，谈到吃死尸的野狼，津津乐道所有这一切。他谈到丹麦人回到都柏林，说他们可耻地回去了，因为打败仗是丢人的事情，尤其是打败了还逃跑。根据日耳曼人的伦理观念，安拉夫和康斯坦丁应该死在他们打了败仗的战场上。他们获救并且活着离开战场是可耻的。然后，诗人告诉我们国王和王子的情形。他们骑马回到了韦塞克斯，"全都身披荣耀"。[19]在崇高赞美的诗行之后，又发生了一件在中世纪同样奇怪的事情，因为我们知道当时的人们，如同我们这里潘帕草原的印第安人一样，不会有多少历史意识，但是这位诗人显然是位受过教育的人——他对所有的古代比喻随手拈来，对日耳曼诗歌韵律规则也同样了如指掌——他说在英格兰这块土地上，从来没有进行过这样的战役，自从撒克逊和盎格鲁人，"骄傲的战争匠人"（他这样说，好似战争只是工具，一件铁制工具），来到这些岛上，动机是——此处丁尼生译成"渴望荣耀"。他还告诉我们"跨越广阔的巨浪，傲慢的战争匠人闯入不列颠"。

换句话说，十世纪初的这位诗人，回忆发生在五世纪的日耳曼人对英格兰的征服；他联想到这个当下胜利的记忆，这对撒克逊人而言肯定非常感人——因为北欧人打败他们是更常见的事情，而他们成为胜利者的情形则很稀罕——他将其与初次到达英格兰的日耳曼民族经常是世俗的胜利联系在一起。

下一节课我们将探讨另一首盎格鲁-撒克逊史诗，这首诗纪念的是挪威人对盎格鲁-撒克逊人的胜利，而非战败。然后我们将谈论基督教诗篇本身，即基于《圣经》和基督教情感的诗歌。

第五课

《莫尔顿之战》 基督教诗歌 《开德蒙的赞美诗》
如尼字母　盎格鲁-撒克逊哀歌的特征

一九六六年十月二十四日，星期一

十世纪最后十年内，英格兰发生了一个事件，它只有相对而言的军事重要性，但对于英国文学史却至关重要，因为从此事件中产生了歌谣《莫尔顿之战》，讲述了一次战败而非胜利。可以说对于诗歌而言，战败比胜利更好。我们可以举著名的《罗兰之歌》为例，这是法国文学中最杰出的诗歌之一，如你们所熟知，它的主题就是查理曼军队的后卫被一群巴斯克山民打败，后者在诗歌里被称为萨拉森人。

在由好几所修道院的修士撰写的《盎格鲁-撒克逊编年史》中，人们可以读到在十世纪的最后十年——大约九九〇年，我不记得准确的年月了——奥拉夫·特里格瓦松在英格兰东海岸登陆，去找该城的伯爵比尔特诺斯①。[1]维京人要求他纳贡，他怎么办呢？他拒绝纳贡。这些全都发生在今天叫作布莱克沃特的那条河两岸。维京人和一小群民兵之间展开战役。维京人是当时领先的武士和水手，撒克逊民兵被维京人打败了，很快，英格兰国王艾特尔雷德——他后来的绰号是"无准备者"——同意每年向丹麦人纳贡，在维京人侵略的危险解除之后很长一段时间内政府都继续征收贡赋。[2]

似乎诗人目睹了这场战役，也许他自己就是作战人员之一。这可以根据大量具体细节描写来推断。在中世纪，人们从来不杜撰具体背景细节，尽管现在所有小说家和任何新闻记者都会采用这一招。当时人们的想法不一样；他们的想法是柏拉图式的，寓言式的。《莫尔顿之战》中大量具体情境细节就是真实性的明证——或者说没谁会想到去杜撰它。这首歌谣保留了撒克逊史诗的几种特征，例如，角色话太多——他们做的那些小小的演讲在战役中间似乎有点不大可信。

得到保留的还有若干古代史诗的格式，我们在《芬斯堡之战》和《贝奥武甫》中见过的格式。总之，语言是通俗口语，甚至更为重要的是，我们感觉歌谣中叙述的每件事情都是真实的，事情不可能是另外一种样子，除非我们想象当时有一位了不起的无名小说家。但是总之人们认为，而且能从歌谣故事中始终感觉到，事情必然是这样发生的，或至少事后在人们中间就是这样讲述的。有一个奥比耶出版社出版的法语选集包含了这次战役的地图，根据这张地图我们可以追溯战役或战斗的各种可能性。"战

---

[1] Byrhtnoth（931—991），埃塞克斯郡伯爵，他死于991年8月11日的莫尔顿之战。

役"这个词对于莫尔顿之战来说太大了。

不幸的是,这首诗只有残篇。我们不知道诗人是如何开头如何结尾的,但很可能他开始会说,"我要讲述在莫尔顿发生的事情"或者"我在那里",或者这一类的话。残篇开始的词是"*brocen wurde*","打碎了"。我们永远不会知道究竟打碎了什么,不知道那是指一场围攻还是指留在那里的人们。然后开始叙述,但是我们不知道主语是谁。我们猜那是指伯爵,因为他命令他的人冲出去,刺激马向前,策马飞奔。他显然是在对一群武士说话,他们也许是农民、渔民、樵夫,其中还有伯爵的卫兵。然后伯爵命令他们列队。他们看见在很远处维京人高大的船只,船头装饰着龙,船帆有条纹,是挪威维京人,他们已经登陆了。然后出场的——因为这首诗非常美——是一位年轻人,我们得知他是 *offan mæg*,"奥法家的人"。奥法是那些英格兰小王国的一位国王,我们猜这并非指奥法自己,而是说这个人来自那个王国,我认为是麦西亚王国。我们会看到这个年轻人是一位恰好路过的贵族青年;他并没有想到战争,因为他手上有一只猎鹰;也就是说他在放鹰狩猎。但是当伯爵发出这些命令时,年轻人明白贵族不允许怯懦,因此他加入了战役。发生了一件事情,现实的事情,有着象征性价值,是现在一位电影导演会用到的情景。年轻人意识到情况很严重,因此他放他心爱的老鹰(这首撒克逊人的硬汉诗中很少用到"心爱的"这种修饰词)飞入树林,他自己参加了战役。诗文说:"任由心爱的鹰隼飞离他的拳头飞入树林,他参加了战役"：

> he let him þa of handon
> hafoc wið þæs holtes
> leofne fleogan
> and to þære hilde stop

诗人还说无论谁看见他这样的行为，都会立即明白他那一刻毫不犹豫拿起了武器。实际上，这位年轻人后来被杀了。此处我们可以见到几个象征，但当然并非有意的。我们可以认为老鹰是年轻人生命的象征，我们还可以认为释放猎鹰，自己去加入战役象征着从一种生命形式过渡到另一种。年轻人不再是一位廷臣，他变成了武士，准备赴死，不是为了他的国家——因为国家这个概念用在当时会是时代错位——而是为了他的领主、伯爵，他同样并非为英格兰而战，而是为他自己的领主、国王而战。

然后出现了另一位武士，伯爵卫队的一位成员，他说他曾经多次告诉领主他多么喜爱打仗，现在是他可以兑现吹嘘的时刻。要记住"吹嘘"，如我曾经说过的，在当时并不会遭人白眼。人们理解一个勇敢的人可以甚至应该吹嘘他的勇敢。

我们现在有了两支队伍。一边河岸上是挪威维京人，另一边是撒克逊民兵。伯爵指示撒克逊人——他们显然是农民——应该如何表现。他告诉他们应该想到自己的双手和勇气，然后给他们演示该如何握住盾牌和长矛。他们放走了马匹，将徒步战斗，但是领主纵马从战线的一端跑到另一端，鞭策他的手下，告诉他

38 们没有什么可怕的。同时，他们看着维京人从船上下来，我们可以想象维京人头盔上装饰着动物角，想象所有这些人的到来。伯爵骑马来来去去，鞭策人们。

然后出现了另一个角色，这个角色是 *wicinga ar*，维京人的信使。信使在河对岸叫喊，因为布莱克沃特河，在诗中叫做潘特，横在他们之间。信使说，"勇敢的水手让我来告诉你们，他们愿意同你们休战，他们似乎是这里最强大的，如果你们给我们足够多的金指环和金手镯"——我们可以推测当时还没有用到钱——"满足他们的要求，解散你们的队伍，他们就愿意回到船上去。我们愿意给你们和平，换取贡奉，你们最好还是给我们这些黄金，让我们不要毁了彼此。"[3]

然后伯爵举起了他的盾牌和长矛。这有两种诠释。根据一些评论者，这意味着他要说话，大家都要保持肃静，听清他的话，但也可能他想要向所有人表明他不害怕维京人。这就是为何他要举起盾牌，挥舞长矛，愤怒地回答说，"听着，水手们，听这些人会说什么"——或听这些队伍说话，因为 *folc* 这个词有两个意思。人们会说："我们怎么会就这样投降呢？他们让我们来干什么？！"等等，然后他还说："我们会给你们纳贡，但不是黄金，而是老长矛和刀剑。把这个充满憎恨的话带给你们的首领，告诉他这里站着艾特尔雷德的臣属，他们愿意守卫艾特尔雷德的领土，他应该准备战斗。"然后，*wicinga ar*，维京信使把消息带去给挪威国王，战役开始了。

但是战役开始得并不令人满意，因为他们被大河分开，只能用弓箭作战。撒克逊人纷纷倒下，挪威人也纷纷倒下了。现在有个地方有座桥或者渡口，此处诗文不清楚，有三四位撒克逊人被派去保卫渡口，诗中给出了他们的名字。其中一位叫作"高个子"——他肯定非常高。然后挪威人在对岸叫喊，提出其他建议。他建议让他渡过津渡不要攻击他，因为在撒克逊人这边有块草地，草地再过去是片树林，那块草地很适合作战，因为当时作战被视同体育竞赛。

首领同意了，诗人用了 *ofermod* 这个词，跟德语中的 *Übermut* 有关系，意为"鲁莽"。诗中两次用到这个词，诗人让我们感到撒克逊人同意了，其实是犯了鲁莽的错误，将会受到惩罚。在《罗兰之歌》中，我们也见到过完全同样的事情，如我前面曾经提到过的。罗兰本来可以吹号角，吹他的 *oliphant*（这个词的来源同"大象"〔elephant〕一样，因为号角是用象牙做的）。但是他没有这样做，他不想召唤查理曼大帝的援助，所以最后被萨拉森人打败了。

伯爵——我们从其他文本中知道伯爵个子很高，是个学问渊博的人，意味着他懂得拉丁文，精通《圣经》；现存有几封他写给当时一位有学问的人的信件——他让维京人渡河，是示弱了；然后诗中出现了片刻的宁静，因为诗人说，"挪威人不在乎水"，"*for wætere ne murnon*"。挪威人渡过河，高举着盾牌以免弄湿。诗人说，"*lidmen to lande, linde bæron*"，"水手上了岸，高举着盾牌"。撒克逊人让他们上岸，然后战役开始了。

撒克逊人开始一切都好。诗歌中提到了战士的名字，有一个细节消除了有关描述是否真实的怀疑，有个事实是撒克逊人中也有逃跑的胆小鬼。撒克逊首领伯爵下马与他的战士一起战斗，一个胆小鬼——名叫戈德里克，我们已经在《芬斯堡之战》中见过这个名字——爬上首领的马，逃跑了。[4] 因此，有些更加远处的撒克逊人以为首领跑了。如果首领跑了，他们就不再有义务继续战斗下去，因为他们忠于的是首领，而不是国家。所以他们也逃跑了。然后就可以预见撒克逊民兵会败于维京人。

诗歌描述了个人的勇敢行为，提到了一位战士，他用长矛"刺穿了傲慢维京人的脖子"。然后是关于撒克逊首领精湛武艺的详细描写。首领受了伤，受了致命伤。他们试图偷取他的武器。在《罗兰之歌》中也有这么一段，这是一种史诗元素，甚至可能是真实的。在死之前——他是同异教徒作战的基督徒，他同崇拜奥丁和托尔的人作战——他感谢上帝赐予他在尘世间所有的幸福，包括最后同异教徒作战的幸福。然后他请求上帝允许他的灵魂去到他的身边，不要让魔鬼挡了路。

首领勇敢地死去，然后是留下来的那些人之间的一场对话。一个老战士出现，说了似乎充满全部日耳曼人的生活态度的话。他说，"我们越处于弱势，越是没有力量，就应该越加勇敢。我想要留在这里，留在我的领主身边。"换句话说，他有意选择了死亡。

还有个人质，来自诺森布里亚能吃苦耐劳的家族，因为这场战役是在英格兰南部进行的。这位人质在一次小型内战中被俘虏，是在敌人中间的挪威人，虽然他们都是像他一样的撒克逊或盎格鲁人。

还有个年轻人说："我要留下来战死；他们不再指望胜利。"他谈到伯爵，说"*he wæs ægðer nin mæg and min hlaford*"，"他是我的族人，我的主人"。其他人也战死了，其中就有那位自愿释放了老鹰参加战役的年轻人。此前有一段对战斗的描述，也谈到了老鹰、乌鸦、狼——任何日耳曼人的史诗作品中从来都少不了这些动物。然后还有个戈德里克英勇地战死，诗人说了这些话之后就中断了："这不是那个逃跑的戈德里克……"

整首诗都是用非常直截了当的英语写成的，只有一两个隐喻、一两个史诗格式，是以古代史诗的精神写就的，而且我认为相比《贝奥武甫》还有着一个不可估量的优势，那就是当我们阅读《贝奥武甫》时，我们感觉面前是一位博学者的作品，他给自己定下写作一首日耳曼人的《埃涅阿斯纪》的任务，他描写的是传说的事情，他甚至都想象得不够好。但是从这首诗中，我们能够感觉到真实性。

不久前瑞典出版了一部小说，我不记得作者的名字了；英文版是《长船》，[5]有关一个维京人的冒险经历，第一章描写了莫尔顿战役。现在有些评论者说这首诗没有完成，因为有消息传来，这些民兵的牺牲是徒劳的，英格兰国王已经用金子偿付了伯爵想用老长矛和有毒刀剑偿付的东西。但更有可能的是诗歌的剩余部分遗失了。这首诗由 [R. K.] 戈登翻译，收入我对你们提到的普通人图书馆的那本书，《盎格鲁-撒克逊诗歌》，是最后一首撒克逊史诗。[6] 此后，史诗遗失了，史诗传统也流失了。但是如同我们此前读过的那首诗，《布伦纳堡之战》，这首诗不再遵循欧洲大陆的传统。不再有人谈论英国人古代的土地，不再谈论低地国家，或者莱茵河口，或者丹麦——现在角色是英格兰的撒克逊人：盎格鲁-撒克逊人（Anglo-Saxons）。因为似乎这就是这个词的真实意思：不是盎格鲁人和撒克逊人（Anglo and Saxons），而是"英格兰的撒克逊人"，有别于历史学家比德所称的 *antiqui saxones*，即没有参加过征服不列颠群岛的撒克逊人。

至此，我们一直在跟踪七世纪末至十世纪末的史诗，但是有两条主流有时会交叉：属于异教传统的史诗和基督教诗歌，这是我们现在要学习的。换句话说，我们将开始第二单元。

这首基督教诗歌一开始并非完全基督教的。起初国王皈依了基督教信仰，他们迫使自己的臣属和臣民都这样做，但这并非意味着道义上的皈依。换句话说，他们一直还忠于古代日耳曼人的理想，例如勇气和忠诚——肯定不是谦卑和爱你的敌人，这在那个时代是不可想象的。这很有可能延续了很长一段时间。

在《英吉利教会史》中，比德谈到了英格兰第一位基督教诗人，他只有几行诗保留了下来。[7] 他名叫开德蒙，他的故事相当奇怪；等我们谈到柯勒律治和斯蒂文森时，还会再谈到这个。

故事是这样的：开德蒙已经年纪很大了，是一家修道院的牧羊人，一位腼腆的老人。当时的习俗是餐后要把竖琴从一个人手中传递到另一个人手里，每位就餐者都要边弹边唱。开德蒙知道他既不擅长音乐也不擅长歌词。有天晚上，有很多人，开德蒙在修道院大厅里与许多同伴一起就餐，眼看叫他害怕的竖琴就快要传到他手里了。然后，为了避免说他已经说过很多次，大家都知道他会说的话，他没有给出任何借口就起身离开了。当时肯定是冬天，因为他去了马厩，躺下来同马厩里的牲口睡在一起，大概牲口数量不多。那是七世纪，英格兰还是个贫穷的国家，沼泽地带，冬天比现在还要酷寒。可怜的开德蒙睡着了，他在梦中看见了什么人，很可能是个天使，这个人——心理学家很容易解释这种事情，我们这些不是心理学家的也能——这个人递给他一把竖琴，告诉他："唱吧。"在梦里，可怜的开德蒙像他经常对同伴那样说道："我不知道如何唱。"那个人说："歌唱创世的起源。"因此开德蒙满心惊叹地作了一首诗。然后他醒了，记住了他作的诗。诗歌留存了下来，并不很好，基本上就是《创世记》的前面几节经文，他肯定是听过的，多多少少扩展了一些，改了一些词。他们对此大为震惊，让他去同修道院主管说。修道院院长听了这些诗文，觉得很好，但是她想做一个试验。她命令一位教士给开德蒙朗诵接下来的《创世记》经文，让他转为诗歌。第二天，不识字的开德蒙拿出了这段话的诗歌版本，他们誊写出来，开德蒙继续将《摩西五经》转为诗文，直到去世。比德说在英格

42

兰，许多人唱得很好，但没有人像他唱得那么好，因为其他人的老师是凡人，他却有上帝或者天使做老师。开德蒙预测了自己死亡的时间，他如此确定这一点以及死后的命运，以至于这个时刻之前他还在睡觉而不是祈祷。因此他从一个梦境进入了另一个梦境——从睡梦至死亡——据说我们应该肯定他在另一个世界见到了天使。开德蒙死了，留下来一些平庸的诗歌——我读过——以及一个美丽的传说。[8] 我们等下，等我们阅读柯勒律治和斯蒂文森的作品时，就会知道，这似乎是深深植根于英格兰的某种文学传统的一部分：在睡梦中作诗。

开德蒙之后，又来了其他宗教诗人，其中最著名的是琴涅武甫，他的名字意为"勇敢的狼"。琴涅武甫最奇怪的事情——他的诗歌是对《圣经》的释义——是他为自己诗歌"签名"的习惯。也有这样做的诗人，当然，方式比琴涅武甫更加有效得多。也许最为有名的是美国诗人沃尔特·惠特曼，他在诗中谈到自己，说："*Walt Whitman, un cosmos, hijo de Manhattan, turbulent, sensual, paternal, comiendo, bebiendo, sebrando.*"[9] 他还有首诗说："*Qué ves, Walt Whitman?*"（"你看见了什么，沃尔特·惠特曼？"）然后他回答，"*Veo nua redonda maravilla que gira por el espacio.*"（"我看见伟大的奇迹在宇宙滚过。"）然后："*Qué oyes, Walt Whitman?*"（"你听到了什么沃尔特·惠特曼？"）最后，他问候世界上所有国家，"由我和美国送出"。[10] 龙萨在一首十四行诗中做了同样的事情。[11] 卢贡内斯也这样做过，有点开玩笑的。[12] 他在《感伤的月历》中问道，

"*El poeta ha tomado sus lecciones / Quiéne es? / Leopoldo Lugones / Doctor en Lunología*"（"诗人领受了教训／他是谁？／莱奥波尔多·卢贡内斯，月亮学博士。"）但是琴涅武甫选择了另一种方式。这种做法在波斯人中很常见，似乎波斯人这样做是为了不让有人冒领别人的诗歌。例如，伟大的波斯诗人哈菲兹在他的诗中多次提到他自己，总是称赞。例如他说，"哈菲兹"，然后有人回答道，"天使已经记住了你最新的诗歌"。现在琴涅武甫——请记住侦探小说是英语中特有的一种小说样式，尽管是埃德加·爱伦·坡在美国发明的——琴涅武甫预见了密码学，使用他自己名字的字母来作一首有关最后审判的诗歌。[13] 他说，"C和Y跪下祈祷；N送上恳求；E信任上帝；W和U知道他们会上天堂；L和F颤抖。"这些是用如尼字母写的。

如尼字母是所有日耳曼民族的古代字母。这些字母不是用来手写的，是用来雕刻或者蚀刻在石头或者金属上面。（在泰晤士河里曾经发现过一把刻有如尼字母的刀。）这些字母有魔力，与古代宗教有密切联系。所以琴涅武甫用拉丁字母来撰写诗歌，是从罗马人那里学来的，但是当用到有意义的字母时，他就会用如尼字母，这是撒克逊人和北欧人都用来撰写铭文的。这些字母——我不知道你们是否见过——有尖锐的角；是角状的，特为用刀刻进石头或者金属而设计，与其相对的是草书，常常有更加圆润的形状，更适合手写。在英格兰有刻着如尼字母的纪念碑。一块纪念碑蚀刻有《十字架之梦》的第一节诗，我们后面会读这首诗。有位瑞典学者说希腊人从日耳曼人那里抄袭了如尼字母来当作自己的字母。这是完全不可能的。很有可能是腓尼基和罗马钱币去了北方,北方人从他们那里学到了如尼字母。

至于这个名字的起源,那就有点奇怪。撒克逊语中 *run* 这个词意为"低语",或者低声说出来的话,这意味着"神秘的事情",因为低声说的话是不想让别人听见的话。所以 *runes* 意即"神秘的事情";字母是神秘的东西。但这也可以指早期人们感到惊讶,词语竟然可以通过这些原始的书面符号来传达。显然对他们来说,一块木头包含符号,而这些符号可以转换成声音和词语,是非常奇怪的事情。另外一种解释是,只有博学的人才知道如何阅读,所以字母被称为"神秘的东西",因为普通人不认识。这是对如尼(rune)这个词的几个不同解释。既然我现在用到了"如尼"这个词,我想要提醒你们在英国公墓里,你们能够看见被误称为"如尼"的十字架。[14] 这些十字架是环状的,通常用红色或灰色石头制作。圆环内的十字架是刻出来的,源于凯尔特人;总的来说,凯尔特人和日耳曼人都不喜欢留下空白——也许他们认为这表明画家很懒。我不知道我所听说的最近在展出的一幅画是什么意思,只是白色的画布,什么都没有,这跟不久前在巴黎举行的一场音乐会类似;音乐会时长三刻钟,乐器一直完全沉默。这是避免一切错误的方式,也与没有任何音乐知识相关。二十世纪有位法国作曲家说:"*pour rendre le silence en musique*","要在音乐中表达沉默,我需要三支军乐队"。这似乎肯定比通过沉默来表达沉默更明智。总之，这些如尼十字架是圆形的，中间是十字架，但是十字架却有相交的直条。在十字架四臂交接的地方总是会留有小空间，但装饰着交叉的线条，好似象棋盘那样。我们可能会认为这种风格近似于那种一切都交织在一起，一切都通过隐喻来表达的诗歌风格。换句话说，他们喜欢错综复杂和巴洛克风格，尽管他们是非常朴实的人。

我觉得基督教诗歌是最不配称为盎格鲁-撒克逊诗歌的，除了哀歌。其实这些诗歌并非严格意义上的基督教诗歌；尽管写于九世纪，但已经有了浪漫的因素，尤其是有一种不同寻常的特征：它们是个人化的诗歌。在中世纪，欧洲任何地区都没有像这样的，因为当诗人歌唱国王或者战争，他唱出他的听众能够感觉的事情。但是所谓的盎格鲁-撒克逊哀歌——很快我们就会看到"哀歌"这个词并不完全合适——是个人化的诗歌，有些从第一行开始就是个人化的。它们被称为"哀歌"，但是哀歌其实是指写来哀悼某人死亡的诗歌，然而这些诗歌被称为"哀歌"并非因为哀悼死亡，而是因为其忧郁的语气。我不知道是谁起了这个名称，但它就是这样为人所知的，这些诗歌构成了盎格鲁-撒克逊人对日耳曼诗歌的贡献，首次的个人贡献。我们看见在《莫尔顿之战》中有大量具体描述，先于出现得晚得多的北欧萨迦，与此不同，我们看见写于英格兰的任何其他东西，理论上也可以写于其他地方。例如，我们很容易想象日耳曼或者低地国家或斯堪的纳维亚的一位诗人将贝奥武甫的北欧传奇转化为一首诗，或者一位丹麦诗人讲述芬兰城堡里丹麦武士的故事，或者任何其他部落的一位诗人吟唱他的人民的胜利，正如有关布伦纳堡之战的残篇的作者所做的那样。另一方面，这些哀歌是个人化的，其中之一被称为《航海者》，开头几行先于沃尔特·惠特曼《自我之歌》的创新。[15] 开头是这样的："我可以唱一首关于我自己的真正的歌，我可以歌唱我的旅行"，"*Mæg ic ic be me sylfum soðgied wrecan, siþas secgan*"。这在中世纪是完全革命性的。著名的当代诗人埃兹拉·庞德翻译过这首诗。很多年前我读到埃兹拉·庞德的译文时，觉得似乎很荒谬，因为通过阅读我不可能猜到，这位诗人有他自己个人的翻译理论。诗人相信——魏尔伦也如此相信，就如还有很多人也相信，而且可能他们是对的——诗歌最重要的事情不是词的意思而是声音，这当然是对的，我不知道我是否已经提到过"*La princesa está pálida / en su silla de oro*"（公主面色苍白 / 坐在金色椅子上）。[16] 这一行诗很美，但是如果我们使用同样的词，却将其次序调换，就会看见诗意消失了。例如，如果我们说，"*En su silla de oro está pálida la princesa*"，那就不会有任何诗歌留下来。许多诗歌都是这样，也许所有诗歌都这样，当然，除了叙事诗。

庞德是这样翻译这几行诗的："May I for my own self song's truth reckon, / Journey's jargon."[17] 这几乎无法理解，但是发音却像撒克逊语。"May I for my own self"（This is about myself）——"song's truth reckon" 听上去像"*Mæg ic be me sylfum soðgied wrecan, siþas* secgan",然后"journey's jargon"重复了"*sipas secgan*"的头韵。*Secgan* 当然跟"say"(说)是同一个词,但是下一节课我们将深入分析这首诗和另一首名叫《废墟》的诗——是从巴斯城废墟得到灵感而写的诗。我还会谈到撒克逊诗歌中最奇怪的一首,是那个时代最怪异的诗,名叫《十字架之梦》。谈论完这些诗歌之后,分析完我最后提到的那首诗中包含的独特因素之后——也就是说,在我们探讨了那首诗歌创作中的基督教和异教因素之后(因为最后这首诗,《十字架之梦》中——尽管诗人是位虔诚的基督教徒,甚至是位神秘主义者——还是存在着日耳曼史诗的因素),我会略微谈谈撒克逊人在英格兰的终结,我将讨论黑斯廷斯战役,这件事无论真实与否,都是英格兰历史和世界史上最戏剧性的事件之一。

第六课

英格兰诗歌的起源　盎格鲁-撒克逊哀歌
基督教诗歌：《十字架之梦》

一九六六年十月二十六日，星期三

有关英国诗歌起源的故事相当神秘。如我们所知，英格兰五世纪——或者说是四四九年吧——至一〇六六年诺曼人征服之后不久留存下来的作品，除了法律和散文之外，就只有四种偶然以册页本或者手抄本形式保留下来的作品。这些手抄本表明此前曾经存在过相当丰富的文献。最古老的文本是符咒，治疗风湿痛或者使荒地肥沃的方法。有一个符咒是为了抵御蜂群。此处反映了已经失传的古代撒克逊神话；根据它与留存下来的北欧神话的近似关系，我们现在只能猜测了。例如，在对付风湿痛的符咒中，女武神，虽然没有提到名字，也出乎意料地出现了。[1] 诗歌说，"轰隆隆响啊"或者……声音洪亮，是的，"轰隆隆响，骑马飞越高山。来得快也去得快，骑着白马过山野，巾帼英雄最厉害……"然后文本流失了，符咒最后是基督教咒语，因为魔法师，巫术医生，巫师，说："我会帮助你。"然后又说："如果上帝愿意的话。"这是一首基督教诗歌,似乎写得更晚一些。然后另一行诗里,另一节诗里,说到这种痛苦会得到治疗,"如果是巫术造成的,如果是诸神造成的"——"*esa geweorc*",ese 是北欧诸神——"如果是精灵造成的"。[2]

目前为止我们一直在谈论史诗传统,从《贝奥武甫》到《芬斯堡之战》片段,直到最后出现在《莫尔顿之战》的歌谣里面。这首歌谣以大量详尽的细节,领先了后来的冰岛散文萨迦和叙事。但是九世纪发生了变革,我们不知道进行变革的人自己是否意识到了变革。我们不知道留存下来的片段是否最早的。但是发生了某种非常重要的事情,也许是诗歌中能发生的最为重要的事情:发现了一种新的变音。当记者们谈论一首新诗时,他们常常会说是"新的声音"。此处这个词则完全体现了这个意思:有一种新的声音、新的变音、新的语言的用法。这个肯定相当困难,因为盎格鲁-撒克逊语言——古英语——因其发音生硬而注定是用来写史诗的,或者说是用来称赞勇气和忠诚的。这就是为何,在我们讨论过的这些史诗中,这些诗人做得最好的就是描写战役。仿佛我们能够听见刀剑相碰、长矛撞击盾牌的声音和战场上的喧嚣叫喊声。在九世纪,出现了后来所谓的"盎格鲁-撒克逊哀歌"。这种诗歌不是战场诗歌,而是个人化的诗歌,而且,是独自的诗歌,是人们表达自己孤独和忧郁的诗歌。这在九世纪是一种全新的东西,当时诗歌具有普遍性,诗人歌唱的是他的部族和他的国王的胜利和败退。而此处正好相反,诗人以个人名义发言，在这点上先于浪漫主义运动，后者等我们讨论十八世纪英国诗歌时将会谈到。我推测——这是我个人的推测，在我知道的任何书中都找不到的——这种忧郁和个人化的诗歌可能出自凯尔特人的传统，可能起源于凯尔特人。如果我们仔细想想，那么认为——如通常所认为——撒克逊人、盎格鲁人和朱特人侵略英格兰时屠杀了所有的凯尔特人，似乎就是不可能的了。更应该认为他们把这些男人留下来做了奴隶，女人做了妾。杀死所有人似乎毫无必要。何况，这在今天的英格兰可以得到证实：纯日耳曼种，即那些高个、金发或者红头发的人的族系属于北方国家或者苏格兰。原始居民去南方和西边避难，那里也有很多人个子一般，褐色头发。在威尔士有很多黑头发的人。在北方，在苏格兰高地也一样。而且可以肯定，英格兰很多金头发的人并非源自撒克逊，而是源自北欧，这可以见于诺森伯兰、约克郡和苏格兰低地。这种撒克逊人和北欧人与凯尔特人的混合也许会产生——此处我们显然只是猜测而已——所谓盎格鲁-撒克逊哀歌。上一节课我说过它们被称为哀歌，是因为其忧郁的语调，这并非哀悼个人死亡的挽歌。上一节课我们讨论了这些哀歌中最著名的一首，《航海者》。诗歌开始是个人的声明。诗人说他要歌唱一首有关他自己的真实诗歌，讲述他的旅行，然后列举了一个水手生活所有的艰辛。他谈到了风暴，船上值夜班，他谈到寒冷和船撞上峭壁。这里有大海的主题，这是英国诗歌中一个永恒和常见的主题。还有奇怪的意象，但并非像隐喻语那种编排出来的奇怪。例如，称舌头为"嘴的桨橹"并非自然的比喻，因为两者之间并没有很深的联系；此处我们见到了撒克逊——北欧——文学家在找寻新的比喻。在《航海者》中有"*norpan sniwde*"，"雪从北方落下"这样的诗行；有"*hægl feol on eorpan*"，"冰雹落在地上"；还有"*corna caldast*"，"最冷的麦粒"或"种子"。这似乎有点奇怪，将冰、雪、冰雹——总之：寒冷，死亡——来比作种子，后者其实是生命的象征。我们读到此时，感觉诗人不像学者那样寻求对比，而是看见了冰雹，当他看见冰雹落下，他也想到了种子落下。

在诗歌的第一部分，诗人是位航海的水手，他谈到了海上生活的艰辛。他谈到寒冷、冬天、风暴、水手所处的险境。当时，在那些脆弱的小船里，在浩瀚的北海上，危险令人生畏。然后他说那些在城里，在当时体面的城市享受生活快乐的人，很少会知道这些艰辛。他谈到夏天——更愿意夏天出航，因为其他季节浮冰堵塞了海面。然后他说，"夏天的卫士唱着……"——我认为这是杜鹃鸟——"预示痛苦悲伤"，"*singeð sumeres weard, sorge beodeð / bitter in breosthord*"。Breosthord 是"胸中的珍宝"，也就是心脏。此处的隐喻，"胸中的珍宝"，显然在诗人使用的那个时代是很有名的词语。说"胸中的珍宝"就如同说"心脏"。

诗人谈到风暴，正当我们认为这首诗就是有关这些艰辛时，却又来了个惊奇，因为诗人不仅谈论艰辛还谈论——我们将在斯温伯恩、吉卜林和其他人那里遇见这个主题——他对大海的着迷。这是典型的英国主题，而且这也很自然，如果我们在地球仪上看看英格兰——在世界历史上是如此重要——我们就会看见这是个小岛，像是从欧洲的西部和北部边缘撕开一样，我的意思是，如果你把一个地球仪给某位不懂历史的人看，他绝不会想到这样小小一个被大海撕扯的岛屿——它四面八方都受到大海冲袭——竟然会成为一个帝国的中心。但事实就是如此。英语中有句俗语，"逃向大海"，就是指那些逃离家庭，在危险的北海寻找机会的人。

因此，有几行诗谈到那些认为大海是他们的使命的人，这会使读者大吃一惊。谈到一个天性就是航海者的人，诗中说到"他对竖琴不感兴趣，也不愿意送出戒指"——记得国王们在他们的宫廷送出戒指——"对女人给予的快乐不感兴趣，也不在乎这个世界的荣华，他只追求咸味的巨浪"。这些自相矛盾的情感在航海者的哀歌中结合在一起：有危险，有风暴，也有对大海的深情。

也有人诠释说整首诗都是寓言式的。他们说海洋象征生活及其风暴和危险，对海洋的深情意味着对生活的深情。我们不应该忘记中世纪的人有能力在两个不同的层次上解读一首诗。换句话说，那些阅读这首诗的人会想到大海，想到航海者，他们也会认为大海可以是生活的寓言或者象征。有个在时间上晚很多的文本（尽管依旧还是中世纪文本），但丁给坎格兰代·德拉·斯卡拉的信件，其中但丁说，他写了他的诗篇，所有文学中最伟大的诗篇,《神曲》,让人们以四种不同的方式阅读。[3]可以将其视为一个罪孽深重的人、悔罪者、冒险家、正义者的生活写照,甚至也可视为对地狱、炼狱和天堂的描绘。晚点我们会读一首兰格伦写的诗,这首诗给当代读者造成了不少困惑;他们阅读这首诗的各个部分,仿佛那是连续的,然而这首诗显然只是一连串的异象。[4]这些异象成为同一件事情的不同方面。在我们的时代,我们有像格奥尔格或庞德这样的诗人,他们不愿意自己的诗歌被视为具有连续性——尽管在我们的时代这很难照办——而是希望读者有耐心将其作为一个诗意实物的不同方面来阅读。[5]显然,这样做的能力我们现在已经失去或几乎失去,但在中世纪却是很常见的。读者和听众都觉得他们能够以不同方式诠释一个文本。先谈谈我们很晚将会谈到的问题,我们可以说切斯特顿的侦探小说是写来作为幻想故事阅读的,但也可作为寓言故事。这其实也是水手哀歌的实情。在哀歌最后,诗歌具有道地的显而易见的象征性,这在九世纪显然不会造成任何困难。因此我们不应该认为我们就一定比中世纪的人更复杂,他们其实是熟知神学和神学微妙之处的人。我们当然获得了不少,但是可能我们也失去了某些东西。

这是一首哀歌。还有一首《流浪者之歌》,此处的主题肯定在中世纪具有重要社会意义,有关一个人在战役中失去了保护人——他的领主,正在寻找另一个。这个人被排除在社会之外,这在中世纪这样的等级社会相当重要。一个人失去了保护者就无人理睬,很自然他会哀叹自己的不幸。这首诗一开始就谈到这个孤独的人——寻求领主保护的人,"心怀悲哀,渴望有人陪伴"——谈到"如冬天一般寒冷"的放逐。然后诗歌说到,"命运已经兑现"。此处我们可以想到生活的总体背景,也可想到一位找不到支持者的人的特殊情况。他说他的朋友死于战争,他的领主也死了,只剩下他孤零零一个人。这是另一首著名的哀歌。

然后,我们还有一首题为《废墟》的哀歌,故事发生在巴斯城,那里现在还有大罗马时代浴场的废墟,我曾经见过。[6]这些建筑本身对于穷苦的撒克逊人来说肯定都是惊人的,他们起初只知道如何用木头造房子。我曾经说过罗马人的城市和道路对于那些来自丹麦、低地国家和莱茵河口的侵略者而言,过于复杂了,对于他们,一个城市,一条街道——一条有房屋彼此相邻的街道——是神秘莫测的事情。这首诗一开始说,"石头砌成的城墙雄伟壮观,命运使其毁损","*wyrde gebræcon*"。然后谈到城市如何被毁,又谈到从温泉流出的水,诗人还想象在这些街道上举办过的宴会,好奇"马去了哪里?骑手去了哪里?赠送黄金的人去了哪里?"——国王们。他想象着他们身披闪亮的铠甲,想象他们畅饮美酒,高傲,金子闪光,他好奇这些年代的人们最后怎么样了。然后他看见了倾颓的墙壁,风吹进房间,没有什么装饰剩下了。他看见墙上雕刻着蛇,所有这些都让他满心忧郁。[7]既然我用到了"忧郁"这个词,我想指出这个词有着非常奇异的命运。"忧郁"意为"黑色气质"。现在我们认为"忧郁"是个悲伤的词。很久以前，忧郁意为"气质"，或体液，当它占了主导地位时，会造成忧郁的性情。

我们永远不会知道这些英语诗人，也许源自凯尔特，是否意识到他们做的是多么不同寻常和具有革命性的事情。很可能没有意识到。我认为当时并没有文学派别，我认为他们写了这些诗，因为他们就是这样感觉的，他们不知道自己在做如此不同寻常的事情：他们如何迫使一种铁一般的语言，一种史诗语言，来表达某种这种语言并不擅长的东西——表达悲伤和个人的孤独。但他们做到了。

还有一首诗，也许时间更早一些，叫作《提奥的哀歌》。[8] 我们只知道提奥是在普鲁士的日耳曼宫廷里的一位诗人，他失去了国王的宠爱，被另一位吟游诗人所取代。国王收走了赐予他的土地。提奥发现自己孤独一人，然后英格兰一位佚名诗人将他想象成一位戏剧性角色。在诗中，提奥自我安慰，想到过去的不幸。他想到了维兰德（Welund）——在北欧诗歌中称为 *Völund*，在德意志称为 *Wieland*——他是位武士。这位武士被俘——他有点像是某位北方的代达罗斯——他用天鹅羽毛制造了翅膀，飞出牢房逃跑了，像代达罗斯一样；但先强奸了国王的女儿。这首诗一开始说，"至于维兰德，他知道什么是被放逐到蛇中间。"可能这些蛇并非真的蛇；可能蛇是比喻他制作的刀剑……"*Welund him be wurman wræces cunnade*"，然后这"下了决心的人，他知道什么是放逐"。然后又说道，"像冬天一样寒冷的放逐"，对我们而言这并非陌生的词语,但在写作的那个时候肯定是陌生的。因为最自然的就是将其解释为"冬天寒冷的放逐",而非"像冬天一样寒冷的放逐",这更符合复杂得多的心态。在列举了维兰德的一些不幸之后,出现了这样的叠句:"*Pæs ofereode, pisses swa mæg*","这类事情过去常有,将来也不会少见"。这个叠句是一个重要的发明,因为我们已经看到头韵诗不允许形成诗节,而叠句却可以。然后诗人想起了另一个不幸:被维兰德杀死了兄弟的公主的不幸。他回想起她在发现自己已经怀孕时的悲伤,然后又说道,"这类事情过去常有,将来也不会少见。"诗人回想起日耳曼传统中的暴君,真实的或者历史上的,或传奇的,其中出现了哥特王埃蒙瑞克(Eormenric)。这些在英格兰都有人记得。他谈到埃蒙瑞克和他的狼心:埃蒙瑞克"统治那个浩瀚的哥特国家","*ahte wide folc*",那个"浩瀚的国家"。"*Gotena rices*"是"哥特人的国王"。然后他又说:"*pæt wæs grim cyning*","那是一个残酷的国王"。然后他说,"这类事情过去常有,将来也不会少见"。

我们讨论了盎格鲁-撒克逊哀歌,现在转向实际上属于基督教的诗歌。我们要谈论所谓盎格鲁-撒克逊哀歌中最奇异的一首。这首诗详细讲述了一个异象,可能是真实的也可能是文学创作的异象。通常的标题是《十字架之梦》,虽然也有人用拉丁语派生词将其译为《十字架之见》。这首诗一开始说,"是的,现在我要讲述最为珍贵的梦境",或者异象,因为在中世纪,人们不怎么清楚区分异象和梦境。[托·斯·]艾略特说我们已经不再怎么相信梦境,而是将其归因于生理或心理分析的源头。然而在中世纪,人们相信梦境的神圣起源,这使他们能做更好的梦。

这首诗一开始说,"*Hwæt! Ic swefna cyst secgan wylle*"。"是的,我想要讲述最为奇异的梦境,在夜半三更来到我这里,当能够说话、能够遣词造句的人们在休憩。"也就是说当世界静谧时。诗人说他觉得自己看见了一棵树,最灿烂的树。他说树拔地而起,升上天庭。然后他几乎像电影那样描述了这棵树。他说他看见树在变化,有时流下鲜血,有时覆盖着珠宝和华丽的衣衫。然后他说这棵大树拔地而起高耸天际,受到地上的人们、幸运之人和天堂里天使的敬拜。然后他说,"*leohte bewunden, beama beorhtost*","它高耸入云,这棵灿烂的大树"。而他看见这棵树受到人与天使的敬拜,感到羞愧,感到自己多么罪孽深重。然后,出乎意料,这棵树开始说话,正如数世纪之后,在地狱,在地狱大门上著名的铭文上所说的那样。但丁在门上看到这些暗黑色的文字:"*Per me si va ne la città dolente, / per me si va ne l'etterno dolore, / per me si va tra la perduta gente*",然后是"*queste parole di colore oscuro*",这时我们发现这些文字是写在地狱大门上的。[9]这是但丁的一个了不起的特点。他不会一开始就说,"我看见一扇门,门上是这些文字"。他一开始就谈到这些写在地狱大门上的文字,那是用大写字母雕刻出来的。

但是现在出现了甚至更加奇怪的事情。那棵树,我们现在意识到是十字架,开始说话了。它像个活人那样说话,仿佛某个人想要记住很久之前发生的事情,他快要忘记的事情,因此他在唤起记忆。大树说:"这件事情发生在很多年以前,我依然记得,我是在树林边上被砍下的。我强大的敌人砍倒了我。"然后他讲述了这些敌人如何抬着它,把它插在一个山坡上,他们如何使它成为罪人和逃犯的绞架。

基督出现了。大树祈求宽恕,宽恕它没有倒在基督的敌人身上。这首诗充满了深刻和真实的神秘情感,回首倾听古代日耳曼人的情感。然后,当基督说话时,他被称为"那位年轻的英雄,他是全能的神","*þa geong hæleð, þæt wæs god ælmihtig*"。然后他们用黑色的钉子把基督钉在十字架上,"*mid deorcan næglum*"。十字架感到基督的拥抱时颤抖了,仿佛十字架是基督的女人,他的妻子;十字架分担了被钉十字架的神的痛苦。然后他们把它同基督一起竖起,基督要死了。然后,这首诗第一次用到树这个词——因为此前都一直使用木梁(beam)这个词,如同现代英语词那样,意为树;也就是说,这棵树直到年轻人拥抱它才成为树,两者好似夫妻拥抱那样一起颤抖——然后树说道:"*Rod wæs ic aræred*"。[10]"我(像个)十字架那样被举起来。"直到此时这棵树才成为十字架。然后十字架描述了大地如何变暗,海洋如何颤抖,神殿的圣布如何被撕裂。十字架被等同于基督。然后,又描述了基督死后宇宙的悲伤;随后使徒到达来埋葬基督。十字架称他们为"夜晚悲伤的使徒"。我们不知道诗人是否意识到了"悲伤"和"夜晚"这两个词多么般配,也许这种情绪当时还是全新的。事实是，他们埋葬了基督。从这时起这首诗被稀释了——像几乎所有盎格鲁-撒克逊哀歌，也像西班牙语无赖流浪汉小说中很多段落一样——出于道德考虑而被稀释了。十字架说，在最后审判的那天，那些相信最后审判的人，那些知道如何悔改的人，都将得救。换句话说，诗人忘记了他出色的个人发明：创造一个由十字架来讲述的基督受难的故事，以及十字架也会想到基督的痛苦这样的事实。

盎格鲁-撒克逊人的哀歌有好几首。我认为最重要的是《航海者》——其中对海洋的恐惧和迷恋并存——以及这首不同寻常的《十字架之见》，其中十字架像个活物那样说话。还有其他基督教诗歌谈到十字架时也把它当作活物。有其他基督教诗歌源自《圣经》段落，例如杀死了荷罗孚尼的《犹滴》。有一首诗源自《出埃及记》，这首诗有一个本质上不具诗意却很有趣的特征，因为它表明撒克逊人离《圣经》有多远。诗人必须描述以色列人过红海，被埃及人追赶。他必须描述海水分开让他们通过，然后淹死埃及人。诗人并不知道该如何描写以色列人，因此，由于他们正在过海，他必须使用文字来将他们形容为航海者，他使用了一个我们今天最意想不到的词。当谈到以色列人越过红海时，他称他们为"维京人"。显然对他来说，"航海者"和"维京人"是紧密相关的。

我们现在非常接近撒克逊人的终结。英格兰已经被北欧人侵略，不久将遭到诺曼人侵略。（下一节课我们将探讨撒克逊人统治英格兰的悲惨结局。）撒克逊人将留在英格兰，但他们将像臣属那样留下来，正如不列颠人是撒克逊人的臣属那样。北欧人之于撒克逊人，正如撒克逊人之于不列颠人，即先是海盗，然后是领主。这次征服的历史保存在斯诺里·斯图鲁松的《挪威王列传》和《盎格鲁-撒克逊编年史》中。[11]在谈论英格兰的语言发生了什么之前，下一节课我想花些时间讨论一〇六六年（黑斯廷斯战役之年）发生的事情，然后，我们将了解语言如何变化，英语及其文学发生了什么。

第七课

上帝的两本书　盎格鲁-撒克逊人的动物寓言集
谜语　《坟墓》　黑斯廷斯之役

一九六六年十月二十八日，星期五

整个中世纪一直有上帝写了两本书这个说法。不用说，其中一本书是神圣经文——《圣经》——由圣灵在不同时间传授给不同的人。另一本书是宇宙及其所有造物。人们反复说，学习这两本书——圣书和另一本神秘的书，宇宙——是每位基督徒的职责。十七世纪，培根——弗朗西斯·培根——回到了这个观念，却是以科学的方式。此观念认为，一方面我们拥有神圣经文，另一方面，也拥有我们必须破译的宇宙。但是，在中世纪，我们发现，有两本书——内容卓越的书：《圣经》和另一本书：宇宙（当然，我们也构成了第二本书的一部分）——这个观念应该从道德的角度进行研究。也就是说，不是像培根那样研究自然的问题，如现代科学那样（进行实验，研究实际事物），而是在其中寻求道德范例。这一直延续至今，存在于有关蜜蜂或蚂蚁教会我们努力工作的寓言中，有关蚂蚱很懒惰的观念中。在欧洲各国文学中都可以找到叫做"动物寓言集"(physiologies)的书籍。[1] 此处该词的意思是"医生",或"动物寓言",因为主题是真实的或想象的动物,例如凤凰。人们相信凤凰,凤凰成为复活的象征,因为它浴火、死亡,然后重生。在古英语中,在盎格鲁-撒克逊语言中也有动物寓言。似乎最早,或被认为是最早的动物寓言,是在埃及用希腊语写成,这就是为什么它包含了这么多埃及动物——真实和想象的动物——的原因,例如凤凰,凤凰前往太阳之城,圣城赫利奥波利斯去死。

盎格鲁-撒克逊的动物寓言集只有两个章节保留到今天。这些章节很奇怪,因为它们与豹和鲸鱼有关。足够令人惊讶的是,豹子是基督的象征。[2] 这可能会让我们感到惊讶,但我们还必须记住,对于英格兰的撒克逊人,对于盎格鲁-撒克逊人来说,豹子只不过是《圣经》中的一个词,当然他们从未见过豹子——一种生活在地球上其他地方的动物。有一段经文有关豹子,将其与基督等同,我不记得是《圣经》的哪一节。因此,在有关豹子的盎格鲁-撒克逊文本中——豹子被认为有多种颜色,即有斑点,是一种色彩灿烂、令人眼花缭乱的动物,这只豹子被视同于基督。经文说豹子是具有音乐优美声音和甜美气息的动物,但动物园或动物学似乎无法证明这一点。经文说它会睡很多个月,然后醒来——这可能与基督复活之前死去的日子相符——还说那是一种温柔的动物,人们从城市和乡村前来听它的动听声音,它只有一个敌人:龙。因此,龙成为魔鬼的象征。

有一种我从未能理解的说法，也许你们可以帮我找到答案。那是艾略特的一首诗，我想是他的《四个四重奏》里的，说道："基督老虎来了。"[3]我不知道艾略特将基督等同于老虎是否基于某种有关一个古老的撒克逊文本的记忆，其中将基督等同于豹（其实是一只老虎），或者艾略特只是简单地想引起人们的惊奇——尽管我不这么认为，因为那样就太容易了。基督总是被比作羔羊，一种温顺的动物，也许他在寻找相反的东西。但是，如果果真如此，我认为他不会想到老虎，而会是狼（尽管也许在他看来狼与羔羊的对比太容易了）。艾略特的诗句说："在一年的青春期"（in the juvenescence of the year）——他没有使用 youth 这个词，而是使用了一个古老的词，"juvenescence"，源自中古英语，——"基督老虎来了"。无疑，这令人吃惊，但是我认为当我们阅读艾略特时，我们必须认为，他写诗时是在尝试做某种不仅仅是令他的读者大为惊讶的事情。作为一种文学效果，惊讶只有一时的效果，很快就会失效。

因此，我们有一首关于豹子的虔诚诗歌，豹子被理解为基督的象征，表明基督是赐予人类的。然后我们还有另一首诗《鲸鱼》，考虑到法斯提托卡伦（Fastitocalon）这个名字，尽管我不确定，但我相信这接近希腊语的"海龟"一词。[4]因此这首诗是关于鲸鱼的。撒克逊人对鲸鱼很熟悉。如我们所知，关于海洋的经典隐喻之一就是"鲸鱼之路"，这很好，因为鲸鱼的巨大似乎暗示或强调了鲸鱼的环境，浩瀚的大海。这首诗说鲸鱼睡着了或假装睡着了,水手们误以为那是一个小岛,下船登岛。鲸鱼沉入海水并且将他们吞噬了。此处鲸鱼成为地狱的象征。也许我们可以在爱尔兰传说中找到这个水手误以为鲸鱼是小岛的想法。[5]我想起一幅版画,描绘的是鲸鱼,显然不是小岛,它还在微笑,然后有一条小船。圣布伦丹在小船上,背着十字架,正准备小心翼翼地离开船登上鲸鱼,而鲸鱼在嘲笑他。[6]我们也可以在弥尔顿的《失乐园》中找到这一点,他描述了水手在挪威海岸附近经常遇到一条鲸鱼,他们下船登上鲸鱼,点燃火,火惊醒了鲸鱼,鲸鱼猛地沉入水中,吞噬了水手。此处我们可以看到弥尔顿的诗意。他本可以说鲸鱼"高兴地在挪威海上沉睡",但是他没有这样说。他说"在挪威泡沫上",这要优美得多。[7]

所以,我们有这些残篇,然后还有一首关于凤凰的盎格鲁-撒克逊长诗,以对尘世天堂的描述开始。尘世天堂被想象为东方的高山平原。同样,在但丁的炼狱中,尘世天堂处于某种人工山峦或层叠系统——炼狱的顶峰。而这首撒克逊诗歌用令人联想到《奥德赛》的词汇来描绘尘世天堂。例如,它说没有极端的寒冷或高温,也没有夏季或冬季;没有冰雹或雨,太阳也不令人感到炎热难受。然后又描写了凤凰,这是老普林尼的《自然史》中谈到过的一种动物。我们可以发现尽管老普林尼谈到格里芬、龙或凤凰,但并不意味着他相信这些动物的存在。[8]我认为可以有不同的解释:老普林尼想将有关动物的一切全都纳入一卷书中,所以他收录了真实的和想象的动物,使文本更加完整。但是他本人有时会说:"这令人怀疑"或"据说",因此我们意识到不应该认为他很幼稚,而应该认为他对自然史是什么,有不同的观念。这样的历史必须包括人们肯定知道的事情,不仅有关所有动物,而且有关迷信。例如,我认为,他相信红宝石能使人隐形,祖母绿使人雄辩,等等。我的意思是不,他不相信这些事情。他知道这些迷信的存在,因此也将其纳入他的书中。

我提到两部盎格鲁-撒克逊动物寓言作品,因为它们很新奇,而不是因为它们具有什么绝对的诗歌价值。还有一系列盎格鲁-撒克逊谜语,这些谜语并非意在像希腊谜语那样巧妙。[9] 例如,你们可能还记得著名的斯芬克司谜语:"什么动物早晨四条腿行走,中午两条腿,晚上三条腿?"这是人类生命的延伸隐喻,他是个孩子时会爬行;盛年时是两足动物,双足站立,然后年老(比作日暮)时,拄着拐杖。[10] 盎格鲁-撒克逊谜语并不巧妙,而是对事物的诗意描述;有些谜语的答案未知,另一些答案很明显。例如,有一首关于书蛾的诗歌,说这是一个小偷,晚上进入图书馆,吃着聪明人的文字,却什么也没学到。因此,我们知道这是有关书蛾的。然后有一首诗有关夜莺,有关人们如何听到它。还有一首诗有关天鹅,关于它的翅膀发出的声音,以及一首关于鱼的诗:说它游动,它的家(显然是河)也游动,但如果将其从家中移出,它就会死亡。显然,鱼离开水就会死。换句话说,盎格鲁-撒克逊谜语更像悠闲的诗歌,不巧妙,但具有非常生动的对自然的感觉。(我们已经知道英语文学的特征之一就是从一开始就是对自然的感觉。)我们还有《圣经》诗歌,那仅仅是《圣经》文本的扩展,是辞藻华丽的扩展,远远不如启发其作者的神圣经文。然后,我们还有其他一些借用普通日耳曼神话或传说的主题的诗歌,我认为,我们已经讨论过其中最重要的,那就是史诗《贝奥武甫》、《芬斯堡之战》片段和《布伦纳堡之战》,有丁尼生出色的译文——你们会在任何版本的丁尼生作品集中找到《布伦纳堡之战》的译文——和《莫尔顿之战》,目前我还没有找到它的经典译文,但你们会在[罗伯特·K.]戈登的《盎格鲁-撒克逊诗歌》中发现它的直译版本。[11]

有一首非常悲伤的诗,这是一首在诺曼征服之后写的诗,由美国诗人朗费罗翻译,令人钦佩。他还由西班牙语译出了曼里克的《诗歌》,由意大利语译出了《神曲》,以及北欧人和普罗旺斯吟游诗人的许多诗章。[12] 他翻译了德国浪漫诗人以及德国民谣。他是位博学多才的人,在美国内战年代,为了忘记战争——那是十九世纪最血腥的战争——如我已经说到,他完整翻译了《神曲》,译成十一音节的无韵诗,没有韵律。《坟墓》是一首很奇怪的诗歌,[13] 据认为是十一世纪或十二世纪初写成的,即中世纪中期,基督教时代。然而,在《坟墓》这首诗中并没有提及对天堂的希望或对地狱的恐惧,仿佛诗人只相信肉体死亡,相信身体腐烂,而且还想象——就像在我们的爱德华多·怀尔德的故事《墓地第一夜》中一样——死者能意识到这种身体的腐烂。[14] 这首诗开始是:"对你而言,房子早已建好,早在你出生之前"——也就是说，我们每个人都已经有一个地方供我们埋葬。"对你而言，土地早已注定，早在你出娘胎之前。""Ðe wes molde imynt, er ðu of moder come."你们可以看到它的结尾与英语非常相似，英语的光芒照射出来。然后又说："那房子黑暗……"对不起，是"这幢房子没有门，里面也没有光"，用那种已经兆示、已经预示英语的晚期古英语说道，"Dureleas is pet hus and dearc hit is wiðinnen"。因为有这种盎格鲁-撒克逊语言，我们正在接近英语，尽管没有源于拉丁语的词汇。然后诗歌描述了这所房子，说房子没有很高的屋顶，屋顶仅高及胸部，很低，"在那里你会很孤单，"诗歌说，"你将远离亲友，静静安躺，没有任何亲友会跑去看你，去问你是否喜欢这幢房子。"然后又说："房子锁着，死亡才是钥匙。"然后有更多诗节——出自另一个人之手的四节诗，因为语调不同，因为它说道："没有手会抚摸你的头发。"这表示了一种似乎是事后回忆起的柔情，而整首诗都很悲伤，非常冷峻。整首诗成为一个隐喻：坟墓是人类最后的居所这样一个隐喻。但是这首诗情感强烈，是英语诗歌中一首杰出的诗篇。朗费罗的译文通常放在后面，不仅逐字翻译，而且有时这位诗人还完全遵循盎格鲁-撒克逊诗行一模一样的顺序。在所有盎格鲁-撒克逊文学中，它的语言最简单，因为最接近当代英语。

有大量盎格鲁-撒克逊诗歌选集，有一本是瑞士出版的——我不记得作者的名字了——遵循非常明智的标准，如下所示：没有从《贝奥武甫》或《芬斯堡之战》片段开始，这些都出自七或八世纪,而是始于最近的,即最接近当代英语的诗歌。该选集往上回溯,以十二世纪的盎格鲁-撒克逊诗歌开始,最后回到八世纪的盎格鲁-撒克逊诗歌;这意味着随着我们浏览文本,这些文本变得越来越难,但是起初的文本,一开始的文本能帮助我们理解。

现在我们将完成第二个单元的课程,但也应该说几句关于历史的话。首先,我将讨论语言的历史,以便你们了解盎格鲁-撒克逊语言如何成为当代英语。发生过两个关键事件,这两个事件,当它们发生时,似乎肯定是灾难性的,很可怕,但的确使英语成为阿方索·雷耶斯所说的我们这个世纪的"帝国语言"。[15]也就是说,盎格鲁-撒克逊语言是在语法上比当代英语更复杂得多的一种语言,与德语和现代北欧语言一样具有三种性。西班牙语有两种性,这对于外国人来说已经够复杂了。例如,在西班牙语中一张桌子,*mesa*,是阴性,或者时钟,*reloj*,是阳性,这都不需要理由;就是必须一个个记住。但是古英语,如同德语和斯堪的纳维亚语言,有三种语法的性。就好比我们有阳性的"月亮"(*el luna*),阳性的"盐"(*el sal*),阳性的"星星"(*el estrella*)。据认为阳性的"月亮"属于非常古老的时代,母系时代,是女性比男性更重要的时代,当时妇女统治着整个家庭,因此,更明亮的光——太阳——被认为是阴性的,而在北欧神话中也有类似情况,有太阳女神和月亮(男)神。我在卢贡内斯的《耶稣会帝国》——我猜卢贡内斯没有错——中读到,瓜拉尼语也是这样的，在瓜拉尼语中，太阳是阴性，月亮是阳性。[16] 很好奇这如何影响德语诗歌，因为在德语中，月亮是阳性，*der Mond*，正如 *mona*，月亮，在古英语中是阳性一样，而 *Sunne*，太阳，则是阴性。（尼采在《查拉图斯特拉如是说》中将太阳比作一只在布满星星的地毯上行走的猫。但他没有说"*eine Katze*"，本来也可能是一只母猫，而是说"*ein Kater*"，一只雄猫，雄性。他将月亮视为羡慕地凝视着地球的修士，而不是修女。）因此，或多或少随机的语法里的性也会影响诗歌。在〔古〕英语中，"女人"一词是中性，*wif*，但是有一个词是 *wifmann*，而 *mann* 是阳性，因此"女人"既可以是阳性，也可以是阴性。在现代英语中，这一切都简单得多。例如，在西班牙语中，我们说 *alto*, *alta*, *altos* 和 *altas*；换句话说，形容词根据语法的性变化，而在英语中，我们只有"high"这个词，意为 *alto*, *alta*, *altos* 或 *altas*，具体取决于随后的内容。那么是什么导致这种简化，使当代英语成为一种比古英语在语法上简单得多的语言，尽管词汇上更加丰富得多？是因为维京人、丹麦人和挪威人定居在了英格兰的北部和中部。古北欧语言与英语相似，撒克逊人必须与北欧人交流，他们已经成为撒克逊人的邻居。撒克逊人很快就开始与人数较少的北欧人混杂在一起，北欧种族与撒克逊种族混合在一起。他们必须互相了解，因此，为了做到这一点，并且由于词汇已经非常相似，就出现了一种通用语，英语因此变得更简单了。

对于受过良好教育的撒克逊人来说，这一定是很可悲的。

想象一下，如果突然间我们注意到人们说"*el*" *cuchara*，"*lo*" *mesa*，"*la*" *tenedor* 等，我们会认为："该死，语言在退化，我们这已经是典型的混杂语言了。"但是撒克逊人肯定也有过相同的想法，而没有预见到这将使英语成为一种更简单的语言。请注意今天的英语几乎没有什么语法。从语法上来说，它是最简单的词汇组合，但发音则很难。至于英文拼写，你们都知道专有名词的问题，当有人突然成名时，人们都不知道此人的名字如何发音。例如，当萨默塞特·毛姆（Somerset Maugham）开始写作时，人们会说"莫根"（Mogem），因为没办法知道该如何发音。然后我们还有过去发音时遗留下来的字母。例如，我们有"knife"这个词。为什么有 k？因为这是古英语的发音保留了下来，就像某种丢失的化石一样。[17] 然后在当代英语中我们还有"knight"一词，这似乎很荒谬，但这是因为在盎格鲁-撒克逊语中，*cniht* 一词的意思是"仆人"或"随从"。也就是说，[开头的 c] 是要发音的。然后，英语又由于诺曼人征服而充满了法语词。

现在，我们将讨论一○六六年，即黑斯廷斯战役那一年。有一些英国历史学家说诺曼人入侵之时，英国人的特征尚未完全形成。其他人则说已经形成了。我认为第一种说法是正确的。我认为诺曼人入侵对于英格兰的历史非常重要，这自然意味着对世界历史非常重要。我认为如果诺曼人没有入侵英格兰，今天的英格兰会是另一个丹麦。也就是说，它将是一个民众受过良好教育的国家，政治上令人钦佩，却是地方性国家，对世界历史影响不大。另一方面，是诺曼人使大英帝国成为可能，也使英吉利种族在全世界传播。我认为没有诺曼人入侵，后来就不会有大英帝国了。也就是说在加拿大、印度、南非、澳大利亚就不会有英国人。也许美国也不会存在，换句话说，世界历史会完全不同。因为诺曼人具有撒克逊人缺乏的管理能力和组织意识。我们甚至在《盎格鲁-撒克逊编年史》中也能看到这一点，那是由一位撒克逊修道士撰写的——而撒克逊人是诺曼人的敌人。《编年史》有关征服者威廉这个"杂种"，他是诺曼人，他死时，人们说英国从来没有过比他更强大的国王。[18] 此前这个国家被分为多个小王国。的确，曾经有过阿尔弗烈德大王，但他从未意识到英格兰可以是纯粹盎格鲁-撒克逊或英格兰的。[19] 阿尔弗烈德大王去世时还认为英格兰大部分地区会是北欧国家，其他部分则是撒克逊的。诺曼人来了，而且征服了英格兰，也就是说，他们一直打到了与苏格兰接壤的边界。另外，他们还是精力充沛的种族，具有杰出的组织能力，也有强烈的宗教情感，他们在英格兰到处建造了修道院——尽管撒克逊人当然已经有了宗教情感。但是，让我们看一下英格兰一〇六六那年发生的戏剧性事件。在英格兰有位国王叫哈罗德，是戈德温的儿子。哈罗德有一个兄弟叫托斯蒂格。

在约克郡，我见过两兄弟建造的撒克逊教堂。我不记得确切的铭文，但记得请人读给我听，留下了很好的印象，因为我翻译了这个铭文，这是我随行的英国绅士无法做到的，因为他们没有研究过盎格鲁-撒克逊语。我或多或少研究过，但我可能在那个教堂的铭文上有点作弊。在英格兰，大约仍然有五六十个撒克逊教堂。这是一个小教堂。这些教堂都是灰色石材建造，方形，比较寒酸。撒克逊人并非杰出的建筑师，尽管他们后来在诺曼人的影响下变得如此。在那之后，他们对哥特式风格有了不同的理解，因为哥特式通常趋向于高度。约克大教堂，约克郡的大教堂是欧洲最长的大教堂，具有被称为"约克姐妹"的窗户。克伦威尔的士兵没有摧毁这些窗户，它们是彩绘玻璃窗，多种颜色，但主要是黄色。具有我们今天会称之为抽象风格的那种设计，也就是说，没有人物。这些窗户并没有被克伦威尔的士兵摧毁，虽然他们销毁了所有图像，因为他们认为这些是偶像，但没有摧毁"约克姐妹"这些抽象艺术的前身；它们被保存了下来，很幸运，因为真的很漂亮。

因此，我们讲到哈罗德国王和他的兄弟托斯特或托斯蒂格伯爵，具体拼写视文本而定。伯爵认为他有权拥有部分王国，国王应该在他们之间划分英格兰。国王哈罗德不同意，因此托斯蒂格离开了英格兰，与挪威国王结盟，后者被称为哈拉尔德·哈德拉达、坚毅者哈拉尔德、坚强者……可惜他与哈罗德几乎同名，但是历史无法更改。这个人物很有趣，因为如同许多受过教育的典型北欧人那样，他不仅是个战士，而且也是诗人。似乎在他的最后一次战役，斯坦福桥战役中，他创作了两首诗。他撰写了一首诗，朗诵这首诗，然后说，"不好"。[20] 因此，他撰写了另一首，其中包含了更多隐喻语——比喻——这就是为什么他觉得更好。而且，这位国王还去过君士坦丁堡，并爱上了一位希腊公主。他写了——[詹姆斯·刘易斯·]法利用几乎像是出自雨果的话说——"铁的抒情诗"。[21] 托斯蒂格伯爵也对英格兰押了注，他去挪威寻求与哈拉尔德结盟。他们在冰岛历史学家斯诺里·斯图鲁松称为约尔维克的城市附近，也就是现在的约克市。[22] 那里自然聚集了许多撒克逊人，都是他的而非哈罗德的支持者。他带领军队从南方来。两军对峙，时间是早晨。

我已经告诉过你们，当时的战斗有点像体育比赛。撒克逊军队的三四十名士兵骑马前进。我们可以想象他们身披铠甲，马匹可能也有盔甲。如果你们看过《亚历山大·涅夫斯基》，可能会有助于你们想象这个场景。[23] 我希望你们想一下他们会说的每一个词。这些词很可能是由传说或记录当时场景的冰岛历史学家所杜撰，但是每个词都是有意义的。因此，这四十位撒克逊——我的意思是英格兰——骑兵接近了挪威军队。托斯蒂格伯爵在那，他旁边是挪威国王哈拉尔德。当哈拉尔德在英格兰海岸下船时，他的马绊倒了。他说："旅途中的马失蹄会带来好运。"有点像是尤利乌斯·恺撒在非洲登陆时跌倒，为了防止这种情况被士兵们视为坏兆头，他说："非洲，我牢牢掌控了你。"因此，哈拉尔德是在说一个谚语。然后骑兵靠近了，仍然有一定距离，但足够接近，能够看到挪威人的脸，挪威人也能看到撒克逊人的脸。这一小群人的首领喊道："托斯蒂格伯爵在吗？"托斯蒂格明白意思，说："我不否认我在这里。"然后这位撒克逊骑兵说："我带来了你哥哥英格兰国王哈罗德的消息。他愿给你王国的三分之一,并且宽恕"——他的所作所为,即与挪威异族人结盟并且入侵英格兰。托斯蒂格思考了片刻。他想接受提议,但与此同时,身边还站着挪威国王和他的军队。他说:"如果我接受他的提议,我的主公会得到什么?"——因为另一个人是挪威国王,而他只是伯爵——"我的主人,挪威国王哈拉尔德?"骑士思忖了片刻,说道:"你哥哥也想到了这个,为他提供了六英尺英格兰土地。"他补充说,看着他,"因为他很高,多给他一英尺。"很多个世纪之后,在[第二次世界]大战之初,丘吉尔在一次演讲中说,英格兰一直对所有侵略者如此提议,他同样提议给予希特勒六英尺英国土地。一直是这个提议。

因此,托斯蒂格思考了一会儿,然后说:"这样的话,请告诉你的主人,我们将进行战斗,上帝将决定谁是胜利者。"那个人一言不发骑马走了,同时,挪威国王也听明白了一切,因为两种语言是相似的,但是他一句话也没说。他有他的怀疑。当其他人回到队伍中时,他问托斯蒂格——因为在这次对话中,每个人都表现得很好——"那位很有口才的骑士是谁?你知道吗?"然后托斯蒂格告诉他:"那个骑士是我哥哥,英国国王哈罗德。"现在我们明白了为什么哈罗德首先问,"托斯蒂格伯爵在吗?"他当然知道他在,因为他看到了他的弟弟,但是他以这种方式提问,是向托斯蒂格表明,不能泄露他是谁。如果挪威人知道他是国王,会立即杀了他。

因此，弟弟也表现出了忠诚，假装不认识他，与此同时，他仍然忠于挪威国王，因为他问了"我的主公能得到什么"。挪威国王记住了他们的交谈，说："他不是很高，但是他在马上坐得很稳。"

然后，斯坦福桥战役开始了——战场仍在那儿——撒克逊人打败了托斯蒂格的盟友挪威人，挪威国王征服了早上他被许诺的六英尺英格兰土地。这场胜利让哈罗德感到有些难过，因为他的弟弟也在那里。但这是一次伟大的胜利，因为通常是挪威人击败撒克逊人——但这次不是。

他们正在庆祝这一胜利时，另一名骑兵抵达，疲惫的骑兵，他带来了消息。他来告诉哈罗德，诺曼人已经入侵了南部。因此，因为胜利而疲惫的军队现在必须向黑斯廷斯进发。在黑斯廷斯，诺曼人正在等待他们。诺曼人也是北欧人，但他们已经在法国待了一个多世纪，已经忘记了丹麦语，他们其实是法兰西人。他们有剃光头的习惯。

因此，哈罗德派了一个间谍——当时很容易——派他去诺曼人营地。间谍回来告诉他说可以放心，什么也不会发生，因为营地是修道士的营地。但是，那些人是诺曼人。然后第二天，战斗开始了。有一段描写，如果不是历史性的——即历史意义重大的——那也在另一个意义上是历史性的。现在有另一人加入了行动，另一位骑士。这人是泰勒弗，一位吟游诗人；这个故事中有很多骑士。他是诺曼吟游诗人，他要求"杂种"威廉——后来将成为征服者威廉——允许他做第一个参战的人。他要求获得这种荣誉——可怕的荣誉，因为第一个参加战斗的人必然是第一个死亡的人。所以他开始战斗，挥舞着剑，在惊讶的撒克逊人面前投掷并再捡起剑。撒克逊人是严肃的民族，当然，我认为现在他们中间已经没有很多这样的人了。然后他唱着《罗兰迪之歌》开始战斗，唱的是《罗兰之歌》的古老版本。（马姆斯伯里的威廉撰写的《古代英吉利编年史》这样告诉我们。）[24] 仿佛整个法国文化，法国全部的光芒都随着他进入了英格兰。

战斗持续了一整天。撒克逊人和诺曼人使用了不同的武器。撒克逊人有战斧——可怕的武器。诺曼人无法冲破撒克逊人的包围，因此他们诉诸古老的战争诡计：假装逃跑。撒克逊人追赶他们，诺曼人调转头打败了撒克逊人。就这样结束了撒克逊人在英格兰的统治。

还有另一段诗意的描写——尽管是另一种诗意——那就是海涅题为《黑斯廷斯战场》（*Schlachtfeld bei Hastings*）的一首诗的主题。*Schlacht* 当然与英文单词"slay"（杀死）和"slaughter"（屠杀）相关。英格兰的"slaughterhouse"（屠杀场）是杀死动物的地方。[这段描写]如下：撒克逊人被诺曼人打败了。他们理所当然会失败，因为他们在战胜挪威人的战役中就已经死去了十之八九，因为当他们到达时已经非常疲惫了，等等。还有一个问题，那就是找到国王的尸体。有"商人"跟随军队，当然他们会从死者那里偷走盔甲，从马匹身上偷走装饰，黑斯廷斯战场上到处都是死去的人和马匹。附近有一家修道院，修士当然想给英格兰最后一位撒克逊国王哈罗德一个基督教葬礼。一位修士，修道院院长，还记得国王有位情妇。对她没有描述，但我们可以轻易想象，因为她名叫伊迪丝·斯万内莎（Edith Swaneshals），意为"天鹅颈"伊迪丝（Edith Swanneck）。因此，她该是一个非常高大的金发女人，脖子修长。她是国王拥有的众多女人之一。他厌倦了她，抛弃了她，她住在树林中的一个小屋里，过早地变老了。（那时人们老得很快，就像他们很快成熟一样。）因此，修道院院长认为，如果有人可以辨认出国王的尸体——或更确切地说，国王赤裸的尸体——他肯定是这样想的——那此人就是这个女人，她非常熟悉他，是被他抛弃的。于是他们去了小屋，那个女人走了出来，此时已经是一位老妇人了。修士告诉她，英格兰已被法国人，诺曼人征服，就发生在附近，黑斯廷斯，他们请她来寻找国王的尸体。编年史是这么说的。海涅当然借用它来描述战场，描述这位可怜的女人，她穿过死人的恶臭和吞食尸体的猛禽，突然之间她认出了自己所爱的男人的身体。她什么也没说，只是吻遍了他全身。于是，修士认出了国王，将他埋葬，给了他一个基督教的葬礼。

还有一个传说保存在一部盎格鲁-撒克逊编年史中，说哈罗德国王并没有死在黑斯廷斯，而是在战斗结束后退居一家修道院，在那里忏悔他所有的罪孽——似乎他的生活充满动荡。[编年史还说，]有时征服者威廉——他从此统治英格兰——有难以解决的问题，就会去拜访这位匿名的修士——他曾经是英格兰国王哈罗德——会问他应该怎么做。他总是听从他的建议，因为当然他们两人——征服者和被征服者——都关心英格兰的福祉。因此，你们可以在这两个版本之间进行选择，尽管我猜你们会喜欢第一个，关于天鹅颈伊迪丝认出了她的老情人，而不是另一个，关于国王的那个。

然后有两个世纪，在这两个世纪中，仿佛英国文学在地下发展，因为宫廷里说的是法语，神职人员说拉丁语，老百姓说撒克逊语（四种撒克逊方言也与丹麦语混杂在一起）。从一〇六六年到十四世纪，人们必须等待英国文学——以粗鲁、笨拙的方式像地下河流一样继续——重新出现。然后出现了乔叟、兰格伦这样伟大的名字，然后有了一种语言，被法语渗透了的英语，以至于的确，现在英语词典中包含的拉丁词比日耳曼词更多。但日耳曼词是根本，是与火、金属、人、树相对应的词，而与此相反，所有文化词语都来自拉丁语。

我们就此结束第二单元。

第八课

十八世纪前的简史　塞缪尔·约翰生生平

一九六六年十月三十一日，星期一

上星期五到现在仅过去了几天，但对于我们的学习而言，仿佛过去了很长的时间。我们要离开十一世纪，大步飞跃，直接抵达十八世纪。但是首先，我们应该总结一下这期间发生的重要事件。

黑斯廷斯战役标志着撒克逊人在英格兰统治的结束，此后，英语陷入了危机。从第五到第七世纪，英国历史与斯堪的纳维亚相关，无论是通过丹麦人——盎格鲁人和朱特人来自丹麦，也来自莱茵河口——还是伴随维京人入侵的挪威人。但是在一〇六六年诺曼人征服之后，英格兰与法兰西建立了联系，脱离了斯堪的纳维亚历史及其影响。文学遭遇断裂，两个世纪后英语又随着乔叟和兰格伦一起重新出现。

起初，我们可以说，与法兰西的联系是以好战的形式出现的：在百年战争中，英格兰人被彻底击败。十四世纪，在英格兰出现了新教最早的迹象，比其他任何地方都早。此时，将成为大英帝国的某种形式开始形成：与西班牙的战争使英格兰获得了在海洋上的胜利和优势。

十七世纪发生了内战，议会反叛国王，共和国兴起，这个事件当时使欧洲各国大惊失色。共和国没有长久，然后是复辟时代，最终君主制回归，一直延续到今天。

十七世纪是形而上学、巴洛克诗人的世纪。这是共和派约翰·弥尔顿撰写他的伟大诗篇《失乐园》的时代。而到了十八世纪，理性主义帝国兴起。这是理性的世纪，作文的理想已经改变，不再是十七世纪的华丽散文，而是力求清晰、雄辩和表达逻辑诉求。在对待抽象思想时，源自拉丁语的词被大量使用。

现在我们来谈塞缪尔·约翰生的生平，那是广为人知的生平，是我们比对任何一个文人都更了解的生平。我们之所以了解，是因为他的朋友詹姆斯·鲍斯威尔的工作。

塞缪尔·约翰生出生于斯塔福德郡利奇菲尔德城，那是英格兰一个内陆城镇，从专业上来讲，这并非他的家乡。也就是说，这不是他工作的家乡。约翰生一生都致力于文学。他于一七八四年法国大革命前去世，他肯定会反对法国大革命，因为他是一个拥有保守观念的人，而且具有深厚的宗教信仰。

他童年时代生活贫穷。他是个病弱的孩子，患有肺结核。他还年幼的时候，父母带他去伦敦，让女王触摸他，希望能借此治愈他的疾病。他最初的记忆之一就是女王抚摸他，给了他一枚硬币。他父亲是个书商，这对他来说非常幸运。除了在家里读书，他还就读于利奇菲尔德文法学校。"利奇菲尔德"(Lichfield)意为"死者之地"。

塞缪尔·约翰生身体很糟糕,尽管他非常强壮。他既粗壮又丑陋,他会神经抽搐。他去了伦敦,生活在贫困中。他曾就读牛津大学,但从未毕业,哪怕接近毕业都不曾:他被人嘲笑了出来。因此他回到利奇菲尔德并创办了一所学校。他娶了一位年长的妇人,比他年纪大,一位又丑又老、可笑的女人。但是他对她很忠实,也许当时,这可能表明他有多么虔信宗教。然后她死了。他也有恐惧症,例如,他会小心翼翼地避免踩踏石板之间的缝隙,他还避免碰到柱子。但是,尽管有这些怪癖,他依旧是他那个时代最明智的知识分子之一;他拥有真正杰出的才智。

妻子去世后,他前往伦敦,在那里出版了他翻译的耶稣会士洛博神父的《阿比西尼亚游记》。[1] 然后他写了一本关于阿比西尼亚的小说来支付母亲的丧葬费用。他在一周内写了那本小说。他出版了几本期刊,每周出一期或两期,他是主要撰稿人。尽管发表有关议会会议的记述是违法的,他还是经常去参加会议,然后发表他的记述,并添加一点文学幻想。例如,在他的报道中,他会杜撰发言,而且他总是设法展示保守派最好的一面。

在此期间,他写了两首诗:《伦敦》和《人愿皆空》。当时在英格兰,蒲柏被认为是最伟大的诗人。约翰生的诗作匿名出版,流传广泛,据说比蒲柏的更好。一旦他的身份为人所知,蒲柏也表示祝贺他。《伦敦》是翻译尤维纳利斯的讽刺作品。[2] 这向我们表明了当时翻译的概念与我们今天的概念相比多么不同。在那个时代，忠实翻译的概念——如今天人们所认为的翻译是逐字忠实的工作——并不存在。这种直译的概念是基于《圣经》的翻译，那确实是以高度尊重的态度来进行的。《圣经》由无限的智慧创作出来，是凡人无法触摸或改变的经书。因此直译的概念并没有任何科学来源，而是尊重《圣经》的标志。格鲁萨克说："十七世纪的《圣经》英语是与《旧约》《新约》的希伯来文一样神圣的语言。"[3]约翰生以尤维纳利斯作为《伦敦》的范本，并将尤维纳利斯笔下罗马诗人生活令人不快的方面用于伦敦诗人的生活。所以，显然他的翻译无意按字面意思进行。

约翰生通过他出版的期刊而为人所知，以至于在作家中，他被认为是最重要的人物之一，他被认为是当时最好的作家之一，但公众并不认识他，直到他出版了他的《英语词典》。[4]约翰生认为英语已经达到顶峰，并且由于法语的不断腐蚀而正在衰退。因此，当下正是修复它的时候。关于这一点，约翰生说："英语正在失去其条顿人的特征。"

根据卡莱尔的说法，约翰生的风格"生硬刻板"。的确如此；他的段落又长又沉重。尽管如此，我们仍然可以在每一页上找到明智而有原创性的想法。布瓦洛写道，没有将行动地点视为独特的悲剧是荒谬的。[5]约翰生对此表示反对。布瓦洛说观众不可能既相信"任何地方"，也相信，例如，亚历山大城。他还批评任何时间统一性的缺乏。从常识的角度来看，这种看法似乎无可辩驳，但约翰生反驳他，说："只要没发疯，任何观众都非常清楚自己不在亚历山大城或其他任何地方，而是在剧院里，在座位上观看一场表演。"这个回答针对的是三一律，该规则源自亚里士多德，并且得到了布瓦洛的支持。

因此，一个书商委员会拜访了约翰生，提议他编写一本词典，涵盖语言中所有的单词。这是全新和不同寻常的事情。在中世纪——十世纪或九世纪——当一位学者阅读拉丁文时发现了一个他不懂的异常单词时，他会将自己的白话译文写在一行行字之间。然后学者将聚集在一起创建词汇表。但是起初他们只收录艰难的拉丁词，这些词汇表是分开出版的。然后他们开始编写词典。首先是意大利语和法语字典。在英国，第一本词典是由意大利人编写的，叫做《语词世界》。[6]接下来是一本词源字典，该词典试图收录所有单词，但并不解释其含义，而是给出单词的拉丁语或撒克逊语起源或词源，或更确切地说，撒克逊语或条顿语起源。在意大利和法兰西，学术机构还撰写并不收录所有单词的词典。他们不想收录全部单词，他们排除了那些土气的、方言的、俚语或过于技术化的、只适合具体行业的词。他们不想只有丰富的词汇，而是要有一些好的词。他们最想要的是精确，而且要限制语言。在英格兰没有学术机构或任何类似的东西。尽管约翰生本人出版了一本英语词典，其主要目的是固定语言，但连他都不相信语言可以被确切地固定下来。语言属于渔民，而不是学者。也就是说，语言是卑微者偶然创造的，但是其使用却创建了正确性规范，应该在最好的作家中寻求。为了寻找这些作家，约翰生确定了从菲利普·西德尼爵士到复辟之前作家的时间范畴，他认为，这个时间段恰好对应了语言因引入高卢或法语来源词而导致的衰败。

因此，约翰生决定编写一本词典。当书商去见他时，他们签了合同。合同说明这项工作需要三年时间完成，他将获得一千五百英镑的报酬，最终他获得了一千六百英镑。他希望这本书成为一种选集，每个单词都要有一段文字出自一部英语经典。但他无法完成他的全部计划。他想做很多事情，包括每个单词都附带几段文字，以显示所有细微差别。但是他对自己出版的两卷词典不满意。他重新阅读了经典作家，英语作家。在每部作品中，他都标记那些单词使用得很好的段落，标记下来之后，再把第一个字母写在旁边。他用这种方式标记了他认为能解释每个单词的所有段落。他有六个抄写员，其中五个是苏格兰人……约翰生几乎不懂古英语。后来增加的词源部分是他作品最弱的地方，还有定义。由于他对古英语无知，他对词源无能为力，他开玩笑地如此定义词典编纂者："词典的作者，无害的苦力。"然后他称自己为词典编纂者。

有天他的一位朋友告诉他，法兰西学院及其四十个成员花了四十年时间编纂了一本法语词典。坚定的民族主义者约翰生回答道："四十个法国人对一个英国人：正确的比例。"而且他还对时间进行了相同的计算：如果四十个法国人花费了四十年，那就意味着总共一千六百年；这等于一个英国人需要的三年。但事实上他花了九年而不是三年来完成他的工作，而书商一直都指望他履行诺言，这就是为什么他们多给了他一百英镑。

在韦伯斯特词典出版之前，这部词典一直被认为是很好的。[7] 现在我们可以知道，韦伯斯特这位美国人的知识胜过约翰生。（今天，《牛津词典》是最好的；这是该语言的历史性词典。）约翰生的名气归功于词典。他最终被称为"词典约翰生"。当鲍斯威尔第一次在书店里看到约翰生时，人们是用他的绰号"词典"来指认他的，这也是因为他的长相。

约翰生多年来都非常贫穷——有段时间，他与切斯特菲尔德勋爵进行着一场书信式决斗，这种情景后来出现在他的诗歌《伦敦》中：阁楼和监狱，然后是赞助人。[8] 大约在那个时候，他出版了一个莎士比亚戏剧的版本。事实上，这是他最后一部作品。他的序言毫无崇敬之意，他指出莎士比亚作品的所有缺陷。约翰生还写了一部悲剧，其中还出现了穆罕默德，还有一部短篇小说，《王子出游记》，人们将其与伏尔泰的《老实人》相比。在生命的最后几年，约翰生放弃了文学，把时间花在小酒馆里进行对话上，他在那里是围绕着他形成的一个文学沙龙的首领，或者更确切地说，是独裁者。塞缪尔·约翰生放弃了他的文学生涯，却表现出自己是伟大的英国心灵之一。

第九课

塞缪尔·约翰生的《王子出游记》 佛陀的传说
乐观主义与悲观主义 莱布尼兹与伏尔泰

一九六六年十一月二日，星期三

今天，我们将讨论《王子出游记》的故事。这并非约翰生最有代表性的作品。他给切斯特菲尔德勋爵的信更具特色，还有《漫步者》上刊登的数篇文章，或者《词典》的序言，或者他的莎士比亚剧作评注版序言。[1]但是［《王子出游记》］是你们最容易获得的作品，因为有马里亚诺·德·贝迪亚·米特雷的译本，而且无论如何这是一本很容易读的书：可以在一个下午读完。[2]据说约翰生写这本书是为了支付他母亲的葬礼费用，那时他已经完成了词典，已经成为英国最有名的作家（但他不是有钱人）。让我们从原标题开始："阿比西尼亚王子拉塞拉斯"，让我们记住一个重要事实：塞缪尔·约翰生出版的第一部作品之一——或者就是第一部作品——是翻译葡萄牙耶稣会士洛博所著的《阿比西尼亚游记》，约翰生没有直接从原文翻译，而是根据法语译本翻译的。[3]现在对我们来说重要的是，约翰生了解关于阿比西尼亚的有关信息，因为他翻译了一本关于那个国家的书。但是，在他的短篇小说或长篇短故事《王子出游记》中，他一点都没有利用他对阿比西尼亚的了解。我们不应该认为这是约翰生的疏忽或者是他忘记了，这对于像他这样的人而言是非常荒谬的。我们应该考虑他对文学的观念与我们的当代观念截然不同——并且应该到此为止。无论如何，《王子出游记》中有一章，其中人物之一诗人伊木拉克解释了他的诗歌观念。显然，由于约翰生——他可以做成很多事情——从来都杜撰不出任何人物，伊姆拉克在这一章——名为"论诗"——中表达了约翰生对诗歌和文学的总体观念，我们可以这么说。拉塞拉斯王子问智慧的诗人伊木拉克什么是诗歌，什么是诗歌的本质，伊木拉克告诉他，诗人的作用不是去数郁金香上的条纹或思忖树叶的各种绿色调，诗人不应该关注个别，而应该关注总体，因为诗人为后代而写作。他说诗人不应该关心局部，关心属于一个阶级、一个地区、一个国家的东西，因为诗歌具有成为永恒的崇高使命，诗人不应该担心问题——约翰生没有使用"问题"一词，因为当时该词专门用于数学——不应该担忧他那个时代，而是应该寻求人类的永恒，人类永恒的激情，以及诸如人类生命的短暂，命运的沧桑，我们对永生的希望、罪恶、美德等等。

换句话说，约翰生的文学观念与当代人不同，与我们的不同。现在人们本能地感到每个诗人都属于他的民族、他的阶级、他的时代，但是约翰生的目标更高，约翰生认为诗人应该为他那个世纪的所有人写作。这就是为什么《王子出游记》，除了一个地理参照——它提到了水之父尼罗河的源头，或者一两个与天气有关的地理参照——以及一切都发生在阿比西尼亚之外，其实也可以发生在其他任何国家。约翰生这样做，我再说一遍，并非出于疏忽或无知，而是因为这符合他的文学观念。此外，我们一定不要忘记《王子出游记》写于两百多年前，在此期间，文学惯例发生了很大的变化。例如，有种文学惯例是约翰生接受了的，但现在对我们来说似乎很尴尬：独白。他的角色沉迷于独白。约翰生这样做并非因为他认为人们习惯独白，而是因为这是他表达自身感受的便捷方式，而且同时表现他自己的口才，这非常好。让我们想想塔西佗的历史著作中类似的演讲例子。塔西佗当然不认为那些野蛮人会对他们的部落进行这样的演讲，但是演讲是表达这些人可能会如何感受的一种方式。塔西佗的同时代人并不认为他的演讲是历史文献，而是视为帮助他们了解塔西佗所描述对象的修辞方式。

最初，《王子出游记》的风格看上去似乎有点幼稚和过分修饰。但是约翰生相信文学的尊严。它似乎很缓慢，风格步履蹒跚，犹豫不定。但是八到十页之后，这种缓慢让我们感到高兴——或者无论如何，对我而言，对许多人而言是如此。阅读时有一种宁静，我们必须习惯它。约翰生使用寓言来开头。通过寓言——当然是很微妙的——我们感到了忧郁、严肃、认真、正直，这在约翰生全都是根本性的。

《王子出游记》中的寓言如下：作者想象阿比西尼亚皇帝们将一个山谷与该王国其他地区隔离开来，山谷叫作"幸福谷"，靠近尼罗河——如他所说的水之父——的源头，被高山包围。从这个山谷到世界的唯一通道是通过一扇青铜大门，大门时刻有人看守，非常坚固而且非常巨大，的确不可能打开。然后他说，一切可以使人感到悲伤的东西都已经被排除在这个山谷之外。有草地和树林围绕山谷，土地肥沃；有一个湖，王子的宫殿在湖中央的一座小岛上。王子在那里生活，直到皇帝驾崩，然后就轮到最年长的王子成为阿比西尼亚皇帝。同时，王子和跟随他的人尽情享乐——当然，不仅是身体上的享乐，这在书中很少提及（约翰生是位尊重读者的作家；如果我们还记得布瓦洛所言，"法国读者／必须受到尊重"。这也适用于当时所有的读者），也包括智力上的愉悦，科学和艺术的愉悦。这种关于一个王子命定受到快乐的囚禁的想法可以——约翰生本人可能对此一无所知——在佛陀的故事中找到共鸣，尽管也可能会通过巴兰与约沙法的故事为他所知，这是洛佩·德·维加一个喜剧的主题：一位王子在人造的幸福中长大。[4] 我们可能还记得佛陀的传说可以概述如下：大约公元前五世纪印度有个国王——赫拉克利特和毕达哥拉斯的同时代人——通过一个正在分娩他儿子的女人的梦向他揭示，他的儿子可以成为世界的皇帝，或者可以成为佛陀，注定要从无休止的轮回中拯救人类的人。父亲自然希望他成为世界的皇帝，而非人类的救世主。他知道如果儿子发现了人类的苦难，就会拒绝当国王,并将成为佛陀,救世主——"佛陀"一词的意思是"觉悟"。因此他决定让这个男孩隐居在宫殿里,永远不让他知道任何关于人类苦难的事情。王子是位杰出的运动员、弓箭手和骑手。他有很大的后宫,他长到了二十九岁。他在生日那天乘马车出游,走到了朝北的一个宫殿大门。他在那儿看到了从未见过的东西:一个满脸皱纹的陌生人,他弯腰倚在拐杖上,步履蹒跚地走着,白发苍苍。王子打听这个陌生人,他看上去都不大像人类。驾马车的人说他老了,随着时间的流逝,他也会成为那个老人,所有人都将老去或已经老了。他回到自己的宫殿,因为所见而非常不安,一段时间后,他又去出游,走的是另一条路,遇到了一个卧倒路边的人,他非常苍白消瘦,也许他的苍白源于麻风病。他问这人是谁,人们告诉他说是个病人,随着时间的流逝,他也会像这个生病的人一样,所有人都会。然后,他第三次出游时向南走,结果发生了一些更加奇怪的事情。他看到几个人扛着一个似乎在睡觉的人,但他没有呼吸。他问这人是谁,人们告诉他说是个死人。这是他第一次听到"死"这个词。然后他第四次出游,看到一个老而健壮,穿着黄色长袍的男人,他问是谁。他们告诉他说是隐士,瑜伽士("瑜伽"〔yoga〕一词与"轭"〔yoke〕同词根,意思是"纪律"),那个人已经超越了世界上所有的苦难。然后悉达多太子从宫殿逃离,决定寻求救赎;他成为佛陀,并向人类传授救赎。根据这个传说的一个版本——请原谅我跑题,但这个故事很美——王子、驾车人和他看到的四个人物——

老人、病人、死人和隐士——都是同一个人。也就是说，他采取了不同的形式来实践菩提萨埵——佛陀前身——的命运。(在约沙法这个名称中也有这个词的回声。)这个传说的某种回声肯定被约翰生听到了，因为那个传说中的王子是一样的：我们有一个在幸福谷中完全与世隔绝的王子。这位王子到了二十六岁——可能是佛陀的传说中二十九岁的回声——他对自己的一切欲望都得到满足感到不满。他想要什么东西，就立即得到什么，这使他陷入了绝望。他离开了到处都是音乐家和寻欢作乐的宫殿——他离开宫殿，独自走了出去。然后他看到了动物，瞪羚和乌鸦，再往前走，沿着山坡，看到了骆驼、大象。他以为那些动物很快乐，因为它们所要做的就是希望得到某种东西，一旦需求得到满足，它们就开始打瞌睡。但是人有某种无限的渴望：一旦他渴望的一切都得到满足，他就会渴望其他事情，他甚至都不知道那是些什么。然后他遇见了一个发明家。这位发明家发明了一种飞行器。他建议王子登上飞行器，逃离幸福谷，直接去了解人类的苦难。然后是阿方索·雷耶斯在他的著作《雷林德罗》中引用的一段有点滑稽的话。[5] 那好像是我们现代科幻小说的前身，例如威尔斯或布拉德伯里的作品：发明家坐着他原始的机器从一个塔中起飞，掉下来摔断了一条腿。王子意识到他必须找到其他逃离山谷的方式。然后他与伊木拉克交谈，我们已经讨论过这位诗人的诗歌观念；他与妹妹交谈，妹妹也同他一样对幸福感到厌倦——厌倦每个愿望立即得到满足——他们决定逃离山谷。此处小说突然变成了一个心理故事，因为约翰生告诉我们，做出逃离的决定后，王子一年都很开心，该决定本身对他来说就足够了，他没做任何事情来实施这个决定。每天早晨他都想到，"我要从山谷中逃脱"，然后享受宴会、音乐，追求感官和心智的愉悦，就这样度过了两年时光。一天早上，他明白自己一直在靠希望生活，因此他出去探索高山，看他是否能找到任何东西，最后他找到了一个山洞，河流中的水通过它排入湖中。在伊木拉克的陪伴下，他探索了山洞，发现那里有个地方，有个洞穴，他可以从那里逃脱。下了决心三年之后，他、他妹妹、伊木拉克，还有他宫廷中一位名叫佩库阿的女士决定离开山谷。他们知道只需要翻过山就能得到自由；没有其他人知道穿过岩石的路径。所以他们选择了一个晚上逃离，遭遇了一些挫折——不多，因为约翰生并非在写冒险故事，而是重写关于人类虚幻希望的诗作——他们发现自己到了山另一侧的北部。然后他们看到一群牧羊人，起初——这是一部非常展示人性、非常真实的小说——王子和公主感到很惊讶，牧羊人没有跪在他们面前，即使他们想要跟普通人一样，他们当然还是习惯了朝廷的仪式。他们朝北走，那里的一切事情都令他们惊讶，甚至人们对他们的冷漠也令他们惊讶。他们秘密地携带了珠宝——因为阿比西尼亚国王的宝藏都在宫殿里，宫殿里还有塞满珠宝的空心圆柱。有间谍监视着王子和公主，但他们设法逃脱了。然后他们到达红海的一个港口，对港口和船只大为惊叹。几个月过去了，他们才乘船出发。公主一开始很害怕，但是她的哥哥和伊木拉克告诉她必须坚持自己的决定，然后他们起航。人们希望此时作者会插入一场暴风雨，只是为了娱乐读者。但是约翰生并没有想到这样的事情。约翰生以如此缓慢的音乐风格写作这本书，这本身就非常了不起，这本书中所有的句子都达到了完美的平衡，没有一句话会突然结束，我们发现有种虽然单调却非常灵敏的音乐感，这就是约翰生在思念他深爱的母亲死亡时写的东西。

最终他们到达了开罗。读者明白开罗是一种隐喻，影射伦敦。此处描述了这个城市的商业活动；王子和公主在这些人群中茫然自失，人群拥挤，把他们推搡到一边。伊木拉克出售了一些他们带来的珠宝；他买了一座宫殿，在那里作为商人居住下来，会见埃及——即英格兰——最重要的人物。之所以说是在英国，是因为约翰生从《天方夜谭》（十八世纪初由法国东方学者加朗翻译[6]）中摘取了所有这些东方的装饰。很少有什么东方色彩；约翰生对此不感兴趣。然后他谈到欧洲国家。伊木拉克说，与欧洲民族相比，这些人是野蛮人。欧洲民族有彼此之间交流的方式。他谈到很快送达的信件、桥梁，他又谈到了许多船只。（他们已经乘坐了一艘船从阿比西尼亚驶入开罗。）王子问欧洲人是否更快乐，伊木拉克回答说智慧和科学比无知更可取，野蛮和无知不可能成为幸福的根源，欧洲人肯定比阿比西尼亚人更有智慧；但是根据他与欧洲人的交往，他不能断言他们是否更幸福。然后我们听到了几位哲学家之间的对话。其中一人说，如果一个人遵守自然法则,他就能幸福,但他无法解释这些法则是什么。王子知道自己与他交谈的次数越多,对自然法则的了解就会越少。他客客气气地道别,然后他听说了一位隐士的事情,这位隐士独自在泰拜德住了十四年。[7]他决定去拜访他。几天之后——我认为他是骑骆驼旅行的——他到达了隐士的洞穴,洞穴分成几个房间。隐士为他端出肉和酒,他本人是个节俭的人,只吃蔬菜和牛奶。王子让他讲讲自己的故事,隐士说他曾经是名士兵,经历了战争的动荡不安,失败的耻辱,胜利的喜悦。他出了名,看到一个能力较差、不那么勇敢的军官由于在宫廷耍弄阴谋诡计,却获得了更高的职位。所以他避世隐居,多年来一直独自生活,致力于冥想。王子——这是个道德小故事,是关于一位寻求幸福的男人的寓言——问他是否幸福。这位哲学家回答说隐居并没有让他忘记城市的景象、城市的罪过和欢乐。从前所有这些欢乐都触手可及,他可以满足自己,然后思考其他事情。但是现在,他独自生活,唯一可做的事情就是思考这座城市以及他放弃的欢乐。他告诉他们,很幸运他们那天晚上来,因为他已经决定第二天回开罗去,他放弃了隐居。王子说他错了。对方告诉他,当然对他来说隐居曾经是一件新颖的事情,但是现在他已经一个人待了十四五年,已经彻底厌倦了;他们互相道别,王子去参观一座大金字塔。约翰生说金字塔是人类最伟大的作品,金字塔,还有中国的长城。他说,长城还有个解释:一边是心怀忧虑、和平、高度文明的民族;另一边是成群的蛮族骑兵,他们可以被一堵墙阻挡,人们可以理解为什么要建造一堵墙。至于金字塔,我们知道那是坟墓,但并不需要如此庞大的结构来保存一个人。

然后王子、公主、伊木拉克和佩库阿到达金字塔入口,公主很害怕——恐惧是小说中描写到的她唯一的情感——她说她不想进去,里面可能会有死者的亡灵。伊木拉克告诉她没有理由认为亡灵会喜欢尸体,并且他已经进去过,他请求她进去。总之他会第一个进去。公主同意跟随。然后他们到达一个大房间,他们在那里谈到了建造金字塔的人。他们说:"这里有一个对巨大帝国拥有无限权力的人,很明显,他可以随便满足自己所有的愿望。但是即便如此,他得到了什么呢?只有无聊,只有强迫成千上万的人将一块石头堆砌在另一块石头上,直到建造了毫无用处的金字塔。"此处我们可能会想到十七世纪的作家托马斯·布朗爵士,是他写了你们都知道的这句话:"玫瑰的幽灵。"[8](我想这句话是托马斯·布朗爵士发明的。)明智的伊木拉克在谈到金字塔时问道:"谁不可怜建造金字塔的人呢?"然后王子说,"谁会相信权力、奢侈和无所不能可以使人幸福呢?我会告诉那个人去看看这些金字塔,承认他的愚蠢。"[9]

然后他们参观了一个修道院,在修道院里他们与修道士交谈,修道士说习惯了艰苦的生活,而且他们知道自己的生活会很艰难,但他们不确定这样会幸福。他们还谈论爱情,谈论爱情导致的焦虑和不确定幸福的变化无常。见识过了世界,见过了各色各样的人及其城市,王子、伊木拉克、公主和佩库阿(公主的侍女)决定返回幸福谷,那里他们不会幸福,但也不会比在山谷外面更痛苦。

换句话说,《王子出游记》的整个故事实际上是排斥人的幸福,并且人们将其与伏尔泰的《老实人》相提并论。如果我们逐行逐页比较伏尔泰的《老实人》和约翰生的《王子出游记》,我们立即就会知道《老实人》这本书比《王子出游记》出色得多,但伏尔泰的出色本身反驳了他自己的主题。伏尔泰的同时代人莱布尼兹的理论是我们生活在可能达到的最好的世界上,而这被戏称为"乐观主义"。[10] 我们现在用"乐观"一词来表示"好心情",这曾是一个杜撰出来对付莱布尼兹的词,他相信我们生活在最好的世界上。他有个寓言想象了一座金字塔,那座金字塔有个顶点,但没有底。金字塔的每一层都对应一个世界,每一层的世界都比其下面的世界更好,依此类推,无穷无尽——金字塔没有底,所以严格来说是无限的。然后莱布尼兹让他的主人公在金字塔的每一层中都度过一生,最后,经过无限的轮回后,他到达了顶点。当他到达最后一层时,他有一种类似于幸福的感觉,他认为自己已经到达天堂,然后他问道:"我现在在哪里?"然后他们解释说那是地球。也就是说,我们处于最可能幸福的世界中。当然,这个世界充满了不幸;我觉得牙痛都足以说服我们相信自己并没有生活在天堂。但莱布尼兹解释说那等同于一幅油画中的暗色调。对此他杜撰了一个说法,既很出色又错得离谱。他让我们去想象一个拥有一千卷书籍的图书馆,每一卷书都是《埃涅阿斯纪》——也可以是《伊利亚特》,如果你愿意的话。(据信《埃涅阿斯纪》或《伊利亚特》是所有文学作品中最高的成就。)那么,你们愿意要哪种呢?藏有一千卷《埃涅阿斯纪》——或者《伊利亚特》或任何你非常喜欢的其他书籍,因为就这个例子而言,哪一种书籍都没有关系——的图书馆?或者你们更喜欢只藏有一本《埃涅阿斯纪》,加上其他水平差得多的作家的作品,例如我们任何一个当代作家的作品?读者显然会回答更喜欢有各种各样书籍的图书馆。莱布尼兹回答:"好的,那另一个图书馆就是世界。"在世界上,我们有完美的生命和幸福的时刻,就像维吉尔一样完美。但我们也有和某某先生——无需在这里提到名字——的作品一样糟糕的书籍。

但这个例子是错误的,因为读者可以从那些书籍中进行选择,而如果我们命中注定必须选择某某先生那部可怕的作品——那么谁知道我们能否幸福呢?克尔恺郭尔也举过类似的例子。他说我们可以想象一道美味的菜,那道菜所有的成分都很美味,但是必须在那道菜的成分中添加一点苦味芦荟。然后他说:"我们当中的每一个人都是那道菜的成分之一,但是如果我命中注定是那一滴苦味芦荟,我会和一滴蜂蜜那样幸福吗?"有着深厚宗教情怀的克尔恺郭尔说:"从地狱的深处,我将感谢上帝让我做那滴苦味芦荟,如果那是宇宙变化和构想所必需的。"伏尔泰不是这样想的;他认为世界上有很多邪恶,邪恶多于善,所以他写了《老实人》来展示悲观主义。他首先选择的例子之一是里斯本大地震，他说上帝允许里斯本大地震发生，是为了惩罚那地方居民的许多罪过。伏尔泰想知道里斯本居民是否的确比伦敦或巴黎的居民犯下了更多罪过，而后者并没有被神圣正义判决为应该遭受一场地震。可以为《老实人》作反例，并为《王子出游记》辩解的是，《老实人》——这是一部美味的作品，充满了笑话——存在的世界不可能是那么可怕的世界，因为可以肯定的是，伏尔泰写《老实人》时，并不觉得世界有多么可怕。他是在阐释一个主题，而且兴致盎然。相反，在约翰生的《王子出游记》中，我们感到了约翰生的忧郁。我们觉得对他来说，生活本质上是可怕的，而且《王子出游记》中缺乏创见，就使得这一点更可信了。

在我们下次将讨论的书中，我们将看到约翰生深沉的忧郁。我们知道他觉得生活很可怕，以一种伏尔泰不可能有的方式。事实上，约翰生肯定也从文学实践中，从轻松写作长长的富有音乐感的句子中获得了相当大的快乐，这些句子从来就不空泛，总是意味着什么。但是我们知道他是个忧郁的人。约翰生还因为害怕发疯而饱受折磨；他非常深切地意识到自己的恐惧症……我想我上次曾经提到他通常会去参加聚会，并大声背诵"我们在天之父"。约翰生在社会上备受推崇，但他故意保留了自己乡下人的举止。例如，他去参加盛大的晚宴；一侧坐着公爵夫人，另一边是位学者，当他吃饭时——尤其是如果食物有点变质，他喜欢有点变质的食物——他额头上的静脉会肿胀起来。公爵夫人对他说了些客气的话，他的回答是对她挥挥手，发出某种咕哝声。他这人尽管被社会认可，却蔑视它。在他的文学作品中，正如在斯温伯恩的作品中，有许多祈祷文。他经常使用的作文形式之一就是祈祷文，他祈求上帝的宽恕，宽恕他很少容忍人与事，宽恕他一生中所做的一切愚蠢和疯狂的事情……但所有这些对约翰生性格的探讨，我们将在下一节课中继续，因为暴露约翰生私生活的，不是他自己——他试图隐藏它，从不抱怨——而是一位非同寻常的人物，詹姆斯·鲍斯威尔，他致力于每天拜访约翰生，并记下他所有的谈话；他以此方式留下了所有文学中最好的传记，这是麦考莱说的。[11]因此，我们将在下一节课中介绍鲍斯威尔的作品并探讨鲍斯威尔的性格，这种性格被广泛讨论，有些人批评，也有些人称赞。

第十课

鲍斯威尔眼中的塞缪尔·约翰生　传记艺术
鲍斯威尔及其批评

　　　　　　　　　　　　一九六六年十一月七日，星期一

88　　约翰生博士五十岁了，已经出版了他的词典，为此，他获得了一千五百英镑的报酬——后来他完成之后，变成了一千六百英镑，他的出版商决定多给他一百英镑。他放慢了脚步。然后，他出版了他的莎士比亚版本，他之所以会完成，只是因为出版商已经从订购者那里收到了预付款，因此必须完成。其他时间约翰生博士都花在了聊天上面。

　　大约此时，牛津大学——他曾经无法从那里毕业——决定授予他博士学位，名誉博士。他成立了一个俱乐部，根据詹姆斯·鲍斯威尔的记述，他像独裁者那样把持这个俱乐部；词典出版后，他发现自己很出名了，有名，却并不富有。有段时间他生活贫困，但"以文学为荣"。根据鲍斯威尔的记述，他似乎做得有点过分了，实际上，他有点趋于懒散；在词典出版后的一段时间内，他几乎什么也没做，尽管他可能正在着手出版他的莎士比亚版本,如我曾提到过的。实际上,尽管他有无数的成就,他却天生就有懒散的倾向。他更喜欢谈天而不是写作。所以,他只致力于那个莎士比亚版本,这是他最后的作品之一,因为他收到了抱怨和嘲讽的回应,这使他决定完成这项工作,因为订购者已经付款了。

约翰生生性奇特。有段时间他对鬼魂的主题非常感兴趣,如此感兴趣,以至于他在一个废弃的房子里住了几个晚上,看自己是否可以遇见鬼魂。似乎没有遇见。苏格兰作家托马斯·卡莱尔有一段著名的话,我认为是在他的《旧衣新裁》(*Sartor Resartus*)——意思是"拼凑的裁缝"或"修补的裁缝",我们很快就会明白其中原因——中,他谈到约翰生,说约翰生想见到鬼魂。[1]卡莱尔好奇:"什么是鬼?鬼是一种具有实体形式,并且在人中间出现一段时间的灵魂。"然后,卡莱尔又说:"约翰生在伦敦街头面对他如此热爱的众多人的景象时,怎么可能没想到这一点,因为如果鬼魂是在短时间内以实体形式出现的灵魂,为什么他没想到伦敦的众人是鬼,他自己是鬼?每个人是什么,除了是一种短暂具有实体形式然后消失的灵魂?如果不是鬼,人是什么?"

大约就在这个时候,托利党,保守党政府——不是辉格党,那是自由派——决定认可约翰生的重要性,付给他养老金。比特伯爵受命与约翰生讨论这个问题,[2]因为政府不希望直接把养老金给他,因为他的声誉,因为他针对养老金和其他类似性质的东西发表过许多负面看法。事实上,他在词典中对养老金的定义是有名的:养老金是国家雇佣兵收到的津贴,通常是因为背叛了他的国家。因为约翰生脾气暴躁,所以他们不想不先咨询他就给他养老金。有一个传说或故事,说到约翰生同一位书商争论,只一下就打倒了他,不是用手杖,而是用一本书,一卷对开本书,这使得该轶事更具文学性,也证明了约翰生体力强壮,因为这种手稿很难拿在手里,尤其是在打架时。

约翰生还是同意了去同首相会面,首相以巧妙的手腕试探了他这个问题,对他保证他将获得一年三百英镑的养老金,这在当时是一笔不小的数目:不是因为他将做什么——这意味着国家不会收买约翰生——而是因为他已经做了的事情。约翰生感谢这项荣誉,并且或多或少地使他明白,他可以给他养老金而不至于引起他的敌意。我不知道我是否提到过,几个世纪之后,吉卜林也被授予桂冠诗人的地位,而吉卜林却不想要它,即使他是国王的朋友。他说,如果他接受这一荣誉,当政府表现不佳时,他批评政府的自由就会受到限制。而且,吉卜林肯定认为被命名为桂冠诗人并不会增加他的文学声望。约翰生接受了养老金,这引起许多人对他讽刺。没有人不记得他对养老金的定义,后来在一家书店里发生了一些事情,毫无疑问当时对他来说并不重要。一般来说,我们生活中的重要事件发生时常常显得微不足道,直到后来才变得重要。

约翰生在一家书店里遇到一位名叫詹姆斯·鲍斯威尔的年

轻人。这位年轻人于一七四〇年在爱丁堡出生，死于一七九五年。他是法官的儿子。在苏格兰，法官被授予勋爵的头衔，可以选择他们想成为领主的地方。鲍斯威尔的父亲有一座已经成为废墟的小城堡。苏格兰到处都是城堡废墟，苏格兰高地那些可怜的城堡与莱茵河的城堡不同，后者意味着富裕的生活，多少都算是豪华的小宫廷，但苏格兰的城堡并非如此，它们给人留下的印象是战斗的生活，与英格兰人的艰难战斗。这座城堡名叫奥欣莱克。当时鲍斯威尔的父亲是奥欣莱克勋爵，因此儿子也是。但这并非出生时就有的本地头衔，而是法定的头衔。即使鲍斯威尔对文学表现出兴趣，他父母还是要求他从事法律工作。他在爱丁堡学习，然后在荷兰的乌得勒支大学读了两年多。这是当时的习惯做法：在不列颠群岛和欧洲大陆的几所大学学习。可以说，鲍斯威尔对自己的命运有种预感。就像弥尔顿在还没动手写诗之前就知道自己会成为诗人那样，鲍斯威尔总是觉得他会是他那个时代某个伟人的传记作者。于是他去瑞士伯尔尼拜访伏尔泰。他与让-雅克·卢梭交了朋友——但他们只做了十五或二十天朋友，因为卢梭是个脾气很坏的人——然后他与一位来自科西嘉岛的意大利将军保利成为朋友。[3] 他回到英国后写了一本关于科西嘉岛的书，在埃文河畔斯特拉特福举行的庆祝莎士比亚诞辰的晚会上，他打扮得像个科西嘉村民。为了让别人认出他是那本关于科西嘉岛的书的作者，他帽子上有个标识，上面写着"科西嘉的鲍斯威尔"字样，我们知道这些，因为他自己这样说，同时代人也这样说过。

约翰生对苏格兰人有一种特殊的敌意,所以年轻的鲍斯威尔介绍自己是苏格兰人,并不会对他有利。我现在不记得那家书店老板的名字了,但是我知道约翰生的一位朋友说他想不出还有什么比那个书店老板拍他的肩膀更让他丢脸的事情了。[4] 当然,这不是在他们的第一次会面时发生的事情,约翰生不会允许的。约翰生说苏格兰的坏话,还抱怨鲍斯威尔的朋友加里克,著名的演员大卫·加里克;他说加里克拒绝送戏票给他的一位女士朋友。他在一部莎士比亚剧中表演,我不知道是哪一部。然后鲍斯威尔说:"我不敢相信加里克会表现得这么吝啬。"约翰生对加里克没有什么好话,但他不允许其他人这样做。他保留这项特权,因为他们之间有着亲密的友谊。所以他对[鲍斯威尔]说:"先生,我从小就认识加里克,因此我不允许任何人诽谤他。"鲍斯威尔不得不要求得到原谅。然后约翰生离开了,不知道有件很重要的事情已经发生了,这将更令他名声大噪,而不是他的词典、他的《王子出游记》、他的悲剧《伊瑞涅》、他翻译的尤维纳利斯、他所有的刊物。鲍斯威尔很少抱怨约翰生对待他有多么严厉,但是书商明确告诉他,约翰生举止粗鲁,他相信鲍斯威尔可以尝试与约翰生再次见面。当然,那时没有电话,去拜访要先说明。但鲍斯威尔过了三四天才去约翰生家,约翰生给了他热烈的欢迎。

鲍斯威尔有种很奇怪的性格,对此有两种不同的解释。我要谈谈两个极端的看法：英国散文家和历史学家麦考莱的看法，他大约写于十九世纪中叶；还有萧伯纳的看法，我相信是写于一九一五年左右，或大概那个时间。[5]在这两者之间还有各种各样的判断。麦考莱说荷马作为史诗诗人，莎士比亚作为戏剧诗人，狄摩西尼作为演说家，塞万提斯作为小说家，其卓越地位，相比鲍斯威尔作为传记作家，都未见得更无可争议。然后他说，所有这些响亮的名字都因其杰出才华而享有卓越的地位，而鲍斯威尔的奇怪之处是，他作为传记作者的卓越名声却是因为他的愚蠢、前后矛盾、虚荣和弱智。然后，他叙述了一连串事情，鲍斯威尔在其中都表现得像个很可笑的人物。他说如果发生在鲍斯威尔身上的这些事情发生在任何其他人身上，那个人都会希望钻到地底下去。然而，鲍斯威尔却全力以赴地将其广而告之。[6]例如，一位英国公爵夫人对他态度轻蔑，还有他设法加入的那些俱乐部的成员认为不可能有比鲍斯威尔智商更低的人了。但是麦考莱忘记了几乎所有这些叙述都出自鲍斯威尔本人。而且，我先入为主地认为头脑糊涂的人也可以写出好诗篇。我认识一些"我不愿意提起名字的"诗人，为人极其庸俗，甚至琐碎，除了他们的诗歌之外，但他们也有足够的知识，知道诗人应该表达细致的情感，应该表达高贵的忧郁，应该限制自己只使用某些词汇。[7]所以这些人，除了他们的写作之外……有些是潦倒的人，但说实话，他们写作的时候，却很得体，因为他们已经学会了这门手艺。我认为在篇幅简短的情况下，这是有可能的——傻瓜也可以说出一句绝妙的话——但是似乎傻瓜很少能写出长达七八百页令人钦佩的传记，尽管是个傻瓜，或者按照麦考莱的说法，因为是个傻瓜。

让我们看一下萧伯纳相反的观点。萧伯纳在他的一篇富有洞见的长篇序言中说，像宗徒继承那样，他是一系列戏剧家的继承人，源自希腊悲剧作家——从埃斯库罗斯、索福克勒斯，直到欧里庇得斯——然后经过莎士比亚，经过马洛。他说他实际上并不比莎士比亚更好，如果他生活在莎士比亚那个世纪，他不会写出比《哈姆雷特》或《麦克白》更好的作品；但是现在他可以，因为他不能忍受莎士比亚，因为他读过比他更好的作者。此前他还提到了其他戏剧家，列举的名字有些令人惊讶。他说我们有四位福音书作者，四位创造了基督这个人物的伟大戏剧家。此前，我们还有柏拉图，他创造了苏格拉底这个人物。然后是鲍斯威尔，他创造了约翰生这个角色。"现在，我们有我，也创造了很多角色，多到不值得一一列举，多到不胜枚举，而且众所周知。"他说，"最后，我是宗徒继承人，始于埃斯库罗斯，结束于我，而且无疑还会延续下去。"因此，我们有这两种极端的观点：一种观点认为鲍斯威尔是个白痴，他有幸结识了约翰生，写了他的传记——这是麦考莱的观点——另一种观点则相反，是萧伯纳的，他说约翰生除了其他文学功绩之外，只不过是鲍斯威尔创造的一个戏剧性人物。

真相不大可能恰好位于这两个极端观念之间，卢贡内斯在他的《耶稣会帝国》序言中说道,人们经常声称可以在两个极端的陈述之间找到真相,但在任何特定情况下,如果有50%的赞成,50%反对,那都是非常奇怪的。[8]最自然的情况是52%反对票和48%的赞成票,或类似情况。这可以适用于任何战争和任何观点。换句话说,总是会有一种意见更对一点,另一种意见更错一点。

所以,我们将回到鲍斯威尔与约翰生的关系。约翰生是位名人,是英语文字世界的独裁者(与此同时,他是一个孤独的人,如同很多名人一样)。鲍斯威尔是位二十多岁的年轻人。约翰生出身卑微;父亲是斯塔福德郡一个小镇上的书商,而另一位是年轻的贵族。换句话说,众所周知,人到了一定年纪,如果有年轻人陪伴,就会焕发青春。此外,约翰生是一个极度邋遢的人:他不注意自己的衣着;他食欲旺盛,吃饭时额头上青筋暴突,他发出各种哼哼唧唧的声音,如果有人问他一个问题,他不会回答;他用手推开——就像这样——一个问他什么事情的女人,同时还哼哼唧唧,要不就是会在开会的时候开始祈祷。[9]但是他知道人们会容忍一切,因为他是重要人物。尽管如此,鲍斯威尔还是成为了他的朋友。鲍斯威尔不会反对他;他满怀崇敬地听从他的意见。的确,鲍斯威尔有时会用难以回答的问题惹恼他。例如,他问道——只为想知道约翰生博士会如何回答:"如果您与一个刚出生的婴儿一起被关在塔中,您会怎么办?"约翰生当然回答:"我无意回答这样愚蠢的问题。"鲍斯威尔记下这个回答,回家写下来。但缔结友谊两三个月之后，鲍斯威尔决定去荷兰继续他的法律学习，而约翰生却非常依恋伦敦……约翰生说："如果一个人厌倦了伦敦，他就厌倦了生活。"约翰生送鲍斯威尔上船。我觉得那是在伦敦以南许多英里之外的地方。也就是说，他勤勉地忍受了这段又长——就当时而言——又艰难的旅程，鲍斯威尔说他站在港口看着船驶开，挥手告别。他们要过两三年才会再次见面。然后，在尝试为伏尔泰和卢梭作传均失败，尝试为保利作传成功——保利可能不难，因为他不是一位很重要的人物——之后，鲍斯威尔决定致力于成为约翰生的传记作家。

约翰生的晚年全都花费在——我想我们已经谈到过这一点——谈天上面。但首先，他还是撰写并发表了一些英国诗人的传记，其中有一本很容易找到，我向你们推荐《弥尔顿传》，他写这部传记，对弥尔顿没有任何崇敬。弥尔顿是共和党人；他已经参加了反对王室的运动，而约翰生却是君主制的热烈捍卫者和英国国王的忠实臣民。这些传记中有一些非常有趣的元素。此外，我们还可以找到当时相当不同寻常的细节。例如，约翰生撰写了著名诗人亚历山大·蒲柏的传记，他留下了真正的手稿，不像瓦莱里。[10] 据我所知，瓦莱里在他的最后几年不是很有钱，他把时间都花在制作虚假手稿上面。也就是说，他写一首诗，随便写个老式的形容词，然后划掉，再换上真正的形容词。他最初写的那个形容词就是为了后来纠正而杜撰的。或者，他出售手稿，在上面换几个词，而不去修改，因此它们看起来像草稿一样。另一方面，如我已经说过，约翰生拥有蒲柏的真实手稿，上面有他的修改。看见蒲柏有时如何开始使用一个诗意表达是很有趣的。例如，他写了"月亮的银光"，然后他说："牧羊人祝福月亮的银光。"接着，不用"银色的"，他故意使用一个平淡的表达："有用的光亮"。[11] 约翰生在他的传记中谈到了所有这一切，其中一些非常好，应该作为范例。但是鲍斯威尔却有不同的想法。约翰生的这些传记都很短。鲍斯威尔设想了一种长篇传记，其中包括他与约翰生的谈话，他每周与约翰生见几次面，有时更多。鲍斯威尔撰写的《约翰生传》经常被拿来与埃克曼撰写的《歌德谈话录》相比，但在我看来根本无法比较，尽管尼采赞扬说那是有史以来用德语写的最好的书。[12] 因为埃克曼是一位智力有限的人，他非常尊敬歌德，歌德曾与他交谈，口吻权威。埃克曼很少敢与歌德意见相左，他回家把所有对话内容都写下来。这本书有点教义问答的意味。换句话说就是：埃克曼提问，歌德回答，然后前者写下歌德所说的话。但是这本书——很有趣，因为歌德对很多事情都感兴趣，可以说他对宇宙很感兴趣——这本书不是戏剧；埃克曼几乎不存在，除了作为一种机器记录歌德的话。我们对埃克曼一无所知，不知道他的性格——无疑他有性格，但从这本书中无法猜测，无法推断。另一方面，鲍斯威尔计划的，或者无论如何他所做的，却完全不同：让约翰生的传记成为一部戏剧，有数个角色。有［乔舒亚·］雷诺兹爵士，有［奥利弗·］

哥尔德斯密斯，有时还有小圈子——或者我们怎么称呼它，沙龙——的成员，而约翰生是其领袖。[13]他们有像剧中人物那样的表现和行为。确实，每个人都有自己的个性——最重要的是，约翰生博士有时被表现得有点荒谬，但总是很可爱。塞万提斯笔下的角色堂吉诃德就是这样，是一位有时很可笑但总是很可爱的角色，尤其是在第二部中，当作者了解了他笔下的角色，并忘记了戏仿游侠小说的最初目的。的确如此，因为作家越是发掘自己笔下的角色，就越了解他们。因此，这就是为何我们会有这样一个角色，他有时荒唐可笑，有时又严肃认真，有深刻的思想，最重要的是，是有史以来最受欢迎的角色之一。我们可以说"有史以来"，因为堂吉诃德对我们来说比塞万提斯本人还更真实，如乌纳穆诺等人所言。[14]我已经说过，小说第二部尤其如此，当作者忘记了他只是要写一部讽刺游侠小说的作品的初衷。如同每部长篇作品一样，作者最终与英雄认同；为了给他注入生命，他必须让他活灵活现。最后，堂吉诃德是个略有点滑稽的角色，但也是一位值得我们尊敬、有时值得我们可怜的绅士，但他始终是可爱的。我们从鲍斯威尔提供的约翰生博士的形象中得到的也是同样的感觉，他有着怪异的外表、长长的手臂、邋里邋遢的外貌，但是他很可爱。

他对苏格兰人的憎恨也令人印象深刻，这是苏格兰人鲍斯威尔的印象。我不知道我是否告诉过你们苏格兰人和英国人的思维方式有根本的不同。苏格兰人倾向于——也许是由于他们所有的神学讨论的结果——更具理智，更理性。英国人很冲动，他们的行为不需要理论。相反，苏格兰人往往是思想家和推理家。总之，有很多差异。

好，让我们回到约翰生。约翰生的作品具有文学价值，但通常了解一个人并欣赏他，会使人更想读他的作品。这就是为什么在阅读约翰生的作品之前最好先读鲍斯威尔写的传记。而且，这本书非常容易阅读。我认为卡尔佩出版的那个版本虽然不完整，却包含足够多的片段，能让你们熟悉这部作品。无论如何，我建议你们阅读这个或其他版本。或者，如果你们想读英文版，原文也很容易阅读，并且不需要按时间顺序阅读。这本书你可以放心翻开任何一页，然后继续读它三四十页，一切都很容易弄明白。

以我们看待约翰生与堂吉诃德相似之处的方式，我们也必须认为，如同堂吉诃德有时会糟糕地对待同伴桑丘一样，鲍斯威尔与约翰生博士也是同样的关系：有时愚蠢但忠诚的同伴。有些角色的作用是突出主角的个性。换句话说，作者常常需要一个角色作为框架来对比主角的事迹，这就是桑丘，在鲍斯威尔的作品中这个角色是鲍斯威尔本人。也就是说，鲍斯威尔看起来是个遭人鄙视的角色，但在我看来，鲍斯威尔似乎不可能意识不到这一点，这表明鲍斯威尔故意将自己置于与约翰生相对照的位置。鲍斯威尔讲述他本人可笑的轶事，这使他看起来一点也不可笑，因为他写了下来，就是因为他知道这个轶事的目的是为了突出约翰生。

97　　印度有一个哲学流派，说我们并非我们生活中的演员，而是观众，并且用了舞者——现在也许最好说演员——的比喻来说明这一点。一位观众看见一个舞者或者演员，或者如果你愿意的话，阅读一本小说，最后认同他面前的某个角色，这就是五世纪之前的印度思想家说的话。同样的事情也发生在我们身上，例如，我与豪尔赫·路易斯·博尔赫斯同年同月同日出生，我见过他在一些情况下很可笑，另一些情况下很可悲。因为他总是在我面前，我最后就认同了他。根据这个理论，换句话说，我是双重的：有一个深刻的我，这个我与——尽管是彼此分开的——另一个我认同。我不知道你们的体验是什么，但是有时候我会遭遇这种情况：通常是在两种特定的时刻——当发生了非常好的事情时，以及尤其是，当发生了非常糟糕的事情时。一时间我会感到："但是，这一切关我什么事情呢？好像所有这一切都发生在别人身上。"也就是说，我感觉到我内心深处有些东西是分离的。这当然也是莎士比亚的感觉，因为在他的一部喜剧中有一个士兵，胆小的士兵，是拉丁喜剧中吹牛军人那种类型。那个男人喜欢炫耀，他使人们相信他行为勇敢，于是人们提拔他，让他当了队长。然后大家发现了他的诡计，当着整个部队的面摘下了他的奖章；他们羞辱他。然后剩下他独自一人，说："队长，我不再当；/ 但我还能吃能喝，睡得香 / 像个队长那样：这就是我 / 我会这么活着。""*No seré capitán.*"他就这么说，"这就是我，我会这么活着。"[15] 也就是说，即使有当时的情形，即使他胆怯，遭到羞辱，他依旧还有其他东西，那是一种我们所有人都有的内在力量，是斯宾诺莎所谓的"上帝"，叔本华所谓的"意志"，萧伯纳所谓的"生命的力量"，柏格森所谓的"生命冲动"。[16] 我认为对鲍斯威尔而言也是如此。

也许鲍斯威尔只是简单地认为，为了更好地展示约翰生，他身边应该有一个非常不同的角色，这是一种美学上的需要。就像柯南·道尔小说中那样：平庸的华生医生让杰出的福尔摩斯更加光彩夺目。鲍斯威尔自己扮演了一个荒谬的角色，而且在整本书中一直如此。然而，我们感到两人之间有种真诚的友谊，就好像读柯南·道尔的小说时那种感觉。我曾经说过，这样是很自然的；因为约翰生是名人，而且独自一人，当然，他喜欢有一个年轻得多，而且显然很崇拜他的人陪伴在身边。

这里还有另一个问题，我不记得我是否已经提到过，那就是究竟是什么导致约翰生在晚年把所有时间都花在谈天上面。约翰生几乎不再写作，除了那个莎士比亚版本以外，这是他必须做的，因为这是出版商的要求。这可以有某种解释。我们可以解释说，因为约翰生知道自己喜欢谈天，并且他知道对话的精华将由鲍斯威尔记录下来。同时，如果鲍斯威尔曾经把手稿给约翰生看过，那么这部作品就会损失很多。我们必须接受这样的事实，无论是否真实，那就是约翰生并不知道其中的内容。但是这可以解释约翰生的沉默，因为约翰生知道他说的话不会丢失。美国评论家［约瑟夫·］伍德·克鲁奇想知道鲍斯威尔的书是否准确再现了约翰生的谈话,他以一种非常可信的方式得出结论,鲍斯威尔并没有像一位速记员或录音机或任何这一类东西那样复制约翰生的谈话,而是再现了约翰生谈话的效果。[17] 换句话说,约翰生很有可能并不总是像在书中所描述的那样出口成章或者聪明过人,尽管无疑在他的俱乐部跟他见面之后,他的对话者会保留着非常类似的回忆。无论如何,都还是有似乎是约翰生杜撰的句子。

有人对约翰生说,他无法想象会有比一个水手的生活更悲惨的生活,看着一艘军舰,看着水手拥挤在一起,有时遭受鞭打,那就是看到了人类生存状况的最低点,深渊最深处。约翰生回答说:"水手和士兵的职业有危险的尊严。所有男人都为没有出过海或参加过战斗而感到羞愧。"这与我们所感受到的约翰生博士的勇气是相符的,这样的陈述几乎可以在这本书的每一页上找到。我再次建议你们阅读鲍斯威尔的书。有人说这本书充满了"硬词",充满了"词典词"。但是我们不应忘记有些词对英语阅读者而言难以理解,对我们来说却很容易,因为是源自拉丁语的知识人用词。另一方面,如我不止一次提及,英语中的常用词,儿童、农民或渔民的用词属于日耳曼人,有撒克逊起源。因此,吉本的书——例如《罗马帝国衰亡史》——或约翰生的作品或鲍斯威尔的传记,或者一般来说,十八世纪或任何当代知识人的英语著作——例如汤因比的作品等——都充满"硬词",充满英国人难以理解的词(那要求读者有一些文化),但对我们来说很容易，因为是拉丁词，也即西班牙语词。[18]

下一节课，我们将讨论詹姆斯·麦克弗森，讨论他与约翰生的争执，讨论浪漫主义运动的起源，我们绝不应该忘记，该运动首先起于苏格兰，早于欧洲任何其他国家。

第十一课

浪漫主义运动　詹姆斯·麦克弗森生平　莪相的杜撰
关于莪相的意见　与约翰生的争执　重新评价麦克弗森

一九六六年十一月九日，星期三

今天我要提前十分钟结束这节课，因为我已经答应了要去做一个有关维克多·雨果的演讲。所以，请原谅我。碰巧今天我们将谈论浪漫主义运动，而维克多·雨果在其中发挥了很大的作用。

浪漫主义运动可能是文学史上最重要的运动，也许因为它不仅是一种文学风格，也是一种生活方式。前一个世纪有自然主义作家左拉，但是如果没有浪漫主义作家雨果，埃米尔·左拉就简直不可思议。我们有民族主义者或共产主义者，即使他们声称具有社会经济的或任何其他动机，也都是具有浪漫主义方式的民族主义者或共产主义者。我说过有一种浪漫主义的生活方式，拜伦勋爵就是其典范。拜伦的诗歌被排除在——我认为是不公正的——几年前出版的一本著名的英国文学选集之外。但是拜伦仍然代表着一种浪漫主义类型。（拜伦前往希腊，为该国人民反对土耳其压迫、争取自由而亡。）有些诗人具有浪漫主义命运：最伟大的英语诗人济慈死于肺结核。可以说早逝是浪漫主义命运的一部分。那么我们应该如何定义浪漫主义呢？定义很困难，恰恰是因为我们都知道这是什么。如果我说"新浪漫主义"，你们会确切地知道我的意思，就像我在谈论咖啡或葡萄酒的味道一样；你们知道得非常清楚我在说什么，即使无法定义它。不用比喻就无法做到这一点。

但是我想说，浪漫主义情感是一种敏锐而可悲的时间感，几小时的多情欢乐，一切都会逝去的想法；对于秋天，对于暮色，对于我们自己生活流逝本质更加深刻的感悟。有一部非常重要的历史著作，是普鲁士哲学家斯宾格勒撰写的《西方的没落》，他在第一次世界大战的悲惨岁月中写作这本书。斯宾格勒在书中列举了欧洲伟大的浪漫主义诗人的名字，[1]包括荷尔德林、歌德、雨果、拜伦、华兹华斯，还提到了詹姆斯·麦克弗森，一位几乎被遗忘的诗人，他位居榜首。可能有些人还是第一次听到他的名字，但是如果没有詹姆斯·麦克弗森，整个浪漫主义运动都是不可思议、不可想象的。麦克弗森的命运很奇怪，他是人们为了他的祖国苏格兰的更大荣耀而被故意删除的人。

麦克弗森一七三六年出生在苏格兰高地，一七九六年去世。浪漫主义运动在英国开始的正式日期是一七九八年，也就是麦克弗森去世两年之后。在法国，正式日期是一八三〇年，是《欧那尼》之战的那一年，雨果的戏剧《欧那尼》的支持者与批评者之间激烈争执的那一年。因此,浪漫主义开始于苏格兰,后来才到达英格兰——那里已经有了先驱,但只有《墓园挽歌》的作者诗人[托马斯·]格雷,[2]阿根廷的米拉拉曾经令人钦佩地将这首诗译成西班牙文。[3]然后通过赫尔德的作品到达德国,再传遍整个欧洲,较晚才到达西班牙。[4]我们几乎可以说,西班牙,这个在其他国家浪漫主义诗人的想象中如此重要的国家,只产生了一位本质上是浪漫主义的诗人,其他人仅仅是文字上的演说家。我指的当然是古斯塔沃·阿道夫·贝克尔,伟大的德国犹太诗人海涅的尊崇者。[5]但他并非尊崇海涅所有的作品,只是起初的作品,《抒情间奏曲》。

但是,让我们回到麦克弗森。麦克弗森的父亲是一个农夫;他出身卑微,家族似乎不是凯尔特人,而是英吉利后裔。(即使现在,在苏格兰,英吉利人还是被鄙视地称为"撒克逊人"。这个词在苏格兰和爱尔兰口语中很常见。)麦克弗森在苏格兰北部的荒野地区出生并长大,那里仍在说一种盖尔语,即一种凯尔特语,当然类似于威尔士语、爱尔兰语以及传播到布列塔尼——以前称为阿莫利卡——的布列塔尼语,由五世纪时撒克逊入侵期间到此避难的不列颠人带来。这就是为什么人们说大不列颠,以区别于法国的小不列颠或布列塔尼。在法国,他们称本国这个使用布列塔尼语的地区为布列塔尼;很长一段时间以来,这种语言一直被认为是一种方言,只是因为法国人两种语言都不懂,所以就以为它们是相似的,这是深层意识形态的问题。

麦克弗森只能说盖尔语，他不能阅读盖尔语手稿，那使用的是不同的字母。我们可以想象一个来自科连特斯的受过良好教育的人，一个只能说瓜拉尼语的人，无法向我们解释该语言的语法规则。[6] 麦克弗森就读于他镇上的小学，然后在爱丁堡大学读书。他很多次听到过吟游诗人的歌声。我不知道我是否已经谈到过他们。你们知道苏格兰被划分为——并且在某种程度上仍然如此——多个氏族，这在整个苏格兰的历史上都很可悲，因为苏格兰人既同英格兰人和丹麦人打过仗，他们自己之间也曾发动过战争。因此，像我一样曾经到过苏格兰的人都会注意到在苏格兰那些绵长但不是很高的山上的小城堡。这些废墟在夜晚的天空中很醒目。我说夜晚，是因为苏格兰北部有些地区从黎明到黄昏的太阳光亮——"光亮"一词在这里并不完全正确——就像夜晚的亮光，这未免会使到访者感到有点悲伤。

麦克弗森听说过吟游诗人。苏格兰的伟大氏族曾经有过吟游诗人，他们的任务是讲述家族的历史和伟大的业绩。他们是诗人，当然他们用盖尔语吟唱。在所有凯尔特国家里，文学的组织方式与此类似。我不知道是否告诉过你们，很久以前在爱尔兰，一个人必须学习十年才能从事文学职业，必须通过十项考试。起初只能使用简单的格律——例如含有十一个音节的诗行——并且只能描写大约十个不同的主题。然后，这些考试一旦结束——是在一个黑暗的房间里口试——他们给应试的诗人规定该使用什么主题和格律，并且给他拿来食物。两三天之后，他们会向诗人提问，然后允许他使用其他主题和格律。十年之后，诗人到达了最高级别，但要达到目的，他必须具备完整的历史、神话、法律、医学知识——当时这都被视为具有魔力——然后他就能从政府那里领取津贴。到最后他会使用一种充满比喻的语言，只有他的同行可以理解。他有权获得比爱尔兰或者威尔士小王国的国王更多的生活资料、马匹和母牛。诗人阶层的这种富裕也终结了其命运。因为根据传说，到了某个时代，有位国王想要听爱尔兰两位主要诗人演唱赞美他的诗歌，但国王并不精通诗人晦涩难懂的风格；唱的是什么他一个字都听不懂。于是他决定解散这个阶层，诗人被赶到大街上。但是苏格兰的大家族恢复了一种比以前略逊一筹的地位，那就是吟游诗人的地位。詹姆斯·麦克弗森小时候就知道这一点。他大约二十岁时出版了一本书，名为《苏格兰高地收集的古代诗歌残篇，译自盖尔语》。[7]

这本书中的诗歌具有史诗性质。发生了一件我们现在无法完全理解的事情，我必须解释一下，但这也还是容易懂的事情。在十八世纪，以及许多个世纪，人们一直认为荷马是无可争议的最伟大的诗人。无论亚里士多德说了什么，《伊利亚特》和《奥德赛》的文学样式已经成为一种卓越的样式，也就是说，人们总是认为史诗诗人比抒情诗人或挽歌诗人更胜一筹。因此，当爱丁堡的文学人士——爱丁堡是一个在智识水平上不亚于伦敦，甚至可能还超过伦敦的城市——当人们知道麦克弗森从苏格兰高地收集了史诗残篇后，他们印象深刻，因为这使得他们考虑有可能存在着某种古代史诗,使苏格兰在文学上超过英格兰,尤其是超过欧洲其他现代地区。此时出现了一个奇怪的角色,布莱尔博士,他是一本关于修辞学的书籍的作者,该书已被翻译成西班牙语,你们现在仍然可以找到。[8]

布莱尔读了麦克弗森翻译的片段,他不懂盖尔语,因此他和一些苏格兰绅士为麦克弗森提供了一笔津贴,让他走遍苏格兰高地,收集古代手稿——因为麦克弗森曾说他看过这些手稿——并记下大家族吟游诗人的歌谣。詹姆斯·麦克弗森接受了任务。他由一位更加熟悉盖尔语的朋友陪伴,这位朋友能够阅读手稿。一年多以后,麦克弗森回到爱丁堡并出版了一首名为《芬格尔》的诗,他将其归于莪相(Ossian);Ossian是爱尔兰名字Oisin(欧辛)的苏格兰语形式,而芬格尔(Fingal)则是爱尔兰人名字芬(Finn)的苏格兰语形式。[9]

当然,苏格兰人想将那些源于爱尔兰的传说归于本民族。不知道我是否已经告诉过你们,在中世纪,"Scotus"一词指爱尔兰人,而不是苏格兰人。(因此,杰出的泛神论哲学家司各特·爱留根纳〔Scoto Eriugena〕名字的意思是"Scotus",即"爱尔兰人",而"Eriugena"的意思是"出生于Erin,即爱尔兰"。[10]因此,似乎他的名字意为"爱尔兰人·爱尔兰人"。)麦克弗森所做的就是收集一些属于各个时期的残篇。但是他需要的,他为了他心爱的苏格兰故乡而想要的,是一首诗,因此他就把那些残篇放在一起。当然,必须填补空白,因此他用自己杜撰的诗文填补了空白——接下来我们会知道为什么我称其为诗文。另外，我们还必须注意，现在占主导地位的翻译概念与十八世纪占主导地位的概念不同。例如，蒲柏的《伊利亚特》被认为是典范，其实我们今天会将其称为意译。

因此，麦克弗森在爱丁堡出版了他的书，他本来可以写成韵文，但幸运的是他选择了一种基于《圣经》经文，尤其是《诗篇》的韵律形式。（《芬格尔》有西班牙语译文，在巴塞罗那出版。）麦克弗森将《芬格尔》归于芬格尔的儿子莪相。麦克弗森呈现的莪相是一位在他父亲倾颓的城堡中唱歌的瞎眼老人，此处我们已经可以见到那种典型的浪漫主义时代感。因为在《伊利亚特》和《奥德赛》，甚至在人为的史诗《埃涅阿斯纪》中，人们可以感到时间，但并不觉得这些事情发生在很久以前，这恰恰就是浪漫主义运动的典型特征。我想在这里提到华兹华斯的一首诗。他听到一位苏格兰姑娘在唱歌——我们待会儿会回到这几行诗上来——他想知道她在唱什么，说道："她在歌唱旧日的不幸和很久以前发生的战争。"斯宾格勒说在十八世纪，人们建造了人工废墟，这些废墟我们今天仍然可以在湖边看到。[11] 我们可以说这些人造废墟之一就是麦克弗森将其归于莪相的《芬格尔》。

由于麦克弗森不希望角色是爱尔兰人，他使莪相的父亲芬格尔成为摩尔根的国王，那是位于苏格兰西北海岸的一个地方。芬格尔知道爱尔兰已被丹麦人入侵，他去帮助爱尔兰人，击败了丹麦人，然后返回。如果我们现在读这首诗，就会发现许多用词属于十八世纪的诗歌行话,但是当然这些词语当时不会被人们注意到;人们注意到的是我们今天所谓的"浪漫主义用词"。例如,诗中有对自然的情感,有一部分谈到苏格兰的蓝色薄雾,谈到山脉、森林、下午、黄昏。没有详细描述战役:以浪漫主义的风格使用了宏大的比喻。如果两支军队交战,这首诗就会说到两条壮阔的河流,两条壮阔的瀑布,流水汇合。接着还有如下的场景:国王召集众人,他已经决定第二天与丹麦人作战。在他开口说话之前,其他人已经明白了他的决定,诗文说:"他们在他的眼中看到了战斗,在他的长矛中有成千上万的死亡。"然后国王从苏格兰出发去爱尔兰,"高高站在船头"。火被称为"铁砧的红线",这也许是北欧隐喻语的遥远回响。

这首诗吸引了欧洲的想象力,有成百上千的仰慕者,但是我要提到两位非常出乎意料的仰慕者。一个是歌德。如果找不到麦克弗森的《芬格尔》版本,那你们也可以在那本堪称典范的浪漫主义小说《少年维特之烦恼》中找到两三页译文,是歌德将其从英语直译到德语的。这本小说的主角维特说:"莪相"——当然他不会说是麦克弗森——"在我心中取代了荷马。"(塔西佗有一个词,一个词——我现在不记是哪个词了,他用来指代日耳曼军歌,当时,人们将日耳曼人与他们的敌人凯尔特人混为一谈。)[12] 所有欧洲人都觉得自己是这首诗的后裔——全欧洲,不仅是苏格兰。莪相的另一个出乎意料的仰慕者是拿破仑·波拿巴。一位博学的意大利人切萨罗蒂神父曾经将麦克弗森的莪相译成意大利语。[13] 我们知道拿破仑在他从法国南部到俄罗斯的所有征战中都随身携带着这本书。在耶拿和奥斯特里茨取得胜利，以及在滑铁卢大败之前，在拿破仑对士兵慷慨激昂的演说中，人们都可以找到麦克弗森风格的回响。因此，有这两位杰出而又不同的仰慕者就足够了。[14]

相反，在英国，反应有些不同，或完全不同，这是约翰生博士的缘故。约翰生博士鄙视和憎恨苏格兰人，尽管他的传记作家詹姆斯·鲍斯威尔是苏格兰人。约翰生是一个有古典品味的人，而人们居然认为六或七世纪的苏格兰产生了一部长篇史诗，这肯定令他感到极大困扰。而且，约翰生肯定感受到了这部新作品——充满了浪漫主义运动的意味——对他所崇拜的古典文学带来的威胁。鲍斯威尔写下了约翰生和布莱尔博士两人之间的一次对话。布莱尔告诉他，该文本毫无疑问属于古代，他问约翰生是否认为有任何现代人写得出这样的诗篇。约翰生回答："是的，先生，任何男人，很多女人和孩子都写得出来。"约翰生还提出了一个同样重要的论点。他认为如果麦克弗森说这首诗是古代手稿的直译，那他应该给大家展示一下那些手稿。

根据麦克弗森的一些传记作者所说，他的确试图以某种方式获得手稿并出版。约翰生和麦克弗森之间的争论变得越来越激烈，麦克弗森最后出版了一本书来证明他的诗与那些文本之间的相似之处。尽管如此，麦克弗森还是被指控为伪造者。无疑，如果这没有发生，我们今天不会把他看作一位伟大的诗人。麦克弗森接下来一直都承诺要出版手稿,以至于到了提议用希腊语出版原著的地步,这当然是一种争取时间的方式。

今天,我们对这首诗是伪诗还是古诗已不再感兴趣,只在乎它领先了浪漫主义运动。约翰生和麦克弗森之间的争论仍然有一个与今天相关的地方,有一段相当长时间的通信往来。但是尽管约翰生提出质疑,麦克弗森的风格——麦克弗森的赝相的风格——传遍了整个欧洲,随之而来的是浪漫主义运动。有了它,浪漫主义运动开始了;有了它,浪漫主义运动诞生了。在英格兰有一位诗人名叫格雷,他为一个墓地的匿名死者写了一首挽歌。我们在格雷的《英诗辑古》中可以发现浪漫主义的忧郁语调。[15] 它包含了苏格兰浪漫传奇和歌谣的翻译,还有个长篇序言,强调诗歌是人民的作品。珀西主教的这篇序言因其内在的价值而非常重要,而且还因为它启发了赫尔德的作品《民歌》,其中不仅包含苏格兰的歌谣,还包含德国的 *Lieder*,即传统歌谣等等。[16] 这本书将对"人民"的创作的探寻传播到了德国。

我们可以看到,没有麦克弗森和珀西主教的这些挽歌,浪漫主义运动还是会产生——我们可以说,这几乎是历史性的——但会具有相当不同的特征。我们应该注意到,没有人认为浪漫主义运动与麦克弗森有什么关系,或认为他作为《芬格尔》的作者,表现出了什么卓越的创意。他使用的诗歌体裁是一种韵律散文,从未在任何原创作品中使用过。因此,仅就这一事实而言,我们也可以认为他是惠特曼的先驱,以及许多自由体诗歌作者的先驱。没有麦克弗森高度原创性的作品，惠特曼就写不出那种风格的《草叶集》。

我们评判麦克弗森时，如果有一个高尚的特征是我们应该记住的，那就是他从不希望被视为诗人；他想要的是为苏格兰的更大荣耀而牺牲自己，为此他放弃了名声，拒绝了诗人的头衔。我们也知道他写了很多诗，但是当他意识到这些诗与苏格兰歌谣相似，却不属于他们时，就销毁了这些诗歌。因此，他也放弃了自己的作品。

下一节课，我们将看到浪漫主义如何在另一个地方——英格兰发展起来。

第十二课

威廉·华兹华斯生平 《序曲》和其他诗篇

一九六六年十一月十四日,星期一

华兹华斯于一七七〇年出生于坎伯兰郡[的科克茅斯],一八五〇年去世时是英国桂冠诗人。他属于朗斯代尔(Lonsdale)家族,这个词的意思是"边境人",这是个经历过与苏格兰人和丹麦人战争锤炼的家族。

他在当地的语法学校学习,然后就读于剑桥。一七九〇年他去了法国。不久就发生了一桩事情,引起了丑闻。人们发现他与安妮特·瓦伦恋爱,她有了他的孩子。

华兹华斯支持法国大革命。关于这件事情,切斯特顿说——许多英国人都支持法国大革命——英国历史上最重要的事件就是这场即将发生的革命。[华兹华斯]年轻时是一位革命者,后来不是了,也不再支持法国大革命,因为它最终导致了拿破仑的专制。

他的作品在很大程度上与地理环境相关。我记得阿方索·雷耶斯关于乌纳穆诺也说过同样的话。[1] 他说乌纳穆诺对风景的感受取代了他对音乐的感受，他对音乐一点不敏感。华兹华斯经常在欧洲大陆上旅行，他去过法国、意大利北部、瑞士、德国，他还游遍了苏格兰、爱尔兰，当然还有英格兰。他定居在一个叫作"湖区"的地方，也是在英格兰北部，略微靠近西部，那里到处都是湖泊和山脉，与瑞士类似，但山没那样高。但是，这两个国家我都去过，给我留下了相似的印象。有个故事就讲到一位瑞士向导去了英国湖区，一开始居然没有意识到两者的最高峰在高度上的差异。此外，湖区的气候非常寒冷，经常下雪。

华兹华斯一生致力于诗歌创作。他回到英格兰——他再也没见过安妮特·瓦伦——娶了一位英国女孩，生了几个孩子，他们都过早死去。华兹华斯本人很小的时候就成了孤儿，他有能力专心于文学：诗歌，有时是散文。他是一个非常爱虚荣的人，一个坚强的人。我记得爱默生回忆说去拜访他，表达了一个看法，华兹华斯立即反驳他——这是他的习惯，因为不管有人说什么，他都会说相反的话——十分钟或一刻钟后，华兹华斯又表达了与他刚才还觉得荒谬的观点同样的观点。然后爱默生有礼貌地对他说："嗯，我刚才还这样说的。"华兹华斯愤慨不已，说："我的，我的，不是你的！！"爱默生明白不可能同一个有这种性格的人交谈。而且，如同所有宣扬某种理论、对此深信不疑的诗人一样，华兹华斯也开始相信任何符合该理论的东西都是可以接受的。这就是为什么，像弥尔顿一样，华兹华斯的作品也是文学中最不平衡的作品之一。他的一些诗富有旋律、热诚、无与伦比地简练，但也有广阔的沙漠。这是柯勒律治说的；他看到了差异。实际上华兹华斯写起来很流畅——他灵感来了就写，受到缪斯启发时就写——其他时候，他之所以写是因为他决定当天要写出一百行，或无论多少行诗歌。起初，华兹华斯的理论和实践似乎遭人诟病，然后被接受了，他被视为——如同所有没有失败的老诗人一样——他被认为有点像一个机构，以至于最后他们给了他桂冠诗人的头衔，他接受了……我们必须记住，他不仅很能走路，滑冰也非常在行。

稍后我们将讨论华兹华斯与柯勒律治的友谊。他们大约一七九〇年左右相遇，当时两人都还年轻，都对法国大革命感到兴奋。柯勒律治建议在北美建立一个社会主义集聚地，在一条大河的岸边。他们也有相同的美学见解。十八世纪末，诗歌——麦克弗森的散文除外，我上一节课谈到的，还有格雷的几首诗——已经转变成一种诗的行话，即所谓的"伪古典主义"。例如，一位受人尊敬的诗人不会谈论微风，他谈论"柔和的西风之神"（soft zephyrs）。他不谈论太阳，而是谈论"福玻斯"（Phoebus）。他不愿意谈论月亮，这个词太常见了，而是情愿谈到"纯洁的狄安娜"。有整整一套以经典神话为基础的诗歌行话，虽然这些神话对于读者和听众来说已经死了；这是诗的用语。华兹华斯计划与柯勒律治一起出版一本名为《抒情歌谣集》的书，这本书一七九八年出版了。这个日期在英国文学史和欧洲文学史上很重要，因为它是一个刻意的浪漫主义文献，而且它比雨果和其他人的作品出现得早得多。

华兹华斯与柯勒律治商量,他们同意将这本书的主题分为两组,一组是有关日常事务、日常情节、日常生活沧桑的诗歌,另外一组分配给柯勒律治,则是有关超自然的诗歌。但是柯勒律治非常懒惰,他服食鸦片,他像杰出的诗体散文作家德·昆西一样吸鸦片成瘾,等到该书出版时,柯勒律治仅贡献了两篇文章,其余的都是华兹华斯写的。[2]这本书只有华兹华斯署名,并且说另外两篇文章是一位朋友写的,他不愿意具名。

几年后,第二版附上了华兹华斯具有争议性的序言。华兹华斯在序言中解释了他的诗歌理论。华兹华斯说,一个人得到一本诗集,就希望在书中找到若干内容。如果诗人无法满足这些期待,如果诗人令人失望,那么读者会想到的不外乎两件事情:他或者会认为诗人懒散、无能,或者会认为他是一个不兑现诺言的大骗子。然后,华兹华斯谈到了诗歌用语。他说全部或几乎全部当代诗人都在寻找它,而他则竭力避免它,因此,才少了诗歌行话,少了诸如"柔和的西风之神"这样的词语,少了神话比喻等等,这些都是有意排除在外的。他说他寻求普通语言,或多或少像口头语言,只不过没有结结巴巴、犹豫重复而已。华兹华斯认为最自然的语言就是人在乡村说的语言,因为他认为大多数单词都起源于自然事物——例如,我们所说的"时间的河流"——而且这种语言在更加纯净的状态中得到保存,那里的人能够不断看到田野、山脉、河流、丘陵、黎明、黄昏和夜晚。但是,与此同时，他也不想在他的语言中掺杂任何方言元素。所以，像惠特曼一八五五年写的《草叶集》，或者吉卜林的《兵营歌谣》或桑德堡的当代诗歌等，都会使他感到惊恐。

然而，后来人们写的诗都是因为有华兹华斯的缘故，他说诗歌起源于灵魂骚动引起的强烈情感外溢。于是人们会提出这样的异议：果真如此的话，那么只需要一个女人离开男人，或者父亲去世，就可以产生诗歌了。而文学史却表明事实并非如此。一个情绪强烈的人并不能很好地表达自己。华兹华斯在这里又表达了他有关诗歌起源的心理学理论。他说诗歌源自宁静中回忆的情感。让我们想象一下我提到的一个主题：一个男人被心爱的女人抛弃了。此时，男人可能陷入绝望，可能尝试认命，可能尝试分散自己的注意力，去喝酒，或做其他任何事情。但要让他坐下来写首诗就会很奇怪。另一方面，过了一些时间，就说是过去了一年吧，诗人现在更加平静下来，然后他回忆起他所遭受的一切，也就是重温自己的情感。但是这次，他这位作者不仅确切地记得自己遭受的痛苦、自己的感受、使他感到绝望的东西，而且他还是一个观众，是他自己过去的观众。华兹华斯说，这一刻最适合创作诗歌，这就是宁静中回忆和重温情感的时刻。华兹华斯还希望除了主题，除了诗人主要的冲动所要求的感情以外，不要有任何其他感情。也就是说，他完全摒弃了所谓诗歌的修饰，也就是说，华兹华斯认为写一首诗谈论山间或城市黎明带来的情感，这没问题，但他认为将景观或描述与关于另一主题的诗——例如一位心爱女子的死亡或消逝——交织在一起则很糟糕。他说因为这是在寻求"陌生的光彩",对主题而言是陌生的光彩。华兹华斯确实是一个十八世纪的人,没有谁,无论如何具有革命性,会完全与他的时代相左。因此华兹华斯有时会采用——这使他的一些篇章显得荒谬——他本人所谴责过的措辞。他在一首诗中谈到一只鸟,然后他再也看不到它了,他认为有人可能杀死了它。他想说,山谷里的人可能用猎枪杀死了它。但是他没有直接这样说出来,而是说:"谷底山民可能用致命的管子",而不是"步枪"瞄准了它。[3]这其实是有点不可避免的。

华兹华斯写了一些英语诗歌中最令人钦佩的十四行诗,通常有关大自然。有一首著名的诗歌内容发生在伦敦威斯敏斯特桥上。这首诗像所有华兹华斯的好诗那样,是真诚的。他总是说美在山间,在沼泽地带;不过,在这首诗中,他说自己从没有体会过像那天清晨在城市沉睡时走过威斯敏斯特桥时那种平静的感觉。[4]还有一首相当奇异的十四行诗,谈到他在港口看见一艘船到达,我们可以说他爱上了它;他祝它好运,仿佛这艘船是一个女人。[5]

华兹华斯还构思了两首哲学诗。其中的《序曲》是自传性的,是一位孤独散步者的沉思。我要复述其中的一个梦境。一位批评家曾经说到华兹华斯一定有过异常清楚的梦境,因为他有一首题为《不朽的暗示》的诗,阐述了他对永生的看法——基于柏拉图主义灵魂先在的学说。这首诗源于童年的回忆,其中他说道，在他年轻时，所有的事物都有某种辉煌，某种后来变得模糊的清晰。他说，事物具有"梦境的新鲜感和荣光"。[6] 他在另一首诗中说，有些事"像梦境一般生动"。我们知道他有过幻觉的经历。他在所谓的"恐怖统治"之前不久住在巴黎，从他房子的阳台上——那是一栋高大的房子——他看到了深红色的天空，他觉得自己听到了预言死亡的声音。然后，他回到英国，有天晚上不得不穿过巨石阵，那是在凯尔特人时代之前的石头圈，德鲁伊特在那里进行献祭。他认为自己看到了德鲁伊特用他们的石刀——燧石刀——拿人来献祭。但是现在我要回到那个梦境。

有人说华兹华斯一定是做过这样的梦，但我相信——当然你们也可以做出自己的判断——这个梦太刻意，不至于会是一个真正的梦。在讲述梦境之前，华兹华斯告诉了我们此前的情景；梦的基础就是这些情景，讲得很生动。华兹华斯说他一直被恐惧困扰，担心人类的两个最伟大的作品，科学和艺术，可能会因为某种宇宙灾难而消失。如今，鉴于科学的进步，我们有更多理由如此担忧。但是那时候就有这个想法则非常奇怪，居然认为人类会从地球上消失，跟人类一起消失的还有科学、音乐、诗歌和建筑等，换句话说，就是数千年数百代以来人类劳动中最精华的一切都会消失。华兹华斯说他和某人谈到了这件事，那个人告诉他说，他也有同样的恐惧。谈话之后的第二天，他去了海滩。你们会看到这些背景如何为华兹华斯的梦境奠定了基础。华兹华斯早上到达海滩，海滩上有个洞穴。他在洞穴里躲避阳光，但可以看到沙滩，金色的沙滩和海水。华兹华斯坐下来读书，他在读的书——这很重要——是《堂吉诃德》。然后到了中午时分——*la hora del bochorno*（闷热的时辰），如西班牙语所言——他屈服于这个时辰的压力；书从他手里掉了下来，然后华兹华斯说："我进入了梦境。"梦中他不在沙滩上了，不在面向大海的洞穴中。他在一个巨大的黑色沙漠中，某种撒哈拉沙漠。你们可以知道这里的沙漠及其黑沙，是因为沙滩上的白沙所暗示。他迷失在沙漠中，然后看到一个人影靠近，这个人左手拿着一个贝壳，另一只手上是块石头，也是一本书。这个人骑着骆驼朝他疾驰而来。当然你们会看到此前的情形如何奠定基础，尤其是对于英国人而言。西班牙人和阿拉伯人之间有种联系，骑骆驼的骑手，拿着长矛的骑手，是一种堂吉诃德的变形。骑手靠近迷失在那片黑色沙漠中的华兹华斯，华兹华斯向他求助，他把贝壳靠近做梦者的耳朵。华兹华斯听到"一个声音说着陌生的语言，但我却听懂了"，这个声音预告第二次大洪水将毁灭人类。然后这位阿拉伯人以严肃的举止，告诉他这是事实，而他的使命就是要从洪水，从这场大洪水中拯救人类的两个主要成就。一个"与星星"有关，"不受时空干扰"。这项成就是科学。科学以石头为代表，石头也是书。这种含混不清在梦中很常见。我梦到过某人有时是别的人，或有其他人的相貌，在梦中这并不令我感到惊讶；梦可以使用这样的语言。然后那个阿拉伯人把这块石头给华兹华斯看，他看到这不仅是一块石头，还是欧几里得的《几何原本》，代表了科学。

至于贝壳，贝壳是所有的书，所有人类写出来了的、正在写的、将写的所有诗歌。他听到所有诗歌都像一个声音，充满绝望、喜悦、激情的声音。阿拉伯人告诉他必须埋葬——保存——那两个重要的物件，科学和艺术，以贝壳和欧几里得的《几何原本》为代表。然后阿拉伯人朝外看，看到了什么，赶着他的骆驼走了。然后做梦的人看到像是充满大地的光亮的东西，明白这大光亮是大洪水。阿拉伯人骑骆驼走远了，做梦的人追上去，向他求救，水几乎到了他身边，他醒了。

德·昆西说，这个最崇高的梦境需要被人阅读，但德·昆西认为这是华兹华斯捏造的，当然我们永远不会知道实情。我认为华兹华斯很可能有过类似的梦境，然后加以润色。在梦中，阿拉伯人骑骆驼离开后，华兹华斯双眼追随着他，看见那个阿拉伯人有时是骑骆驼的阿拉伯人，有时是堂吉诃德骑着他的瘦马。他讲述这个梦境时，又说，也许他并没有真正梦到过，也许贝都因部落——那个阿拉伯人是贝都因人——中确实有疯子认为世界将会被洪水淹没，他想拯救科学和艺术。你们会找到这段文字——我不知道是否已翻译——在华兹华斯的长诗《序曲》的第二卷中。[7]

通常每当讨论华兹华斯时，人们都会讨论我告诉过你们的那首诗《不朽的暗示》，那首提到柏拉图学说的诗。但我认为华兹华斯的特别之处，除了几首民谣之外，还在于……[8]有一首叫做《致高地姑娘》的诗，[9]这也是里尔克最初几首诗之一的主题，有关一个女孩在田野上唱歌，有关这首歌，有关许多年后犹在记

115 忆中留存的旋律。在华兹华斯的诗歌中有个添加的细节，对他来说是神秘的：那个女孩用盖尔语，用凯尔特语唱歌，他听不懂。他好奇这首歌的主题是什么，他想到的是，"不幸、遥远的事情，很久以前的战争"。那充满山谷的一阵阵歌声，那一直在他耳边回响的歌声。然后有关于露西·格雷的系列诗作，讲述一个他深爱的女孩。女孩死了，他觉得她现在是地球的一部分了，注定像石头和树木一样永远旋转。有一首关于拿破仑的阴影笼罩英国的诗，从某种意义上说，正如另一个独裁者的阴影将笼罩英国。这次，英国独自与拿破仑作战，就像第二次世界大战英国被再次孤立一样。华兹华斯写了一首十四行诗说："又一年过去了，又一个庞大的帝国陷落了，我们被遗弃，孤军作战。"然后这首十四行诗说这种情况肯定让他们充满喜悦。"我们孤立无援，我们无人可以依赖，我们的救赎靠自己。"然后他想知道统治英格兰的人是否能够完成自己的使命，能够应对自己的宿命。他问道"他们是否真的配得上这个尘世及其传统"，如果不能的话，那他们就是"一群奴才"——此时他羞辱了政府。如果他们不是一群奴才，那就有责任应对"他们害怕的危险"，"以荣誉，尽管他们不懂荣誉"。……华兹华斯还写了一部戏剧，还有关于英格兰不同地方的诗歌。[10]

华兹华斯总是说语言必须简单，然而在这些诗中，他的语言达到了一种辉煌的效果，这是他年轻时会排斥的，那时他仍然狂热地执着于自己的理论。例如，他后来写诗描述剑桥一座小教堂的前厅，那里有牛顿的半身像。他谈到牛顿，"拿着棱镜，面色沉静"，那个他用来发展了光学理论的棱镜。然后他说："大理石呈现的心灵永远在奇特的思想海洋中航行。"[11]这与华兹华斯最初的理论已经毫无关系。起初，华兹华斯简直就是讨骂，他写了一首诗，题为《白痴男孩》，拜伦忍不住打趣，说那是一首自传诗。

人们开始反驳他的理论。就连柯勒律治都告诉他，没有诗歌应该伴随理论，因为那会使读者保持警惕。他说，如果读者在读诗集之前就先阅读了有争议的序言，可能就会怀疑那个序言是为了说服他喜欢这首诗而准备的，因此就会拒绝它。柯勒律治还说，诗歌应该靠自身取胜，诗人不应为自己的作品提供任何辩护。这现在看起来很奇怪，因为我们生活在一个排外小圈子、宣言和为艺术大张旗鼓宣传的时代。但是，柯勒律治生活在十八世纪末和十九世纪初。华兹华斯不得不向他解释，向他的读者解释，为了让他们不去寻找他诗歌中没有的东西，而是看到他故意选择了简单的主题、卑微的人物、朴素的语言，没有专业诗歌隐喻等等。华兹华斯现在被认为是英格兰的伟大诗人之一。我谈到过乌纳穆诺，[12]我知道他是乌纳穆诺最喜欢的诗人之一。但是，很容易在他的作品中找到懒散的篇章。埃兹拉·庞德就找过了，说华兹华斯是一只愚蠢的老羊。但我认为应该根据一个诗人最好的篇章来评判他。

我不知道是否曾经提到过切斯特顿同意编辑一部世上最烂

的诗歌选集，条件是允许他从最好的诗人中选择作品。切斯特顿说，因为写出糟糕的篇章是伟大诗人的典型做法。切斯特顿说，当莎士比亚想写几页糟糕的文字，他就会坐下来一挥而就，还享受这样做。另一方面，一位平庸的诗人可能压根就没有很烂的诗，是因为他意识到自己的平庸，因为他不断自我警醒。然而，华兹华斯意识到自己的力量，这就是为什么他的作品中有那么多滥竽充数，那么多僵死区域。但是除了华兹华斯的这个梦境之外（我不知道为什么它会被排除在选集之外），华兹华斯最重要的作品——也许除了谈到那艘他爱上的高大帆船的作品之外——全都收入了英语诗歌选集中。

这些作品已经被翻译很多次了，但是我发现将英语诗歌翻译成西班牙语很难，非常难，因为英语就像中文一样，基本上是单音节的。因此，在一节诗歌中，一行英语诗中可以纳入比一行西班牙诗中更多的内容，例如，该如何翻译："With ships the sea was sprinkled far and nigh like stars in Heaven"："*con barcos, el mar estaba salpicado aquí y allá como las estrellas en el cielo*"。译文中什么都没留下，但是这行诗仍然令人难忘。[13]

今天我谈了华兹华斯。下一节课我将谈论他的朋友、合作者，以及爱同他争辩的柯勒律治，他是浪漫主义运动初期的另一位伟大诗人。

第十三课

塞缪尔·泰勒·柯勒律治生平　亨利·詹姆斯的故事
柯勒律治和马塞多尼奥·费尔南德斯比较　柯勒律治与
莎士比亚　杜鲁门·卡波蒂的《冷血》

一九六六年十一月十六日，星期三

一位作家最重要的作品之一——也许是最重要的作品——是他在人类记忆中留下的他自己的形象，超越他撰写的所有文字。华兹华斯本人是比塞缪尔·泰勒·柯勒律治更好的诗人，我们今天将谈到后者。但是当人们想到华兹华斯时，人们想到的是维多利亚时代的一位绅士，与其他许多人相似。另一方面，当人们想到柯勒律治时，想到的却是小说中的人物。所有这些对于批判性分析和想象都很有趣，伟大的美国小说家亨利·詹姆斯就是这么认为的。柯勒律治的生活充满了失败、挫折、未兑现的诺言、动荡不安。亨利·詹姆斯有个故事叫做《柯克森基金会》，灵感来源于阅读柯勒律治最早的传记之一。[1] 这个故事的主角是个天才人物，有与人交谈的天赋，也就是说，是个整天在朋友家度日的人。他们期望他写出好的作品，他们知道他需要时间和休息来开展这项工作。女主人公是位年轻女士,她的责任是为该基金会,柯克森基金会,挑选成员,该基金会是由她的姨母柯克森夫人建立的。这位年轻的女士牺牲了结婚的机会,牺牲了她自己的生活,只为了确保获得奖金的人是一位天才。主角接受了可观的年金,然后作者让我们明白——或直截了当地声明,我不记得了——这位天才人物什么也没写,除了几份马马虎虎的草稿。关于塞缪尔·泰勒·柯勒律治我们也能说同样的话。他是一个名为"湖畔学派"的辉煌圈子的中心人物,因为他们住在湖区。他是华兹华斯的朋友,德·昆西的老师。他和诗人罗伯特·骚塞是朋友,在他的许多作品中,有一首名为《巴拉圭故事》的诗,是基于巴拉圭的一位传教士,耶稣会士多布雷兹霍夫的文本。[2] 这个小组的成员认为柯勒律治是他们的导师,认为自己不如他。尽管如此,柯勒律治的作品虽然卷帙浩繁,实际上只有几首诗——令人难忘的诗歌——和几页散文。有几页出现在《文学传记》中,有些是他所做的有关莎士比亚的讲座。[3] 让我们先看一下柯勒律治的生平,然后再来研究他的作品,这些作品常常晦涩难懂、乏味且剽窃他人。

  柯勒律治生于一七七二年,比华兹华斯晚两年,如你们所知,后者生于一七七〇年,这很容易记住。(我这样说,是因为你们马上要考试了。)柯勒律治一八三四年去世。他的父亲是英格兰南部的新教牧师。柯勒律治牧师是乡村小镇的牧师,他给听众留下深刻印象,因为他总是会把他所谓"直接诉诸圣灵的话语"掺杂在布道中，换句话说，那就是他的乡村教民根本听不懂的长篇希伯来语经文，却使他们敬仰他。柯勒律治的父亲去世后，他的教区居民瞧不起继任者，因为他没有在圣灵的直接话语中掺杂听不懂的经文。

柯勒律治就读于基督教堂学校，他的同学是查尔斯·兰姆，他曾撰文描述过柯勒律治。[4] 然后，他就读于剑桥大学，在那里遇见了骚塞，也是在那里他们计划去美国偏远危险地区建立一个社会主义集聚地，然后，出于某种从来没有完全得到解释的原因——而这仅仅是构成柯勒律治生活的众多谜团之一——柯勒律治参加了龙骑兵团。柯勒律治说："我是最不擅长马术的人。"他从未学会骑马。几个月后，一名军官发现他在营房的一面墙上用希腊语写诗，他在诗中表达了对不幸身为骑士的命运的绝望，而他却莫名其妙地选择了这种命运。军官与他交谈并设法让他退役。柯勒律治回到剑桥，不久之后计划创立一个周刊。他在英格兰四处旅行，为该出版物寻找订户。他说自己到了布里斯托尔，与一位绅士交谈，这位绅士问他是否读过报纸，他回答说他不相信自己作为基督徒的职责之一是要看报纸，这引起了不小的哄笑，因为大家都知道他去布里斯托尔的目的就是为他的出版物招募订户。柯勒律治受邀与别人谈话，采取了奇怪的预防措施，将一半的烟斗填满盐，另一半填满烟草。尽管如此，他还是生病了，因为他不习惯抽烟。此处我们又见到柯勒律治生活中一个莫名其妙的小插曲：他的行为很荒唐。

该杂志终于出版了，称为《守望者》(*The Watchman*)，意思有点像西班牙语的"*El sereno*"或"*El vigilante*"，实际上包含一系列讲道，不仅仅是新闻；一年后闭刊。柯勒律治还与骚塞合作编写了剧本《罗伯斯庇尔的垮台》，还有个剧本有关圣女贞德，其中她居然谈到了利维坦和磁性，这显然是不可能出现在这位圣女话语中的题材。[5]除此之外，我们可以断言，他除了聊天之外什么也没做。他写了几首诗，我们等下来看，一首题为《古舟子咏》……另一首诗叫做《克丽斯德蓓》，还有一首是《忽必烈汗》，这是那个中国皇帝，马可·波罗的保护人的名字。[6]

柯勒律治的谈话不同寻常。德·昆西是他的门徒和仰慕者，说每次柯勒律治聊天时，都仿佛在空中画圈。换句话说，他离开始的话题越来越远，但最后又会回到这个话题上来，只不过速度非常缓慢。柯勒律治的谈话可能持续两三个小时，最后，人们发现他画了一个圆圈，返回到出发点。但是通常跟他对话的人不会待这么长时间，先就离开了，因此带走了一连串莫名其妙题外话的印象。

柯勒律治的朋友认为，为他的天才提供一个好出路的方式就是由他来举办讲座。实际上，他的讲座事先进行广告宣传，许多人会预约参加这些系列讲座。在大多数情况下，到了约定的日期，柯勒律治都不会出现，而等他出现时，他会谈论任何事情，但就是不谈已经广而告之的主题。有时他的讲座会谈论所有事情，甚至会谈到预定的主题，但是这种场合很少见。

柯勒律治很年轻时就结婚了。据说他去拜访一户人家，那里有三姐妹，他爱上了第二个，但是他认为如果排行第二的姐妹在姐姐之前结婚——这是他告诉德·昆西的话——那可能会伤害姐姐的自尊。因此，出于一种必须行事得体的需求，他娶了姐姐，尽管他不爱她。这场婚姻失败了，这一点不足为奇。柯勒律治对妻儿不闻不问，去和他的朋友住在一起。柯勒律治的朋友为他的来访感到荣幸，很荣幸。他们起初还以为这样的拜访只会持续一周，然而却持续了一个月，有时甚至长达数年。柯勒律治接受人们的热情好客，并非不知感恩，只是心不在焉，因为他是最心不在焉的人。

柯勒律治去了德国，他意识到自己从未见过海，尽管曾经在他的诗作《古舟子咏》中以令人钦佩、无法忘怀的方式描绘过它。但是海并没有给他留下深刻印象。他想象中的海比真正的海洋更加广阔。柯勒律治的另一个特点是喜欢宣布雄心勃勃的写作计划——哲学史、英国文学史、德国文学史，然后写信告诉他的朋友——他们知道他在撒谎，他也知道他们知道——这项工作或其他工作进展顺利，即使他还没有开始写一行字。他的确完成了的作品中有一部席勒的《华伦斯坦》三部曲的翻译，据一些批评家——其中还有些德国人——所言，比原文更好。

最让评论家忐忑不安的问题之一是柯勒律治的剽窃。例如，他在《文学传记》中宣布，他将在下一章中专门介绍理性与理解，或幻想与想象这两者之间的区别。然后他列举这些重要差异的那个章节最后变成了翻译他欣赏的谢林或康德。据说柯勒律治会对印刷商承诺将交给他们一个章节，结果交来的是剽窃的内容。[7]最有可能的是柯勒律治忘记自己翻译了它。柯勒律治的生活是我们可以称为的纯粹的智性生活，思想比写下这些思想更令他感兴趣。我有一位多少算是著名的朋友，马塞多尼奥·费尔南德斯，他也是如此。[8]我记得马塞多尼奥·费尔南德斯从一个寄宿舍搬到另一个寄宿舍，每次搬家时，他都会在抽屉里留下一堆手稿。我问他为什么要丢弃他写的东西，他回答说："什么，您居然认为我们如此富有，以至于还会有什么要丢弃的吗？我曾经想到过的事情，还会再次想到，所以我什么也不会损失。"或许柯勒律治也是这样想的。沃尔特·佩特是英国文学中最著名的散文作家之一，他有一篇文章谈到柯勒律治，说他所思、所梦、所为，甚至还有"他没有做到的事情"，都代表了——我们几乎可以这样说——浪漫主义人物的原型，比维特、夏多布里昂更甚，比任何人都更甚。事实上，柯勒律治身上有种东西似乎充满了想象力并使其四溢，那就是生命本身，充满了延迟、未兑现的承诺、精彩的对话。所有这些都属于一种特定的人类。

奇怪的是，柯勒律治的对话被保留了下来，正如约翰生的一样；但是当我们阅读鲍斯威尔的文字时——这些文字充满格言警句，那些聪明的短句——我们会明白为何约翰生被视为令人钦佩的会聊天的人。相反，成卷的《桌边闲谈》——柯勒律治餐后谈话的内容——却很少令人钦佩，谈话过于琐碎。也许在对话中，比说了什么更重要的是对话者所感觉到的潜伏在说出来的话语背后的内容。毫无疑问，柯勒律治的谈话有一种魔力，并不表现在用词上，而是词语背后揭示的内容。

而且，当然，柯勒律治的行文中有令人钦佩的段落，例如，有一个关于梦的理论。柯勒律治说，我们在梦中思想，尽管不是用理性，而是用想象。柯勒律治遭受噩梦的折磨，但他注意到即使一场噩梦很恐怖，醒来几分钟后，噩梦的恐怖感就消失了。他是这样解释的：他说在现实中——我的意思是醒着时，因为噩梦对于那些做梦的人是真实的——我们已经知道曾经有人醒着时因为别人扮鬼而发疯，尽管那本来是意在开玩笑的鬼。另一方面，虽然我们刚做了一个可怕的梦，当我们醒来时，即使醒来时还在颤抖，但五到十分钟后就会平静下来。柯勒律治这样解释：他说我们的梦境，即使是最生动的噩梦，也是智识活动的一部分。也就是说，当一个人睡觉时感到胸部有重压，为了解释这一点，他就会梦见一只狮子躺在他身上。然后，恐怖的形象使他醒过来，但所有这些都是智识活动的一部分。柯勒律治就是这样解释噩梦的，他认为这是不完美、糟糕的推理，但仍然是想象力——也即智识活动——的作用，这就是为何噩梦不会那么深刻影响我们的原因。

当谈论柯勒律治时，所有这些关于梦的事情都是非常重要的。在上一节课中，我谈到了华兹华斯的一个梦境，下一节课我将谈谈柯勒律治最著名的诗《忽必烈汗》，这首诗就是基于一个梦境。这使我们想起了第一位英格兰诗人开德蒙,他梦见一位天使强迫他根据《创世记》的最初几节经文创作了一首诗,有关世界的起源。

柯勒律治是最早在英国支持莎士比亚崇拜的人之一。二十世纪初的爱尔兰作家乔治·穆尔说,如果耶和华崇拜结束,就将立即被莎士比亚崇拜所取代。而与一些德国思想家共同引领这种崇拜的人之一就是柯勒律治。说起德国哲学家,他们的观念在英国几乎不为人所知。十九世纪初的英格兰几乎完全忘记了自己的撒克逊人起源。柯勒律治学习德语,像后来的卡莱尔也学习德语一样,他提醒英国人他们与德国和北欧国家的联系,这在英格兰已经被人遗忘,然后是拿破仑战争;在滑铁卢大获全胜时,英国人和普鲁士人是并肩作战的兄弟,英国人感到了那种被遗忘的古老的兄弟之爱,而德国人也通过莎士比亚感到了这一点。

在柯勒律治留下的手稿中,有许多内容是用德语写的。他还在德国居住过。另一方面,他从未学会法语,尽管英语中有一半甚至几乎三分之二的词汇是法语,是与智识和思想有关的词。据说曾有人把一本法语书放在柯勒律治的手中,另一只手里放了这本书的英译本,柯勒律治读了英文译本,然后再回过头去读法语原文,但看不懂。也就是说,柯勒律治对德国人的思想感到亲切,却对法国人的思想感到很疏远。因此,柯勒律治将一生的一部分时间致力于也许是不可能的任务,调和英国圣公会,即英国国教,与他崇拜的康德唯心主义哲学之间的关系。奇怪的是,柯勒律治对康德的兴趣居然比对贝克莱的兴趣还大,因为他在贝克莱的唯心主义思想中本应更容易找到他所寻求的东西。

现在我们来看看柯勒律治对莎士比亚的看法。柯勒律治研究过斯宾诺莎的哲学,你们记得这种哲学是基于泛神论的,也就是这样一种观念:宇宙中只有一个真实存在,那就是上帝。我们是上帝的属性,上帝的形容词,上帝的时刻,但我们并不真实存在。只有上帝存在。阿马多·内尔沃有一首诗,[9]他在诗中表达了这样的观念:上帝确实存在,而我们是不存在的。柯勒律治会完全同意阿马多·内尔沃的这首诗。斯宾诺莎的哲学,如同约翰内斯·司各特·爱留根纳的哲学一样,有关创造性自然和已经创造出来的自然:*natura naturans* 和 *natura naturata*。[10]众所周知,当斯宾诺莎说到上帝时,他使用了一个与上帝同义的词:"*Deus sive natura*",即"上帝或自然",就好像两个词都代表同一件事,只不过 *Deus* 是 *natura naturans*,力量、自然的动力——生命的力量,正如萧伯纳所说的那样。柯勒律治将此概念用于莎士比亚。他说莎士比亚就像斯宾诺莎的上帝,是无限的、能够呈现所有形状的物质。因此,根据柯勒律治的看法,莎士比亚创作他卷帙浩繁作品的基础是观察。莎士比亚的一切作品均出自他自己的内心。[11]

近年来,我们遇到了美国小说家杜鲁门·卡波蒂的例子,他听说美国一个内陆州发生了一起可怕的谋杀案。两个小偷进入一个人——镇上最富有的人——的家。两个小偷进入他家，杀死了父亲、妻子和一个女儿。[12]年轻一点的凶手和小偷想强奸此人的另一个女儿，但另一个小偷说他们不能留下活着的目击者，而且无论如何强奸一个女人是不道德的，他们必须坚持原来的计划（那就是杀死所有可能的目击者）。他们射杀了所有四个人，后来被捕了。杜鲁门·卡波蒂此前一直在写非常细致的文字——可以说是弗吉尼亚·伍尔夫的风格——他搬到了这个四处不靠的城镇，获得了探视囚犯的许可，为了赢得他们的信任，他告诉他们自己生活中一些可耻的事情。由于律师技巧高超，审判持续了好几年。作家不断探访凶手，给他们带去香烟，与他们成为朋友。当他们被处决时，他陪着他们，然后立即回到旅馆哭了一晚上。此前他曾训练自己的记忆来记笔记；他知道当一个人受到质询，回答问题时会倾向于耍小聪明，他不想这样，他想要真相。后来他出版了《冷血》一书，现在已被翻译成多种语言。这整个事情对柯勒律治和柯勒律治的莎士比亚来说，似乎都会是荒谬的。柯勒律治把莎士比亚想象成一种无限的物质，类似于斯宾诺莎的上帝。也就是说，柯勒律治认为莎士比亚没有去观察别人，没有使自己沦落到包打听或新闻记者的琐碎。莎士比亚考虑过凶手是什么，考虑过一个人如何会成为杀人犯，这就是他对麦克白的想象。如同想象麦克白一样，他也如此想象麦克白夫人和邓肯，以及三个女巫。他想象罗密欧、朱丽叶、朱利叶斯·恺撒、李尔王、苔丝狄蒙娜、班古的幽灵、哈姆雷特、哈姆雷特父亲的鬼魂、奥菲莉亚、波洛纽斯、罗森格兰兹和吉尔登斯腾，所有这些。莎士比亚是他剧中的每个角色，即使是最微不足道的角色。除了所有角色之外，他还是演员、商人、放债人威廉·莎士比亚。我记得弗兰克·哈里斯撰写了萧伯纳的传记，当时他给萧伯纳写了一封信，问到有关他个人生活的事情。萧伯纳回答说，他几乎没有个人生活，他就像莎士比亚一样，是一切事物一切人。他还补充说："我一直都是一切事物一切人，同时我什么人都不是，我什么都不是。"

所以，柯勒律治把莎士比亚比作上帝，但柯勒律治在给他的一位朋友的信中坦言在莎士比亚的作品中似乎也有在他看来没有必要的场景。例如，他认为在悲剧《李尔王》中，没有理由在舞台上把一个角色的双眼挖出来。但他又虔诚地——也许更多是出于虔诚而非信念——补充道："我常常想发现莎士比亚的错误，然后我看到根本没有错误，我看到他总是正确的。"也就是说，柯勒律治是莎士比亚神学家——就像上帝的神学家一样——如同后来的维克多·雨果那样。维克多·雨果引用莎士比亚的一些粗糙的段落，莎士比亚的一些错误，莎士比亚的一些心不在焉，然后庄严地辩解说："莎士比亚在无限中走神了。"然后他补充说："与莎士比亚打交道时，我接受一切，就当我只是个动物。"格鲁萨克说，这种极端的观点证明雨果缺乏诚意。[13] 我们不知道柯勒律治究竟有时是缺乏诚意，还是他的确是当真的。

126　　今天我们讨论了柯勒律治一些作品的内容，下一节课我们不可能探讨柯勒律治所有的诗，但有三首是最重要的，按照最近一位柯勒律治批评家的说法，分别对应地狱、炼狱和天堂。

第十四课

柯勒律治的最后几年　柯勒律治与但丁·阿利吉耶里比较
柯勒律治诗歌　《忽必烈汗》　柯勒律治的梦

一九六六年十一月十八日，星期五

柯勒律治在伦敦郊区度过了他的最后几年，那是一个荒野丘陵地带。他住在一些朋友的家中。他早已不管妻子儿女，抛弃了他们，而且也脱离了他原来的朋友圈。他离开他们，搬到了郊区，因此他的世界也改变了。现在他生活在一个仅仅由精神活动组成的世界，他在那里把时间都花在与人交谈上面，如同我们所知的他在其他时光那样。但是柯勒律治从未独自一人：他的朋友和熟人继续来拜访他。

柯勒律治会欢迎他们，并花费很长时间跟他们交谈。他在朋友家的花园里写作和交谈，这些对话基本上是独白。例如，爱默生讲述了他去拜访他的情景，柯勒律治谈论上帝的一元本质，过了一会儿，爱默生告诉他说自己一直相信上帝的根本一体性，他是一元论者（Unitarian）。柯勒律治对他说："是的，我也是这么想的。"然后继续说下去，因为他根本不在乎他的对话者说些什么。

另一个去拜访他的人是著名的苏格兰历史学家卡莱尔。卡莱尔说他从海格特的高处统治伦敦，可以从那里俯瞰伦敦的喧嚣、嘈杂和人群。他的印象是柯勒律治高高在上，高踞于人类的嘈杂之上，迷失在他自己的思绪中，仿佛处于悬浮状态，或者在迷宫里，我们可以这样说。此时他已经很少写作了，尽管他总是在宣布要出版具有百科全书或心理学性质的巨著。柯勒律治于一八三四年去世时，他的朋友有个印象，即他们觉得，他已经死了很久了。英国散文家查尔斯·兰姆撰写了一段著名的文字，他曾经是他的同学，他说："我很伤心我并不感到伤心。"对于他们许多人而言，柯勒律治已经成为一种审美幽灵。但是兰姆说，尽管如此，他本人写的一切，正在写的一切和以后会写的一切，都是为柯勒律治而写。正如所有曾经与柯勒律治交谈过的人说过的那样，他谈到了柯勒律治精彩的谈话，说他的话"恰好就是思想的音乐"。但是人们一明白他在说什么，就不会再这样想。这就是为什么他当时没有朋友的原因。好吧，许多人仍然爱他，他们欢迎他住到家里来，匿名给他慈善捐款，德·昆西也是如此。（柯勒律治接受了这一切，好像理所当然。他对来自朋友的这些礼物没有感激之情，甚至没有感到好奇。他主要为思想而活，活在思想里。）他对当代诗歌不是很感兴趣。有人给他看了一些丁尼生的诗歌，年轻的丁尼生也因为他诗歌的音乐感而广为人知。柯勒律治说："他似乎不理解英语诗歌的本质。"这个判断是完全不公平的。事实是，柯勒律治对别人都不感兴趣，他对说服听众或说服与他交谈的人也没有兴趣。他的谈话是独白。他接受陌生人的来访，因为这给了他大声说话的机会。我在上一节课说过柯勒律治的全部作品如果以篇幅计算，则相当可观。[他作品的]牛津版有三四百页。但是，普通人图书馆版（Everyman's Library）——"Everyman"是中世纪一部戏剧的名称——大概是两百页，[1] 名为《柯勒律治珍本》，是他全部诗歌作品的选集。[2] 但是，我们可以将其减少到五或六首诗，我将从最不重要的诗开始。

有一首是《法兰西颂》，有一首奇特的诗——仅仅是奇特而已——标题为《真实和虚构的时间》，主题是两个现存时间之间的差异：抽象时间，即手表可以测量的东西，以及对于表达、恐惧和希望来说必不可少的时间。还有一首诗，主要是自传性质，叫做《忧郁颂》，如同华兹华斯的《不朽的暗示》一样，柯勒律治在其中谈到他年轻时对生活的感受以及与后来感受之间的差异。他说自己染上了"绝望的习惯"。[3]

然后，我们来看一下柯勒律治的三首主要诗歌，正是这三首诗使得一些人称他为英国文学最伟大的诗人或最伟大的诗人之一。不久前出版了一本书，作者我不记得了，书名为《水晶穹顶》。[4] 这本书分析了今天我们讨论的柯勒律治的这三首诗。作者说柯勒律治的这三首诗是一种微型的《神曲》，因为一首诗暗指地狱，一首暗指炼狱，另一首指天堂。但丁的一个儿子曾解释说

《神曲》第一部描绘犯下罪孽、有罪的人，第二部描绘忏悔、悔过的人，第三部描绘正义并受到祝福的人。[5] 谈到柯勒律治，似乎有这些题外话很自然，他也会这样做的。我想顺便说一句，作为题外话，我们完全没有理由认为但丁在写《地狱》《炼狱》和《天堂》时，会想到按照他的想象来描述那些超出尘世的区域，完全没有理由这样假设。但丁本人在给坎格兰代·德拉·斯卡拉的信中说，他的书可以用四种方式来阅读，为读者提供了四个层次。[6] 这就是为什么我认为福楼拜说的话是对的：当但丁去世时，他一定很惊奇地发现地狱、炼狱，或天堂——让我们假设他进入了最后一个区域——与他的想象不符。我认为但丁写这部诗篇时，并不相信他自己除了找到恰当的符号来敏锐地表达有罪之人、悔过者和义人的状况之外，还做了任何其他事情。至于柯勒律治的三首诗，我们甚至不知道他是否想在第一首诗中表达地狱，第二首表达炼狱，第三首表达天堂，尽管他并非不可能有如此感觉。

与《地狱》相对应的第一首诗是《克丽斯德蓓》。他于一七九七年开始创作这首诗，十年或十五年之后又重新拾起，然而最终放弃了，因为他想不出该如何收尾。无论如何，这首诗的情节很晦涩，如果说它留存了下来——你们能在所有英国文学选集中找到它——如果说诗歌《克丽斯德蓓》留存了下来，那是因为它的音乐品质，它神奇的气氛，恐怖的感觉，而不是情节的丰富多变。故事发生在中世纪，有个女孩，女主人公克丽斯德蓓，她的爱人离开她，加入了十字军东征。她离开父亲的城堡去为爱人的安全归来祈祷，遇见了一位美丽的女子，这个女子告诉她自己名叫杰拉尔丁，她是克丽斯德蓓父亲的一位朋友的女儿，这位朋友现在正和他闹不愉快。她说自己是被人偷出来的，强盗绑架了她，她设法逃脱了，所以她才会在森林里。克丽斯德蓓带她回家，把她带到教堂，试图祈祷，却无法祈祷。最后，她俩同住在一个房间里，到了晚上，克丽斯德蓓感觉到或看到了什么，表明那个女人并不真是她父亲朋友的女儿，而是某个恶魔，冒用了那个女儿的外貌。此处，柯勒律治并未具体说明她如何得出此结论。这让我想起了亨利·詹姆斯关于他的名作——《螺丝在拧紧》——所说的话，你们大概知道，也许你们看过改编的电影。[7] 詹姆斯说，没有必要专门给邪恶取名字，如果在文学作品中具体有所指的话——如果他说某个角色是凶手，或乱伦，或者是异教徒等等——那就会削弱邪恶的存在，最好是让它被感觉到是一种阴郁的氛围。《克丽斯德蓓》这首诗就是这样。

第二天，克丽斯德蓓想告诉父亲她的感觉，她知道那是真的感觉，但她无法办到，因为她被施了咒语，恶魔的咒语阻止了她。这首诗到此结束，父亲去寻找他的老朋友。有些人猜想等克丽斯德蓓的爱人从十字军东征归来，他就会是解围的人，解决问题的人。但是柯勒律治从来没有找到结局，而这首诗之所以得以留存——如我已经说过——是因为它的乐感。

现在我们来谈谈柯勒律治最著名的诗，这首诗名叫《古舟子咏》(The Ancient Mariner)。甚至这个标题都是过时的,其实叫作"老水手"(The Old Sailor)会更自然些。这首诗有两个版本,不幸的是,第一个版本没有被编者收入选集中,只能在一些专门研究著作中找到,因为柯勒律治精通英语,决定用古风写一首民谣,那是或多或少与兰格伦或乔叟同时代的风格;但是他写到后来却变成了一种矫揉造作的风格。这种语言成为读者与文本之间的障碍,因此,在通常出版的版本中,他对语言进行了现代化处理,我认为他有充分的理由这样做。柯勒律治还添加了一些说明,文字精美,好似评论,但所蕴含的诗意并不比正文少。[8] 与柯勒律治的其他作品不同,他的确完成了这首诗。

它以描述一场婚礼开始。有三位年轻人去教堂参加仪式,路上遇见了老水手。这首诗开始说:"这是一位古老的水手,/他拦住了三人之一。"水手看着他,用手抚摸他。水手那无肉的手,但最重要的是他的凝视,具有催眠的力量。水手开始说话,说道:"有一艘船,有一艘船,他说。"[9] 然后,他强迫客人在石头上坐下,听他讲故事。他说他遭了天谴,从一个地方游荡到另一个地方,必须讲述他的故事,仿佛是承受惩罚。年轻人迫不及待;他看到新娘和乐师进入教堂,他听到了音乐,但是"水手的意愿占了上风",他讲了自己的故事,似乎发生在中世纪。[10] 故事从一艘船开始,这艘船起航向南航行,驶到了南极,被冰山环绕。所有这些都写得具有独特的生动性;每一节诗都像一幅画。这首诗配有插图。国家图书馆有个由法国著名版画家古斯塔夫·多雷画插图的版本。多雷的这些插图画得令人钦佩，但缺乏某种和谐。多雷的但丁《神曲》插图也是如此。因为但丁的每一行诗或柯勒律治的每一行诗都非常生动，而多雷却像一个守规矩的浪漫主义者，一个守规矩的雨果的同代人，更喜欢酒神的特质——不确定、忧郁、神秘。柯勒律治的作品并非完全没有神秘感，但他的每节诗都很清晰、活泼且构思精致，与插图画家所迷恋的明暗对照不同。

船被冰山包围，然后一只信天翁出现了。信天翁与水手交了朋友；它从他们手中吃东西，然后风向北吹，船可以行驶了。信天翁陪伴着他们，他们到达了大概是厄瓜多尔这样的地方吧。讲故事的人说到这里时，无法再继续下去。年轻人说："上帝保佑你，古老的水手！保佑你不被恶魔如此困扰！"然后古老的水手说："我一箭射中了信天翁。"[11]这是犯罪行为，某种无辜的犯罪行为，因为水手本人不明白他为什么要这样做，但是从那一刻起，风不再吹拂，他们进入了一片死寂的广阔区域。船停了下来，水手全都责怪这位讲故事的人。他本来脖子上挂着十字架，但他们强迫他把信天翁挂在脖子上。无疑柯勒律治并不确切知道信天翁是什么，把它想象得比实际要小得多。

船静止不动了，没有下雨："水，水，到处都是水，没有一滴可以喝。"每个人都渴死了。然后，他们看到一条船靠近，以为会获救。但是等船靠近时，他们发现那只是船的骨架。这艘船上有两个奇幻的角色：一个是死神，另一个类似……类似红发妓女。她是"活生生的死神"。两个角色玩骰子决定水手的生死，死神总是获胜，除了讲故事的人，关于他，是红发女人这位活生生的死神获胜。他们无法再说话，因为嗓子干燥，但是水手感到其他人凝视着他；他相信他们认为他对他们的死亡，对这种围绕他们的恐怖氛围负有责任，然后他们都死了。他觉得自己是杀人犯。那艘船——那艘幽灵船驶走了。大海腐臭，到处都是蛇。这些蛇在黑色的海水中游动；红、黄、蓝各种颜色。他（讲故事的人）说，"海底深处也腐烂了。"他看到那些可怕的生物，蛇，他突然在那些地狱的动物身上感觉到一种美。他一旦这样感觉，信天翁就从他脖子上掉下来，掉入海里，然后开始下雨。他全身投入雨中畅饮，然后他能够祈祷了，他向圣母祈祷。接着他谈到"滑入我心灵的温柔睡眠"。在此之前，说到船静止不动时，他说的是"像画中的海洋上一艘画出来的船那样懒洋洋"。然后开始下雨了，水手觉得船本身就在雨中畅饮。然后，他从梦中醒来——这个梦意味着他得救的开始——他看到许多天使般的精灵进入他同伴的遗体，帮助他驾驶船只。但是他们不说话，船向北航行，回到英国。他看到了自己的故乡、教堂和礼拜堂；一艘船出来迎接他，他下了船。但是他知道他受到天谴，必须永远在世上游荡，讲述他的故事，讲给他遇到的所有人听。

133　　在这首民谣《古舟子咏》中可以发现两个影响。一个是关于一位英国船长的传说，一位船长遭天谴在南非好望角附近永远航行，永远不能靠岸。第二个是"流浪的犹太人"的传说。我不知道你们中有谁在阅读乔叟时曾经读到过"赦罪僧的故事",那其中也出现了一位老人,他用手杖敲地寻找坟墓,这个老人可能就是暗指那个流浪的犹太人,他遭天谴在世上流浪直到最后的审判那一天。[12]当然,柯勒律治也知道启发了瓦格纳歌剧的各种荷兰传奇,包括"赦罪僧的故事"和"流浪的犹太人"的故事。[13]

现在我们来读读柯勒律治另一首同样著名的诗,《忽必烈汗》。忽必烈汗是有名的皇帝,曾在他的宫廷里接见著名的威尼斯旅行家马可·波罗,那是向西方揭示东方的人之一。有关构思这首诗的故事——这首诗写于一七九八年,柯勒律治并没有完成它;后来收入《抒情歌谣集》中——很奇异。有一位名叫利文斯顿·洛斯的美国教授写了一本书论述《忽必烈汗》的来源。[14]骚塞是湖畔诗人和著名的纳尔逊传记的作者,骚塞藏书被保存了下来,而在这些藏书中就有柯勒律治当时正在阅读的书,他还标记过一些段落。因此,利文斯顿·洛斯得出结论说,尽管《忽必烈汗》是英语诗歌中最具原创性的作品之一,却几乎没有一行不是源自某本书。换句话说,《忽必烈汗》有数百种来源。尽管如此,我还是要重申这首诗是原创的,而且无与伦比。

柯勒律治说他生病了,医生建议他服用一剂劳丹酊,就是鸦片。总之,服用鸦片在当时非常普遍。(稍后,如果有时间,我会谈谈当时杰出的诗歌散文作家,柯勒律治的一位门徒托马斯·德·昆西,他的《一个英国鸦片瘾君子的自白》有一部分被波德莱尔用法文转写为《人造天堂》。)柯勒律治说,当时他住在一个农场上,正在读珀切斯的书,我猜那是十六或十七世纪的作家,他在其中读到一段有关皇帝忽必烈的话,他就是诗中的"忽必烈汗"。[15] 人们已经找到了这段话,很短,说到皇帝下令砍伐森林里的树木,那里有河水流淌,他在那里建造了宫殿或狩猎亭,周围筑了高墙。这是柯勒律治读到的内容。然后,柯勒律治仍然受到刚读的书的影响,无疑也受到鸦片的影响,做了一个梦。

这是一个悲伤的梦,是一个形象生动的梦境,因为柯勒律治梦见、看到了中国皇帝建造宫殿的过程,同时,他还听到了音乐,并且他知道——以我们在梦中知道事物的方式,凭直觉,不可思议地——是音乐在建造宫殿,音乐是宫殿的建筑师。而且,有个希腊传说,也说底比斯城是由音乐建造的,柯勒律治不可能没有意识到这一点,因为他肯定也像马拉美说的那样:"我读过每一本书"。因此,柯勒律治在梦中看着正在建造的宫殿,听着他以前从未听过的音乐——然后出现了非同寻常的部分——他听到了一个声音在朗诵诗,几百行诗。然后他醒了,想起了他在梦中听到的诗,诗就是这样赐予他的——就像他的祖先开德蒙,那位盎格鲁-撒克逊牧羊人那样——他坐下来写下这首诗。

他写了大约七十行,然后有个人从邻近波洛克的农场来拜访他,这人此后一直为所有英国文学爱好者所诅咒。这个人跟他谈论乡村生活的事务,这次拜访持续了几个小时,等到柯勒律治终于脱身,重拾那首在梦中赐予他的诗的时候,他发现自己已经忘记了它。很长时间以来，人们一直认为柯勒律治着手写了这首诗，但他并不知道该如何结束——就像《克丽斯德蓓》的情况一样——然后他才捏造了有关这个三合———建筑、音乐、诗——的奇妙故事的梦境。这是柯勒律治同时代人的想法。柯勒律治于一八三四年去世，十年或二十年后出版了一本书的译文，我不知道是俄语还是德语，是一个关于世界的故事，是一位波斯历史学家的作品。也就是说，这是一本柯勒律治不可能读到的书。在那本书中，我们读到了一些同那首诗一样奇妙的内容。我们读到忽必烈皇帝建造了一座宫殿，宫殿在几个世纪后倾圮，我们读到他按照在梦中得到的计划建造这座宫殿。此处我想到了［阿尔弗雷德・］怀特海的哲学，他说时间在不断为永恒的事物——柏拉图式原型——增益。因此我们可以思考这么一个柏拉图式概念——一个宫殿不仅想要存在于永恒，而且要存在于时间，而且它通过梦境，揭示给一个中世纪的中国皇帝，几个世纪后，再揭示给一位十八世纪末的英国诗人。这个事件当然不同寻常，我们甚至可以想象这个梦将如何继续：我们不知道宫殿还将寻求什么其他形式来完全存在。作为建筑，它已经消失了，就诗而言，它只存在于一首未完成的诗中。谁知道这个宫殿会如何第三次定义它自己呢，如果还有第三次的话？

现在让我们来看看这首诗。诗中提到了一条神圣的河，阿尔弗河（Alph）。这可能对应古典时代的阿尔菲奥斯河（Alpheus）。开头是这样的：

In Xanadu did Kubla Khan
A stately pleasure-dome decree:
Where Alph, the sacred river, ran
Through caverns measureless to man
　　Down to a sunless sea.

在上都，忽必烈汗传旨
建造寻欢作乐的宏伟圆顶官殿：
神圣的阿尔弗河在那里流淌
流过深不可测的洞穴
　　流入不见阳光的海洋。

　　此处有柯勒律治在《古舟子咏》中用过的头韵，在那首诗中他说："The furrow followed free；/We were the first that ever burst/Into that silent sea。""航迹随船荡漾；/我们率先冲进/那寂静的大海。"（先是 f 韵然后是 s 韵。）换句话说就是：在上都——可能是北京的古称——忽必烈汗传旨——命令——建造大型游乐亭或狩猎亭，那里有神圣的河流阿尔弗穿过人们无法测量的洞穴，流入不见阳光的海洋，流入深深的地底海洋。

　　然后柯勒律治想象神圣的河水流经一个巨大的洞穴，他说那里有冰块。然后他提到花园有多么奇特，就是那个绿色森林围绕的花园，整个花园俯瞰一个深渊。这就是为什么有人说这首诗是关于天堂的，因为这可能是上帝的换位，他的第一个作品，如弗朗西斯·培根提醒我们的,是一个花园,伊甸园。因此我们可以想到宇宙是建立于空虚之上的。柯勒律治在这首诗中说皇帝俯身去看黑色的地下水洞穴,他在那儿听到了预言战争的声音。然后诗歌从这个梦境转到另一个梦境。柯勒律治说,在梦中,他想起了另一个梦,在那个梦里有位阿比西尼亚女子在山上歌唱和演奏颂歌。他知道如果他能记住这位少女的音乐,就可以重建宫殿。然后他说每个人都会惊恐地看着他,每个人都会意识到他被迷惑了。

这首诗以谜一般的四行结尾,我要先用西班牙语,然后用英语说出来:"*Tejía su alrededor un Triple círculo, / y miradlo y contempladlo con horror sagrado, / porque él se ha alimentado de hidromiel, / y ha bebido la leche del Paraíso*。""Weave a circle round him thrice, / And close your eyes"(编织一个圆围绕他三圈,/ 闭上你的双眼)……不……应该是"*Tejed a su alrededor un triple círculo y cerrad vuestros ojos con horror sagrado*"。……无人可以看着他……"And close your eyes with holy dread, / For he on honey-dew hath fed ..."(心怀敬畏闭上你的双眼,/ 他已经饱尝了蜂露琼液。)"*Porque él se ha alimentado del rocío de la miel*。""And drunk the milk of Paradise。"(畅饮天堂的乳汁。)差一点的诗人可能会说"天堂之酒"(the wine of Paradise),那就很可怕;但像这首诗所说的"天堂的乳汁"(the milk of paradise)也同样可怕。

当然,这些诗歌无法用译文来读,翻译后剩下的只有情节,但是反正你们可以轻松地阅读英语原文,尤其是第二首诗《忽必烈汗》,其音乐感从无人企及。这首诗大约有七十行。我们不知道,我们甚至都无法想象,这首诗可能的结局是什么。

最后,我想强调一下,多么了不起,几乎奇迹一般的是,在那个讲究理性,那非常令人钦佩的十八世纪的最后十年中,竟然有人撰写了一首完全具有魔力的诗,一首以寓言的魔力和音乐的魔力来超越和超出理性、反对理性的诗歌。

第十五课

威廉·布莱克生平 《老虎》 布莱克和斯维登堡的
哲学比较 鲁珀特·布鲁克的一首诗 布莱克的诗

一九六六年十一月二十一日,星期一

我们现在要回到更早的时间,因为今天我们要谈论布莱克,他一七五七年生于伦敦,一八二七年在这个城市去世。[1]

我将布莱克放在后面讲的原因很容易解释,因为我的目的是用某些代表人物来解释浪漫主义运动:麦克弗森是先驱;接着是两位伟大的诗人,华兹华斯和柯勒律治。而威廉·布莱克不仅不属于伪古典学派(用这个最夸张的术语)——那是以蒲柏为代表的学派,而且也不属于浪漫主义运动。他是一位个性化的诗人,如果说有什么是我们可以将其与他联系在一起——因为如鲁文·达里奥所言,文学上没有亚当,那我们就必须将他与更古老得多的传统联系起来:法国南部的异端清洁派,公元一世纪小亚细亚和亚历山大城的诺斯替教派,当然还有杰出的、相信异象的瑞典思想家伊曼纽尔·斯维登堡。布莱克是一个独立于世的人,他的同时代人认为他有点疯狂,也许他是的。他是一个相信异象的人——如斯维登堡那样,当然——他的作品在他的有生之年很少传播。而且,他更为人所知的是作为版画雕刻师和绘图师,而不是作家。

布莱克本人非常不招人喜欢,是个好斗的人。他跟许多同时代人结怨,用凶狠的格言警句攻击他们。他一生中发生的事情没有他梦见和看到的东西那么重要,但是,我们还是会谈到一些背景情况。布莱克研究版画雕刻,并给一些重要作品制作过插画,例如,他为乔叟、但丁还有他自己的作品都做过插画。他结了婚,但也像弥尔顿一样,信奉一夫多妻制,尽管他没有付诸实践,怕冒犯他的妻子。他离群索居,与世隔绝,他是创作自由体诗歌——像他之前的麦克弗森和之后的沃尔特·惠特曼一样,创作受到《圣经》经文的启发——的众多先辈之一。但是他比惠特曼早得多,因为《草叶集》一八五五年才出版,而我刚才说过,威廉·布莱克于一八二七年去世。

布莱克的作品非常难懂,因为他创造了一个神学体系。为了表达它,他又发明了一整套神话,虽然批评家对其含义的意见并不一致。例如,有 Urizen,是时间;有 Orc,是某种救赎者;然后,有女神,名字很奇怪,例如 Oothoon;还有一个神祇名叫 Golgonooza。有他杜撰的另一个世界的地理,有叫弥尔顿的灵魂——布莱克相信弥尔顿的灵魂已经在他身上转世,要弥补弥尔顿在《失乐园》中犯下的错误。而且,同样的神祇在布莱克的私人万神殿中会变换含义，但不更改名称；他们随着他的哲学不断进化。例如，有四个佐斯（Zoas），还有个叫阿尔比恩（Albion）的角色，英格兰的阿尔比恩。阿尔比恩的女儿也出现了，还有基督，但是这个基督完全不是《新约》中的基督。

关于布莱克有相当多的参考书目，我并没有全读过，我认为没有人全读过，但是我认为关于布莱克的最清晰的书是法国批评家德尼·索拉撰写的。[2]索拉还写了雨果和弥尔顿的哲学评论，认为他们都属于犹太喀巴拉传统以及此前亚历山大城和小亚细亚的诺斯替派（索拉实际上很少谈到诺斯替教派，他更愿意讨论清洁派和喀巴拉主义者，这更接近布莱克）。他几乎从未提及斯维登堡，其实后者才是布莱克最直接的导师。布莱克背叛了斯维登堡，轻蔑地谈到他。[3]我们可以说，贯穿布莱克的所有作品，贯穿他整个暧昧模糊的神话体系，有个问题一直使哲学思想家感到担忧，那就是有关罪恶的观念——很难将仁慈万能的上帝这一概念与世界上存在罪恶这样的事实协调起来。当然，我谈到罪恶时，想到的不仅是背叛或残酷的行为，也想到了罪恶的具体存在：疾病、年老、死亡、每个人都会遭受的不公正待遇以及我们在生活中遭遇的各种痛苦。

布莱克有一首诗——收录在所有选集中——表达了这个难题，但是当然并没有解决此问题。它对应布莱克的第三本或第四本书，他的《经验之歌》（此前他还出版了《天真之歌》和《瑟尔之书》），他在这些书中主要谈论宇宙背后的爱与善，尽管有一切外在的苦难)。[4] 在《经验之歌》中，布莱克直接谈论罪恶问题，他以中世纪动物寓言的方式来象征罪恶，将其比作老虎。这首诗有五六节，标题为《老虎》，作者自己做了插图。

这首诗并非有关真正的老虎，而是原型老虎，柏拉图式、永恒的老虎。诗歌是这样开始的——我随便译成了西班牙语：

> Tyger! Tyger! burning bright
> In the forests of the night,
> What immortal hand or eye,
> Dare frame thy fearful symmetry?

> 老虎！老虎！明亮地燃烧
> 在森林的夜晚，
> 是什么永恒的手或眼
> 竟敢构造你可怕的匀称？

他好奇老虎是如何形成的，如何锻造的，用什么样的锤子，然后他提出了这首诗的主要问题：

> When the stars threw down their spears,
> And watered heaven with their tears,
> Did he smile his work to see?
> Did he who made the Lamb make thee?

星星投掷下光芒，

用眼泪浸透天空，

看见他的作品他笑了吗？

是那创造羔羊的人创造了你吗？

也就是说：万能慈悲的上帝如何会同时创造老虎和被它吞噬的羔羊呢？

然后，"看见他的作品他笑了吗？""他"当然是上帝。布莱克为老虎这个罪恶的象征和标志着了迷。我们可以说，布莱克的其他作品全都致力于回答这个问题。不用说，这个问题也受到了许多哲学家的关注，在十八世纪有莱布尼兹。[5] 莱布尼兹说我们生活在可能有的最好的世界里，他发明了一种寓言来证明这一论断。莱布尼兹想象世界——不是现实世界，而是可能的世界——是金字塔，是有顶但没有底的金字塔，也就是可以无限期、无限制地向下延伸的金字塔。金字塔有许多层，莱布尼兹想象一个人在某一层度过一生，然后他的灵魂转世到更高一层，如此持续无数次，最后到达最高一层，金字塔的顶部，他相信自己在天堂。然后他想起了自己的前世。这层楼的居民提醒他，告诉他说，他在地球上。也就是说，我们处于世界可能的最佳状态。为了取笑这个学说，有人，我认为是伏尔泰，称之为"乐观主义"，他写《老实人》时，想要表明在这个"可能达到的最好的世界"中，却还存在着疾病、死亡、里斯本地震、贫富差距。也有人开玩笑地称之为"悲观主义"。因此,我们现在所说的"乐观主义"和"悲观主义"——当我们想说一个人心情好,或者倾向于看到事物美好的一面时,我们称其为乐观主义者——是作为玩笑杜撰出来的,意在戳破莱布尼兹的学说以及斯威夫特和伏尔泰——悲观主义者——的观念,他们断言说,是基督教声称这个世界充满了眼泪,断言我们生活的艰辛。

我们也可以说这些观点被用来为罪恶辩护,为残忍、嫉妒或牙痛辩护。人们说一幅画中不可能仅仅只有闪闪发光的美丽颜色,还要有其他颜色;或者,还说音乐也需要不和谐的时刻。这个莱布尼兹喜欢两种巧妙但容易令人误解的解释,他设想了两个图书馆。一个图书馆收藏一千本,例如,被认为是十全十美的作品《埃涅阿斯纪》,在另一个图书馆中,只有一本《埃涅阿斯纪》,还有九百九十九本其他次一点的书籍。莱布尼兹想知道哪个图书馆更好。他得出显而易见的结论,当然是第二个图书馆,收藏了一千本不同质量的书籍的那个图书馆,它优于第一个图书馆,后者收藏了一千本相同的完美的书籍。维克多·雨果后来会说,世界必须是不完美的,因为如果完美的话,那就会被误认为是上帝——光芒会在光芒中迷失。

我认为这些例子似乎是错误的。因为绘画有暗处,图书馆里有不完善的书籍,那是一回事,而在一个人的灵魂中有这样的书和这样的颜色,则是另一回事。布莱克感觉到了这个问题。布莱克想要相信一个全能和仁慈的上帝,同时,他也感到在这个世界上，在我们一生中的每一天都会发生一些事件，我们本来希望会有所不同。所以，也许在斯维登堡的影响下，也许在其他人的影响下，他找到了解决办法。诺斯替教徒——公元一世纪的哲学家——找到了一个解决方案。根据圣伊里奈乌斯提供的该体系的解释，他们想象了第一个上帝。[6]这个上帝是完美的，不变的，从这个上帝散发出了七个上帝，这七个上帝对应七个行星——当时太阳和月亮都被视为行星——它们允许其他七个上帝从它们发散。这样一来，就出现了一座有三百六十五层的高塔。（对应一年中的日子。）每个实例，这些上帝密室的每一个，都比前一个更不那么神圣，因此到了最低一层，神性接近于零。正是第三百六十五层之下那一层的上帝创造了地球。这就是为什么地球上存在如此众多缺陷的原因：它是由一个反映了所有其他神的映像的映像等等的上帝创造的。

布莱克通过他的全部作品区分造物主上帝，他是《旧约》中的耶和华——出现在《摩西五经》前面数章，出现在《创世记》中的那位上帝，还有一位更高的上帝。按照布莱克的看法，这样一来，地球就是由一个略次等的神创造的，这就是赐予十诫、道德律法的神；然后还有个更高等的神差遣耶稣基督来救赎我们。也就是说，布莱克在《旧约》和《新约》之间造出了一个对立，创世的上帝是要求道德律法——也就是限制，限制你不应该这样做，不应该那样做——的人，然后基督来将我们从这些律法中拯救出来。

就历史而言，这是不对的，但布莱克表示，这就是天使和魔鬼以特别的启示向他揭示的。他说自己曾经多次与他们交谈，像瑞典的伊曼纽尔·斯维登堡那样，后者也死于伦敦，也经常与恶魔和天使交谈。布莱克得出这样的理论：这个世界——低等级神的作品——是一种幻觉，我们被自己的感官欺骗。以前有人说过，我们的感官是不完美的工具。例如，贝克莱已经指出，如果我们看到一个遥远的物体，我们会认为它很小。我们无法用手触摸一座高塔或月亮，也看不到无限小的东西，听不到远方所说的话。我们还可以补充说，例如，如果我触碰这张桌子，我会觉得桌子很光滑；但只需要一台显微镜就可以让我知道这张桌子是粗糙不平的，实际上，它是由一系列突起物构成的，而且如科学表明的那样，是一堆原子和电子的组合。

但是布莱克走得更远，布莱克相信我们的感官会欺骗我们。第一次世界大战期间去世的英国诗人［鲁珀特］·布鲁克写过一首诗，将这个想法表达得很美，如果你们还记得的话，这很有帮助。他说，当我们离开身体时，当我们成为纯洁的灵魂时，我们真的可以触摸："触摸，不再用手去感觉，／看，不再被我们的眼睛蒙蔽。"[7] 布莱克说，如果我们能清洗我们的"知觉之门"——最近出版的赫胥黎有关致幻剂仙人球毒碱的一本书中使用到这个短语——我们就会看见事物本来的样子，是无限的。[8] 也就是说，我们现在生活在某种梦中，一种耶和华强加给我们的幻觉，耶和华就是那个创造了这个尘世的次等的神，而布莱克想知道是否我们所见到的鸟——飞行时穿越空气的鸟——其实就是被我们的五种感官所隐藏的令人愉悦的宇宙。布莱克所写的东西有悖于柏拉图,即使布莱克深受柏拉图的影响,因为布莱克相信真正的宇宙就在我们心里。你们大概读到柏拉图曾经说过,学习就是要回忆起来,因为我们已经知道一切。培根补充说,不知道就是已经遗忘,对应柏拉图的学说。

因此,对于布莱克来说,有两个世界。一个永恒的——天堂——是创造性想象力的世界。另一个是我们生活的世界,被五种感官强加给我们的幻觉所欺骗。布莱克称这个宇宙为"呆板的宇宙"。此处我们可以看到布莱克和浪漫主义者之间的巨大差异,因为浪漫主义者对宇宙充满敬意。华兹华斯在一首诗中谈到一个神,"其所在是夕阳的光芒,是圆满的海洋和鲜活的空气"。[9]而布莱克对所有这些都感到厌恶。布莱克说,如果他观看日出,他真正看到的只是一枚银币在天空中升起。但是,如果他用属灵的眼睛看到或想到黎明,就会看到成群的、无数闪闪发光成群结队的天使。他说自然奇观会关闭他所有的灵感。[乔舒亚]·雷诺兹[爵士]是他的同时代人,也是画家,他说绘画艺术家应该从模特开始工作,这让布莱克愤慨不已。他说:"对雷诺兹而言,世界是一片沙漠,是必须用观察来播种的沙漠。对我来说不是这样。对我来说,宇宙在我心中;相较于我想象中的世界,我见到的世界苍白,非常贫乏。"

现在我们将回到斯维登堡和基督,因为这对于布莱克的哲学很重要。一般而言，人们相信为了得救，就必须在道义上得救，也就是说，如果一个人是正义的，如果他得到宽恕并且爱他的敌人，如果他不做坏事，那个人就已经得救。但是，斯维登堡更进一步。他说人不能通过自己的行为得救，一个人的责任是磨练他的智识。斯维登堡举了个例子。他想象一个可怜的人，这个可怜人唯一的愿望就是去天堂。于是他从世上隐退，去了沙漠，就说是去了忒拜吧，在那里生活而没有犯下任何罪过。同时，他过着贫乏的精神生活——典型的修士或隐士的生活。此人多年后去世，去了天堂。他到了天堂，天堂比地球复杂得多。一般人们趋向于将天堂想象为虚无。相反，这个瑞典神秘主义者认为天堂更加具体，更加复杂，比地球还丰富多彩。例如他说，在世上，我们有彩虹的七色以及这些色彩的细微差别，但是在天堂，我们能看到无限种色彩，我们甚至无法想象的色彩，形状也是一样。也就是说，天堂里的一座城市比尘世的一座城市要复杂得多，我们的身体会更复杂，家具会更复杂，思想也是如此。

144　　这位可怜的圣人到了天堂，天堂里有谈论神学的天使；有教堂——斯维登堡的天堂是神学的天堂。可怜的人想参与天使的对话，但他当然迷失了。他就像一个乡下佬，一位农民，进城市后会感到头晕。起初，他尝试安慰自己，认为他在天堂，但后来这个天堂使他困惑，令他眩晕。因此，他与天使交谈并问他们应该怎么办。天使告诉他说，他一心致力于纯粹的美德，结果浪费了在尘世学习的时间。最后，上帝找到了解决方案——一种有点可悲，却是唯一可行的解决方案。送他去地狱会是非常不公正的，因为这个人不能生活在恶魔中间。他也不需要遭受嫉妒、仇恨和地狱之火的折磨。但是把他留在天堂却又注定会令他头晕目眩，他无法理解那个更加复杂得多的世界。所以，他们在宇宙里为他寻找一个地方，他们找到了一个，在那里，他们允许他重新投射他的沙漠、教堂、棕榈树和洞穴的世界。现在这个人在那里，就像在地球上一样，但是更加不快乐，因为他知道这个住所是他永恒的住所，唯一可能的住所。

布莱克接受了这个想法，直截了当地说："放弃圣洁，召唤智慧。"然后又说，"傻瓜不得进入天堂，让他变得如此圣洁吧。"[10] 也就是说，布莱克还为人类提供了智识上的救赎。我们有责任既正义也有智识。斯维登堡已经达到了这一点，而布莱克走得更远。斯维登堡是一个讲究科学的人，一个相信异象的人，一个神学家等等，但是他没有太多的审美敏感性。然而布莱克却具有强烈的审美意识，他说人得到救赎必须是三重的。必须通过美德得救——也就是说，布莱克谴责残酷、邪恶、嫉妒；人们应该通过智识，尝试去了解世界，在智识上得到发展；通过美，即通过艺术实践，才能完成救赎。布莱克宣扬说，艺术的观念是少数精英的遗产，他们必须以这种或那种方式成为艺术家。由于他想将自己的学说与耶稣基督的学说联系起来，他说基督也是一位艺术家，因为基督的思想从来不是抽象地表达（弥尔顿从不理解这一点），而是通过比喻，即在诗歌中表达。例如，基督说，"我来并不是叫地上太平",[1]抽象的理解是,"我不会带来和平,而是带来战争"。但是基督也是一位诗人,他说:"我来并不是叫地上太平,乃是叫地上动刀兵。"当他们要用石头砸死一个通奸的女子时,他不说法律不公正,而是在沙上写了一些话。他写了几句话:当然法律谴责有罪的女人。然后他用手肘把字擦去,预示"字句是叫人死,精意是叫人活"。[2]然后他说:"你们中间谁是没有罪的,谁就可以先拿石头打她。"[3]也就是说,他使用了具体的例子,诗意的例子。

按照布莱克的看法,基督这样行事,这样说话,不是为了更生动地表达事物,而是因为他自然而然地以形象,以隐喻和寓言思考。例如,他没有说,由于一个有钱人屈从于所有的诱惑,他很难进入天堂。他说,富人进入天堂,比骆驼穿过针眼还难。也就是说,他使用了夸张手法。所有这些对于布莱克而言都是非常重要的。

布莱克还认为——这先于当下心理分析中的很大一部分——我们不应该抑制我们的冲动。例如他说,受伤的人有报仇的欲望,想要报仇是自然的事情,如果一个人不报仇,那么这个欲望就会留在他的灵魂深处,腐蚀他。这就是为什么在他最有特色的作品,《天堂与地狱的婚姻》中——我认为它已经被翻译

---

[1] 出自《圣经·马太福音》第10章第34节。
[2] 出自《圣经·哥林多后书》第3章第6节。
[3] 出自《圣经·约翰福音》第8章第7节。

成西班牙语，我不记得是［拉斐尔·］阿尔维蒂还是聂鲁达翻译的——有"地狱箴言"，只不过在布莱克看来，普通神学家称之为地狱的其实是天堂；例如，我们读到："被切断的蠕虫原谅了犁。"[11] 蠕虫还能做什么？他还说用对待牛一样的法律来对待狮子是不公平的——狮子是纯粹的力量、精力。也就是说，他领先了尼采的教义，后者出现得晚得多。

在生命的尽头，布莱克似乎悔过了，他开始宣扬爱与同情，更经常提及基督的名字。《天堂与地狱的婚姻》这部作品很奇怪，因为它部分是诗，部分是散文。有一系列谚语，他在其中详细解释了他的哲学。还有其他书被称为他的"预言书"，这些书很难读懂，但是我们会在不经意间发现特别美丽的段落。[12] 例如，有个女神名为乌桑（Oothoon），这个女神深深地爱上了一个男人，她猎杀女人送给男人，她用钢铁和钻石设陷阱猎杀她们。我们读到以下诗文："但乌桑会布下钢铁罗网和钻石陷阱，为你捕捉温柔的白银和狂怒的黄金女子。"[13] 然后布莱克谈到了财富、肉体愉悦，因为对他而言，这些欢乐并非像基督徒，尤其是清教徒，通常所认为的那样是罪过。

布莱克的作品被他的同时代人所遗忘。德·昆西在他的十四卷著作中只提到过一次"那个疯子版画家威廉·布莱克"。但是后来，布莱克对萧伯纳产生了强大的影响。在萧伯纳的《人与超人》中有一场——约翰·坦纳做梦那一场——就像是斯维登堡和布莱克学说的戏剧化表达。现在布莱克被视为英国古典诗人之一，而且，他的作品很复杂，引起了多种解释。我订购了一本书但尚未收到，是《布莱克词典》。[14]该书按字母顺序列出布莱克的所有神祇和神灵，有些象征时间，有些象征空间，有些象征欲望，另一些象征道德法律。人们试图协调布莱克的自我矛盾之处，因为他不完全是一个相信异象的人——也即不完全是一个诗人，不完全是一个通过形象来思考的人，那本来会使他的作品更容易一些——他还是哲学家。所以在他的作品中有一种在形象——它们通常很出色，就像我谈到的"温柔白银和狂怒黄金的女孩"那样——和长长一节抽象诗之间随意的来回往复。而且，他诗句的音乐感有时很粗糙，这很奇怪，因为布莱克一开始使用的是传统形式和非常简单、几乎是婴儿般的语言。但后来他终于开始用自由诗体……人们在布莱克那里发现了一种古老的水手的信仰：男人和女人会失去人性。他还表达过一种古老的航海迷信思想：杀死信天翁的水手会遭天谴，注定要永恒地悔罪。我们在布莱克的信念中所看到的是这样的概念：小小的行为会产生可怕的后果。因此他说："折磨毛毛虫的人会看到可怕的和神秘的东西，陷入无限夜的迷宫，并注定遭受无限的折磨。"

147　　布莱克这位作家在他那个时代的英国文学中是独一无二的。他无法适应浪漫主义或伪古典主义；他逃脱了，他不追随潮流。布莱克在他的时代是独一无二的——在英国和欧洲大陆都一样。因此，我想回顾一下大概是众所周知的一句话："每个英国人都是一个小岛。"这也同样非常适用于布莱克。

第十六课

托马斯·卡莱尔生平　卡莱尔的《旧衣新裁》　卡莱尔，
　　纳粹主义的前身　卡莱尔描述的玻利瓦尔的士兵

一九六六年十一月二十三日，星期三

今天，我们将讨论卡莱尔。卡莱尔是那些令人眼花缭乱的作家之一。我记得我在一九一六年左右发现他，当时就觉得他确实是独一无二的作家。然后我对沃尔特·惠特曼也是同样的感觉；先前对维克多·雨果也是这样的感觉，后来对克维多也是一样。[1]换句话说，我认为所有其他作家都不对头，仅仅因为他们不是托马斯·卡莱尔。那些使你眼花缭乱的作家，似乎是作家的原型，往往最终会让人不知所措。他们以使你眼花缭乱开始，但是很可能最终变得令人无法忍受。我这漫长的一生中，对法国作家莱昂·布鲁瓦的感觉也是这样，还有英国诗人斯温伯恩，以及许多其他人。[2]所有这些都是非常有个性的作家，如此有个性，以至于人们终于知道了自己之所以会眼花缭乱、会被迷惑的规律。

让我们看看卡莱尔的生平事实。卡莱尔一七九五年出生在苏格兰的一个村庄里,一八八一年在伦敦去世——在切尔西,那里还保留着他的房子。也就是说,他的人生漫长而勤奋,致力于文学、阅读、学术研究和写作。

卡莱尔出身卑微。他的父母、祖父母和曾祖父母都是农民。卡莱尔是苏格兰人。人们常常混淆苏格兰人和英格兰人,但是尽管他们政治上统一,却是两个完全不同的民族。苏格兰是一个贫穷的地方,有着多氏族之间血腥交战的历史。而且,一般而言,苏格兰人比英格兰人更有智识,或者说,英格兰人通常不看重智识,而几乎所有苏格兰人都看重。这可能是由于宗教纷争引起的,但如果苏格兰人的确致力于讨论神学,那也是因为他们是知识分子。这是因为原因往往变成结果,而结果又与原因混淆在一起。在苏格兰,宗教讨论很普遍,值得记住的是,爱丁堡像日内瓦一样,是欧洲加尔文主义的都城之一。加尔文主义的根本特征是信仰得救预定论,基于《圣经》经文:"被召的人多,选上的人少"。①

卡莱尔先在他家乡的教区教堂,然后在爱丁堡大学学习,他二十岁左右时遭遇了某种精神危机或经历了某种神秘体验,他在一本最奇怪的书《旧衣新裁》(*Sartor Resartus*)中对此进行过描述。拉丁文 Sartor Resartus 的含义是"拼凑的裁缝"或"织补的裁缝"。我们很快就会明白为什么他会选择这个奇怪的标题。事

---

① 出自《圣经·马太福音》第 22 章第 14 节。

实上卡莱尔已经罹患某种程度的忧郁症，无疑是困扰他一生的神经官能症诱发的。卡莱尔成了无神论者；他不相信上帝。但是加尔文主义的忧郁持续困扰着他，即使他以为自己已经摆脱了它——认为这是一个没有希望的宇宙，其中大多数居民都注定要下地狱。然后有一天晚上，他得到了某种启示，启示没有使他摆脱这种悲观情绪，摆脱忧郁情绪，但的确导致他相信人可以通过工作得救。卡莱尔不相信任何人的劳动具有持久价值。他认为人做的任何审美或智识工作都不值一提、转瞬即逝。但是他同时也相信工作本身，做事情本身——即使那事情不值一提——也并非不值一提。有一部他作品的德语版选集，第一次世界大战时期出版，书名是《工作而非绝望》。[3]这是卡莱尔思想的结晶。

卡莱尔决定献身于文学之后，就开始学习获取一种广阔而又杂乱的文化。例如他和他的妻子简·韦尔什无师自学了西班牙语，他们每天读一章西班牙文原文的《堂吉诃德》。卡莱尔有段话对比了塞万提斯和拜伦的命运。他认为拜伦是一位好看的运动型贵族，是富有的人，却感到莫名的忧郁。他认为塞万提斯——军人和囚犯——生活艰辛，却写了《堂吉诃德》这样一本书，其中没有抱怨，却充满了私人的、有时是隐藏的喜悦。

卡莱尔搬到了伦敦——他已经当过学校老师，并且曾与人合作编写了一部百科全书，即《爱丁堡百科全书》——在那儿他为期刊撰写文章。[4]他发表文章，但我们必须记住，那时的一篇文章就是我们今天所说的一本书或一部专著。现在一篇文章通常大约五到十页；而那时一篇文章通常大约有一百页。因此，卡莱尔和麦考利的文章是真正的专著，有些甚至长达两百页，放到今天就是书籍。

卡莱尔的一位朋友建议他学习德语。因为政治形势，在滑铁卢获胜后，英国人和普鲁士人成为患难兄弟，英格兰正在发现德国，晚了几个世纪才发现与其他日耳曼民族的亲缘关系，包括德国、荷兰，当然还有斯堪的纳维亚国家。卡莱尔学习德语，为席勒的作品而激动，并出版了——这是他的第一本书——席勒传记，以一种正确且相当普通的风格写成。[5]然后，他读了一位德国浪漫主义作家让·保尔·里希特尔的作品，这是一位可称得上是令人昏昏欲睡的作家，他讲述了缓慢而且有时无聊的神秘梦境。[6]里希特尔的风格充满了复合词和冗长的从句，这种风格影响了卡莱尔，只不过里希特尔还会给人留下愉快的印象。另一方面，卡莱尔本质上是一个非常热情的人，所以他是个沉闷的作家。卡莱尔还发现了歌德的作品，当时他在自己祖国以外不为人所知，除了一些零星片段。卡莱尔相信他在歌德身上找到了导师。我说"相信他找到了"，因为很难想到还会有另外两个如此不同的作家：如奥林匹斯山一般威严——德国人这样称呼他——和宁静的歌德；如一个苏格兰人那样因其道德上的顾虑而遭受折磨的卡莱尔。

与歌德相比，卡莱尔是无比急躁和花哨的作家。歌德起初是个浪漫主义者，后来懊悔自己最初的浪漫主义，获得了一种我们可以称为"古典"的宁静。卡莱尔为伦敦的杂志撰写关于歌德的文章，这令歌德非常感动，因为尽管德国已经获得了充分的智识上的发展，但在政治上却仍然没有统一。(德国统一发生在普法战争之后的一八七一年。)也就是说，对世界而言，德国是小公国、公爵领地的异质集合体，有点外省人的闭塞，对歌德来说，英国人钦佩他，就好比一个南美人竟然会在巴黎或伦敦被人们所熟知。

卡莱尔发表了一系列歌德作品译文。他翻译了《威廉·迈斯特》的两个部分：《威廉·迈斯特的学习年代》和《威廉·迈斯特的漫游年代》。[7] 他还翻译了其他德国浪漫主义作家，包括令人惊叹的 [E. T. A.] 霍夫曼。然后，他出版了《旧衣新裁》。[8] 然后他致力于历史，并撰写了关于著名的钻石项链事件——一个可怜的法国人的故事，是别人令他相信了玛丽·安托瓦内特曾经接受过他的一件礼物（该文取材自卡廖斯特罗伯爵）——以及其他题材广泛的文章。[9] 在这些文章中，我们发现有一篇关于巴拉圭的暴君弗朗西亚博士的文章，这篇文章包含——这是卡莱尔的典型做法——为弗朗西亚博士的辩护。[10] 然后卡莱尔写了一本书，题为《奥利弗·克伦威尔书信演讲集》。[11] 当然他会佩服克伦威尔。克伦威尔在十七世纪中叶迫使英格兰议会审判国王，并且判处他死刑。这令全世界震惊，如同后来的法国大革命，以及更加晚得多的俄国革命。

最后，卡莱尔在伦敦定居，并在那里出版了《法国革命》，他最著名的作品。[12]卡莱尔将手稿借给了朋友[约翰·]斯图亚特·穆勒,他是一部著名的逻辑论著的作者。[13]穆勒的厨师用手稿去点燃厨房的火炉,卡莱尔多年的工作成果就这么毁了。但穆勒说服卡莱尔接受了一份每月领取的津贴,同时重写这部作品。这本书是卡莱尔最生动的作品之一,但是,它并不具有现实的生动性,而是具有一本异象书籍的生动性,一场噩梦的生动性。我记得当我读到卡莱尔描述路易十六逃跑和被捕的那一章时,我想起来曾经读过类似的东西:我想到的是萨米恩托所著《法昆多》最后一章中关于法昆多·基罗加死亡的著名描述。[14]卡莱尔在"策马之夜"一章中描述了国王的逃跑。他描写国王如何在一个小酒馆前停下来,一个男孩认出了他。之所以认出他,是因为国王的雕像铸在硬币的背面,这使他暴露了。然后他们逮捕了他,最后把他送上了断头台。

卡莱尔的妻子简·韦尔什社会地位比他更高,是个非常有智识的女人,她的书信被认为属于最好的英语书信。[15]卡莱尔为他的作品、他的演讲、他的劳动而活着,这具有某种预言性;卡莱尔忽略了他的妻子,但是她去世之后,他再也没有写出什么重要的作品。此前,他已经花了十四年时间撰写《普鲁士腓特烈二世,又称腓特烈大帝史传》,一本难读的书。[16]卡莱尔是个平民,有他自己如宗教一般虔诚的无神论观念;腓特烈是持怀疑态度的无神论者,没有道德上的顾忌,两人相去甚远。妻子去世后,卡莱尔根据十三世纪冰岛历史学家斯诺里·斯图鲁松所著《挪威王列传》撰写了《挪威早期国王史》，但是这本书缺乏他早期作品的热情。[17]

现在我们来看看卡莱尔的理念，或这种哲学的几个特征。在上一堂课中，我说过对于布莱克而言，世界本质上是虚幻的。世界是通过五种欺骗性感官来感受的幻觉，这些感官由创造了这个尘世的、次等的上帝耶和华赐予我们。这种观念对应了唯心主义哲学，卡莱尔是英国最早拥护德国唯心主义的人之一。通过爱尔兰主教贝克莱的作品，唯心主义此时在英国已经存在，但是卡莱尔更愿意在谢林和康德的作品中找出它来。对于这些哲学家和贝克莱而言，唯心主义具有形而上的意义。它告诉我们，我们相信是真实的——例如可以看到、触碰、品尝的东西——不可能是真实；仅仅是一系列不可能与它有关系的符号和图像。因此，康德谈到超越我们感受的事物本身。卡莱尔完全理解所有这一切。卡莱尔说，例如我们看到一棵绿色的树，如果我们的视觉器官不同，就也可以把它看成蓝色，同样，当我们触摸它时，我们会感觉到它是凸起的，但是如果我们用不同的手来触摸，那也会感觉它是凹下去的。（这没问题，但是我们的眼睛和手属于外部世界，属于表象世界。）卡莱尔的基本思想是这个世界只是貌似如此，并且赋予了它道德上的意义和政治上的意义。斯威夫特也说过这个世界上的一切都是貌似如此，例如，我们也可以称一个帽冠加上一件特殊下垂式样的衣服为主教，称一顶假发加上长袍为法官，称某种制服加上头盔和肩章为将军。卡莱尔接受了这个观念,并且撰写了《旧衣新裁》。

这本书是整个文学史上最令人困惑的事情之一。卡莱尔想象一位德国哲学家在魏斯尼希特沃大学任教——当时英格兰很少有人讲德语——所以他可以若无其事地使用这样的名字。[18] 他给想象中的哲学家取名 Diogenes Teufelsdröckh,意为第欧根尼·魔鬼屎——德语中"粪便"这个词"Dung"比较委婉,这里的用词更重口味——并且将一本题为《服装:起源和影响》的巨著的著作权归于他。这部作品的副标题表明这是有关服装的哲学。然后卡莱尔想象我们所说的宇宙实际上是一系列服装、外表。他称赞法国大革命,因为他认为法国大革命是人们开始意识到世界仅仅是表象,必须摧毁它。他认为皇室、教皇与共和国都只不过是外表而已,是应该被焚毁的旧衣服,而法国大革命就是从焚毁它们开始。因此,《旧衣新裁》最终成为这位虚构的德国哲学家的传记,这位哲学家其实是卡莱尔本人的某种变形。他将场景置于德国,讲述了一个神秘的经历。他讲述了一个不幸的爱情故事,一位女子似乎爱他,然后又离开了他,让他独自与黑夜待在一起。然后,他描述了与这位想象中的哲学家的对话,并且从一本不存在的书《裁缝师》中摘录了长长的节选。而且,因为他就是摘录那本虚构的书的人,所以他将作品称为《旧衣新裁》。

这本书用相当晦涩的风格写成,滔滔不绝全是复合词。如果我们必须将卡莱尔与一位西班牙文作家相比,那我们还是先从自己国家开始,可以比较阿尔马富埃尔特最令人印象深刻的章节。[19] 我们可能还会想到乌纳穆诺,是他将卡莱尔的《法国革命》翻译成西班牙文,而且卡莱尔对他也产生了深刻的影响。[20] 在法国,我们会想到莱昂·布鲁瓦。

现在让我们来看一下卡莱尔的历史观。根据卡莱尔的观念,的确有神圣经文,但只是《圣经》的一部分。这部经文是普遍的历史;卡莱尔说,那是我们被迫不断阅读的历史,因为我们的命运就是其中的一部分。那是我们被迫不停地阅读和撰写的历史,他补充道,我们也被铭刻其中。也就是说,我们是这部由字母、词语和诗组成的神圣经文的读者。因此,他将宇宙视为一部书。这部书是上帝写的,但上帝在卡莱尔看来并非一个角色,上帝在我们之中,上帝通过我们撰写他自己和实现他自己。就这样,卡莱尔最终变成了泛神论者:唯一存在的是上帝,虽然上帝并不作为单个个体而存在,而是通过岩石、植物、动物和人类而存在。最重要的是,通过英雄人物而存在。卡莱尔在伦敦做了一系列讲座,题为《论英雄、英雄崇拜和历史上的英雄事迹》。[21] 卡莱尔说,人类一直承认存在英雄,即比他们更加优秀的人,但是在原始时代,英雄被视为神;因此他的第一个演讲的题目是"作为神祇的英雄",按照他的典型做法,他以北欧神奥丁为例。他说奥丁是一个非常勇敢、非常忠诚的人,是统治其他国王的王,他的同时代人和直接继位者神化了他,视他为神。然后我们还有其他英雄的例子:作为诗人的英雄——沙士比亚。作为文学家的约翰生和歌德;作为士兵的英雄,还有,尽管他鄙视法国人,他还是选择了拿破仑。

卡莱尔绝对不相信民主。有些人甚至认为卡莱尔——我完全理解这一点——是纳粹主义的先驱，因为他相信德国种族的优越性。一八七〇年至一八七一年发生了普法战争。几乎整个欧洲——智识阶层的欧洲——都站在法国一边。著名的瑞典作家斯特林堡后来写道："法国是对的，但普鲁士拥有加农炮。"这就是整个欧洲的感觉。卡莱尔却站在普鲁士一边。卡莱尔认为德意志帝国的建立将会是欧洲和平时代的开始——考虑到后来两次世界大战发生的事情，我们可以体会到他的判断错误。卡莱尔发表了两封信，他说人们误解了冯·俾斯麦，"深思熟虑的德国对轻浮、虚荣和好战的法国的胜利"，对人类将是一个福音。十九世纪六十年代的某一年，美国内战开始了，欧洲所有人都站在北方各州一边。众所周知，这场战争并非一开始就是反对奴隶制的北方废奴主义者——反对南方奴隶制的人——对南方奴隶制和奴隶主的战争。从法律上讲，南方各州可能是对的。南方各州认为他们有权脱离北方各州，他们提出法律论据。真正的问题是美国宪法并没有考虑到某些州可能会想要分开。问题是含糊的，林肯当选总统后，南方各州决定与北方各州分开。北方各州表示，南方无权分道扬镳。林肯在他起初的一次演讲中说，他不是废奴主义者，但他认为奴隶制不应扩散到最早的南方各州之外，例如，不应扩散到得克萨斯或加利福尼亚这样的新州。但是随着战争越来越血腥——美国内战是十九世纪最血腥的战争——北方的理由就与废除奴隶制的理由混在一起了。

南方的理由就与奴隶制支持者的理由混在一起了。卡莱尔在一篇题为《射击尼亚加拉》的文章中站到了南方的一边。[22]他说黑人种族低等，对于黑人来说，唯一的命运就是奴隶制，他站在南方各州的一边。他补充了一个复杂的论点，以他典型的幽默感——因为在卡莱尔的先知语调之中，他也可以是个很幽默的人；他说他不明白那些反对奴隶制的人，他不明白不断地换仆人会有什么好处。他认为让仆人当一辈子仆人会方便得多。这可能对主人是更方便些，但也许对仆人并非如此。

最后，卡莱尔谴责民主。这就是为什么卡莱尔在他的全部作品中都钦佩独裁者，他称之为"强者"。这个术语今天还有人用。这就是为什么他为征服者威廉写过一首挽歌，为独裁者克伦威尔写了三卷挽歌；他赞扬弗朗西亚博士、拿破仑和普鲁士大帝腓特烈。至于民主，他说那只不过是"因找不到强人而产生的绝望"，只有强人才能拯救社会。他用"投票带来的混乱"等令人难忘的词来定义民主。他写过有关英国形势的文章。他在英国到处旅行，非常关注贫困问题，还有工人问题——他来自农民背景。他说，在英国的每个城市他都看到混乱，看到无秩序，看到了民主的荒谬，但与此同时，也有些事情让他感到欣慰，令他没有失去所有希望。这些景象是军营——至少在军营里有秩序，是监狱。这是能够使卡莱尔的精神快乐的两件事情。

在我所说的这一切中，都有某种纳粹主义和法西斯主义的宣言，产生于一八七〇年之前。更具体地说，是纳粹主义，因为他相信日耳曼各民族的优越性——英格兰、德国、荷兰和斯堪的纳维亚国家的优越性，但这并没有阻止卡莱尔成为英格兰最崇拜但丁的人之一。他的兄弟出版了令人钦佩的但丁《神曲》的直译（英语散文形式）。[23] 当然，卡莱尔也钦佩希腊和罗马征服者、汪达尔人和恺撒。

至于基督教，卡莱尔认为它已经在消失了，已经没有未来。至于历史，他在强人身上看到了救赎，他认为强人可以做到——正如尼采后来所说的那样，从某种意义上说，尼采是他的门徒——强人超越了善与恶。此前布莱克也这样说过：对狮子和公牛使用相同的法律是不公正的。

我不知道该向你们推荐哪些卡莱尔的书。我觉得如果你们懂英语，那么最好的书就是《旧衣新裁》。或者，如果你们有兴趣——如果你们对他的观念而不是风格更感兴趣的话——那就阅读他收入《论英雄、英雄崇拜和历史上的英雄事迹》一书中的讲座内容。至于他题材更广泛的作品，他花了十四年时间撰写《普鲁士腓特烈二世，又称腓特烈大帝史传》，这本书中有对战役的出色描述。卡莱尔对战役的描述效果总是很好，但总体而言，很明显，作者感到他本人与主角相距甚远。主角是无神论者，伏尔泰的朋友，而卡莱尔对伏尔泰不感兴趣。

卡莱尔的生活很悲哀。他最终把朋友变成了敌人。他鼓吹独裁统治，他在谈话中也具有独裁倾向，不能容忍任何人反驳他。他最好的朋友都疏远了他,他的妻子死得很惨:她坐马车经过海德公园时死于心脏病发作。后来卡莱尔觉得自己对她的死亡负有责任,感到后悔,因为他对她不闻不问。我认为卡莱尔后来就像我们的阿尔马富埃尔特一样感到自己的幸福被剥夺了,他的神经症也摧毁了个人幸福的任何希望。[24]这就是为何他要在工作中寻求快乐。

我忘了说——只是一个奇怪的细节——在《旧衣新裁》最初的一个章节里,在谈到服装时,卡莱尔说,他所知的最简单的服装是南美战争中玻利瓦尔的骑兵的穿着。这里有对南美披风的描述,是"中间有一个洞的毯子",他想象玻利瓦尔的骑兵,他想象他们——简化了一点——"赤裸裸,就像刚从娘胎里出来一样赤裸,罩着篷秋①,只带着剑和矛"。[25]

---

① poncho,南美人穿的一种毛毡外套,中间开有领口,穿时从头部套人。

第十七课

维多利亚时代　查尔斯·狄更斯生平　查尔斯·狄更斯的小说　威廉·威尔基·柯林斯　狄更斯的《埃德温·德鲁德之谜》

一九六六年十一月二十五日

158　我们读法国文学史时，会发现可以通过使用其来源作为参照而进行研究。但是这种研究方法不适用于英国；这不适合英国人的特征。如我之前说过，"每个英国人都是一个小岛。"英国人非常个人主义。

我们正在做的文学史——以及大多数人做的文学史——诉诸一种简便的方法，那就是根据历史时代来划分文学：将作家分入不同时代。这可以适用于英国。因此我们会看到，英格兰历史上最引人注目的时代是维多利亚时代。但是这样的划分的不便之处是时间太长：从一八三七年到一九〇〇年，这段统治时间很长。而且，我们会发现对其进行定义困难而且危险。例如很难将卡莱尔归入这个时代，他是既不相信天堂也不相信地狱的无神论者。那似乎是一个保守的时代，但它也目睹了社会主义运动的兴起，也是科学与宗教之间，肯定《圣经》真实性以及跟随达尔文的人之间激烈辩论的时代。（但是，我们应该注意的是，《圣经》里也有些了不起的异象反映了当下。）维多利亚时代的特点是在与感官或性相关的任何事物上持相当保守的态度。然而理查德·伯顿爵士翻译了阿拉伯书籍《香园》，将他整个灵魂都投入了这部作品。[1] 也正是这个时候，一八五五年，沃尔特·惠特曼写下了他的《草叶集》。这是大英帝国的鼎盛时期。但是尽管如此，还是有几位作家的写作和行为不带任何党派偏见：切斯特顿、斯蒂文森等。维多利亚时代是辩论和讨论的时代，没有明显的新教徒倾向；例如，有一个在牛津产生的强势运动，倾向于天主教。因此所有这些对立因素汇集在一起，使人们难以定义；但它仍然存在。所有这些因素，由一个共同但变化多端的氛围团结在一起，持续了七十多年。

我们在这个框架内找到了查尔斯·狄更斯。他出生于一八一二年，一八七〇年去世。他是一个来自中下阶层的人，父亲是一名书记员，曾多次因欠债入狱。狄更斯是一位敬业的作家，他一生很多时间致力于争取改革，但我们不能说狄更斯实现了他的目标。这也许可以解释为什么我们对狄更斯作为改革家这一方面不怎么了解。他还常常担心债权人会将他送到债务人监狱，他主张改革学校、监狱、劳动体制。但是，如果改革失败，那么改革者的工作似乎就没有什么价值。如果成功了，那似乎与他就不再相关。例如，一个人必须过自己的生活，这种观念现在看来就像陈词滥调,却曾经是一种革命性观念。这可以在易卜生的《玩偶之家》中看到。

介入文学的问题在于它永远不会被完全接受。狄更斯的情况是,他作品的社会参与部分显而易见。他具有革命性,他的童年很艰难,要了解他的童年,我们必须阅读《大卫·科波菲尔》,他在其中描绘了自己的父亲。[老]狄更斯是一个总是处于毁灭边缘的人,一个终生欠债却对未来充满乐观的人。狄更斯的母亲是个好女人,但她的行为相当混乱和过分。狄更斯童年时就不得不在工厂工作,然后当了一名记者和速记员。他记录下议院的辩论,但比约翰生现实得多——我们已经知道他是如何做的。

狄更斯住在伦敦。在他基于法国大革命的《双城记》一书中,我们看到他其实无法写关于两个城市的故事。他只是一个城市的居民:伦敦。

他从新闻工作开始,并从那里开始写小说。他一生都执着于他发展出来的那种写作风格。他的小说以分期连载的方式发表,他的作品引起了极大反响,以至于读者追随角色的命运,仿佛书里写的是真人真事。例如,有段时间他收到数百封读者来信要求他不要让小说的主人公死去。

狄更斯对人物和人物性格而非情节感兴趣,他的情节几乎只是机械地推动活动进行的方式。人物没有真正的发展,是环境、事件改变了他们,其实现实中也是如此。[2]狄更斯创造的人物永远对自己痴迷。他经常通过方言来区分他们,他让其中一些人说一种特殊的方言,这可以在英语原版中看到。

但是狄更斯饱受感伤主义之苦。他写作时没有置身于作品之外,他认同每一个角色。他第一本获得众多读者的书是《匹克威克外传》,连载分期发表。[3]起初他们建议他使用一些插图,狄更斯调整了文字以适合这些插图。他继续写这本书,不断想象出新的角色,与他们变得越来越亲密。他的角色很快就开始有了自己的生命。匹克威克先生就是这样,他具有独特的重要性,是一位个性执着的绅士,其他角色也是这样。仆人看到了主人身上的荒谬之处,但还是非常喜欢他。

狄更斯很少读书,但他早年的确读过的一本书是《一千零一夜》的译本;还有受塞万提斯——旅途小说——影响的英国小说家,他们小说中的人物四处旅行,产生行动;险境突然发生,与角色相遇。[4]匹克威克有次在法庭上败诉,但他认为这是不公平的,拒绝支付赔偿金,因此必须坐牢。

他的仆人山姆·韦勒也欠下了无法偿还的债务,因此可以陪他去坐牢。值得注意的是,狄更斯偏爱夸张的名字:匹克威克(Pickwick)、退斯特(Twist)、瞿述伟(Chuzzlewit)、科波菲尔(Copperfield),还可以列出更多。他最终靠文学发了财,并且获得了名望。他唯一的对手是萨克雷,但据说即使是萨克雷的女儿也曾经问过:"爸爸,你为什么不像狄更斯先生那样写书呢?"萨克雷是愤世嫉俗的人,尽管在他的作品中也有感伤的时刻。狄更斯无法描绘一位绅士,但他们会出现在他的作品中。他与下层阶级和资产阶级，而不是贵族成员很亲密，贵族很少出现在他的作品中。萨克雷刻画他们是因为他很了解他们，而狄更斯则感到自己是平民。我们应该记住这些不同的情况：是这些情况将两位作家区分开来。

161　　狄更斯周游英格兰，公开朗读他的作品。他会选择戏剧性的章节，例如，匹克威克受审的场景。他为每个角色使用不同的声音，以非凡的戏剧才华做到了这一点。观众报以热情的掌声。据说他会拿出手表，看到他还有一小时零一刻钟。鼓掌造成的延迟意味着观众会错过部分朗读内容。他在美国也试图重复在英国的这种经历，但是他在美国并不受欢迎。首先，因为他宣称自己是废奴主义者，其次，因为他捍卫作者的权利。北美出版商靠印刷他作品的简短摘要发了财，他感到受了伤害，受到冒犯，认为这太令人愤慨，而北美人认为他不应该对这种做法表示抗议。所以，当他回到英国后，他出版了《游美札记》；他似乎没有意识到英格兰充满了荒谬的人物，而北美是一个新的国家。他狠狠地攻击他们。我说过，狄更斯享有极大的知名度，并且因为他的作品而变得富有。他去了法国，去了意大利，但没有试图去了解这些国家。他一直在寻找幽默的情节来叙述。他于一八七〇年去世。他对文学理论没有任何兴趣。他是个出色的人，主要对从事他的工作感兴趣。

　　他小说的结构把他的人物分为好人与坏人，荒谬的人与可爱的人。他希望在自己的作品中做一些类似最终审判的事情，因此他的许多结局都是人为的，坏人受到惩罚，好人得到了回报。

有两个特征值得指出。狄更斯发现了对于后来的文学作品非常重要的两点：童年及其孤独、恐惧。（事实是，关于他的童年我们知道得并不确切。）当乌纳穆诺谈论他的母亲时，我们都深为惊叹。[5]格鲁萨克说，将很多章节专门用于描写童年——最空虚的年龄——而不是花更多的时间在青年和成年时期，是荒谬的。[6]狄更斯是第一个重视笔下人物童年的小说家，狄更斯还发现了城市的风光。过去的风景总是乡村、山脉、丛林、河流，但是狄更斯描写了伦敦。他是第一个在肮脏、贫穷的地方发现诗意的人。

其次，我们应该指出，他对生活的戏剧性和悲剧性，还有漫画式人物感兴趣。我们从传记中知道，这也影响了陀思妥耶夫斯基，影响了他笔下令人难忘的杀人犯。在小说《马丁·瞿述伟》中，两个人物乘某种驿站马车旅行，一个人在某种程度上受另一个人的控制。[7]瞿述伟决定杀死他的同伴。马车翻了，瞿述伟想方设法试图让马匹弄死他的同伴，但他得救了。他们到达旅馆时，瞿述伟关上［他房间的］门，［睡着了，］但他梦见自己的确杀了人。他走过一片森林，出来时是独自一人，心里没有遗憾，但是他担心到家时被谋杀的那人［的鬼魂］会等着他。狄更斯描述瞿述伟独自走出森林，他对自己做过的事情不后悔，但他感到恐惧，一种荒唐的恐惧，害怕当他回到家时，被谋杀的那人会等着他。

在《雾都孤儿》中，有个可怜的女孩南茜被无赖比尔·赛克斯勒死了,然后人们追踪比尔·赛克斯。比尔·赛克斯有一只非常爱他的狗,比尔杀死它是因为害怕自己会被发现,因为那只狗和他在一起。狄更斯与威尔基·柯林斯是非常好的朋友,我不知道你们有没有读过《月亮宝石》或《白衣女人》。[8]艾略特说这是他最长的侦探小说,也是最好的。(狄更斯与威尔基·柯林斯合作过一个戏剧,曾经在狄更斯家中上演。艾略特说狄更斯——因为他是一位出色的演员——肯定赋予了角色比在作品中更多的个性。)威尔基·柯林斯深谙编织复杂但从不混乱的故事情节的技巧,也就是说,他的情节有很多线索,但读者却能将它们握在手里。与此相反,狄更斯在他所有的小说中都随意将故事情节编织在一起。安德鲁·朗说,如果他不得不复述《雾都孤儿》的情节,而且办不到就会被判死刑,那么即使他如此佩服《雾都孤儿》,也肯定会被吊死了。[9]

狄更斯在他最后一部小说《埃德温·德鲁德之谜》中,着手准备像他的朋友侦探小说大师威尔基·柯林斯一样,写一本结构合理的侦探小说。[10]这部小说没有完成。但是连载的第一部分——因为狄更斯总是喜欢分期连载他的作品;狄更斯通常会在分期连载之后,出版小说单行本——他给了插画家一系列指示。我们在其中一幅插图中看到了狄更斯压根没写的一个章节中的人物,那个角色没有影子。有些人猜测他没有影子,因为他是鬼。在第一章中,有个角色抽鸦片并且看见了异象,所以也许插图描绘的是这些异象。

切斯特顿说上帝对狄更斯很慷慨，因为赐予了他戏剧性的结局。切斯特顿说，狄更斯的小说中情节都不重要：重要的是他的角色、他们的恐惧症，他们总是一样的衣着，以及他们的特殊词汇也是一样。但是最后狄更斯决定写一部有重要情节的小说，然而几乎就在狄更斯即将宣布凶手是谁的那一刻，上帝下达了他的死亡命令，所以——切斯特顿说——我们永远不会知道真正的秘密，不知道埃德温·德鲁德的隐秘情节，直到我们在天堂再见到狄更斯。然后——切斯特顿说——很可能狄更斯也会不记得，可能会跟我们一样困惑。[11]

最后，我想告诉你们，狄更斯属于那些对人类做出最杰出贡献的人之一，不是因为他主张但并未取得任何成功的改革，而是因为他创造了一系列角色。人们现在可以拿起狄更斯的任何一本小说，翻开任何一页，肯定会一直读下去并且读得津津有味。

也许如果想通过阅读来了解狄更斯——在我们的生活中如此有价值的那种了解——那最佳的选择是他的自传小说《大卫·科波菲尔》，其中包含了许多狄更斯自己童年时代的场景。然后是《匹克威克外传》，然后，我要说是《马丁·瞿述伟》，包括其中刻意的对美国不公正的描述以及对约那斯·瞿述伟被谋杀的描述。但实际上人们一旦读了狄更斯的一些书，一旦容忍了他的一些坏习惯，他的感伤主义，他的戏剧性人物，那就已经找到了一位终身的朋友。

第十八课

罗伯特·勃朗宁生平　作品的
晦涩之处　他的诗

一九六六年十一月二十八日，星期一

今天我们将谈论英格兰最晦涩难懂的诗人罗伯特·勃朗宁（Robert Browning）。这个姓氏属于一组姓氏，尽管似乎属于英格兰，却源于撒克逊人。罗伯特·勃朗宁是一个英格兰人的儿子，但他的祖母是苏格兰人，而他的一位祖父是德国犹太人。因为这种混血，他是我们今天会称为典型英国人的那种人。至于他的家庭及其社会地位，他们有很好的地位，属于上流社会。也就是说，勃朗宁出生于贵族阶层居住的街区——但是其中也有供膳食的寄宿公寓。

勃朗宁出生于一八一二年，与狄更斯同年，但相似之处到此为止。他们的生活和他们自身都有很大的不同。罗伯特·勃朗宁主要是在父亲的书房里接受教育，超过在其他任何地方。结果是他拥有了非常广博的文化知识，因为他对一切事物都感兴趣，他读了所有的东西，尤其是有关犹太文化的东西。他也懂得很多语言——例如，希腊语。练习和翻译外语是他多年的精神避难所，尤其是在他生命的最后几年。

他是个富有的人，从一开始就知道自己注定要致力于诗歌创作，尽管如此，他的一生却富有戏剧性，以至于后来他的生平故事被搬上舞台，然后上了电影银幕。也就是说，他的人生引起了人们的兴趣。后来成为他妻子的女人伊丽莎白·巴雷特年轻时狠狠地摔了一跤，损伤了脊椎。[1] 此后她就一直待在家里，被医生和放低声音说话、窃窃私语的人包围着。父亲操纵一切，认为他女儿的责任就是接受自己是病人的命运。为了不让任何人使她难过，她被绝对禁止接待访客。但是伊丽莎白拥有诗人的天赋。她终于出版了一本书，《葡萄牙人十四行诗集》，极大地引起了罗伯特·勃朗宁的兴趣。[2] 巴雷特小姐的书无疑是一位充满激情的女子写的书。勃朗宁给她写信，他们建立了书信往来关系。他们的通信用的是两人共同杜撰的一种方言，很难懂，是根据希腊诗人的典故暗指而建构的。最后，勃朗宁提议去拜访她，她的反应是大吃一惊。她告诉他这不可能，医生禁止陌生人拜访她，以免引起一丁点的情绪波动。他们坠入了爱河，他向她求婚，然后她迈出了一生中最决定性的一步：她同意背着父亲和他一起出去兜风。她好多年没出过家门了。她大为惊叹。她走出马车，走了几步，看到寒冷的午后空气对她并没有什么害处。她默默地抚摸一棵树，然后她告诉勃朗宁，她会和他一起逃跑，他们会秘密结婚。

结婚几天后,他们跑去了意大利。她父亲再也没有原谅她,即使她的病情恶化时也是如此。他一如既往只为自己着想,永远不原谅他认为是背叛的行为。罗伯特和伊丽莎白定居意大利,当时正值民族解放运动时期。勃朗宁一家的住所一直都受到监视。勃朗宁像当时许多人一样对意大利充满了热爱。他对一个国家为了争取自由而反对另一个国家的斗争很感兴趣,所以他对意大利反对奥地利的斗争很感兴趣。他努力改善了妻子的健康状况,以至于她能够和他一起爬山了。他们没有孩子,却非常幸福。[3]直到最后她去世了,然后勃朗宁写了他的主要著作:《指环与书》。他终于回到伦敦,一心致力于文学。他已经是著名作家了,但人们认为他晦涩难懂——像贡戈拉等人一样。在伦敦甚至成立了一个"勃朗宁学会",专门致力于诠释他的诗。今天,他的每一首诗都有两个或多个解释。在百科全书中,你们可以查找勃朗宁诗的标题,会发现都给出了一种或数种解释……因此,在这个学会的会议上,成员有时会阅读有争议的文章,每篇文章都对一首诗进行某种诠释,而勃朗宁经常参加这些会议。他会去喝杯茶,听听诠释,然后他会感谢他们,说他们给了他很多想法。但是他从来没有对任何诠释表示过认可。

值得注意的是,勃朗宁是丁尼生的好朋友,后者吹嘘自己的全部作品都具有维吉尔式的清晰。尽管如此,他们两个是朋友,都不能容忍别人说另一人的坏话。罗伯特·勃朗宁继续出版书籍,其中有一部翻译欧里庇得斯的著作。他懂拉丁文、德文、希腊文和古英语。勃朗宁一八八九年去世，被一种奇怪的荣耀所环绕。妻子去世后，他爱上过另一个人，但这从来没有得到确证。伊丽莎白不仅是一位诗人，她还对意大利政治感兴趣。勃朗宁的晦涩不是语言上的，他的诗歌没有一行是难以理解的，但是诗歌的整体解释是晦涩的，有些被人视为无法理解。这是一种心理上的困难。奥斯卡·王尔德曾经谈到小说家乔治·梅瑞狄斯的作品，说他是写散文的勃朗宁。[4]在他看来，勃朗宁使用诗歌作为写作散文的手段。[5]

勃朗宁写诗有个几乎是致命的能力。他大量使用一种韵律，巴列-因克兰后来在他的书《一袋大烟》中也继续使用；他的诗只用这种韵律。[6]如果勃朗宁选择散文而不是诗歌，那他本来会是最杰出的英语短篇小说家之一。但在那个时代，诗歌拥有最重要的地位，而勃朗宁的诗歌也因其音乐品质而特别突出。勃朗宁也对研究决疑论很感兴趣，那是哲学的一个分支，有关伦理。他对矛盾和复杂的角色很感兴趣。因此，他发明了一种第一人称抒情戏剧诗的形式，其中说话的人不是作者，而是角色，《提奥的哀歌》是其遥远的先例。[7]

让我们来看他的诗，看一首他不那么有名却最具特色的诗，《恐惧与顾忌》。这首诗有两页长，不是很晦涩，但像勃朗宁所有的诗一样，好在一点都不像他其他任何一首诗。主角，这首诗的"我"，是个匿名的人。我们没有被告知他的名字或他所生活的时代。这个人寄希望于——或认为他可以寄希望于——一位他只见过几次面的著名朋友。这位朋友曾经对他微笑。这位朋友立下了伟大的功绩，在全世界声名卓著，他们两人保持了通信来往。最后这个可怜人抱怨说这些伟大功绩没有被归功于他的杰出朋友。他将收到的信件带去让字迹专家分析，他们告诉他说全是伪造的。但是他最后说他相信这些信件，相信其真实性，相信那些伟大功绩，他一生都受益于这种友谊。其他人拒绝相信，他们试图摧毁他的信念。最后，出现了一个问题："如果这个朋友碰巧是上帝怎么办？"因此这首诗最终成为一个寓言：有关一个人祈祷，但不知道他的祈祷是坠入真空，还是被一个遥远的人听到。那位是上帝的朋友到底是什么？

让我们再来看看另一首诗，《我的前公爵夫人》，说话者是文艺复兴时期的斐拉拉公爵。[8]他与另一位贵族的使者说话，此人前来安排身为鳏夫的公爵与这位贵族的女儿的婚姻。公爵把他的客人带到一个房间里，向他展示窗帘，然后说："这个窗帘通常不会打开。"此处我们看到了公爵嫉妒的本性，因为窗帘后面是一幅肖像，是他的第一任妻子。客人终于欣赏到这幅灿烂夺目的肖像画。然后公爵谈到他妻子的微笑，说她对所有人都展开笑容，随便都能笑，也许太随便了。她很美，但是"色彩不能准确地再现她的脸庞"。她非常美丽而且"她的心……太容易高兴了"。他们彼此相爱；他爱她，她也爱他。但是看到她如此高兴令他心生怀疑，怀疑他不在时她也照样很高兴，她总是笑着。因此他下达了命令，然后"然后所有的微笑都停止了"。此处我们明白公爵夫人被毒死了……然后他们走下楼梯去吃饭，公爵向他的客人展示一尊雕像。此前曾提到过嫁妆，但这并不让人担忧，因为公爵相信贵族慷慨大方，他也相信自己未来的妻子会知道如何做斐拉拉公爵夫人，这是她接受的荣耀——我们不知道是作为她的职责，还是因为她并没有认识到这意味着什么。这首诗总的目的是呈现公爵的性格，就像诗中呈现的那样。

《这如何打动了一个同时代人》是一首不同寻常的诗歌的标题，故事发生在巴利亚多利德。[9]主人公可能是塞万提斯或另一位著名的西班牙作家。这首诗的"我"是一位资产阶级绅士，他说一生只认识一位诗人，他可以大致描述这位诗人，尽管完全不能肯定他是一名诗人。他描述他，说他是一个衣着朴素但体面的人，每个人都认识他。他穿的衣服肘部和裤脚边都破破烂烂，他的斗篷曾经很优雅。他在城里走来走去，他的狗跟着他，他走路时在充满阳光的街道上投下高大的黑色身影。他不看任何人，但每个人似乎都看着他。尽管他不看任何人，但他似乎注意到了一切。传说真正统治该城市的是这个男人，而不是地方长官。此处让我们想到了维克多·雨果的评论，他说即使流亡国外，他也认为自己是"某种上帝的见证人"和"大海的梦游者"。值得注意的是，莎士比亚也谈到过"上帝的间谍"。[10]

传说［此人］每天晚上寄信给国王——此处我们应该认为"国王"一词与"上帝"相同——他的房子装饰得很豪华，伺候他的全是裸体奴隶女孩，墙上有提香的大挂毯。但是绅士有次跟着他,结果发现并非如此:那人坐在门口,双腿交叉搁在狗身上。房子是新的,最近刚油漆过,他和女仆在同一张桌旁吃饭。然后他玩克里比奇纸牌游戏,在午夜之前上床睡觉。然后他想象他快死了,想象有一群天使围着他,把他带到上帝那里,因为他侍奉上帝或因为他谨守观察人类的天职。绅士最后总结说:"我永远不会写诗,让我们去玩吧。"[11]

另一首诗是《卡西什》,由一位阿拉伯医生讲述。[12] 这是一首长诗,是医生写给主人的,发生在伊斯兰教之前的一个时代。他说主人知道一切,他只是收集所有这些智慧掉落下来的碎屑。

这首诗的第一部分纯粹是专业性的,显示了勃朗宁对医学的兴趣。诗的主要内容是僵直症。叙述者先讲述了他的奇异经历:他因遭到强盗攻击而受伤;他必须使用浮石、草药、蛇皮。我已经说过,这首诗的主旨是僵直症,是为了找到一种治愈方法而诱导出来的。

他被带到一个村庄。那里有个病人被医生治愈了,医生让他进入一种死亡般的状态,连他的心脏也停止了跳动;然后医生去看那个病人,告诉他说他曾经死亡,然后又复活了。医生试图和他说话,但他什么也听不到,什么都不关心——或者他什么都关心。然后叙述者想见医生,他们告诉他说医生在一次暴乱中被杀害了,也有人说他被处死了。然后他返回去问候主人,这首诗就结束了。复活的人是拉撒路;死去的医生是基督。这一切诗人都只是顺便提到而已。

类似的一首诗中出现了"叙拉古的暴君"。[13] 一位世界性艺术家收到暴君的来信，但这位艺术家碰巧生活在一个更晚的时代。他的诗很完美，就像荷马的诗一样，只不过他比荷马出生更晚。他写过关于哲学的文章。这位诗人—哲学家不理解人如何能够回到无知的状态。暴君想知道人是否有希望永生。哲学家读过柏拉图的对话，谈论过苏格拉底，他说有一个教派声称的确存在希望，声称上帝已经体现在一个人身上。哲学家说那个教派错了。哲学家和暴君已经接近基督教真理，但两人都没有看到也没有意识到这一点。我们可以在阿纳托尔·法朗士那里找到相似的故事。

第十九课

罗伯特·勃朗宁的诗　与阿方索·雷耶斯的谈话
《指环与书》

一九六六年十一月三十日，星期三

我们将继续讨论罗伯特·勃朗宁的作品。我记得有人曾经问过他一首诗的意思，他不想答复，只是说："我很早以前写的。我写的时候，只有上帝和我知道是什么意思，现在，只有上帝知道了。"

我曾经谈到了他的一些不那么重要的诗，这里还有一首诗我想向你们推荐，但我无法解释它，哪怕是含糊其词地解释。这也许是最奇怪的一首诗，题为《查尔德·罗兰来到了暗塔》。[1] 查尔德（Childe）在这里并不表示"小孩"，这是一个古老的贵族头衔，由"e"结尾。这一行取自莎士比亚；也是一首佚失的民谣的名称。[2] 这也许是勃朗宁所有诗中最奇怪的。杰出的美国诗人卡尔·桑德堡写了一首诗，题为《曼尼托巴·查尔德·罗兰》，[3] 讲述他在明尼苏达州一个农场上给一个男孩读这首诗，而男孩什么都不懂——也许读诗的人也不是很懂——但是他们两个人都被迷住了，为这首诗从未被解释的奥秘迷住了。[4]诗中充满了魔幻的细节，故事似乎发生在中世纪，不是历史上的中世纪，而是有关游侠骑士的图书，例如堂吉诃德书房那些藏书里的中世纪。

在谈论《指环与书》之前，我想顺便提及勃朗宁的其他几首诗。有一首诗题为《灵媒斯拉奇先生》。[5]这首诗的主角是一个灵媒，假的灵媒，他从一位因妻子最近去世而感到绝望的美国百万富翁那里拿了很多钱。斯拉奇先生使这位鳏夫与死亡女子的灵魂交流，然后他被美国百万富翁本人发现了作假，富翁说要向警察告发他是冒牌货，但是最后他说不会去告发，条件是斯拉奇先生这个假灵媒告知他灵媒职业的真相，这是建立在欺骗基础上的职业。那人说他听说过唯灵论，认为可以利用一下，因为欺骗那些想要被欺骗的人并不难。实际上，那些被他欺骗的人——不排除威胁他的这位愤怒的绅士——全是他的同谋，他们面对拙劣的谎言时闭上了眼睛。他讲述了起初他是如何向受害者展示他声称是荷马亲笔写下的文字，因为他不懂希腊字母，就用圆圈和圆点来表示希腊词，"那是在我找到懂希腊语的有用的书之前"。然后他变得更加自信，并在某种程度上开始自鸣得意，然后又突然变得沮丧。然后他试图重新获得受害者的信任，他问富翁当时是否听到了他亲爱的妻子的声音，他本人已经通过那个男人对她的爱，通过与她的精神的对话学会了爱这个女人。而那人则用暴力威胁他。斯拉奇先生继续坦白真相，然后就是诗的结尾。这是一首长诗，因为勃朗宁很好地研究过这个主题，有关假灵媒的主题。然后我们读到了这首诗的结尾，读到的结论完全超出读者的意料之外，尽管人们一直在听斯拉奇先生讲述自己的骗术，看他如何施展骗术。最后，受到富翁威胁要殴打一顿的这个灵媒，竟然说他讲的一切都是事实，他并没有欺骗他。他一直把死者的信件藏在他外衣的袖子里。"尽管如此，"他又说，尽管他耍了所有这些花招，"我确实相信招魂术有些道理，我确实相信另一个世界。"也就是说，主角承认他是冒牌货，但这并不意味着没有另一个世界，没有灵魂。我们可以看到勃朗宁喜欢模棱两可的情形和灵魂，正如在这首诗中，冒牌货也可以是真的信徒。

有一首短诗叫做《纪念品》，原文 Memorabilia 是拉丁文，意为"值得记住的事情"。[6] 我认为标题取自杰出的瑞典神秘主义者斯维登堡作品中的一些零星场景。这首诗有关两位正在交谈的绅士，我们发现其中一位遇到了著名的无神论诗人雪莱，那是一位对年轻人影响力非常大的诗人。另一位绅士对他说："什么，你和雪莱说话了吗？你看见他了吗，他和你说话，你回答了他？真奇怪啊，居然是真的！"然后他说，有次他不得不穿越一个沼泽地，一个有名字的沼泽地，那沼泽地肯定在世上也有点用处，有个目的，有某种命运。但是他忘记了一切。其他所有一切——所有空白的里程——都已被抹去。他只记得一根鹰的羽毛，他在那儿看到鹰的羽毛，捡起来放在怀里——然后他就忘记了一切。这是生活中会发生的事情。他已经遗忘了，但他确实记得自己与雪莱的邂逅。[7]

今年,我遇到了阿方索·雷耶斯。[8]他向我讲述了伟大的墨西哥诗人奥顿,他对我说:"什么?你认识奥顿?"[9]然后雷耶斯立即想起了勃朗宁的诗,并且背诵了第一节:

啊,你曾经见过雪莱本人吗?
他是否停下来和你说话?
你和他说话了吗?
似乎多么奇怪啊,多么新颖!

然后又背诵了结尾:

一根换下的羽毛,鹰的羽毛——
好吧,我忘记了其他。

还有另一首诗有关一个垂死的人。一位牧师,一位新教牧师来了,告诉他说世界是个充满泪水的山谷。[10]那个人对牧师说:"我认为这个世界是泪水的山谷吗?不,尊敬的先生,我不。"然后,这位形销骨立濒临死亡的人告诉牧师说,他所记得的世界与泪水的山谷无关。他记得一所房子,一所乡间别墅,里面住着一位女人,也许是个仆人,曾经与他有一段恋情。为了描述房子的外貌,他用了床头柜上的药瓶。他说,"对于一个健康的人来说,那个窗帘是绿色或蓝色的,但它让我想到了我家房子的百叶窗,想到它的样子,还有房子边上的小道,我匆匆走过小道,走到一扇门边,她会在那里等待我。"他说:"我知道,这一切都是不恰当的","这一切都是不体面的,但我快死了。"[11] 然后他说,他记得同仆人的那些私情,那是他唯一记得的事情,是在那最后的时刻,生命唯一留给他的事情,是他最后记得的事情,没有任何悔意。

还有另一首诗,主角是卡利班。[12] 勃朗宁曾经读过一本书,有关莎士比亚使用过的资料,有关巴塔哥尼亚人的神祇——一个名叫塞特波斯的神。勃朗宁利用了这个有关巴塔哥尼亚印第安人宗教的信息作为他诗作的基础,这首诗名为《卡利班谈论塞特波斯》。

还有另一首诗《废墟中的爱情》,故事发生在罗马的乡村。[13] 有一个人——我们可以假设是个牧羊人——谈论废墟并描述这里曾经存在过的一个繁华的城市。他谈到国王、数千名骑兵、宫殿、宴会。这个主题与一首名为《废墟》的盎格鲁-撒克逊挽歌相似。然后他说他经常在那里与一位女孩会面,女孩会等他,他会看到她眼中的爱情,然后走近她拥抱她。他最后说,世界上一切事物中,爱是最美好的,对他来说有爱就足够的,他才不在乎已经消失了的国王和帝国呢。因为勃朗宁有——我对此说得还不够——许多关于爱情以及肉体之爱的诗,这个爱的话题就是我们今天要讨论的这本书的主题。接下来我们会谈到但丁·加布里埃尔·罗塞蒂——是他创立了拉斐尔前派兄弟会，那是在勃朗宁的时代之后。但是勃朗宁的主要作品是一本用非常奇怪的技巧写成的书，那就是《指环与书》。

我不知道你们是否有人看过那部令人钦佩的日本电影，很多年前上映的，叫做《罗生门》。[14] 电影基于芥川龙之介写的一个故事，他是第一个翻译勃朗宁的日本人。[15] 故事［和电影］所采用的技巧就源于勃朗宁的《指环与书》。《指环与书》比那部电影复杂得多，这是可以理解的，因为书当然可以比电影复杂得多。电影说的故事是一个武士与妻子一起穿越丛林，遭到强盗袭击。强盗杀死了那个女人，然后有了同一事件的三个不同版本。武士说的故事、强盗说的故事，还有一个是女人的灵魂通过女巫的嘴说出来的故事。这是三个不同的故事，但的确都指向同一个事件。勃朗宁的尝试有些类似，但难度更大，因为勃朗宁对寻求真相感兴趣。让我们从书名开始：《指环与书》。可以用以下方式进行解释：勃朗宁一开始说要制作指环——指环成为他要写、他已经开始写的这本书的隐喻——必须使用一种合金。指环不能由纯金制成，必须将黄金与其他更普通的金属混合。而他写作这本书，《指环与书》，也不得不在黄金中添加——这种谦卑也是勃朗宁的典型特征——更普通的金属，他自己想象力的金属。至于纯金属，他已经找到了。他找到了，但是必须从他在佛罗伦萨的一个摊位上发现的一本书中摘录它，那本书讲述的是一个世纪之前罗马的一场刑事审判的故事。

那本书被译成英文，由普通人图书馆出版，你们会发现它的书名是《老黄皮书》。[16] 这本书包含了一个刑事审判的全部故事，故事相当恶劣恐怖。一位伯爵娶了一个他以为很富有的农妇，然后遗弃了她，把她锁在修道院里。她设法从修道院逃脱，住到父母家中。然后伯爵来了，因为他怀疑她与人通奸，与牧师有私情。伯爵带着几名凶手；他们进入房屋杀死了她。他被捕了，这本书记录了凶手的陈述和一些信件。勃朗宁一再读了这本书，知道了这个恶劣故事的所有细节。最后，伯爵因谋杀妻子被判处死刑。勃朗宁决定去发现真相，写下了《指环与书》。

在《指环与书》中，故事重复了十次，同样的故事。奇怪而且具有原创性的是，这些故事——与《罗生门》发生的事情相对比——就事实而言，是一样的。这本书的读者完全了解这故事。区别在于每个角色的视角不同。[17] 勃朗宁有可能受到了十八世纪和十九世纪初流行的书信体小说的启发。我认为歌德的《亲和力》属于这一类型。[18] 他也受到了威尔基·柯林斯小说的启发。柯林斯为了使他的侦探情节的长篇叙述更加轻松一些，会把故事从一个角色换到另一个角色，这可以起到讽刺的作用。例如，有一章是由一个角色讲述的，那个角色讲述了他刚才如何与某某人交谈，那人的谈话机智渊博，给他留下了深刻印象。接下来的一章是他的对话者讲述的，在这一章中，我们看到他刚刚与上一章的叙述者交谈过，对方是个白痴，让他厌烦透顶。也就是说，此处是一场对比和讽刺的游戏。

勃朗宁采用这种方法让几个人讲故事，但他不是连续这样做。也就是说，并不是一个角色把故事转换给另一个角色，而是每个角色都讲述完整的故事，从头到尾全都一样的故事。勃朗宁将第一部分献给伊丽莎白·巴雷特，其实此时她已经去世了。他说有时候他看着天空，似乎看到一个地方，那里天空的蓝色更蓝，更热情，他认为她可能在那里。我记得开始那几行诗。"啊，奔放的爱情，一半天使，一半鸟，奇妙的事情，狂野的欲望。"这首诗的第一章标题为"一半罗马"。这里有事实，这些事实由随意一个人来讲述，他见过蓬皮里亚——蓬皮里亚是那个被谋杀的女人——对她的美丽印象深刻，并且肯定凶手有罪，谋杀她是不公正的行为。另一章的标题也是"一半罗马"，由一位绅士讲了同样的故事，这是一位某个年纪的绅士，讲给他的侄子听。他说伯爵杀了他的妻子，伯爵的做法是公正的。他站在伯爵一边，凶手的一边。然后是"第三者"，该角色用他认为是不偏不倚的态度来讲述这个故事：女人有对的地方，凶手也有对的地方。他半心半意地讲述这个故事。

然后是神父的辩护，伯爵的辩护，然后有检察官和辩护律师的说法。检察官和辩护律师使用法律行话，听上去好像他们甚至都不是在谈论这个故事：他们一直因法律问题而被打断。也就是说，可以说他们是在故事外面说话。

然后的文字也许是那女人可能会说的话。最后是伯爵的某种独白，他已经被判处死刑。此处伯爵放弃了所有的诡计、所有的谎言，他说了实话。他讲述了自己如何被嫉妒折磨，他的妻子如何欺骗了他，她如何参与了第一次对他的欺骗。他娶她的时候，他相信自己娶了一个有钱的女人。他们欺骗了他，而她是这场骗局的同谋。他说着这些事情时，已经破晓了。他看到早晨灰蒙蒙的光亮，吓坏了。他们要来带他去绞刑架。最后他以这些话结尾："蓬皮里亚，你会让他们谋杀我吗？"这是那个杀害她的人说的话。然后教皇说话了。教皇在这里代表着智慧和真理。教皇认为处决凶手是正义的。然后是勃朗宁的一些思考。

我将勃朗宁比作卡夫卡。[19]你们可能记得我一开始谈到的那首诗《恐惧与顾忌》，有关信徒与上帝之间关系的含混不清。信徒祈祷但不知道是否有倾听者、对话者，他不知道是否真的有对话。但是在这本书中——这是勃朗宁和卡夫卡的根本区别——勃朗宁知道。勃朗宁不仅仅是在发挥想象力，他相信有一个真相。勃朗宁认为有或者没有犯罪的一方，他相信，也就是说，他总是被模棱两可，被人类与宇宙之间关系本质的奥秘所吸引，但勃朗宁相信事实真相。勃朗宁写了这本书，他想象，他重新创作了这个犯罪事件，是为了能够提供真相。他相信他获得了真相，当然是通过使用他所谓的贱金属来实现的，是那种黄金合金中的金属，他想象力的金属。

勃朗宁本质上是一位乐观主义者，他有一首诗的标题是《拉比伊本·以斯拉》。[20]拉比伊本·以斯拉是一位西班牙拉比。[21]切斯特顿说，这是勃朗宁的典型做法，当他想宣告他关于世界，关于人类，关于希望的最终真理时，他把真理放在一个默默无闻的中世纪西班牙拉比嘴里，那是一位被遗忘的拉比，我们只知道他住在托莱多，后来又住在意大利，他总是抱怨他的厄运。他说他真倒霉，如果他去卖蜡烛，那太阳就永远不会落山，如果他去卖裹尸布，人类会突然永生不死。勃朗宁把他关于世界的想法放在这个拉比伊本·以斯拉的嘴里：我们无法在地球上实现的一切，都将要——或正在——在天堂里实现。他说发生在我们身上的事情，我们看到的事情，就像一个圆周的弧线一样。我们只看到一个片段甚至很小的曲线，但是圆周——幸福、富裕——存在于其他地方，它将为我们存在。勃朗宁得出这样的看法：老年不仅是衰落、残缺、贫穷，老年也是一种富裕，因为人到老年，我们就了解了世事。[22]他相信这一点。这首诗是勃朗宁的另一篇杰作，以这样的想法结束：老年是青春的完善。

我从弧形片段和完整、完全圆周的比喻开始说。关于勃朗宁有大量参考书目，也有关于勃朗宁的百科全书，其中常常有对他的诗歌的荒谬解释，[23]例如说《查尔德·罗兰来到了暗塔》是一首关于活体解剖的诗。[24]还有其他荒谬的解释。但也许关于勃朗宁的最好的书，一本读起来令人感到愉快的书，是切斯特顿在二十世纪第一个十年出版的一本书，我想是一九〇七年或一九〇九年，是那套令人敬佩的丛书《英国文学家》之一。[25]我读过切斯特顿的一部传记，由他的秘书梅西·沃德撰写，说到切斯特顿在书中引用的勃朗宁全是错的。[26]但之所以错了，是因为切斯特顿对勃朗宁读得如此之多，以至于全都默记在心。他对勃朗宁了解如此之深，以至于根本不需要去参考他的作品。他恰好错在熟知它。[27]很遗憾，《英国文学家》这套丛书的编辑是弗吉尼亚·伍尔夫的父亲莱斯利·斯蒂芬，他复原了原文。将勃朗宁的原文与出现在切斯特顿中的文字比较，那会很有趣。不幸的是，全都更正了，印刷出来的书包含了勃朗宁的原文。我们如果能知道切斯特顿如何在他的记忆中转换勃朗宁的诗句——记忆也是由遗忘组成的——那就太好了。

178　　我感到有些懊悔。我觉得我对勃朗宁不公平。但是勃朗宁身上也发生过所有诗人都会发生的一些事情，我们必须直接质疑他们。总而言之，我觉得我说得够多了，足以使你们对勃朗宁的作品感兴趣。先前我说过，很遗憾勃朗宁用诗歌形式写了他的作品，否则的话，他现在就会被视为英语世界伟大的小说家之一和最具原创性的短篇小说家之一，虽然如果他以散文形式写作，我们会失去令人钦佩的音乐感，因为勃朗宁是英语诗歌的顶级大师。他像丁尼生或斯温伯恩或任何其他诗人一样掌握了诗艺，但是毫无疑问，像《指环与书》这样的书——多次重复同一故事的书——散文体本来会更好。奇怪的是，《指环与书》中——我现在再来谈一下这本书——尽管每个角色复述同样的事件，尽管他们谈的内容没有差异，却有一个根本的差异，属于人类心理学范畴，那就是我们每个人都相信自己是有道理的。例如，伯爵承认他是杀人犯，但是"杀人犯"这个词太笼统了，我们从阅读其他书籍中知道了这一点。例如，如果我们阅读《麦克白》，或者阅读陀思妥耶夫斯基的《罪与罚》——我认为原著叫做"内疚与赎罪"——我们不觉得麦克白或拉斯柯尔尼科夫是杀人犯。这个词太平淡了。我们了解到各种事件是如何导致他们必须谋杀，这与做一个杀人犯不同。一个人是由他的行为来定义的吗？一个人不能犯罪吗？他的罪行不可能有道理吗？一个人会因为各种各样的情况而犯下罪行。以《麦克白》为例，第一场出来三个女巫，她们也是命运三女神。这些女巫预言将要发生的事情。因此，麦克白看到这些预言是正确的，于是就认为他天注定要谋杀他的国王邓肯，然后他又犯下了其他谋杀罪。同样的事情发生在《指环与书》中：没有哪个角色在撒谎，每个角色都认为自己有道理。勃朗宁相信的确存在有罪的一方，这个有罪方就是伯爵，即使他认为在当时的情形下，他谋杀妻子是有道理的。

切斯特顿在他关于勃朗宁的书中写到了其他杰出的诗人；例如，他说荷马可能会想到，"我会告诉他们关于世界的真相，我会告诉他们事实真相，基于一个城池的陷落，基于守卫那个城池的故事"。于是他创作了《伊利亚特》。然后另一位名字已经被遗忘的诗人说："我会告诉他们关于世界的真相，基于一个义人遭受的痛苦，基于他朋友的责备，基于一阵风似降临的上帝的声音。"于是他写了《约伯记》。另一位诗人可以说，"我会告诉他们关于世界的真相，我会对他们描述穿越地狱、炼狱、天堂的想象或异象之旅。"这位诗人是但丁。莎士比亚会想到："我会告诉他们关于世界的真相,讲述一个儿子的故事,他从鬼魂的揭示中得知他的母亲是个淫妇和杀人犯。"于是他写了《哈姆雷特》。但是勃朗宁所做的更奇怪。他说:"我发现了这个刑事审判的故事,一个有关通奸的肮脏故事,一个杀人犯的故事,一个有关谎言和欺骗的故事。基于这个故事,这个全意大利曾经谈论、全意大利已经忘了的故事,我将向他们揭示世界的真相。"于是他写了《指环与书》。

下一节课我将讨论原籍意大利的杰出英国诗人,但丁·加布里埃尔·罗塞蒂。首先我会讲述他悲剧性的个人生涯,然后我们将看看他的两三首诗,包括他的几首十四行诗,据信这些十四行诗可能是英语中最优秀的十四行诗。

第二十课

但丁·加布里埃尔·罗塞蒂的生平　对诗人和画家罗塞蒂的评价　分身的主题　一本出土诗歌集　罗塞蒂的诗歌　反复循环的历史

一九六六年十二月二日，星期五

今天我们要谈论诗人但丁·加布里埃尔·罗塞蒂，他与罗伯特·勃朗宁相当不同，尽管他们是同时代人，尽管勃朗宁起初对他有相当大的影响。罗塞蒂的生卒年很容易记住，因为他出生于一八二八年，亡于一八八二年——两个数字颠倒。而且，这两人之间还有种联系，那就是他们俩都深爱意大利。总的来说，北方国家喜欢地中海国家，当然，这种爱并不总是会得到回报。在罗塞蒂的情况中，还涉及他的血统，除了有一位英国祖母，其他全是意大利人。

罗塞蒂出生于伦敦，他的父亲是一位意大利难民、自由主义者——像其他许多意大利人一样，有很好的理由——致力于研究《神曲》。[1]说起来，我家里有十一二种《神曲》的注释版本，从最古老的到最现代的都有，但我无法获得罗塞蒂父亲注释的《神曲》。² 但丁［·阿利吉耶里］在给坎格兰代·德拉·斯卡拉的一封信中说他的诗可以有四种方式解读。³ 我们可以将其解读为有关穿越地狱、炼狱和天堂之旅的奇幻故事。但是，如但丁的一个儿子所建议的那样，我们也可以将其解读为描述一个罪人的生平，以地狱为象征；一个悔过者的生平，以炼狱为象征；一个义人的生平，以天堂的幸运者为象征。⁴ 既然我已经这样说了，我记得伟大的泛神论者和神秘的爱尔兰人约翰内斯·司各特·爱留根纳曾经说过，《圣经》可以包含无限的诠释，好似孔雀的虹彩羽毛。我相信还有一位拉比写道，《圣经》是专门注定、预先注定针对每位读者的。也就是说，你们任何人读它，或者我读它，或者未来和过去任何人读它，它都有不同的意思。

但丁·加布里埃尔·罗塞蒂父亲的阐释是神秘的。罗塞蒂的传记作者写道，如果罗塞蒂的父亲说这本书是"*sommamente mistico*"（非常神秘的），那就是他能给予的最高赞誉。罗塞蒂的母亲与拜伦的医生是亲戚，那是一位意大利医生，我现在忘记名字了。⁵ 罗塞蒂的家有种智识和政治氛围，所有前往伦敦的意大利难民都会去罗塞蒂家拜访。因此，罗塞蒂在文学环境中长大，小时候就会说双语，也就是说，他对伦敦的英语和他长辈的意大利语同样熟悉。从孩童时起，罗塞蒂就是在对但丁和卡瓦尔坎蒂等诗人的崇拜中长大的，此外，他还对研究素描和油画着迷。他的素描是英格兰最精致的素描之一。至于油画家……我承认我已竭尽全力——而且我认为，也有朋友跟我的体验相同——我曾经尝试欣赏——我相信是在泰特美术馆——罗塞蒂的油画；结果我总是无法办到。据说有一个再明显不过的笑话说，他作为画家，是一位伟大的诗人，作为诗人，是一位伟大的画家。或者，如切斯特顿所言，他是个太优秀的画家，以至于无法做一位完全伟大的诗人；是个太优秀的诗人，以至于无法做一位完全伟大的画家。就我而言，我对油画了解非常之少，但我想我对诗歌还是知道一些的。我深信不疑——我不确定目前的文学风尚是否也赞成我这种信念——罗塞蒂是一位伟大的英国诗人，也就是说，世界上伟大的诗人之一。

起初，罗塞蒂致力于素描。他的素描异常精致：每一张都有种活力，有一种似乎是杰出的素描特有的动感。至于他的油画，人物很尴尬，颜色在我看来太粗糙太鲜明了。何况，它们本来是应该做插图的，有时是他自己诗歌的插图。将一首绝对具有视觉效果的诗——就像罗塞蒂的许多诗一样，例如《有福的女子》——去与其油画中的对应翻版相比，那是奇怪的一件事情。在大英博物馆，罗塞蒂开始熟悉（当时，我们今天有的这种复制品并不存在）拉斐尔之前的画家的作品，然后他得出结论——当时是耸人听闻的，现在仍然未被所有人接受——拉斐尔并非如大家当时所相信的那样是油画的顶峰，而是油画艺术衰落的开始。他相信拉斐尔之前的意大利和佛兰芒艺术家更胜一筹。威廉·霍尔曼·亨特、伯恩-琼斯，以及一些著名诗人，尤其是威廉·莫里斯和斯温伯恩，与一群朋友共同创立了一个流派，名为拉斐尔前派兄弟会。[6]但是与其说他们对模仿拉斐尔之前的画家感兴趣，不如说他们更喜欢以在这些人——我们可以说是这些起初的"前人"——身上看到的那种诚实、朴素和深刻的情感来绘画。他们创办了一份杂志，取了个不幸的名字《细菌》，来传播他们的观念以及新绘画和他们诗歌的观念。我说过，审美运动在英格兰很少见，我并非说不存在。我的意思是说诗人和画家不像在法国那样倾向于建立小圈子和发表宣言。这似乎与英国的个人主义，某种谦虚，某种羞怯是一致的。我记得萨克雷的例子，某次有份杂志的一些人去拜访他，想要写一篇关于他的文章。他是著名的小说家，是狄更斯的对手，他回答那些人说："我是个喜欢独处的绅士。"他不允许别人写关于他的文章或为他画像。他认为作家的作品应该公开，但他的生活不应该公开。

就诗歌而言，拉斐尔前派兄弟会的理论与华兹华斯的相差无几，尽管其应用——如同在这种情况下经常会发生的那样——完全不同，因为华兹华斯的诗与斯温伯恩、罗塞蒂或莫里斯的诗之间根本没有相似之处。而且，像柯勒律治一样，罗塞蒂开始使用一种刻意和人工的中世纪语言，就如他油画的主题一样。这次课程中我们没有时间谈论源于凯尔特的传说，这些传说出现于英格兰，然后被逃离撒克逊和盎格鲁入侵的不列颠人带到布列塔尼。你们知道这些传说，它们是堂吉诃德书房的核心：亚瑟王的故事、圆桌故事、王后与兰斯洛特之间的不伦之恋、寻找圣杯等。[7]这些主题后来写进了英格兰一本名为《亚瑟王之死》的书中，起初是拉斐尔前派最喜欢的题材，尽管他们中许多人也在油画中描绘当代题材（有几幅画令观众震惊，画的是工人、铁路、丢在地上的报纸等）。⁸所有这些在当时都很新颖。较早的信念是，诗歌应该追求崇高的主题，这种信念也被应用于绘画。当然，崇高的是拥有过去的光泽和声望的东西。

现在让我们回到但丁·加布里埃尔·罗塞蒂的生平。但丁·罗塞蒂被称为——根据勃朗宁一首诗的标题——"英格兰的意大利人"。奇怪的是他从来没有想过去意大利。也许他认为这样的访问没有必要，因为意大利在他读过的书中，在他的血管中流淌。其实罗塞蒂确实有过一次"大陆之行"，如英语所说的那样，但他并没有走得比法国和低地国家更远。他从未去过意大利，尽管在意大利人们不会认出他是英国人。而且因为他出生于伦敦，他说话喜欢带上——这似乎是文人的典型做派——这个城市的方言口音，伦敦土音。这就好比他出生在布宜诺斯艾利斯，感到有必要说一口 lunfardo。⁹罗塞蒂这人有着强烈的热情和狂暴的天性，就像勃朗宁一样。顺便说说，勃朗宁从来不喜欢罗塞蒂的诗；他认为这些诗歌，如他所言，"加了人工香料"。也就是说，除了主题引起的激情——华兹华斯寻求并在他最好的文字中找到的激情——罗塞蒂喜欢在主题本身添加装饰物，有时是与主题格格不入的装饰物。罗塞蒂实际上对莎士比亚做过很多研究，并且在他的许多诗歌中，他的语言都表现出了这一点，他的语言并不因为带有更多人工痕迹而比莎士比亚的更少激情。例如，他在有首诗中谈到失眠，他说睡眠从远处"用纪念性的冷眼"看他醒着。[10] 你们看，也许这是第一次，"眼睛"与"纪念性"相结合，当然这在词源上肯定是合理的，因为记住、纪念过去的正是眼睛。

罗塞蒂经常去素描专科学校和油画专科学校，结识了一个名叫西达尔的女孩，她是他几乎所有画作的模特，[11] 被创造成一种类型，罗塞蒂类型，像后来其他画家所做的一样。这个女孩高个子，红头发，长脖子（像伊迪丝·斯万内莎那样，我们在谈到英格兰最后一位撒克逊国王哈罗德死亡时谈到过她），嘴唇丰满，非常性感的嘴唇，我认为现在又流行起这样的嘴唇。但是当时这种类型是全新的，所以西达尔小姐是黑皇后或抹大拉的马利亚或任何其他希腊或中世纪人物。他们相爱了，罗塞蒂结婚很早，后来发现了他其实早已经知道的事情：这位女子体弱多病。罗塞蒂在一家夜校教素描，那是杰出的评论家和作家［约翰·］罗斯金为工人创立的学校，他是拉斐尔前派兄弟会的赞助人。罗塞蒂还有其他模特，有个模特他只用了几次，但爱上了她，据说是肉体之爱。她是位大个子女人，也是红头发——红头发总是让罗塞蒂着迷——她个子如此之大，以至于他开玩笑地称她为"大象"。但是他可以这样说而不受惩罚，因为她并没有因此而感觉受到冒犯。

现在我们要谈到那个悲剧事件，是罗塞蒂生平最悲剧性的事件之一。并非所有传记都谈到过此事，因为这件事直到最近才被发现。因为直到二十世纪初，在英国，人们明白这些话不应该说出来。但是最近一本罗塞蒂传记坦率地谈到了这件事情，我想我可以不失礼节地复述一遍。

有天晚上，诗人斯温伯恩去罗塞蒂家吃饭。他们一起吃饭，饭后罗塞蒂告诉他，他要去罗斯金为工人开设的学校上一堂课，他邀请斯温伯恩陪他去。斯温伯恩和罗塞蒂向罗塞蒂的妻子告别，等他们转过街角，罗塞蒂告诉斯温伯恩他那天晚上不必上课，他要去拜访"大象"。斯温伯恩完全理解，两人彼此道别。总之，斯温伯恩了解罗塞蒂的这一面，并不感到意外。罗塞蒂在"大象"家待到很晚——我忘记了她的名字。他回家时，发现自己家的房子黑着，他的妻子死了。她死于吞食致命剂量的氯醛，那是她经常服用治疗失眠的。[12] 罗塞蒂立即明白她知道了一切，自杀了。

我忘了说罗塞蒂和他的妻子曾在巴黎度蜜月，他在那里画了一幅非常奇怪的画，考虑到后来发生的事情，考虑到罗塞蒂的迷信天性。这幅油画没有——在我看来——任何艺术价值，我不记得是收藏在泰特美术馆还是大英博物馆，名叫《他们如何与自己相遇》。我不知道你们是否知道有一种在世界上许多国家存在的迷信，有关化身的迷信。在德语中，化身称为 *Doppelgänger*，意为走在我们身边的那个人。[13] 在苏格兰，这种迷信仍然存在，将其称为"fetch"（英文的"fetch"意为"找寻"），人们都认为，如果一个人遇见自己，则表明死神临近。[14] 换句话说，化身的幽灵来找他了。斯蒂文森有一首民谣,我们稍后会谈论,名为《泰孔德罗加》,就是有关"找寻"(fetch)的。[15]罗塞蒂的这幅画并非关于一个与自己相遇的人,而是关于一对恋人在黄昏的森林中(与他们自己)相遇,恋人之一是罗塞蒂,另一个是他的妻子。我们永远不会知道为什么罗塞蒂要画这幅画。他可能以为通过画这幅画,就能消除它发生的可能性,我们也可以猜想——尽管没有罗塞蒂的信件可以证明这一点——罗塞蒂和他的妻子确实在枫丹白露或法国的其他某个地方相遇。希伯来人也有关于这种与自己的化身相遇的迷信,但是对于他们来说,一个人与自己相遇并不意味着死神临近,而是意味着他已经到达了某种先知状态。有个塔木德传说有关三个男人寻找上帝,一个人疯了,另一个死了,第三个与自己相遇。但还是让我们回到罗塞蒂。

罗塞蒂回家发现[他妻子]中毒了,怀疑或明白发生了什么。当罗塞蒂发现她死于过量的氯醛,他认为是她不小心服用太多了;他接受了这一点——罗塞蒂接受了这个——但深感内疚。她于次日下葬,罗塞蒂趁朋友不注意时,在亡故女人的胸前放了一本笔记手稿,写了十四行诗的笔记本,这些十四行诗后来被收入题为《生命之殿》的诗集。罗塞蒂肯定认为这是他赎罪的一种方式。罗塞蒂认为,因为他在某种程度上造成了她的死亡,是杀害妻子的凶手,他能做的最好的事情就是把自己的作品献给她。罗塞蒂已经出版了一本书——你们可以在普通人图书馆版罗塞蒂的诗歌和译作中找到这个内容——是但丁《新生》的译文。[16]

是直译，但以古英语翻译。而且，如你们所知，但丁的《新生》包含许多十四行诗，那些十四行诗被罗塞蒂令人钦佩地翻译成英文，还有卡瓦尔康蒂和其他同时代诗人的诗歌。罗塞蒂已经在《细菌》杂志中发表了一些后来令他出名的诗歌，——他后来对这些诗歌做了大量修改——例如《有福的女子》《我曾来过这里》，我相信还有那首奇怪的民谣《特洛伊城》等等。[17]当我谈论柯勒律治时，我曾说到在他的《古舟子咏》初版中，他使用的是刻意的纯粹的古英语，而我们现在学习的这个版本中，他对语言进行了现代化处理，使它更简单易读。民谣《有福的女子》也是同样的情况。

罗塞蒂在妻子去世后，同"大象"断绝了关系，一个人居住。他在伦敦郊区买了一幢乡村别墅，致力于诗歌，尤其是绘画。他很少见人，他这人原来是非常喜欢与人交谈的，最喜欢在伦敦酒吧里与人聊天。他在那里隐居，独自一人，直到一八八二年去世。他很少见人，有个人是他的经纪人，负责出售他的油画，罗塞蒂要求很高的价格，并非真的出于贪婪，更多是出于一种轻蔑，仿佛说："如果人们对我的画感兴趣的话，他们就应该为此付高价，如果他们不买，我也不在乎。"以前他曾与苏格兰评论家布坎南发生过争执，后者被罗塞蒂一些诗作的坦率惊呆了，我们可以这么说。[18]

罗塞蒂的妻子去世三四年后，罗塞蒂的朋友一起前来与他商谈：他们说他做了无谓的牺牲，他的妻子本人不可能高兴他故意放弃那份手稿的出版将带给他的名声,也许是荣耀。罗塞蒂没有保留这些诗的副本,他让步了。他采取了一些相当令人讨厌的步骤;他获得许可去挖出他放在妻子胸前的手稿,当然,罗塞蒂没有出现在那个值得爱伦·坡描绘的场景里。罗塞蒂待在酒吧里喝醉了,此时,他的朋友挖掘出尸体并设法——这并不容易,因为那双手僵硬地交叉摆放——但他们设法抢救出了手稿。手稿因为遗体的腐烂留下了白色斑点,这份手稿出版了,给罗塞蒂带来了荣耀。因此,罗塞蒂也包含在南美的英语文学研究课程中,这就是为什么我们现在要学习他。

至于他与布坎南的争论,布坎南发表了一篇匿名文章,题为《诗歌的尘世学派》,罗塞蒂以一本名为《批评的鬼祟学派》的小册子作答,对方无言以对。

罗塞蒂的色情十四行诗属于英国文学中最美的十四行诗之列。如今在我们看来,它们似乎并不那么色情,似乎不像在维多利亚时代那样。我有罗塞蒂一九〇三年出版的版本,我徒劳地在其中寻找一首他最令人赞赏的十四行诗,题为《新婚之睡》,说的是一个婚礼之夜。我们稍后还会谈到。

罗塞蒂于一八八二年去世,死在那个乡村别墅,那里有一个小小的动物园,有袋鼠和其他奇异的动物。那是个小动物园,所有的动物都很小。罗塞蒂死得很突然。罗塞蒂沉迷于氯醛,因服用过量而死亡。根据所有迹象来看,他复制了妻子的自杀。也就是说,他俩的死亡都证实了那幅多年前在巴黎的画作《他们如何与自己相遇》,因为伊丽莎白·西达尔很年轻就去世了。因此,我们看到的是一个悲剧性命运。有些人将这种命运归因于他的意大利血统,但在我看来,认为意大利血统就一定会导致悲剧人生,或者意大利人一定比英国人更富有激情,这种看法是荒谬的。

现在让我们来读一些罗塞蒂的作品。我们要从我刚才跟你们提到的那首十四行诗《新婚之睡》开始。我不记得所有细节,但我的确记得它的情节。[19]首先说的是:"他们的吻终于断开",他们彼此分开。然后他将两个恋人比作分叉的树枝,说"他们的嘴唇"在做爱后分开,但是他们的嘴唇仍然靠得很近。然后说,就像雨后一样,最后几滴水从屋顶瓦片上滚落下来——当然,此处他暗示其他东西——同样,他们两人的心脏继续分别跳动。两个疲倦的恋人入睡了,但罗塞蒂用一个美丽的比喻说道:"睡眠令他们沉入梦境的潮流之下。"夜晚过去了,黎明唤醒了他们,然后他们在睡眠之下的灵魂醒来。他们慢慢地从水一般的睡眠中出来,但他在这里指的不是女人的灵魂,而是男人的。然后他说,在被淹没的白天的残余中——他看到了新森林和溪流的奇妙——他醒了。也就是说,他做了一个奇妙的梦,梦见了一个未知的灿烂的地方,因为他的灵魂充满了爱的光辉。也就是说,醒来,从梦幻世界回归,回归现实,看到现实在那里——他如此长久热爱和崇拜的女人——看到她睡在他身边,在他的怀抱里,比梦境更美妙。"他醒来,更加惊叹:因为她躺在那儿。"你们可以看到在这些由一位意大利血统的诗人写出来的诗句里，所有的词全来源于日耳曼语，很简单。我不认为罗塞蒂故意寻求这种效果，因为如果他的确如此，那我们就会觉得似乎是人为的，而事实并非如此。

现在，我想回顾一下罗塞蒂的另一首十四行诗的开头，因为今天我没有时间谈论他的伟大诗篇。这首诗中有一些电影般的效果，有些好玩的东西，带有某种电影般的画面，尽管这首诗写于一八五〇年左右，那时人们甚至都还没有想象过拍摄电影。他说："是什么样的人弯腰朝向儿子的脸庞沉思，／那张脸会如何看他的脸庞，当他冷冰冰地躺着？"[20] 我已经说过，这里有我们会称为电影效果的图像摆弄。首先，有焦急地弯腰朝向儿子的父亲的脸，然后两个图像变换了位置，因为他想到了某个未来，是他的脸躺着，死了，然后弯腰朝向他的会是儿子的脸庞。此处有种两张面孔换位似的东西。然后："或者思忖，当他自己的母亲亲吻他的眼睛时，／当父亲向她求爱时，她的吻是什么样？"也就是说，我们从梦与死的形象转移到另一幅形象，同样深刻，是爱的形象。而且此处有一种奇怪的韵律，如此甜美的韵律："沉思"和"求爱"[①]。

这里是罗塞蒂另一首伟大的十四行诗的开头，普里斯特利曾为他的一部关于时间的喜剧使用过这首诗的标题，他在剧中玩

---

① 原文是 brood 和 wooed。

弄着时间——例如，《巡官登门》和《时间与康韦家人》。[21]这是普里斯特利选择的短语："我曾来过这里。"罗塞蒂说："但是什么时候或如何我不能说：／我知道门外的青草，／扑鼻甜美的气息。"接下来是什么我忘记了，然后是同一个女人说话，他说："你以前是我的。"然后他说到已经发生过数千次而且还会发生的事情，他们会分开，他们会死，然后他们会在另一次生命里重生，"但永不断联系"。如你们所知，这是斯多葛主义、毕达哥拉斯主义、尼采的学说，是宇宙历史周期性重复的观念。在《上帝之城》里，圣奥古斯丁错误地将此想法归于柏拉图，其实他并没有传授这种观念，[他还]将其归于毕达哥拉斯。他说毕达哥拉斯会将这种学说传授给他的学生，并告诉他们说这个"我教给你们的"学说——后来被称为永恒的轮回——"向我们表明，这已经发生过很多次，我本人手上拿着这根手杖，已经对你们解释过这个，你们已经听我说了无数次，还会继续从我的嘴里听到无数次"。真希望我有时间谈谈苏格兰哲学家大卫·休谟，他是十八世纪第一个捍卫该理论的人，该理论看上去如此奇妙。他说如果世界，整个宇宙是由数量有限的元素构成——现在我们会称之为原子——这个数量虽然无法计算，却并非无限。因此，每一刻都取决于前一刻。只需重复每一刻，令接下来所有的时刻都能够重复，这就足够了。我们可以举一个相当简单的形象为例，让我们以一副纸牌为例，让我们假设有一个不朽的人在洗牌，因此，会以不同的顺序发牌。但是，如果时间是无限的，那将会有他发出金币①A 的时刻，金币2，金币3，等等，等等。当然，这很简单，因为只涉及四十个元素。但是在宇宙中，我们可以假设有四百亿亿的四五次方或任何次方个元素。但这始终是一个有限的数。换句话说，总有这么一刻，这些组合会再次出现，我们每个人都会重生，重复我们生活中的每一种情况。我将拿起这只手表，我宣布现在是七点钟，我们将不可挽回地结束这堂课。

狄更斯说他曾经有过对某个特定时刻似曾相识的体验，根据心理学家的说法，这种体验也许只是片刻的疲倦：我们感知当下，但是如果我们感到疲倦，我们就会忘记它。然后，当我们充分感知它时，在一个体验和另一个体验之间不会有成千上万个世纪的深渊，而只有我们走神的那个深渊。我们可以对毕达哥拉斯和罗塞蒂说，如果我们在生命的某个特定时刻感到这一刻似曾相识，其实这一刻与前世的那一刻并不完全相同。也就是说，能够记住前一时刻，这本身就是对该理论的反驳。但这并不重要。重要的是罗塞蒂已经写了一篇令人钦佩的诗歌，题为《我曾来过这里》，而普里斯特利就这一主题也写过几乎同样令人钦佩的戏剧：我们每个人的生平都是一连串琐碎情形，已经发生过成千上万次，而且还会重复发生。[22]

---

① 西班牙纸牌的花色分为金币、杯、剑和木棍四种，类似普通纸牌中的黑桃、红桃、方块、梅花。

下一节课我们将谈论罗塞蒂的两首长诗:《有福的女子》和《特洛伊城》,也许还有《伊甸园的闺房》,有关亚当的初恋——不是与夏娃,而是与莉莉丝,魔鬼或蛇。

第二十一课

罗塞蒂的诗　马克斯·诺尔道眼中的罗塞蒂
《有福的女子》《伊甸园的闺房》和《特洛伊城》

一九六六年十二月五日，星期一

上一节课我们谈到了但丁·加布里埃尔·罗塞蒂一些不那么重要的诗篇——篇幅小而已，但同样饶有价值。他最有名的这首诗有个古体的标题，《有福的女子》(*The Blessed Damozel*)——"damozel"是个诺曼语词，意为年轻的小姐或*demoiselle*，通常译为西班牙语"*La Doncella bienaventurada*"。如你们所知，这是罗塞蒂的一首诗，也是一幅画的名称。《有福的女子》的情节很奇怪，有关天堂里一个人，一个灵魂的不幸，有关她的不幸，因为她正在等待另一个灵魂的到来。有福的女子犯下了罪过，但她的罪已得到宽恕，这首诗开头的时候，她已经在天堂里；但是——这第一个细节很重要——她背对着天堂。她倚靠在金栏杆上，从这里可以俯瞰太阳和大地。也就是说，她处于如此之高的地方，以至于可以看到太阳远在下面，仿佛迷失了，她也看到一种在整个宇宙中跳动的脉搏。

这首诗与罗塞蒂几乎所有诗歌一样，极具视觉感。天堂并不模糊，一切都非常生动，一切都具有越来越不祥的——最后有点可怕的——性质，但它从来都不是简单化的。第一节说：

> The blessed damozel leaned out
> 　　From the gold bar of Heaven;
> Her eyes were deeper than the depth
> 　　Of waters stilled at even;
> She had three lilies in her hand,
> 　　And the stars in her hair were seven.

> 有福的女子探身向前
> 　　从天堂的金栏杆；
> 她的双眼深似
> 　　静止不动的水面；
> 她有三朵百合花在手里，
> 　　头发上的星星有七颗。

诗人没有说"她有三朵百合花在手里，七颗星星在头发上"，而是说"头发上的星星有七颗"。然后他说有福的女子感觉自从她到达天堂之后，仿佛只过去了一天，但实际上已经过去了很多年，因为天堂里的时间不像地球上那样流逝，时间是不同的。这使我们想起那个关于穆罕默德被马匹布拉克带上天堂的穆斯林传说。[1]当它开始同他一起飞翔时——我想它是某种有翼的帕加索斯，有孔雀一般的羽毛——踢翻了一个水罐。然后，它带着穆罕默德升天，升上七重天。他在那里与天使交谈，并经过天使居住的地方。最后，他与真主交谈，当真主的手触摸他的肩膀时，他感到一种凉意，然后他回到地面上。他回来后，感觉整个旅程似乎花了他很长的时间——罗塞蒂诗中发生的情况正好相反——但其实水罐中的水还没有完全洒落。相反，在罗塞蒂的诗中，女子相信她在天堂度过了短暂的时光，实际上已经过去了很多年。女子知道她在天堂，她的同伴也被描述，给出了他们的名字，还描述了某种花园和宫殿。但是她转身背对天堂，朝地上望去，因为同她一起犯下罪过的情人在地上，她以为他很快就会到来。她以为她会牵着他的手去见童贞女，童贞女会理解，他的罪过也会得到宽恕。然后罗塞蒂描述了天堂，有些细节相当可怕。例如，有一棵树的枝叶深而暗黑，有时人们会觉得有鸽子住在那棵树里面，那只鸽子就是圣灵，树叶似乎在窃窃私语他的名字。这首诗中间时不时出现括号，这些括号里的文字对应地上情人的所思所感。情人在一个广场抬头朝上看，因为他也在寻找她，就像她从天堂的高处寻找他一样。然后她想到了当他也来到天堂时他们将一起分享快乐。她相信他们将一起去往深邃的光亮天井，会一起沐浴在神的目光下。然后她又说道："这一切都会在他来的时候发生，因为他肯定会来的。"但是这首诗很长，我们会看到所有这些希望都是徒劳的,我们可以说,他不会得到宽恕,而她则注定要留在天堂。他死后会因为犯下的罪过被判处下地狱,她自己似乎也有这种感觉,因为在最后一节诗中,她靠在天堂的金栏杆上哭了。这节诗的结尾是"哭了"。然后括号中的话发自情人的良心,"我听到了她的眼泪"。

二十世纪初,马克斯·诺尔道博士在他很著名的名为《堕落》的书中以这首诗为证,说明罗塞蒂是堕落的人。[2] 他说这首诗语无伦次。诗人已经说过,天上的时间过得很快,许多年过去了,但是在少女的眼中惊奇的表情依旧,因此她最多只需要等待一两天即可见到她的爱人。实际上,诺尔道博士虽然解读分析了这首诗,却没有明白情人永远不会来,而这就是这首诗的主题:天堂中一个灵魂的不幸,因为没有了在地上所拥有的幸福。这首诗——在他看来——充满了情景细节。例如,那个女孩靠在天堂的金栏杆上,直到——罗塞蒂告诉我们——她的乳房温暖了栏杆的金属。还有其他类似的细节:首先,一切都是奇妙的,然后有这样的细节,说道:"那棵……树的阴影中 / 在它秘密的枝叶中,鸽子 / 有时会被感知"。换句话说,这就是切斯特顿所言:"濒临噩梦边缘的欢乐"。整首诗中都有噩梦的暗示,在最后几节诗中,我们感到即使天堂是美丽的,它对这少女也是可怕的,因为她的爱人不在,他永远不会来,他不会像她那样得到宽恕。我不知道你们是否有谁想要大声用英语朗读几节诗,这样就能听到音乐感了。有人敢试一试吗?

[一名女学生主动要求朗读。]

194　　让我们从头开始朗读这首诗。慢慢地读,因为也许你的同学们没"有福",听不大懂。³

> The blessed damozel leaned out
>   From the gold bar of Heaven;
> Her eyes were deeper than the depth
>   Of waters stilled at even;
> She had three lilies in her hand,
>   And the stars in her hair were seven.

> 有福的女子探身向前
>   从天堂的金栏杆;
> 她的双眼深似
>   静止不动的水面;
> 她有三朵百合花在手里,
>   头发上的星星有七颗。

在第一节中有所谓的视觉韵律。例如,天堂(heaven)与静止(even)押韵,因为这两个词写出来一样;这被视为押韵。例如,拜伦在一首诗中说,"like the *cry* of some strong swimmer in his agony"。"像一个强壮的泳者在痛苦中的喊叫"。⁴我记得我小时候将 agony 读作"agonay",为了让它同"cry"押韵,但是我父亲对我解释说，不，这是一种"视觉韵律"，我必须先说 cry，然后再说 agony，因为这种拼写惯例在诗歌中是可以接受的，甚至被认为是一种丰富的元素。例如，"come"（来）同"home"（家）押韵，因为两个词都以 o-m-e 结尾。这不被认为是缺陷，而可以是一种缓解韵律分量的方法，仿佛他们英国人并没有完全习惯押韵，他们无意识中会对以辅音为主的古代盎格鲁-撒克逊诗歌感到某种怀旧。但是，让我们从头开始阅读，我保证会乖乖地，不会再打断你。

[学生再次朗读第一节诗，然后继续读下去。]

>Her robe, ungirt from clasp to hem,
>　　No wrought flowers did adorn,
>But a white rose of Mary's gift,
>　　For service meetly worn;
>Her hair that lay along her back
>　　Was yellow like ripe corn.

>她的长袍，从扣环到下摆全都松开，
>　　没有精美的花朵装饰，
>只有马利亚赠送的一朵白玫瑰，
>　　得体地佩戴着去参加仪式；
>她的头发梳在背后
>　　黄色，像成熟的玉米。

195　　　这是一个美丽的细节，他将她的头发比作玉米。

> Herseemed she scarce had been a day
> 　　One of God's choristers;
> The wonder was not yet quite gone
> From that still look of hers;
> 　　Albeit, to them she left, her day
> Had counted as ten years.

她觉得似乎只过去了一天
　　做上帝的天使；
惊讶还没有完全
从她那平静的面容消失；
　　尽管她离开他们，她的一天
其实已经过去了十年。

"Herseemed"是一种有点古老的说法，意为"seemed to her"（对她来说）：在她看来，似乎只过去了一天。"Choristers"应该译成西班牙语的 *coristas*，这不是一个非常高贵的词，但这是确切的翻译。鉴于罗塞蒂的意大利血统，他倾向于把用词的重音放在最后一个音节。我们在此处看到"choristers"与"hers"押韵，但通常不会这样写。这是他奇怪的地方之一，尤其是就押韵而言。

换句话说，已经过去十年了，但她以为自己在天堂只有一天。然后是一对括号，现在是情人在括号里说话，他说他已经等了很久，岁月感觉真像是岁月，他以为感觉到了她的头发滑落在他脸上。但并不是，那是秋天的落叶从广场的树上掉下来。

[继续朗读。]

>
> (To one, it is ten years of years.
> ... Yet now, and in this place,
> Surely she leaned o'er me—her hair
> Fell all about my face. ...
> Nothing: the autumn-fall of leaves.
> The whole year sets apace.)
>
> It was the rampart of God's house
> That she was standing on;
> By God build over the sheer depth
> The which is Space begun;
> So high, that looking downward thence
> She scarce could see the sun.
>
> It lies in Heaven, across the flood
> Of ether, as a bridge.
> Beneath, the tides of day and night
> With flame and darkness ridge
> The void, as low as where this earth
> Spins like a fretful midge.

（对于一个人，是十年的岁月。

　　……然而现在，在这个地方，
肯定是她俯身向我——她的头发

　　滑落我满脸……
什么都不是：是秋天的落叶。

　　又过去了整整一年。）

那是上帝之家的城墙

　　她就站在那儿；
由上帝建立在纯粹的深度之上

　　空间从这里开始；
如此之高，以至于向下看

　　她几乎都看不见阳光。

它位于天堂，穿越奔涌

　　的以太，像一座桥梁。
下面，白天和黑夜的潮汐

　　以火焰和黑暗勾勒
虚空，低至这个地球

　　像焦躁的蚊子般旋转之处。

"那是上帝之家的城墙／她就站在那儿；／由上帝建立在纯

粹的深度之上／空间从这里开始……"时光飞逝，就像潮汐（暗潮和浅潮）一样，这就是白天和黑夜。在这首奇幻的诗中，一切都非常精确，精确性包含在隐喻中。一切都非常具有视觉效果。

> Around her, lovers, newly met
>   'Mid deathless love's acclaims,
> Spoke evermore among themselves
>   Their heart-remembered names;
> And the souls mounting up to God
>   Went by her like thin flames.

在她周围，恋人，新相识

  在不朽之爱的誓言中，

总是在彼此之间说出

  他们铭记在心头的名字；

灵魂升向上帝

  像稀薄的火焰一样经过她身边。

她周围有刚相识的恋人，也就是说，有比她更幸运的人，他们可以在天堂享受充分的幸福。"灵魂升向上帝"，其中本来也可以有她情人的灵魂，"像稀薄的火焰"。

> And still she bowed herself and stooped
>   Out of the circling charm;

Until her bosom must have made
  The bar she leaned on warm,
And the lilies lay as if sleep
  Along her bended arm.

但她依旧躬身弯腰

  脱离那盘旋的吸引力;

直到她的胸脯肯定

  温暖了她倚靠的栏杆,

百合像熟睡一般躺在

  她弯曲的手臂旁边。

"但她依旧躬身弯腰"——因为她很不耐烦——"直到她的胸脯肯定/温暖了她倚靠的栏杆",这我先前已经指出。百合像熟睡一般躺在……

From the fixed place of Heaven she saw
  Time like a pulse shake fierce
Through all the worlds. Her gaze still strove
  Within the gulf to pierce
Its path; and now she spoke as when
  The stars sang in their spheres.

在天堂固定的地方,她看到

> 时间像剧烈的脉搏跳动
> 遍及世界。她的目光依旧力图
> 　　在深渊内穿透
> 它的路径；现在她说话，仿佛
> 　　星星在各自的运行轨道中歌唱。

"现在她说话，仿佛 / 星星在各自的运行轨道中歌唱。"即《创世记》的最初几天。这一行中还有"星星"（stars）和"歌唱"（sang）的头韵。

> The sun was gone now; the curled moon
> 　　Was like a little feather
> Fluttering far down the gulf; and now
> 　　She spoke through the still weather.
> Her voice was like the voice of the stars
> 　　Had when they sang together.

> 太阳现在已经消失了；卷曲的月亮
> 　　像一根小小的羽毛
> 在深渊深处飘动；现在
> 　　她在寂静的空气里说话。
> 她的声音就像星星的声音
> 　　当他们在一起唱歌时那样。

"她的声音就像星星的声音 / 当他们在一起唱歌时那样。"

  (Ah sweet! Even now, in that bird's song,
    Strove not her accents there,
 Fain to be hearkened? When those bells
    Possessed the mid-day air,
 Strove not her steps to reach my side
    Down all the echoing stair?)

 "I wish that he were come to me,
    For he will come," she said.
 "Have I not prayed in Heaven?—on earth,
    Lord, Lord, has he not pray'd?
 Are not two prayers a perfect strength?
    And shall I feel afraid?"

 (啊,多么甜美!即使现在,在那鸟儿的歌声里,
  难道她的声音没有在那里,
徒劳地想让人听见?当那些钟声
  回荡在中午的空气里,
难道她的脚步没有努力走到我身旁
  走下那些回响的楼梯?)

 "我希望他来找我,
  因为他会来的。"她说。

> "我没有在天堂祈祷吗？——在尘世，
>   主啊，主啊，他没有祈祷吗？
> 两个祈祷的人难道不是完美的力量吗？
>   难道我应该感到害怕吗？"

这里有一个问题，问道："难道她的声音没有在那里，/ 徒劳地想让人听见？"她说："我希望他来找我，因为他会来的。"她说"他会来的"，以此来说服自己。她已经感到不确定了。"'因为他会来的。'她说。""'我没有在天堂祈祷吗？……/ 主啊，主啊，他没有祈祷吗？'"她开始害怕，但她说："难道我应该感到害怕吗？"

> "When round his head the aureole clings,
>   And he is clothed in white,
> I'll take his hand and go with him
>   To the deep wells of light;
> As unto a stream we will step down,
>   And bathe there in God's sight."

> "围绕着他的头，金色的光圈缠绕，
>   他穿着白色的衣衫，
> 我会牵着他的手与他同去
>   到光明的深处；

> 仿佛走下一条小溪，
>
> > 在那儿沐浴在上帝的目光中。"

"围绕着他的头，金色的光圈缠绕，/ 他穿着白色的衣衫……"——也就是说，当他死了并且得到了宽恕时——"我会牵着他的手与他同去，/ 到光明的深处……"此处诺尔道评论说，因为诗人结合了天堂的形象与两个恋人在池塘里一起沐浴的色情景象，他肯定是个堕落者。

"We two will stand beside that shrine,
　　Occult, withheld, untrod,
Whose lamps are stirred continually
　　With prayer sent up to God;
And see our old prayers, granted, melt
　　Each like a little cloud.

"We two will lie i' the shadow of
　　That living mystic tree
Within whose secret growth the Dove
　　Is sometimes felt to be,
While every leaf that His plumes touch
　　Saith His Name audibly.

"我们俩将站在那座神殿旁，
　　隐秘的，隐藏的，无人曾经走过，

那里的灯不断晃动

　　因为上达天听的祷告声；

看到我们古老的祈祷得到了回应，融化了

　　每个人，像一朵小小的云彩。

"我们两人将躺在

　　那棵鲜活的神秘树的阴影中

在它秘密的枝叶中鸽子

　　有时会被感知，

他的羽毛触及的每一片树叶

　　出声地说他的名字。

好吧，看看这神殿，"那里的灯……那棵鲜活的神秘树……"还有这句——"在它秘密的枝叶中鸽子……"，也就是圣灵，"他的羽毛触及的每一片树叶／出声地说他的名字"。

"And I myself will teach to him,
　　I myself, lying so,
The songs I sing here; which his voice
　　Shall pause in, hushed and slow,
And find some knowledge at each pause,
　　Or some new thing to know."

"我本人会教他,

  我自己,这样躺着,
我在这里唱的歌;他的声音

  会穿插进来,轻柔缓慢,
在每次停顿时找到一些知识,

  或某些要知道的新事物。"

然后她说她将要教他唱她学会的歌曲,每一节诗都会向他启示一些事情。

(Alas! We two, we two, thou say'st!
  Yea, one wast thou with me
That once of old. But shall God lift
  To endless unity
The soul whose likeness with thy soul
  Was but its love for thee?)

(啊!我们两人,我们两人,你说!
  是的,其中一人是你同我在一起
那旧日的人啊。但是上帝会解救
  那个灵魂去到
无尽的完整一体吗,那灵魂与你的灵魂相似之处
  只有对你的爱。)

现在，情人来了："我们两人，我们两人，你说！ / 是的，其中一人是你同我在一起 / 那旧日的人啊。"在他们两个之间进行着某种对话，因为他说的话似乎是在回答她。虽然，当然，他听不到她的声音。但是他们似乎一直结合着，就像在尘世一样。你们可以看到这首诗在某种程度上也是一个故事。也就是说，幸运的是，这是用诗歌形式写的，但本来也可以是以散文形式写的故事，一个奇幻的故事，本质上是叙事。

"We two," she said, "will seek the groves
　　　　Where the lady Mary is,
With her five handmaidens, whose names
　　　　Are five sweet symphonies,
Cecily, Gertrude, Magdalen,
　　　　Margaret and Rosalys.

"Circlewise sit they, with bound locks
　　　　And foreheads garlanded;
Into the fine cloth white like flame
　　　　Weaving the golden thread,
To fashion the birth-robes for them
　　　　Who are just born, being dead."

"我们两人，"她说，"将去寻找树林，
　　　　圣母马利亚在那里，
同她的五个女仆在一起，她们的名字

>   是五首甜美的交响曲,
> 则济利亚,格特鲁德,抹大拉,
>   玛加利大和罗莎莉。

> "她们围成一圈坐着,头发束起
>   额头上戴着花环,
> 在白色细布中似火焰般
>   织入金线,
> 装饰人们出生的长袍
>   他们死了,又刚出生。"

"我们两人,"她说,"将去寻找树林,/ 圣母马利亚在那里 / 同她的五个女仆在一起……"她说出了她们的名字。她们在为那些先前已经死亡又刚刚出生的人织衣服,也就是说他们刚刚在天堂出生。

> "He shall fear, haply, and be dumb:
>   Then will I lay my cheek
> To his, and tell about our love,
>   Not once abashed or weak:
> And the dear Mother will approve
>   My pride, and let me speak.

> "Herself shall bring us, hand in hand,

　　　　To him round whom all souls
　　　Kneel, the clear-ranged unnumbered heads
　　　　Bowed with their aureoles:
　　And angels meeting us shall sing
　　　　To their cithern and citoles."

"他会恐惧，也许，哑口无言：
　　然后我会把脸颊
贴向他的脸，讲述我们的爱，
　　一点不曾害羞或软弱：
亲爱的圣母会赞同
　　我的骄傲，让我说话。

"她会亲自牵着我们的手，带我们去
　　他那里，他周围的灵魂全都
跪着，数不清的人头成排清晰可见
　　带着光圈一起鞠躬：
迎接我们的天使会歌唱
　　伴随西塔拉琴和齐特尔琴声。"

她说她要去采集没药和月桂，会告诉圣母他们的爱恋，不会感到任何羞耻，亲爱的圣母会为他们祈祷。换句话说，圣母将使他们的爱情有结果。"她会亲自牵着我们的手，带我们去 / 他那里，

他周围的灵魂全都 / 跪着……",他就是耶稣基督。

> "There will I ask of Christ the Lord
> 　　Thus much for him and me: —
> Only to live as once on earth
> 　　With Love, —only to be,
> As then awhile, for ever now
> 　　Together, I and he."

> "我要去求我主基督
> 　　请求同样赐予他和我：
> 只要像在尘世上那样生活
> 　　有爱，——只要能够，
> 像那时一样，现在永远
> 　　在一起，我和他。"

"我要去求我主基督 / 请求同样赐予他和我："她不想要求任何别的什么东西，唯一想要的就是在天堂也像从前在尘世一样幸福快乐。乌纳穆诺有一首十四行诗有关同一主题，他不要求别的幸福，除了他已经知道的在尘世的幸福，这就是她请求耶稣基督的，让他们在天堂就像在尘世一样幸福。[5]这是充满激情的恳求："现在永远 / 在一起，我和他。"

She gazed and listened and then said,
    Less sad of speech than mild, —
"All this when he comes." She ceased.
    The light thrilled towards her, fill'd
With angels in strong level flight.
    Her eyes prayed, and she smil'd.

(I saw her smile.) But soon their path
    Was vague in distant spheres:
And then she cast her arms along
    The golden barriers,
And laid her face between her hands,
    And wept. (I heard her tears.)

她凝视着，倾听着，然后开始说话，
    与其说是悲伤，不如说是温和，
"这一切都要等他到来。"她不再说话了。
    光芒向她扑来，全是
天使强大平稳地飞翔。
    她的眼睛祈祷着，她微笑着。

（我看到她的微笑。）但很快他们的道路
    就在遥远的地带变得模糊不清：
然后她手臂拂过
    黄金栏杆，

> 把脸庞放在两手之间,
> 哭了。(我听到了她的眼泪。)

最后:"这一切都要等他到来",而空中则"天使强大平稳地飞翔"。"她的眼睛祈祷着,她微笑着。""我看到她的微笑。……哭了。"然后,"我听到了她的眼泪"。

还有另一首诗,既似天堂又很可怕,名为《伊甸园的闺房》(*Eden Bower*)。Bower 在字典中被译成西班牙语的 *glorieta*(凉亭),但在这里应译为 *alcoba*(闺房)。*Alcoba* 意味着一个封闭的地方,而 bower 则是两个恋人幽会的地方。在这首诗中,罗塞蒂借用了一个犹太传说,因为我记得在某个犹太文本中写着:"在夏娃到来之前还有莉莉丝。"在伊甸园里,莉莉丝是一条蛇,是亚当在其人类妻子夏娃之前的第一任妻子。但在罗塞蒂的诗中,这条蛇化为女人的形状,她为亚当生了两个孩子。罗塞蒂直接告诉我们所有这些孩子的事情;但是我们明白孩子们是蛇,因为他说:"盘绕在森林和水域里的形状"是"闪亮的儿子和发光的女儿"。然后上帝让亚当入睡,从他的肋骨中取出夏娃,莉莉丝显然很羡慕,她必须报复。因此,她去找她的第一个情人,他是一条蛇,她委身于它,请求它把自己的形状给她,这样她就会化为一条蛇,去诱惑夏娃,然后亚当和夏娃就会被逐出伊甸园:"有树木的地方就会有稗草。"亚当和夏娃将在地上游荡,夏娃将生下该隐和亚伯。该隐会杀了亚伯,"然后你,"她告诉蛇说,"会喝死者的血。"

现在我们来听几节罗塞蒂的这首诗——不是整首诗,因为这是一首长诗。小姐,我再次请求使用您的声音。

[学生走上前来开始朗读。]

> It was Lilith the wife of Adam:
>   (Eden bower's in flower.)
> Not a drop of her blood was human,
>   But she was made like a soft sweet woman.

这是亚当的妻子莉莉丝:
    (伊甸园的闺房在花丛中。)
她没有一滴人类的血液,
    但她天生像个温柔可爱的女子。

这里有重复的叠句,节奏很强:

这是亚当的妻子莉莉丝:
    (伊甸园的闺房在花丛中。)

有一种内在的韵律:"bower"和"flower"。然后莉莉丝说:

她没有一滴人类的血液,

但她天生像个温柔可爱的女子。

[学生继续阅读。]

  Lilith stood on the skirts of Eden;
    (And O the bower of the hour!)
  She was the first that thence was driven;
    With her was hell and with Eve was heaven.

  In the ear of the Snake said Lilith: —
    (Eden bower's in flower.)
  "To thee I come when the rest is over;
    A snake was I when thou wast my lover.

  "I was the fairest snake in Eden:
    (And O the bower and the hour!)
  By the earth's will, new form and feature
    Made me a wife for the earth's new creature.

  "Take me thou as I come from Adam:
    (Eden bower's in flower.)
  Once again shall my love subdue thee;
    The past is past and I am come to thee.

莉莉丝站在伊甸园边上。
  （啊，这个时辰的闺房！）
她是第一个因此而被赶走的；

> 同她在一起是地狱，同夏娃在一起是天堂。

莉莉丝对着蛇的耳朵说：
> （伊甸园的闺房在花丛中。）
> "其他一切结束后，我会来找你。
> 那时你是我的爱人，我是一条蛇。
>
> "我是伊甸园中最美丽的蛇：
> （啊，闺房和时辰！）
> 愿大地有灵，新形状和特征
> 让我成为地上新造物的妻子。
>
> "当我从亚当那里来时，请接受我：
> （伊甸园的闺房在花丛中。）
> 我的爱将再次征服你。
> 过去的已经过去，我会来找你。

"莉莉丝站在伊甸园边上……"她被赶出了伊甸园，因为他们创造了夏娃。"同她在一起是地狱，同夏娃在一起是天堂"。这就是她不能忍受的地方，因为她爱亚当。所以她告诉蛇，她的第一个情人："其他一切结束后，我会来找你。／那时你是我的爱人，我是一条蛇。／我是伊甸园中最美丽的蛇……"这有点可怕，但是也很可爱，因为即使蛇中间肯定也有美丽的。"……新形状和特征／让我成为地上新造物的妻子"，也就是人类的妻子。"当我从亚当那里来时，请接受我……"因为她并不向他隐瞒她从亚当那里来，她具有了女人的身形。按照犹太人关于黑夜女巫的迷信说法，她有点像个女巫。"我的爱将再次征服你。／过去的已经过去，我会来找你。"

> "O but Adam was thrall to Lilith!
> 　　(And O the bower and the hour!)
> All the threads of my hair are golden,
> 　　And there in a net his heart was holden."

> "啊，可是亚当却被莉莉丝迷住了！
> 　　（啊，闺房和时辰！）
> 我的发丝是金色的，
> 　　他的心被一张网罩住了。"

接下来是：

> "O and Lilith was queen of Adam!
> 　　(Eden bower's in flower.)
> All the day and night together
> 　　My breath could shake his soul like a feather."

"啊，莉莉丝是亚当的女王！
　　（伊甸园的闺房在花丛中。）
日夜都在一起，
　　我的呼吸可以像羽毛一样摇动他的灵魂。"

现在……莉莉丝是"亚当的女王"

　　　　"What great joys had Adam and Lilith! —
　　　　　　(And O the bower and the hour!)
　　　　Sweet close rings of the serpent's twining,
　　　　　　As heart in heart lay sighing and pining."

"亚当和莉莉丝多么快乐啊！——
　　（啊，闺房和时辰！）
蛇一层层紧紧缠绕的甜蜜圆环，
　　心心相印地叹息和渴望。"

我们可以在这几行以及以下几行诗中看到莉莉丝魔鬼般的强烈爱意。重复的叠句营造了一种宿命的语调。

　　　　"What bright babes had Lilith and Adam!—
　　　　　　(Eden bower's in flower.)
　　　　Shapes that coiled in the woods and waters,

Glittering sons and radiant daughters."

"莉莉丝和亚当有多么聪明的宝贝啊！——

（伊甸园的闺房在花丛中。）

盘绕在森林和水域里的形状，

闪亮的儿子和发光的女儿。"

你们会发现这首诗与另一首诗有很多共同之处，但是存在审美差异。在这里，有些东西……这首诗有点像着了魔，因为诗人想象第一个人同蛇的爱恋，是有点疯了，在"莉莉丝和亚当有多么聪明的宝贝啊！"这句话中有某种怪异可怕的东西。

还有另一首诗，也是一首情色诗。我不知道今天是什么情况，但罗塞蒂喜欢这种东西。这首诗有关特洛伊的海伦。[6]你们知道，海伦被帕里斯绑架了，然后帕里斯带她去了特洛伊——帕里斯是特洛伊国王普里阿摩斯的儿子，这将导致特洛伊战争和这座城池的毁灭。

所以，让我们来看看这首诗。第一节说："天赐的海伦，斯巴达女王"，然后是"啊，特洛伊城！"，因为罗塞蒂讲述这个寓言——帕里斯王子开始热恋海伦的寓言——时，他已经知道这种爱的后果是城市的毁灭。在这首诗中，他同时给了我们两个时间框架：爱，海伦和帕里斯之爱的源起，然后是城市的毁灭。仿佛这首诗发生于永恒，仿佛两件事同时发生，即使它们相隔多年。

至于未来——对我们而言是过去——是在括号之间。

因此，诗是这样开始的：

> Heavenborn Helen, Sparta's queen,
>   (*O Troy Town!*)
> Had two breasts of heavenly sheen,
>   The sun and moon of the heart's desire.

> 天赐的海伦，斯巴达女王，
>   （啊，特洛伊城！）
> 乳房闪烁天堂般的光彩，
>   是内心渴望的太阳和月亮。

他已经知道，他已经预见某天会发生什么，说道："啊，特洛伊城，/高大的特洛伊在燃烧！"然后是海伦独自一人，她跪在维纳斯的神殿里，献上一个以她的乳房为模型制作的杯子，也就是跟她乳房形状一样的杯子。卢贡内斯在他那首叫作《无法获得的杯子》的诗中重拾了这个主题，但在卢贡内斯的诗中，想要创造出完美杯子的人是一位雕塑家，他只有在用一位少女的乳房作为模型时才能办到。[7]但在这里，海伦跪在维纳斯面前，诉说她需要、她要求爱，并向维纳斯献上杯子。她解释了杯子为什么是这种形状，她提醒维纳斯在过去那个遥远的一天，身为王子和牧羊人的帕里斯必须把一只苹果给最美丽的女神。当时有密涅瓦，有朱诺，还有维纳斯。结果他把杯子给了维纳斯。①

海伦请求维纳斯给她帕里斯的爱，维纳斯告诉她："你跪在那里，让爱神解救你！"然后她说："你的礼物已经被接纳了！"然后她叫来儿子爱神丘比特，告诉他去射出一支箭。箭头奔向远处，一直到达帕里斯睡觉的地方，刺穿了他的心；他爱上了海伦，过去他从未见过她。他说："啊，抱住她金色的头！"这首诗回到这样的叠句："啊，特洛伊城，／高大的特洛伊在燃烧！"也就是说，从帕里斯爱上海伦的那一刻起，未来就已经存在，特洛伊已经在燃烧了。

现在，让我们听听这首诗，我肯定忘了一些细节。在这首诗中，括号并不等同于另一个人的想法，而是意味着注定要发生的事情。这首诗名为《特洛伊城》(*Troy Town*)，这是中世纪的表达。今天，没人会说"Troy Town"，只会说"the town of Troy"。但是在中世纪，人们说"Troy Town"，他们也用法语这样说。我们已经看到在盎格鲁-撒克逊语中，他们说"伦敦"(London)时说的是 *Londonburh*，说"罗马"(Rome)时说的是 *Romeburh*。[8] 这是类似的形式。

安德鲁·朗说，这首民谣显然不是很流行的民谣，因为罗塞蒂似乎并不希望如此。[9] 这是一首高眉诗，也是一首人为痕迹很重的诗，就这个词的最佳词义而言。

---

① 原文如此。此处应该是"把金苹果给了维纳斯"。

[一位学生开始朗读这首诗。]

Heavenborn Helen, Sparta's queen,
  (*O Troy Town!*)
Had two breasts of heavenly sheen,
The sun and moon of the heart's desire:
All Love's lordship lay between.
  (*O Troy's town,*
  Tall Troy's on fire!)

Helen knelt at Venus' shrine,
  (*O Troy Town!*)
Saying, "A little gift is mine,
A little gift for a heart's desire.
Hear me speak and make me a sign!
  (*O Troy's down,*
  Tall Troy's on fire!)

天赐的海伦,斯巴达王后,

  (啊,特洛伊城!)

乳房闪烁天堂般的光彩,

是内心渴望的太阳和月亮。

爱的所有领地都在其间。

  (啊,特洛伊城,

   高大的特洛伊在燃烧!)

海伦跪在维纳斯神殿,

  (啊,特洛伊城!)

说:"我的一点小礼物,

许愿献上的小礼物。

听我说话,向我示意!

  (啊,特洛伊城,

  高大的特洛伊在燃烧!)

当她说"听我说话,向我示意!"时,她说话的那一刻,特洛伊就沦陷了,特洛伊已经在燃烧了。

"Look, I bring thee a carven cup;
  (*O Troy Town!*)
See it here as I hold it up, ——
Shaped it is to the heart's desire,
Fit to fill when the gods would sup.
  (*O Troy's down,*
  Tall Troy's on fire!)

"看,我给你带来一只雕刻的杯子。

  (啊,特洛伊城!)

我举着它,请看这里,——

做成这种形状是为了满足心的渴望,

当众神进餐时可以盛满。

(啊，特洛伊城，

高大的特洛伊在燃烧！）

海伦对维纳斯说："我给你带来一只雕刻的杯子"……"当众神 208
进餐时可以盛满"。

"It was moulded like my breasts;
(*O Troy Town!*)
He that sees it may not rest,
Rest at all for his heart's desire.
O give ear to my heart's it behest!
(*O Troy's down,
Tall Troy's on fire!*)

"是按照我乳房的形状制作的；

（啊，特洛伊城！）

看到它的人可能不得安宁，

因为内心的渴望而片刻不得安宁。

啊，请听我的心声！

（啊，特洛伊城，

高大的特洛伊在燃烧！）

"请听我的心声！"然后是叠句："特洛伊在燃烧！"

"See my breast, how like it is;
  (*O Troy Town!*)
See it bare for the air to kiss!
Is the cup to thy heart's desire?
O for the breast, O make it his!
  (*O Troy's down,*
  Tall Troy's on fire!)

"看看我的乳房,看看多么像;
  (啊,特洛伊城!)
看它露出来让空气亲吻!
杯子合您的心意吗?
啊,乳房,啊,让它成为他的!
  (啊,特洛伊城,
  高大的特洛伊在燃烧!)

"看看我的乳房……露出来让空气亲吻!"

"Yea, for my bosom here I sue;
  (*O Troy Town!*)
Thou must give it where 'tis due,
Give it there to the heart's desire.
Whom do I give my bosom to?
  (*O Troy's down,*
  Tall Troy's on fire!)

"Each twin breast is an apple sweet.
　　(O Troy Town!)
Once an apple stirred the beat
Of thy heart with the heart's desire: —
Say, who brought it then to thy feet?
　　(O Troy's down,
　　　Tall Troy's on fire!)

"是的，我为我的胸脯而祈求；
　　(啊，特洛伊城！)
您必须让它适得其所，
让它去满足内心的渴望。
我该把怀抱给谁？
　　(啊，特洛伊城，
　　　高大的特洛伊在燃烧！)

"每只乳房都是甜美的苹果。
　　(啊，特洛伊城！)
一旦苹果搅动了你跳动
的心脏，用内心的渴望：
说，是谁把它带到你的脚下？
　　(啊，特洛伊城，
　　　高大的特洛伊在燃烧！)

"（啊，特洛伊城！）/ 您必须让它适得其所"，"我该把怀抱给谁？"因为她还不知道。然后是苹果的主题：

> "They that claimed it then were three:
>   (*O Troy Town!*)
> For thy sake two hearts did he
> Make forlorn of the heart's desire.
> Do for him as he did for thee!
>   (*O Troy's down,*
>   *Tall Troy's on fire!*)

> "当时想要它的有三人：
>   （啊，特洛伊城！）
> 为你的缘故，他让两颗心
> 未能满足内心的渴望。
> 对他为你所做的给予回报！
>   （啊，特洛伊城，
>   高大的特洛伊在燃烧！）

"当时想要它的有三人"：她们是竞争对手，最后只有一个能留下来。"为您的缘故，他让两颗心 / 未能满足内心的渴望。"

> "Mine are apples grown to the south,
>   (*O Troy Town!*)

Grown to taste in the days of drouth,
Taste and waste to the heart's desire:
Mine are apples meet for his mouth."
  (*O Troy's down,*
  Tall Troy's on fire!)

"我的苹果在南方种植,

  (啊,特洛伊城!)

在干旱的时候长出好滋味,

满足心灵的渴望尽情品尝:

我的苹果为他的嘴而生长。"

  (啊,特洛伊城,

  高大的特洛伊在燃烧!)

"我的苹果在南方种植,/在干旱的时候……尽情品尝/我的苹果为他的嘴而生长。"

Venus looked on Helen's gift,
  (*O Troy Town!*)
Looked and smiled with subtle drift,
Saw the work of her heart's desire: —
"There thou kneel'st for Love to lift!"
  (*O Troy's down,*
  Tall Troy's on fire!)

Venus looked in Helen's face,
    (O Troy Town!)
Knew far off an hour and place,
And fire lit from the heart's desire;
Laughed and said, "Thy gift hath grace!"
    (O Troy's down,
    Tall Troy's on fire!)

Cupid looked on Helen's breast,
    (O Troy Town!)
Saw the heart within its nest,
Saw the flame of the heart's desire, —
Marked his arrow's burning crest.
    (O Troy's down,
    Tall Troy's on fire!)

Cupid took another dart,
    (O Troy Town!)
Fledged it for another heart,
Winged the shaft with the heart's desire,
Drew the string and said, "Depart!"
    (O Troy's down,
    Tall Troy's on fire!)

Paris turned upon his bed,
    (O Troy Town!)
Turned upon his bed and said,
Dead at heart with the heart's desire—
"Oh to clasp her golden head!"

> *(O Troy's down,*
> *Tall Troy's on fire!)*

维纳斯看着海伦的礼物，
  （啊，特洛伊城！）
看着，微笑着，态度微妙，   210
看到了她内心渴望的成效：
"你跪在那里让爱神解救你！"
  （啊，特洛伊城，
   高大的特洛伊在燃烧！）

维纳斯看着海伦的脸，
  （啊，特洛伊城！）
遥知某个时候某个地方，
内心的渴望点燃了大火；
笑着说："你的礼物接纳了！"
  （啊，特洛伊城，
   高大的特洛伊在燃烧！）

丘比特看着海伦的乳房，
  （啊，特洛伊城！）
看到心在心窝里，

看到内心渴望的火焰,
涂抹了他燃烧的箭头。
　　(啊,特洛伊城,
　　高大的特洛伊在燃烧!)

丘比特又拿了一支箭,
　　(啊,特洛伊城!)
为另一颗心装饰它,
用内心的渴望使箭矢生翼,
拉弓搭箭说:"出发!"
　　(啊,特洛伊城,
　　高大的特洛伊在燃烧!)

帕里斯在床上辗转反侧,
　　(啊,特洛伊城!)
在床上辗转反侧,说道:
内心渴望,心头沉重
"啊,抱住她金色的头该多好!"
　　(啊,特洛伊城,
　　高大的特洛伊在燃烧!)

211　在这几行诗里,海伦充满激情,乞求爱情,而帕里斯睡着了,但最后是:"啊,抱住她金色的头该多好!"最后,最后的叠句是:"啊,特洛伊城,/高大的特洛伊在燃烧!"

下一节课我们将讨论威廉·莫里斯。

第二十二课

威廉·莫里斯生平　配得上诗歌的三个主题　亚瑟王与英雄归来的神话　莫里斯的兴趣　莫里斯和乔叟　《桂妮薇儿的辩诉》

一九六六年十二月七日，星期三

212　今天我们将讨论罗塞蒂的一位同行，他也与拉斐尔前派兄弟会有关，那就是诗人威廉·莫里斯。他的生卒年月是一八三四年至一八九六年。他是罗塞蒂、伯恩-琼斯、斯温伯恩和亨特以及这个团体其他成员的好朋友。莫里斯本质上与罗塞蒂不同，他们唯一的相似之处是两者都是杰出的诗人。但正如我们所知，罗塞蒂是个神经质的人，他的生活是一场悲剧；悲剧事件时常发生在他的身上。我们记得他妻子的自杀，他最后的孤独，他避世隐居等等，以及最重要的是，他自己也是自杀的。也有人说罗塞蒂从来没有去过意大利——他始终认为自己是英国人——而且说话时——写作时从来不——他常用伦敦土话。尽管如此，他还是感到受限于英格兰，尽管在意大利他也无疑会感到自己被他深爱的城市伦敦放逐了。

另一方面，莫里斯的生活活跃得令人难以置信，他是一个对很多事情都感兴趣的人。不是像歌德那样的人，而是以一种实际、积极甚至商业化的方式。如果威廉·莫里斯没有从事诗歌艺术，他仍然会因在其他领域的许多积极活动而被人们铭记。

"莫里斯"（Morris）是威尔士姓氏。这个事实似乎并不重要，但我们很快就会发现有某种矛盾的地方，因为莫里斯最终几乎完全以撒克逊英语写作——在十九世纪可能做到的范围内——他在当时的文学英语中引入了——或者试图引入——挪威语的声音。

莫里斯属于我们现在所说的中产阶级家庭，他出生于伦敦郊区，他学习建筑和素描，后来专注于油画。但是莫里斯过于好奇，思维不可能在一项活动上停留很长时间。他就读于牛津大学，是《牛津杂志》的撰稿人，在上面发表诗歌和故事。[1]据著名的苏格兰评论家和希腊文化学者安德鲁·朗说，这些最初的作品几乎都是用钢笔随意涂抹，写得几乎漫不经心，仿佛是放纵于娱乐，而不是谨慎从事一门工作，却属于他最令人愉悦的作品。[2]今天晚些时候，我们将看看其中一些作品。我带来了一本他的第一本书，《桂妮薇儿的辩诉》。[3]桂妮薇儿（Guenevere）——我想"Genoveva"是这个名字的另一种形式——是亚瑟王的妻子，她与兰斯洛特爵士的恋情促使保罗和弗朗西斯卡——在但丁的想象中——犯下了他们的罪过。威廉·莫里斯以在中世纪被称为"亚瑟王传奇"的题材开始他的诗歌。有一位法国诗人（我忘了他的名字）有几节诗断言，有三个主题值得诗歌创作，那就是：法兰西传奇——即罗兰和查理曼大帝及其同伴的故事，以及龙塞斯瓦列斯隘口战役。[4] 然后是"亚瑟王传奇"：亚瑟王的故事，他在六世纪初同撒克逊人作战，查理曼大帝的许多事迹也拿来同他相比，因此传说中的亚瑟王，如同查理曼大帝也差不多那样，成为某种意义上的普世国王。他们还把圆桌的发明归功于他，这是没有首尾的桌子，所以围桌而坐的人没有等级，而且圆桌还会神奇地随就餐人数调整：如果有六个人就餐，它会缩小，但也可以扩大至能舒适地容纳超过六十个骑士。构成"亚瑟王传奇"的还有关于圣杯的故事，那是耶稣在最后的晚餐中用来喝酒的杯子。在这只杯子——圣杯（grail）一词与"crater"相关，那也是一种杯子——亚利马太的约瑟用那个杯子来盛装基督的鲜血。[5] 在其他版本的传说中，Grail 不是杯子，而是一种超自然的宝石，是天使从天堂带来的。亚瑟王的骑士致力于寻找圣杯。兰斯洛特本可以找到那个杯子，但他不配找到，因为他与亚瑟王的妻子犯下了罪过。因此是他的一个儿子，加拉哈德爵士，也是但丁著名诗篇中的加勒沃特，最后终于拥有了圣杯。[6] 至于亚瑟王，据说他与撒克逊人打了十二场战役，在最后一战中被打败。这不可避免地导致在十九世纪亚瑟王被视为一种太阳神话：十二是月份的数量。在最后一次战役中他被打败、受伤，被三个身穿丧服的女子用一条黑色的小船带去神奇的阿瓦隆岛；很长一段时间人们相信他会回来拯救他的人民。[7] 在挪威人们也这样传说奥拉夫，他被称为"挪威的永恒国王"。[8]在葡萄牙也有关于国王返回的相同信念，那里的人物是塞巴斯蒂昂国王，他在阿尔卡萨基维尔战役中被摩尔人打败，有一天会回来。[9]很奇怪，这种神秘的信念——塞巴斯蒂昂主义，关于总有一天国王会回来的信念——也可以在巴西找到：十九世纪末在巴西北部的牛仔"*jagunços*"中有一个叫安东尼奥·孔塞雷罗的人，也说过塞巴斯蒂昂会返回。[10]

所有这些"亚瑟王传奇"都包含一系列传奇，莎士比亚对此并不陌生，威廉·莫里斯和他杰出的同时代人丁尼生——勃朗宁的朋友——也都使用过，但我们没有时间来谈论他了。

中世纪的诗人还有第三个主题。法国诗人有一行诗说到 *"de France, de Bretaigne et de Romme la grant"*（法兰西、布列塔尼和大罗马）。[11]但是罗马的传奇不仅是罗马历史，而且——因为埃涅阿斯是特洛伊人——还有特洛伊的故事，以及亚历山大大帝的故事。据说亚历山大大帝在征服了地球之后渴望征服天堂。传说亚历山大抵达一堵高墙，他从墙上扔下一小撮灰尘。然后亚历山大明白，他自己就是那一小撮尘土，那将是他最终会成为的东西，于是他放弃了征服天堂。这就像撒克逊国王在斯坦福桥战役中对挪威国王许诺的那六英尺土地。[12]

但是，让我们回到威廉·莫里斯。莫里斯生活在维多利亚时代，所谓的工业革命时期，其中包括了手工艺品的消失，它们被工厂产品所取代。这让威廉·莫里斯感到担忧，手工艺——即用爱创造的东西——可能会消失，被工厂制造出来的没有个人特征、商业化的产品所取代。有趣的是，英国政府也为此担忧。我们在洛克伍德·吉卜林——吉卜林的父亲，伯恩-琼斯和威廉·莫里斯的朋友——的情况中可以看到这一点，英国政府派他前往印度去守护印度手工艺品，使其免遭英国商业产品的泛滥洪水。[13] 洛克伍德·吉卜林也是一位出色的工艺画家。

莫里斯对手工艺品和行会感兴趣，不是为了让工人可以赚到更多钱——尽管他对此也很感兴趣——而是从某种意义上说，为了让工人对自己的劳动产生个人的兴趣，并进行一些充满爱的工作。因此，威廉·莫里斯是英格兰社会主义之父之一，也是费边协会最早的成员之一，他的弟子之一萧伯纳也属于这个协会。该协会之所以取这个名字，是因为在布匿战争时期有一位罗马将军，他被称为 Fabius Cunctator，意为"延迟者法比乌斯"(Fabius the Delayer)，因为他认为击败祖国的敌人的最佳方式是像我们的蒙托内罗斯那样，当时他们对战独立战争的将军，或像游击队那样，或像南非的布尔人那样。[14] 也就是说，不要参加战役，而是要诱使与他们作战的有组织的军队从一个地方转移到另一个地方，累坏他们——累坏他们，诱使他们去马匹吃不到好草的牧场，爱尔兰人对埃塞克斯也是这样的。[15] 这个社会主义协会成立于伦敦，协会成员不相信革命，他们相信社会主义应该一点一点地实施，不需要强迫事件发生。

在某种程度上，事实也的确如此。几年之前我在伦敦，必须做一个小手术，我问医生费用是多少，他回答说我只需要签署一份文件，仅此而已。他是医生，负责在伦敦某个地区照料病人，为有需要的病人进行手术。他说自己是政府雇员，所以我只需要支付药品的费用。一个穷人也可以得到国王的外科医生的治疗。

因此，莫里斯是一位社会主义者，是英国社会主义先驱之一。此外，他经常在海德公园发表演讲以说服人们相信社会主义的优势。他的传记作者说，他这样做时没有什么策略，他曾经与一位工人交谈，对他说："我出身于绅士阶层，接受的也是绅士的教育，但是现在你看，我跟各阶层的人交谈。"这对那位交谈者显然不是一种恭维。

莫里斯是——顺便说说——一个健壮的男人，留着红色的胡须；有次还有人问他是否某某船长，某艘颇有些诗意地叫作塞壬娜的船的船长。他非常高兴自己居然会被认作一艘船的船长。莫里斯对设计、木工和橱柜制作都很感兴趣，他成立了一家装饰艺术公司——"莫里斯和马歇尔"——装饰房屋。如今在英国你们还可以找到"莫里斯椅子"，是他设计甚至亲手制作的，因为他对体力活也感兴趣；他就是喜欢。[16] 作为一名作家，他还对印刷感兴趣，创立了凯尔姆斯格特出版社。[17] 我家里有几本书是萨迦图书馆出版的，那也是他创立的，出版了他翻译的冰岛传说，是他与埃里克·马格努森合作完成的，由他译成略带古风的英语。[18] 然后，他还出版过一个乔叟版本。[19] 乔叟是他的偶像之一。他有一本书题献给乔叟，他对这本书说，如果他遇到乔叟本人——他

216

像奥维德那样会对自己的书说话——他会叫着他的名字同他打招呼,并告诉他:"啊,大师,杰出的心灵和语言大师"。[20] 他觉得自己与乔叟有一种个人友谊。

莫里斯是一位政治创新者——当时社会主义是一种新事物——也是设计和装饰艺术的创新者——他建造和设计了许多房屋,包括他自己的房屋,"红房子",建在伦敦郊区泰晤士河附近。他对印刷排版产生了兴趣,创建了所谓的"字体家族"。他画了拉丁字母和哥特字母,在英语中被称为"黑体字"。尽管他本质上是现代人,却对中世纪充满热情。他对中世纪乐器感兴趣——我相信莫普格在布宜诺斯艾利斯收藏了不少这种乐器——莫里斯即将离世时,他要求人们在这些乐器上演奏古老的中世纪英格兰音乐。[21]

最爱他的人之一是当时年轻的萧伯纳,一个本来对友谊没有热情的人。威廉·莫里斯于一八九六年去世,受人尊敬,名满天下,萧伯纳发表了一篇保留到了现在的文章,当时所有人都说,英格兰和世界失去了一位伟人;而他却写道,像莫里斯这样的人死后不可能失去,莫里斯肉体的死亡只是一次意外,莫里斯将继续是他的朋友,一个活着的人。

莫里斯一生中有一件事情值得一提,那就是他的一次旅行,我相信大约是在一八七〇年——我总是记不住日期——一次冰岛之行。[22] 或者说,他去冰岛朝圣。他的朋友建议去罗马旅行,他说:"罗马没有什么是我在伦敦看不到的,但我想去冰岛朝圣。"

因为他相信日耳曼文化——我们可以说是德国、低地国家、奥地利、斯堪的纳维亚、英格兰、比利时的佛兰德地区的文化——在冰岛达到了顶峰，而作为英国人，他有责任去那个几乎处于北极圈内的失落的小小岛屿朝圣，那个岛屿产生过如此令人钦佩的散文和如此令人钦佩的诗歌。

我认为现在去冰岛旅行并没有什么特别英勇之处；这是一个游客经常光顾的国家。但当时的情况并非如此，莫里斯不得不骑马穿越山区，他喝了用间歇泉水冲泡的茶，那是冰岛特有的那种高大的温泉水柱。莫里斯参观了逃亡者格雷蒂尔躲藏的地方，还有冰岛历史传奇中称道过的所有地方。[23] 莫里斯也曾将《贝奥武甫》译成英文。[24] 安德鲁·朗写道，译文值得引起读者的好奇，因为它是用比八世纪盎格鲁-撒克逊语言还要古老一些的英语写成的。莫里斯还写了一首诗《伏尔松的西古尔德的故事》，他在这首诗中使用了《伏尔松萨迦》的情节，瓦格纳在他的歌剧《尼伯龙根指环》中也使用了这个情节。[25]

罗塞蒂对北欧或日耳曼的任何东西都完全不感兴趣，说他不可能对一个男人是条龙的兄弟这样的故事感兴趣，他拒绝读这本书。但这并没有妨碍莫里斯继续做他的朋友，尽管莫里斯有时脾气暴躁。我之前说过，莫里斯开始把写诗作为爱好，他发表了一些用懒洋洋的文字写就的故事和长篇小说，小说名字本身就是诗歌：《世界尽头的树林》《闪光平原的故事》等等。[26] 除了纯幻想小说，其中的故事发生在模糊的史前时期，那当然就是日耳曼时期，他还写了两本小说劝服人们改信社会主义。一部是《约翰·鲍尔之梦》。[27] 约翰·鲍尔是泰勒的同伴，后者是十四世纪农奴（英格兰农民）起义的领导人之一，他们甚至烧毁了宫殿和大主教的住所。[28] 因此，约翰·鲍尔的梦想就是英国的梦想，是这场十四世纪的反叛可能抱有的梦想。另一本书是《乌有乡消息》。[29] 乌有乡（Nowhere）是撒克逊语的"乌托邦"（utopia），意思都是"无处"。莫里斯根据他当时的信念，在他的《乌有乡消息》中写到了普遍社会主义政权将带来的幸福世界。除了保存下来的油画外，他还创作了版画和许多素描；他建造和装饰布置了许多房屋。他从事的是超人的活动。[30] 在商业上他也做得很好，因为他是个好商人。这与罗塞蒂恰好相反，罗塞蒂似乎迷失在伦敦的地狱里，如切斯特顿所言。

莫里斯最初在《牛津和剑桥杂志》上发表他的诗歌，这是一份由学生编写面向学生的杂志。他的一位同学听了这些诗以后说："托普西"——因为他的朋友就是这样称呼他的，我不知道为什么——"你是一位伟大的诗人"。[31] 他说："好吧，如果我写的是诗歌，那很容易，我只需要想一想，让诗歌自己写下来。"他一生都保持了这种奇妙的放松状态。据说有一天——我要去看看究竟是哪一天——他写了四五百行押韵对句。

他写了《世俗的天堂》，这也许是他最重要的作品，还有史诗《伏尔松的西古尔德的故事》，他每天写数百行诗。[32] 晚上他会和家人坐在一起，大声念诗给他们听，并接受指正，接受他们建议的修改，第二天他将继续他的工作，与此同时，他还参与编织挂毯。他说，一个人如果无法用一只手编织另一只手写史诗，那他就既不能致力于织挂毯也不能致力于写诗歌。看来这不是夸口，而是事实。

现在让我们来看看我将讲述的他的第一本书中的一个情节，讲述时无疑会有所改变。[33]安德鲁·朗说过这个情节带有某种怪诞意味（*bizarrerie*），这是一个很难翻译的法语词，是新出现在英语中的。这使我们想起了维克多·雨果写给波德莱尔的一封慷慨的信，当时后者刚出版了《恶之花》："您为艺术的天空赋予了新的价值。"安德鲁·朗对莫里斯早年的诗也说过类似的话。

在这首诗中，莫里斯虚构了——想象了——一位中世纪的骑士。这位骑士快死了，他在他的大床上闭上了眼睛，床脚下是一扇窗户。通过这个窗口，他看到了他的河流和森林，他的森林。突然他知道自己必须睁开眼睛，所以他睁开双眼，看到"一位伟大的上帝的天使"。这个强大的天使，这个伟大的发光体，正站在光芒之下，光照亮了他，使他的话看起来像是上帝的旨令。天使手上有两块布，每块布放在一根魔杖上。其中一块布颜色更加生动，是红色，猩红色的。另一块没那么亮，长长的，蓝色的。天使对垂死的人说，他必须选择两者之一。这首诗告诉我们"没有人能区别两者中哪个更好"。天使告诉他，他的命运是否不朽取决于他的选择，他不能犯错误。如果他选择"错误的颜色"，他将下地狱，如果他选择正确，他会上天堂。这人犹豫了半小时。他知道自己的命运取决于这种异想天开,这种似乎匪夷所思的行为,在颤抖了半小时后,他说:"愿上帝救我,蓝色是天堂的颜色。"天使说:"红色",这人知道自己注定永远遭天谴。然后他对所有人,对死者和活着的人说——因为他和天使单独在一起——"啊,基督!如果我知道就好了,知道就好了,知道就好了……"人们明白他死了,他的灵魂下了地狱。就是说,他失去了灵魂,就像人类失落了一样,因为亚当和夏娃吃了神秘花园里失落的果实。

既然我已经讲了这个故事——我这样做并非因为我认为自己可以讲得比诗歌本身更好,而是为了让你们可以更好地理解——我要请你们中的一个人来朗读这首诗中的一段。上次我们有位同学朗读得非常好,我希望她在这里,或者也许还有别人愿意替代她。至于阅读本身,我只要求读得缓慢而富有表现力,让你们可以听懂这些词并欣赏音乐感,这对这首诗是非常重要的。

我一直都在大胆谈论,现在轮到你们当中的一个来试试胆量了。

[一名学生走到讲台前。]

现在,让我们看一下一位中世纪骑士的死亡。

[学生开始朗读。]

But, knowing now that they would have her speak,
She threw her wet hair backward from her brow,
Her hand close to her mouth touching her cheek,

As though she had had there a shameful blow,
And feeling it shameful to feel ought but shame
All through her heart, yet felt her cheek burned so,

She must a little touch it; like one lame
She walked away from Gauwaine, with her head
Still lifted up; and on her cheek of flame

The tears dried up quick; she stopped at last and said:
"O knights and lords, it seems but little skill
To talk of well-known things past now and dead.

"God wot I ought to say, I have done ill,
And pray you all forgiveness heartily!
Because you must be right such great lords—still

"Listen, suppose your time were come to die,
And you were quite alone and very weak;
Yea, laid a dying while very mightily.

"The wind was ruffling up the narrow streak
Of river through your broad lands running well:
Suppose a hush should come, then some one speak:

"'One of these cloths is heaven, and one is hell,

Now choose one cloth for ever, which they be,
I will not tell you, you must somehow tell.'"

但是，现在知道了他们会让她说话，
她把湿头发从额头向后甩，
她的手靠近嘴边，抚摸着脸颊，

仿佛受到了羞耻的打击，
觉得羞愧，只能感到羞耻
穿透身心，却感到脸颊灼痛，

她必须稍加触摸；像个瘸子
她从高文身边走开，她的头
依然高扬；在她火焰燃烧的脸颊上

眼泪很快就干了，她终于停下来说道：
"啊，骑士和爵爷们，似乎现在再来
谈论已经消亡的众所周知的事情有点不识相。

"上帝啊我该说什么，我做错了，
真心祈求你们的宽恕！
因为你们肯定是对的，你们是伟大的爵爷——但是

"听啊,假设你死亡的时刻到了,
你很孤单,非常虚弱;
是的,濒临死亡,却保持庄严。

"风吹皱了那条狭窄的
稳稳穿越你广阔土地的河流:
假设静谧降临,然后有人说话:

"'一块布是天堂,一块是地狱,
现在,为永恒选择一块布,
我不会告诉你,你必须自己区分。'"

或者,更确切地说:
[此处博尔赫斯翻译了第六和第七节,他翻译了以下各行。]

"听啊,假设你死亡的时刻到了,
你很孤单,非常虚弱;
是的,濒临死亡,却保持庄严。

风吹皱了那条狭窄的
稳稳穿越你广阔土地的河流;
假设静谧降临,

"静谧"(hush)这个词很难翻译

  然后有人说话。

抱歉,先前我错了:天使在还没有被那个濒临死亡的人看见之前就说话了。

  一块布是天堂,一块是地狱,
  现在,为永恒选择一块布,
  我不会告诉你,你必须自己区分。

[学生继续朗读。]

  "'Of your own strength and mightiness; here, see!'
  Yea, yea, my lord, and you to ope your eyes,
  At foot of your familiar bed to see

  "A great God's angel standing, with such dyes,
  Not known on earth, on his great wings, and hands,
  Held out two ways, light from the inner skies

  "Showing him well, and making his commands
  Seem to be God's commands, moreover, too,
  Holding within his hands the cloths on wands;

"And one of these strange choosing cloths was blue,
Wavy and long, and one cut short and red;
No man could tell the better of the two.

"After a shivering half-hour you said,
'God help! heaven's colour, the blue'; and he said, 'hell.'
Perhaps you then would roll upon your bed,

"And cry to all good men that loved you well,
'Ah Christ! if only I had known, known, known';
Launcelot went away, then I could tell,

"Like wisest man how all things would be, moan,
And roll and hurt myself, and long to die,
And yet fear much to die for what was sown."

"'凭着你自己的力量和庄严;这里,看啊!'
是的,是的,我的爵爷,——莫里斯使用了古老的词——你要睁开双眼,
在您熟悉的床脚下看到

"一个伟大上帝的天使,那样的色彩,
地球上从未得见,他伟大的翅膀,还有双手,
拿出两者,来自内在天空的光芒

天使非常真实，非常强大。天使的形象没有模糊不清，而是非常生动。

"好好向他展示，发布他的命令
仿佛是上帝的命令，而且，
手里还握着权杖上的布块。

"一块奇怪的供挑选的布是蓝色，
长长地波动，另一块被剪短，是红色。
无人能区分更好的是哪块。

他把更加鲜艳的色彩给了那块较短的布，以达到平衡。

然后，半个小时后，他不仅仅在发抖——而且全身颤抖不已——他说道：

"心惊胆颤半小时之后，你说道，
'上帝救救我！天堂的颜色，蓝色；他说，'地狱'。
也许那时候你会在床上翻滚，

"对所有深爱你的好人哭泣，
'啊，基督！如果我知道就好了，知道就好了，知道就好了'；

兰斯洛特走了，然后我知道了， 223

"像最聪明的人那样，一切都会怎样，呻吟，
翻滚，伤害我自己，渴望死亡，
但又非常害怕，因曾经犯下的罪孽。"

此处最后的音节稍加重音，罗塞蒂的诗歌全是这样。

下一节课我们将讨论莫里斯最重要的书，包括《世俗的天堂》等。

第二十三课

威廉·莫里斯的《七塔之音》《剑的航行》《世俗的天堂》 冰岛萨迦 《贡纳尔的故事》

一九六六年十二月九日,星期五

224　今天我们要继续讨论威廉·莫里斯的作品。在讲到他的两部最伟大的作品之前,我们可以先阅读他第一本书《桂妮薇儿的辩诉》中的一些诗歌。

你们愿意像我们上一节课那样继续吗,不是只读一个片段,而是读书中的一首短诗?

我们可以看一首叫做《七塔之音》的诗。[1]这是一首透明的诗歌,本质上是音乐性的,尽管确实有一个情节。有一位女子,我们可以假设她非常美丽,被称为"美丽的鲜花尤兰德","*la hermosa Yolanda de las flores*",她诱使骑士——所有这一切都发生在年月不明的某个中世纪时代——去一座城堡,结果他们全在那里死去;是她杀死了他们,毫无疑问使用了魔法。

[一位学生走到课堂前面,开始朗读这首诗。]

No one goes there now:
    For what is left to fetch away
From the desolate battlements all arow,
    And the lead roof heavy and grey?
"Therefore," said fair Yoland of the flowers,
"This is the tune of Seven Towers."

No one walks there now;
    Except in the white moonlight
The white ghosts walk in a row;
    If one could see it, an awful sight,
"Listen!" said fair Yoland of the flowers,
"This is the tune of Seven Towers."

But none can see them now,
    Though they sit by the side of the moat,
Feet half in the water, there in a row,
    Long hair in the wind afloat.
"Therefore," said fair Yoland of the flowers,
"This is the tune of Seven Towers."

If any will go to it now,
    He must go to it all alone,
Its gates will not open to any row
    Of glittering spears—will you go alone?
"Listen!" said fair Yoland of the flowers,
"This is the tune of Seven Towers."

现在没人去那里了：

还剩下什么可以带走
从荒凉的成排城垛，
  铅屋顶沉重灰蒙蒙？
"因此，"美丽的鲜花尤兰德说，
"这是七塔的曲调。"

现在没人去那里了。
  除了在白色的月光下
白色的鬼魂成排行走；
  如果有人能看到它，这可怕的景象，
"听啊！"美丽的鲜花尤兰德说，
"这是七塔的曲调。"

225　但是现在没人能看到他们了，
  尽管他们坐在护城河旁，
双脚半浸在水中，成排坐着，
  长长的头发在风中飘荡。
"因此，"美丽的鲜花尤兰德说，
"这是七塔的曲调。"

如果现在有人要去那里，
  他必须独自一人去，

它的大门不会打开面对任何成排

  闪光的长矛——你愿意独自一人去吗？

"听啊！"美丽的鲜花尤兰德说，

 "这是七塔的曲调。"

这几节诗都以"'这是七塔的曲调'"这样的叠句结尾。这几乎是一首纯音乐和装饰性的诗歌："听啊！"美丽的鲜花尤兰德说，/"这是七塔的曲调。"但同时又有些不祥与可怕的感觉。女巫建议骑士独自一人前来，去死。

> By my love go there now,
>   To fetch me my coif away,
> My coif and my kirtle, with pearls arow,
>   Oliver, go today!
> *"Therefore," said fair Yoland of the flowers,*
> *"This is the tune of Seven Towers."*
>
> I am unhappy now,
>   I cannot tell you why;
> If you go, the priests and I in a row
>   Will pray that you may not die.
> *"Listen!" said fair Yoland of the flowers,*
> *"This is the tune of Seven Towers."*
>
> If you will go for me now,
> I will kiss your mouth at last;

226

   [She sayeth inwardly]
(The graves stand grey in a row.)
  Oliver, hold me fast!
"Therefore," said fair Yoland of the flowers,
"This is the tune of Seven Towers."

凭着我的爱,现在去那里,
  去拿我的衣帽,
我的帽子和长袍,镶嵌成排珍珠,
  奥利弗,今天就去!
"因此,"美丽的鲜花尤兰德说,
"这是七塔的曲调。"

我现在不快乐,
  我不能告诉你为什么;
如果你现在去,神父和我会一起
  祈祷你不会死。
"听啊,"美丽的鲜花尤兰德说,
"这是七塔的曲调。"

如果你现在就为我去那里,
  我最后就会吻你的嘴唇;
   [她对自己说]

(灰色的坟墓成排。)

奥利弗,抱紧我!

"因此,"美丽的鲜花尤兰德说,

"这是七塔的曲调。"

这些诗是莫里斯年轻时写的。等下我们会来看他成熟的作品《世俗的天堂》(故事集)和一部史诗,《伏尔松的西古尔德的故事》。但这些是他后来写的——有一部是一八六八年至一八七〇年写的,另一部写于一八七六年。然后是其他次要的诗歌,写作目的是劝说人们信奉社会主义。

我们将阅读另一首诗《剑的航行》。[2] "剑"是一艘载有三名武士的船——我相信,是去参加十字军东征——他们留下了三姐妹,告诉她们说一定会回来。有个重复出现的主题,是一行诗:"当剑出海去。"(When the Sword went out to sea.)这里押头韵。是姐妹之一在说话,她被抛弃了,因为我现在就可以告诉你们,骑士会回来,但会有一位出色的女人陪伴在他身旁。

[学生朗读这首诗。]

Across the empty garden-beds,
 When the Sword went out to sea,
I scarcely saw my sisters' heads
  Bowed each beside a tree.
I could not see the castle leads,

When the Sword went out to sea,

Alicia wore a scarlet gown,
    When the Sword went out to sea,
But Ursula's was russet brown:
    For the mist we could not see
The scarlet roofs of the good town,
    When the Sword went out to sea.

Green holly in Alicia's hand,
    When the Sword went out to sea;
With sere oak-leaves did Ursula stand;
    O! yet alas for me!
I did but bear a peel'd white wand,
    When the Sword went out to sea.

O, russet brown and scarlet bright,
    When the Sword went out to sea,
My sisters wore; I wore but white:
    Red, brown, and white, are three;
Three damozels; each had a knight,
    When the Sword went out to sea.

Sir Robert shouted loud, and said:
    When the Sword went out to sea,
Alicia, while I see thy head,
    What shall I bring for thee?
O, my sweet Lord, a ruby red:
    The Sword went out to sea.

Sir Miles said, while the sails hung down,
When the Sword went out to sea,
O, Ursula! while I see the town,
What shall I bring for thee?
Dear knight, bring back a falcon brown:
The Sword went out to sea.

But my Roland, no word he said
When the Sword went out to sea,
But only turn'd away his head;
A quick shriek came from me:
Come back, dear lord, to your white maid.
The Sword went out to sea.

The hot sun bit the garden-beds
When the Sword came back from sea;
Beneath an apple-tree our heads
Stretched out toward the sea;
Grey gleam'd the thirsty castle-leads,
When the Sword came back from sea.

Lord Robert brought a ruby red,
When the Sword came back from sea;
He kissed Alicia on the head:
I am come back to thee;
'Tis time, sweet love, that we were wed,
Now the Sword is back from sea!

Sir Miles he bore a falcon brown,

When the Sword came back from sea;
His arms went round tall Ursula's gown:
　　What joy, O love, but thee?
Let us be wed in the good town,
　　Now the Sword is back from sea!

My heart grew sick, no more afraid,
　　When the Sword came back from sea;
Upon the deck a tall white maid
　　Sat on Lord Roland's knee;
His chin was press'd upon her head,
　　When the Sword came back from sea!

穿过空荡荡的花园,

　　当剑出海去,

我几乎看不到姐妹们的头

　　在一棵树旁鞠躬低下。

也看不到城堡的尽头,

　　当剑出海去,

艾丽西娅身着猩红色长袍,

　　当剑出海去,

但厄休拉的长袍是棕褐色:

　　雾霭弥漫,我们看不见

小镇鲜红色的屋顶,

当剑出海去。

艾丽西娅手中持绿色冬青,
  当剑出海去;
厄休拉手拿干枯的橡树叶子;
  啊!我该叹息!
我只拿着一根去皮的白色手杖,
  当剑出海去。

啊,棕褐色、鲜红色,
  当剑出海去,
是我姐妹们的衣装,我只是身着白色:
  红色、棕色和白色,是三姐妹。
三位年轻女郎;每人都有一个骑士,
  当剑出海去。

罗伯特爵士大声喊道:
  当剑出海去,
艾丽西娅,当我看到你的头时,
  我要给你带回什么?
啊,我亲爱的爵爷,一颗红宝石:
  当剑出海去。

迈尔斯爵士说,在帆垂下的时候,
　　当剑出海去,
啊,厄休拉!当我看到小镇时,
　　我要给你带回什么?
亲爱的骑士,带回一只棕色的猎鹰:
　　当剑出海去。

但是我的罗兰,他没说什么
　　当剑出海去,
只是转过头去;
　　我突然大声喊道:
回来吧,亲爱的爵爷,回你的白色女孩身旁。
　　当剑出海去。

烈日刺痛了花园
　　当剑从海上归来;
在一棵苹果树下,我们抬头
　　眺望大海;
焦渴的城堡小道灰蒙蒙,
　　当剑从海上归来。

罗伯特爵士带回一块红宝石,

当剑从海上归来；
他亲吻了艾丽西娅的头：
　　我回到了你身旁；
我们该结婚了,甜蜜的爱人,
　　现在剑从海上归来了!

迈尔斯爵士,他带回一只棕色的猎鹰,
　　当剑从海上归来;
他的手臂环绕着高个子厄休拉的长袍：
　　亲爱的,还有什么快乐比得过你?
让我们在这小镇结婚吧,
　　现在,剑从海上归来了!

我心里很难受,不再害怕,
　　当剑从海上归来；
甲板上有位高个子白衣女郎
　　坐在罗兰爵士的膝盖上；
他的下巴贴在她头上,
　　当剑从海上归来!

两个姐姐收到了礼物,诗歌一节节继续下去,我们看到罗兰爵士开始忘记她了。第一个女子穿着红衣服,第二个穿棕色衣服，这预示或预测将要发生什么事情。船的名字是剑。最后，当罗兰回来时，他身边带着一位白衣女子。叙述者一开始也身着白色。你们可以看到这首诗就像一幅油画，除了一行行诗的音乐感之外。

嗯，如你们所知，莫里斯最初写的是有视觉感、音乐感和貌似中世纪的诗歌，但是岁月流逝，他还致力于其他活动：建筑、设计、印刷排版；他计划了他的杰作。这个杰作——我认为这是他最重要的作品——名为《世俗的天堂》，从一八六八年到一八七〇年分两卷或三卷出版。莫里斯一直对故事很感兴趣，但他认为最好的故事已经被发明出来了，作家不必再去发明新的故事。诗人真正的作品——他认为诗歌应富有史诗感——是重复或重新创造这些古老的故事。就文学而言，这似乎很奇怪，但是画家从来不这么想。我们几乎可以说，几个世纪以来，画家一直反复绘制相同的故事，例如，耶稣受难的故事。有多少描绘钉十字架的油画？至于雕塑，那也完全一样。有多少雕塑家制作过骑马的雕像？特洛伊战争的故事一直多次重述，奥维德的《变形记》复述了读者早就知道的神话故事。大约在十九世纪中叶，莫里斯认为基本故事早已经存在，他的任务是重新想象、重新创作、重新讲述这些故事。而且，他很崇拜乔叟，乔叟也没有发明什么情节，他只是利用了意大利、法国和拉丁语的故事，以及一些来源不明但无疑存在的故事，例如那个卖赎罪券的人的故事。因此，莫里斯为自己设定任务，要编写一系列类似《坎特伯雷故事集》

的故事，他将其置于同一时代，即十四世纪。这本书包括二十四个故事，莫里斯在三年内完成了写作，是模仿乔叟而写成的，但是，与此同时——批评家似乎没有注意到这一点——也是对乔叟的一种挑战，不仅在来源上，而且在语言上。因为如你们所知，乔叟试图寻找一种富含拉丁语词的英语。他的这个意图是合乎逻辑的，因为随着诺曼入侵，英格兰到处都是拉丁语词。另一方面，莫里斯——翻译《贝奥武甫》的莫里斯——爱上了古代北欧文学，他想让英语尽可能返回原始的日耳曼语根源。于是他写了《世俗的天堂》。

我认为乔叟如果想过的话，也可以做到类似的事情，但乔叟被南方所吸引——地中海，拉丁语传统，这是莫里斯当然不会轻视的传统，因为《世俗的天堂》中的故事有一半是希腊故事。十一个故事源自希腊来源，另一个源头是阿拉伯。莫里斯从中世纪的《一千零一夜》这本书中借用了这个故事，该故事是在埃及写成的，尽管其来源（印度和波斯）要古老得多。乔叟为自己的故事找到了一个框架，即著名的去圣托马斯·贝克特神殿的朝圣之旅。莫里斯也需要一个框架、一个借口来讲很多故事。所以他发明了一个故事，可以说是比乔叟更加浪漫的故事。因为在乔叟的十四世纪与莫里斯的十九世纪之间发生了很多事情，包括浪漫主义运动。而且，英格兰已经重新发现了它本来已经遗忘了的日耳曼根源。我认为卡莱尔在谈到莎士比亚时，称他为"我们撒克逊人的威廉"，这会令莎士比亚大吃一惊，因为莎士比亚从未想到过英格兰的撒克逊根源。当莎士比亚想到英格兰的过去时，他想到的是诺曼人征服之后，或者是英格兰的凯尔特过去。甚至当他写《哈姆雷特》时，他也感觉离那一切如此遥远，以至于除了小丑约里克——永远存在于他与哈姆雷特和骷髅头的对话中——以及两位廷臣，罗森格兰兹与吉尔登斯腾之外，所有其他一切都来自别的国家。出现在《哈姆雷特》第一幕中的士兵有西班牙名字，弗朗西斯科和伯纳多。哈姆雷特的爱人是奥菲莉亚；她的哥哥是雷欧提斯，这是尤利西斯父亲的名字。也就是说，日耳曼人离莎士比亚很遥远，虽然无疑在他的血液里，也大量存在于他的词汇里，但是他并没有意识到这一点。他几乎在希腊和罗马找到他所有的情节；至于《麦克白》，他将目光转向苏格兰。至于《哈姆雷特》，他在丹麦的一个故事中找到了它。而另一方面，莫里斯非常在意日耳曼语，尤其是英语过往的北欧部分。因此，他发明了这个情节。他选择了十四世纪——乔叟的时代——在那个时代，有场瘟疫正席卷欧洲，尤其是英格兰：黑死病。因此，他想象出一群想逃离死亡的骑士。他们之中有个布列塔尼人；还有个挪威人和一位德国骑士——尽管德国骑士在冒险结束前就死了。这些骑士决定寻找世俗的天堂，即不朽者的天堂。世俗的天堂通常位于——有一首盎格鲁-撒克逊诗歌就用了这个标题——东方。[3] 但是凯尔特人把它放在了西方，靠近夕阳，在与当时尚未发现的美洲交界的海里。凯尔特人想象各种奇迹：例如青铜猎犬追逐金银鹿的岛屿；河流像彩虹一样垂悬的岛屿，从来没有干枯过的河流，河上有船和鱼；四面火墙环绕的岛屿；这些岛屿之一就是世俗的天堂。

十四世纪的那些骑士决定寻找受祝福的岛屿，世俗的天堂的岛屿，他们离开了伦敦。当他们离开伦敦时会经过海关，海关上有个人在写作，我们没有被告知他的名字，但是我们明白这人是乔叟，他是海关职员。所以乔叟默默地出现在这首诗中，像莎士比亚在弗吉尼亚·伍尔夫的小说《奥兰多》中出现但一言不发一样。在那本小说中，宫廷里有一场晚会，有个人观看和观察一切，但什么都没说。莫里斯和弗吉尼亚·伍尔夫都感到没有能力杜撰值得放进乔叟或莎士比亚嘴里的话。

然后，载着冒险者的船驶向大海，他们经过了另一艘船，那艘船上有位国王，是一位英格兰国王，他将在漫长的百年战争中与法国作战。国王邀请骑士登上他的船，他在甲板上被骑士包围着，独自一人，没带武器。他问他们是谁，一个骑士说他是布列塔尼人，另一个说他是挪威人，国王问他们在寻找什么，他们说正在寻找永生。国王不认为这是一次荒诞的冒险，他相信世俗的天堂有可能存在，但同时他也明白自己已经是一个老人，他的命运不是永生，而是战斗和死亡。所以他祝他们好运，说他们的命运比他的好，唯一留给他的是死在"某个战场的四壁中间"。[4]他告诉他们继续前行。他认为，尽管他是国王，他们是陌生人，但他们——也许这符合当时的信念——将获得永生。"也许，"他说，"有一天人们可能会记住我，一个国王，仅仅因为一件事情；

记住我,因为有天早晨,在你们渡海之前,你们同我说了话。"他认为,尽管他们很可能会获得永生,他将被遗忘,将像所有国王和所有人一样死去,但他还是要赠送他们一些东西。这是显示他地位崇高的一种方式,因为他是国王。他送给他们其中一人,那个布列塔尼人,一个号角,然后他说:"这样你就可以记住今天早晨。而你,挪威人,我给你这枚戒指,你会记住我,因为我是奥丁的后人。"[5] 因为,正如你们记得,英格兰国王认为他们是奥丁的后裔。

然后他们离开国王,开始他们的旅程。旅程持续了很多年。水手登临奇妙的岛屿,但他们渐渐老去了。然后他们来到某个岛上一座未知的城市,在那里一直逗留到生命结束。那个岛上居住着希腊人,他们保留了对古老诸神的崇拜。挪威人的父亲懂得希腊语,因为他是拜占庭皇帝的斯堪的纳维亚卫队的一员——由瑞典人、挪威人和丹麦人组成的拜占庭皇帝的著名卫队,在一〇六六年诺曼入侵英格兰之后还有许多撒克逊人也加入了进去。[6] 想到在君士坦丁堡的大街上居然有人说熟悉的语言,这很奇怪。在君士坦丁堡的大街上,人们说着古老的丹麦语,在十一世纪中叶,则有人说盎格鲁-撒克逊语。

岛上的城市由希腊人统治。他们热烈欢迎这些旅行者,这里有莫里斯所需要的框架:城市的长者向航海者建议他们应该一个月见面两次,互相讲述故事。岛民讲的故事全是希腊神话,有关于爱神、珀尔修斯的故事,全部取材于希腊神话。其他人讲的故事有不同来源，其中有一个莫里斯译成英文的冰岛故事，叫作《古德隆恩的恋人》。有一个阿拉伯故事，是挪威人的父亲告诉他的，取自《一千零一夜》。还有其他斯堪的纳维亚和波斯的故事。以这种方式，一年之内讲了二十四个故事。莫里斯借用了乔叟的手段，同乔叟一样，在海员的十二个故事和希腊人的十二个故事之间有间隔，在这些间隔中则描述了季节变换，并且因为使用了一种常用手法——莫里斯当然没有去追求现实主义——笔下所描述的风景其实就是英格兰春夏秋冬的风景。

最后是诗人说话，诗人说，尽管他已经讲了这些故事，但并不是他的故事，他只是为他那个时代重新创作了这些故事，也许他之后还有其他人会再来讲述这些故事，就像在他之前曾经有人讲述故事那样。他说他不能歌唱天堂或地狱——他这样说时可能想到了但丁——他无法使死亡看起来像一件小事，他无法阻止时间的进程，时间将抹除他，也将抹去读者。[7]我们可以看到他对来世没有信心。他说他只不过是"空虚日子里的懒散歌手"。然后他对他的书说话，并告诉书，如果它真能找到乔叟，那就应该向他打招呼，并以他的名义说："你真心诚意能言善辩……"[8]然后这本书以忧郁的语调结尾。

这本书充满了奇妙的创意。例如，有女巫的安息日，有恶魔之王，他骑着形状千变万化的火焰马，每个时刻魔王和他的马都具有确定的形状，但是这种形状仅持续一瞬间。[9]

在出版这本书之前，莫里斯发表了另一首长诗，题为《伊阿宋的生与死》。[10] 我相信这本来肯定应该是《世俗的天堂》的希腊故事之一，但是这个故事太长了，莫里斯就只好另外发表了。相比《世俗的天堂》，这首诗最引人注目的特征之一是色萨利的半人马出现在最初几页上。十九世纪的诗人居然会谈论半人马，在我们看来这似乎是不可能的，因为我们和他都不相信什么半人马。

莫里斯为半人马做的铺垫是非同寻常的。首先，他谈论色萨利的森林，然后谈论森林里的狮子和狼，然后他告诉我们目光锐利的半人马在那里射箭。[11] 他从身体上最具生命表现力的部位开始，那就是眼睛。[12] 然后是一个奴隶在等待着半人马。就像《神曲》中但丁表现自己在颤抖一样——并非因为他怯懦，而是因为他必须告知读者，地狱是个可怕的地方——奴隶在森林里——一片茂密的森林——感到了某种恐惧，他听到半人马越来越近的马蹄声。[13] 然后半人马靠近了，莫里斯描述他在人的部分结束马的部分开始的地方佩戴着花环。[14] 莫里斯并没有告诉我们说奴隶觉得这很可怕，但他表明奴隶对这个魔鬼跪下了。[15] 然后半人马开始用人类的语言说话，奴隶觉得这也很可怕，因为半人马是一半人，一半马。这首长诗以美狄亚之死结束，在这首诗中，一切都以某种方式讲述，使得我们在阅读诗时相信它，或者正如柯勒律治在谈到莎士比亚的戏剧时所言，"自愿地搁置怀疑"。

从一八六八年到一八七〇年，莫里斯出版了他的《世俗的天堂》。这首诗被当时所有人——即使那些同他并不亲近的人——

视为一首杰出的诗篇。但与此同时，他已经开始收藏北欧萨迦，这些大多是中世纪在冰岛写出来的"小说"。莫里斯与一位冰岛人埃里克·马格努森成为朋友，他们两人合作翻译了这些"小说"的许多部分。后来人们在斯堪的纳维亚国家和德国也这样做了。在德国有一批著名的藏书，称为图勒藏书，罗马人将这个名字给了那些被确认为设得兰群岛的岛屿，但通常这些岛屿也被视同于冰岛。莫里斯前往冰岛朝圣，将伟大的诗歌翻译成英文，其中就有《奥德赛》。我要提到蒲柏翻译的《奥德赛》的前两行以及莫里斯翻译的前两行。蒲柏使用的是拉丁化的英语，一种铿锵有力的英语，这几行诗如下：

> The man, for wisdom's various arts renown'd,
> Long exercis'd in woes, oh muse! resound ...

> 此人，因精通智慧女神的各种技艺而闻名，
> 早就善于应对苦难，啊，缪斯！赞颂……

莫里斯希望将用词尽可能地限制为日耳曼词。因此，除了他必须保留的"缪斯"一词外，就有了这些奇怪的诗句：

> Tell me, O Muse, of the shifty, the man who wandered afar,
> After the Holy Burg, Troy-town, he had wasted with war ...

> 啊，缪斯，请说说那个善变的人，游荡在远方的人，
> 在他用战争摧毁那神圣城堡，特洛伊城之后……

莫里斯还翻译了《埃涅阿斯纪》和《贝奥武甫》。他翻译了萨迦。他的萨迦译文令人钦佩。在他的《奥德赛》译文中，我们感到莫里斯翻译的是一部希腊史诗，而他使用的是日耳曼英语，这之间有某种不协调之处。而另一方面，莫里斯使用日耳曼词来翻译古代北欧故事和"小说"，我们并没有觉得有什么不协调。

我想提一下萨迦的一个情节。"萨迦"（saga）一词与德语中的"说话"（sagen）有关，是故事，讲述的故事。最初口头相传，后来被写了下来，但因为原本是口头相传的，不允许叙述者进入故事主角的内心，他无法叙述角色的梦境，不能说某人恨过或爱过，因为这会侵犯角色的内心。他只能讲述角色做了什么或制造了什么。人们讲述萨迦，仿佛那是真实的，如果说萨迦中幻想因素比比皆是，那也是因为叙述者和听众都相信它们。在萨迦中有五六十个角色，全都是历史人物，是在冰岛生活过和死去的人，因勇敢或个性而名声卓著。我要讲述的情节是这样的：有一位非常美丽的女人，一头金发长及腰际。[16]那女人做了一件卑鄙的事，丈夫打了她一巴掌。叙述者没有告诉我们她的感受，因为这门艺术的规则禁止这样做。然后两三百页翻过去了，我们忘了这一巴掌，打了她一巴掌的丈夫也忘记了。然后有天他在家里被别人包围，遭到了攻击。第一个攻击者设法爬上了塔楼，丈夫贡纳

尔从屋子里面杀死了他,他先用长矛刺伤了他。那人跌倒在地,他的同伴围着他。我们对这个人一无所知,但他的一个同伴问他:"贡纳尔在屋子里面吗?"这个人——此处向我们展示了他的勇气——临死还开了个玩笑。他说:"我不知道他在不在,但他的长矛在屋里。"他说完这句玩笑话就死了。然后其他人包围了房屋,继续攻击贡纳尔,他用箭捍卫自己。他和他的狗以及妻子在一起,家中其他人都被杀害了。但是他继续用箭自卫。那些包围房屋的人射出的一支箭射断了贡纳尔手中弓箭的弓弦。贡纳尔需要另一根弓弦,他立刻需要它,他要妻子——此前一直提到她的金色长发——用头发为他扎一根弦。[17]

[这节课的原始记录到此结束。大概博尔赫斯最后说的话没有录音。]

第二十四课

威廉·莫里斯的《伏尔松的西古尔德的故事》
罗伯特·路易斯·斯蒂文森生平

[约] 一九六六年十二月十二日，星期一

人们从莫里斯的文学史和传记中知道，莫里斯最重要的作品是《伏尔松的西古尔德的故事》。[1]这本书比《贝奥武甫》的篇幅更长，于一八七六年出版。当时该小说被认为是最流行的文学样式。在十九世纪中叶还来写史诗的想法被认为很大胆。弥尔顿写了《失乐园》，但那是在十七世纪。莫里斯同时代人中唯一有类似想法的是法国诗人雨果，他写了《历代传奇》。[2]但这个传奇与其说是史诗，不如说是系列故事。

莫里斯不相信诗人需要发明新的情节。他相信涉及人类根本激情的情节早已经被发现，每位新诗人都可以对其进行变更转换。莫里斯对古代北欧文学做了大量研究，他认为这是古代日耳曼文化的花朵，他在其中找到了西古尔德的故事。他翻译了《伏尔松萨迦》，这是在冰岛十三世纪写的散文作品。有个同一故事的早期版本获得了更大的声誉，那就是用德语写的《尼伯龙根之歌》，写于十二世纪——但与这个年表所示相反的是，这其实是同一故事更晚的版本。第一个版本保留了故事的神话和史诗性质，而相反，在奥地利写的《尼伯龙根之歌》从史诗转向了浪漫派，诗歌韵律是拉丁语式的，一节节押韵。在英格兰，古代日耳曼主题已经遗失，却保留了日耳曼诗歌形式，这是不同寻常的（尽管有十四世纪兰格伦用英语写的头韵诗）。[3]日耳曼传统在德国得到保留，但采用了南方的新诗歌形式，有固定数量的音节和韵律，但没有头韵。

西古尔德的故事为所有日耳曼民族所熟知。它在《贝奥武甫》中有所提及，尽管《贝奥武甫》的作者更喜欢将另一个故事用于他的八世纪史诗。莫里斯的故事基于北欧而非德语版本，这就是为什么他的英雄名叫西古尔德（Sigurd）而不是齐格弗里德（Siegfried）。北欧人的名字大多保留了下来。的确莫里斯以对句形式写诗，但他的诗行并没有少用德语头韵。这首诗很长，叫做《伏尔松的西古尔德的故事》，中心人物不是这位英雄，而是布隆希尔德，尽管故事在她死后仍在继续。[4]莫里斯采用了德语版本忽略了的神话元素，所以在故事开始和结束时有奥丁神。这个故事漫长而复杂，有古老野蛮的元素。例如，西古尔德杀死守护宝藏的龙，然后用龙的热血沐浴，这使得他坚不可摧，除了背上的一小块，因为一片树叶恰好落在他身上。这就是西古尔德的致命之处。这让人想起阿喀琉斯的脚踵。

西古尔德是最勇敢的人：他是勃艮第国王，也是低地国家之王贡纳尔的朋友。贡纳尔听说有个少女，在现代版本中我们称为"睡美人"。这个少女受困于睡眠魔咒，在冰岛偏远的岛屿上被火墙包围着。她只能将自己献给能够穿过火墙的男人。西古尔德陪伴他的朋友贡纳尔来到这堵墙面前，贡纳尔不敢穿越。西古尔德使用魔法伪装成贡纳尔，他要帮助他的朋友；他蒙上马的眼睛，迫使它穿过火墙。他到达了宫殿，那里布隆希尔德在熟睡。他吻了她，唤醒了她，告诉她说他是注定要完成此壮举的英雄。她爱上了他，把自己的指环给了他。他与她共度了三个夜晚，但又不想对朋友不忠，于是他把自己的剑放在他俩之间。她问他为什么要这样做，他回答说如果不这样，他们俩都会遭受不幸。这个在男人和女人之间放一把剑的情节也可见于《一千零一夜》中的一个故事。

在共度三个夜晚之后，他向她告别，两人彼此明了他还会回来找她。他告诉她说自己名叫贡纳尔，因为他不想背叛朋友。她把指环给了他。然后她嫁给了贡纳尔，后者将她带到了他的王国。西古尔德使用了魔法，很长一段时间他都忘记了发生的这一切，后来他娶了贡纳尔的妹妹古德隆恩，但是布隆希尔德和古德隆恩彼此竞争。后来古德隆恩知道了事情的真相：布隆希尔德说她丈夫是最高贵的国王，因为他穿过火墙赢得了她，她炫耀她赠送给西古尔德的指环。后来布隆希尔德获悉自己被骗了，那一刻布隆希尔德意识到她爱的人并不是贡纳尔，她爱的是穿过火墙的那个男人，而那个男人是西古尔德。她还知道了西古尔德背上有块地方是致命弱处，因此她雇了一个人来杀死西古尔德。听到他被杀时的叫喊声，她笑得很残酷。西古尔德死了，她知道自己杀了心爱的人，她叫来丈夫，让他堆起一个高高的葬礼柴堆。然后她重伤了自己，并要求躺在西古尔德身边，放一把剑在两人之间，像从前一样，仿佛她想回到过去。

她说，西古尔德死后，他的灵魂将升入奥丁的天堂，那是个被剑照亮的天堂。她说她会跟着他去这个天堂，"我们将躺在一起，我们之间不再会有剑来阻隔"。故事继续下去，我们还看到了阿提里的死亡，诗以古德隆恩的复仇结束。[5]后来，尼伯龙人的宝藏再次遗失了，而宝藏是整个悲惨故事的起因。

在十九世纪能想到这一切，是有些雄心勃勃的。有些当代评论家说，《沃尔松格的西古尔德的故事》是十九世纪最主要的作品之一，但实际上，由于某种我们不知道的原因，史诗有时与我们的文学要求相去甚远。莫里斯的作品获得了法国人所说的"*succès d'estime*"（"只受到行家的赏识"），而莫里斯的缺陷是缓慢：描述战役和龙的死亡，都有点拖拖拉拉。布隆希尔德死后，这首诗就七零八落了。到了这里，我们就不再谈论莫里斯的作品了。

我们现在要谈论罗伯特·路易斯·斯蒂文森。他一八五〇年在爱丁堡出生，一八九四年去世。他的生活是悲剧性的，因为他一生都想逃避肺结核病，当时这是一种无法治愈的疾病。这迫使他从爱丁堡到伦敦，从伦敦到法国，从法国到美国，最后死在太平洋的一个岛上。斯蒂文森从事了大量文学工作，他的作品达十二或十四卷之多。他撰写了许多作品,其中包括一本著名的儿童书籍,《金银岛》。[6]他还写了寓言,一部侦探小说,《沉船》。[7]人们认为斯蒂文森是《金银岛》的作者,而那是小孩子看的作品,因此对他不那么在意。他们忘记了他是一位令人敬佩的诗人,是英语散文大师之一。

斯蒂文森的父母和祖父母是灯塔技师,在斯蒂文森的作品中就有一篇非常技术性的谈论建造灯塔的论文。[8]他有一首诗似乎在思考他身为作家的工作——使斯蒂文森这个姓氏名满天下的工作——在某种程度上不如他父母和祖父母的工作。他在那首诗中谈到"灯塔和我们点亮的灯"。[9]这有点像我们自己的卢贡内斯,在那首献给长辈的诗中,他说道:"我们的土地将拯救我们免于被遗忘/这四个世纪以来,我们很好地侍奉了它。"似乎他的长辈,参加过独立战争的人,比他,莱奥波尔多·卢贡内斯,更加重要。[10]

斯蒂文森在诗中谈到"勤奋的家族,拍去手掌上的花岗岩砂砾,在衰落时,像个孩子那样玩耍纸张"。那孩子是他,那与纸的游戏是他令人钦佩的文学作品。斯蒂文森起初学习法律,然后我们知道他的生活经历了一个黑暗时期。斯蒂文森在爱丁堡与小偷和夜游女子为伍,当他说"夜游女子"和"小偷"时,我们应该想象一个本质上是清教徒的城市。爱丁堡与日内瓦一样,是欧洲加尔文主义的首都之一。这种环境使人意识到自己的罪过,是一种罪人的环境,罪人承认自己是罪人。我们可以在著名的故事《化身博士》中看到这一点,我们等下再来谈论它。[11]

起初,斯蒂文森对绘画很感兴趣。他去看医生,医生说他患有肺结核,应该去南方;他认为法国南部可能对他的健康有益。斯蒂文森写了一篇关于南部的短文,谈到了这一点。(这篇文章叫做《秩序井然的南部》。)[12]然后斯蒂文森经过伦敦,那在他看来肯定是座奇妙的城市。在伦敦他写了《新天方夜谭》。[13]等下我们将特别讲一个故事,《自杀俱乐部》。就像在《一千零一夜》中一样,那个故事里有位哈里发名叫正统的哈伦,他微服出行在巴格达的街道游荡,而在斯蒂文森的《新天方夜谭》中,有位波希米亚的弗洛里泽尔王子也微服出行,在伦敦的街道上游荡。[14]

然后斯蒂文森去法国致力于绘画,他并没有因此发财;有个冬日的晚上,他和他的兄弟到达一家旅店,我想那是在瑞士,里面有一群吉卜赛妇女坐在壁炉旁。[15]斯蒂文森不想独自待着……还有位年轻女子和一位年纪大点的女人——后来知道是那个女孩的母亲。然后斯蒂文森对他的兄弟说:"你看到那个女人了吗?"他弟弟说:"女孩?""不,不,"斯蒂文森说,"年纪大点的那位,右边的那个。我要娶她。"他的兄弟笑了,以为是在开玩笑。他们进了旅店。他与那位女人交了朋友,她名叫范妮·奥斯本,她告诉他说自己只会在那里待几天,她要回美国去,要回加利福尼亚的旧金山去。斯蒂文森对她什么也没说,但是他已经决定要娶她。他们没有给彼此写信,但是一年后斯蒂文森以移民身份启航,抵达美国,穿越广阔的大陆;他在一个地方当矿工。然后他到达了旧金山,那个女人就在那里,她是寡妇,他向她求婚,她接受了。与此同时,斯蒂文森以写作散文为生。这些文章的文笔令人钦佩,尽管并没有引起太多公众关注。

然后斯蒂文森返回苏格兰,那里经常下雨,为了打发这样的日子,他用粉笔在地上画了一张地图。地图为三角形;有丘陵、平地、海湾。他的继子劳埃德·奥斯本——稍后将与他合著《沉船》——请他说说金银岛的故事。[16] 他每天早晨写好《金银岛》的一章,然后朗读给他的继子听。我觉得一共有二十四章,尽管我不确定。[17] 这是他最著名的作品,尽管不是最出色的作品。

斯蒂文森也尝试写作戏剧,但戏剧在十九世纪是次等体裁。那时候写剧本就像现在写电视剧或电影。他与《观察家》的编辑威·欧·亨利合写了几部戏剧,其中一部名叫《双重生活》。[18]

斯蒂文森去了旧金山城,他令人钦佩地描述过这个地方……然后,医生告诉他,他的病不会在加利福尼亚痊愈,他需要跨越太平洋。斯蒂文森对航行非常熟悉,他跨越了太平洋,最后定居在一个叫作瓦里玛的地方,与岛上的国王交了朋友。[19] 这里发生了某件神奇的事情,几乎像魔法一样:几年前,斯蒂文森出版了《化身博士》,有一位神父,是法国耶稣会士,他一直住在那个地方的麻风病聚居地,名叫达米安神父。有天晚上斯蒂文森与一位新教牧师一起吃饭,牧师向他透露了达米安神父生活中的某些反常行为——可以这么说吧——由于宗教派别的原因,他攻击了他。斯蒂文森写了一封信,赞扬达米安神父的工作,他在信中说，所有人都有责任帮他遮掩罪过，而另一个人的所作所为——抹黑人们对他的记忆——是卑鄙的。这是斯蒂文森最雄辩的文章之一。[20]

非洲人与英国人之间的冲突开始时，斯蒂文森去世了，斯蒂文森相信荷兰人没错，英格兰有责任撤退。他在《泰晤士报》上发表了一封信这样说，这使他非常不受欢迎。但是斯蒂文森不在乎。斯蒂文森不是一个虔信宗教的人，但他有很强的道德意识。例如，他认为文学的责任之一就是不发表任何会使读者感到沮丧的东西。这是斯蒂文森作出的一种牺牲，因为斯蒂文森具有强大的悲剧力量。但是他对英雄气概最感兴趣。斯蒂文森有一篇题为《灰尘和阴影》的文章，他说我们不知道神是否存在，但我们确实知道宇宙间有种独一无二的道德。[21]他从描述人类是多么非同寻常开始。他说："真奇怪，这颗行星的表面居住着走动的两足生物，能够繁殖，而且这些生物具有道德感！"他认为这种道德法则主宰着整个宇宙。例如他说，对于蜜蜂和蚂蚁我们一无所知，但是，蜜蜂和蚂蚁组成了群落，我们可以猜测，对于蜜蜂和蚂蚁来说，有些东西是禁止的，是它们不应该做的事情。然后他转向人，说："想想一个水手的生活"——约翰生博士说这种生活具有危险的尊严——"想想他生活的艰难，想想他如何在暴风雨中生活，面临困境，在港口待几天，在下贱女人的陪伴下喝得酩酊大醉。"他说，"尽管如此，这位水手却准备为他的同伴去冒生命危险。"然后他补充说，他既不相信惩罚也不相信奖励。

他相信人的肉体死了就是死了，肉体的死亡是灵魂的终结。他领先了这样的观点：从任何教训中都不能指望有什么好结果。如果我们头上遭到一击，我们并不会得到改善，如果我们死了，那也没有任何理由相信某种东西会从我们的衰亡中崛起。斯蒂文森还相信，尽管如此，却没有人不清楚知道自己什么时候做了好事，什么时候做了坏事。

斯蒂文森还有另一篇有关散文的文章，我想谈一谈。[22]斯蒂文森说散文是一门比诗歌更复杂的艺术，证据是诗歌在先散文在后。斯蒂文森说，诗歌的每一行都营造一种期待，然后满足这一期待。例如，如果我们说："*Oh, dulces prendas por mí mal halladas, / dulces y alegres cuando Dios quería, / conmigo estáis en la memoria mía, / y con ella en mi muerte conjuradas*"，我们的耳朵已经在等待 *conjuradas* 与 *halladas* 押韵。[23]但是散文作家的任务要艰难得多，斯蒂文森说，因为他的任务涉及在每个段落都营造一种期待，而该段落必须音调和谐。然后，他必须使这种期待落空，但必须以一种同样音调和谐的方式。斯蒂文森以此为依据分析了麦考莱的一段话，以展示从散文的角度来看，这是一段软弱无力的文字，因为有些声音重复得太频繁。然后他分析了弥尔顿的一段话，在其中只有一个错误，但在其他所有方面，在元音和辅音的使用上，这段话都令人钦佩。

同时，斯蒂文森继续与他在英格兰的朋友保持通信往来，又因为他是苏格兰人，对爱丁堡充满了怀旧之情，所以有一首诗怀念爱丁堡的墓地。他从太平洋的流放地将所有作品都寄到伦敦，他的书在那里出版，给他带来了巨大的声望和财富。但是他在岛上过着流放者一般的生活，原住民称他为 Tusitala，"讲故事的人"。因此，斯蒂文森肯定也学会了那个国家的语言。他在那里与他的继子和妻子生活在一起，有时见一些访客。访客中有吉卜林。吉卜林说他可以通过斯蒂文森作品的考试，即使有人提到他作品中的次要人物或情节，他都能立即识别出来。

斯蒂文森具有明显的苏格兰特征：他高个子，很瘦，身体并不很强壮，但精力充沛。有次他在巴黎的一家咖啡馆听到一位法国人说英国人是懦夫。那一刻，斯蒂文森感到自己是英国人——那一刻，他相信那个法国人是在谈论他。所以他站起来给了那个法国人一巴掌。法国人说："先生，你打了我一巴掌。"斯蒂文森说："看来的确如此。"斯蒂文森一直是法国的好朋友。他写了有关法国诗人的文章，写文章赞赏大仲马的小说，以及凡尔纳和波德莱尔。

关于斯蒂文森的书很多。切斯特顿也写过一本书谈论斯蒂文森，于二十世纪初出版。[24] 还有另一本书，是爱尔兰文学家斯蒂芬·格温写的，收入《英国文学家》文集中。[25]

在下一堂课我们将讨论一个斯蒂文森非常熟悉的主题：精神分裂症的主题。我们将探讨这个主题，以及《新天方夜谭》里的一个故事，再略微看看斯蒂文森的诗歌。

第二十五课

罗伯特·路易斯·斯蒂文森的作品:《新天方夜谭》《马克海姆》《化身博士》 电影《化身博士》 奥斯卡·王尔德的《道连·格雷的画像》 斯蒂文森的《安魂曲》

一九六六年十二月十四日,星期三

今天我要讨论《新天方夜谭》(*The New Arabian Nights*)。[1] 在英语中,人们不说"一千零一夜"(A Thousand and One Nights),而是说"阿拉伯之夜"(The Arabian Nights)。斯蒂文森很年轻就去了伦敦,当时那无疑对他来说是一座梦幻般的城市。斯蒂文森产生了写一部当代《天方夜谭》的想法,首先,这本书是基于有关哈伦·拉希德的那些故事,此人微服出行,在巴格达的街道上游荡。他杜撰了一位波希米亚王子弗洛里泽尔,还有他的助手杰拉尔丁上校。他让他们乔装打扮,在伦敦游荡,让他们经历奇妙的、尽管并非魔幻般的冒险(气氛除外,那是魔幻般的)。

在他们所有的冒险中,我认为最难忘的是"自杀俱乐部"。斯蒂文森想象了一个角色,一个有点愤世嫉俗的人,他认为可以利用自杀来创业。他这人知道有很多人渴望自杀,但不敢这样做。于是他成立了一个俱乐部,他们在这俱乐部里每周或每两周——具体我不记得了——玩一次纸牌游戏。王子出于冒险精神加入了这个俱乐部,他必须发誓不能透露秘密。后来因为他的助手犯了一个错误,他必须承担伸张正义的责任。有一个非常令人印象深刻的角色,名叫马尔萨斯先生,是个瘫痪病人。此人生活中已经一无所有,但他发现所有的感觉,所有的激情中,最强烈的是恐惧,因此他玩弄着恐惧。他告诉王子——他是个勇敢的人——"先生,你应该羡慕我,因为我是一个懦夫。"他加入自杀俱乐部是为了玩弄恐惧。

所有这些都发生在伦敦郊区的某个街区。玩牌的人喝着香槟,假装快乐地大笑;有种类似于埃德加·爱伦·坡某些故事中的气氛,斯蒂文森也曾写过有关他的文章。游戏的玩法是这样的:有张桌子覆盖着绿布,俱乐部主席发牌,据说他——似乎不可思议——对自杀不感兴趣。俱乐部会员必须支付相当高的费用,主席必须完全信任他们,会采取一切措施以确保没有密探加入。如果成员家产殷实,那就必须让俱乐部主席成为继承人,因为他以这个可怕的行业为生。然后他发牌。每个玩牌的人都拿到了自己的牌——英国的纸牌包含五十二张——看着手中的牌。一副牌里只有两张黑色的A,拿到其中一张黑色A的人负责执行判决,他是刽子手,必须杀死拿到另一张黑色A的人。必须杀死他,并且让它看上去是一次意外事故。在第一轮牌戏中,要死的人——或被判处死刑的人——是马尔萨斯先生。先前马尔萨斯先生是被抬到餐桌旁的，他是个瘫痪的人，无法动弹。但是突然之间人们听到一种几乎非人的声音；这瘫痪的人站了起来，然后又摔回椅子上。然后他们休会，要等到下一次聚会才能见面。第二天，他们读到了马尔萨斯先生，一位备受家人尊敬的绅士，从伦敦的一个码头跌落下去了。然后冒险开始了，最后以一场决斗结束，曾经宣誓绝不会告发任何人的弗洛里泽尔亲王杀死了俱乐部主席。

在《王公的钻石》中还有另一个冒险故事，叙述了因拥有一颗钻石而犯下的所有罪行。在最后一章，拥有钻石的王子同一位侦探谈话，问侦探是否来逮捕他。侦探说不，然后王子告诉了他这个故事。他是在泰晤士河岸边告诉他的，然后他说："当我想到人们为那块石头溅洒的鲜血和犯下的所有罪行，我认为应该让它去死。"然后他迅速将钻石从口袋里掏出来扔进了泰晤士河，钻石消失了。侦探说："你毁了我。"王子回答："许多人会羡慕你这样被毁。"侦探说："我认为受贿是我的命运。"王子说："我也这样想。"

这本《新天方夜谭》很重要，不仅因为可以带给我们快乐，而且还因为当人们读到它时，可以明白从某种意义上来说，切斯特顿的全部小说作品都源出于此。此处可以找到《代号星期四》的源头。[2] 切斯特顿的所有小说即使比斯蒂文森的小说更聪明，也有着和斯蒂文森的故事一样的气氛。斯蒂文森还做其他事情。等到他写侦探小说《沉船》时，那又是完全不同的气氛。一切首先发生在加利福尼亚，然后在南海。而且，斯蒂文森认为侦探小说这种文学样式的缺点是，无论写得多么聪明，都有某种机械性的东西——缺乏生命。所以，斯蒂文森说，在他的侦探小说里，他让角色比情节更加真实，这与通常侦探小说中的情况正好相反。

现在让我们来看看斯蒂文森一向着迷的主题。有一个频繁用到的心理学用词，"精神分裂"，是有关人格分裂的概念。这个词我相信当时还没有造出来，但现在已经用得非常普遍了。斯蒂文森对这个问题非常着迷。首先，因为他对道德问题很感兴趣，也因为在他的房子里有一个由爱丁堡的橱柜制作者制作的五斗柜。那是位值得尊敬和颇受尊敬的工匠，但是到了晚上，在某些夜晚，他会离开家，变成强盗。斯蒂文森对人格分裂的主题很感兴趣，他与亨利一起写过一部名为《双重生活》的剧本。[3]

但是斯蒂文森觉得他还没有写完这个主题，因此他又写了《马克海姆》这个故事，是有关一个男人变成小偷，然后杀人的故事。[4]这个男人在圣诞夜去了一家当铺，斯蒂文森描写的典当行老板是个非常讨厌的人，他不信任马克海姆，因为他怀疑马克海姆想卖给他的珠宝是偷来的。夜幕降临了，典当行老板说他必须提早关门，马克海姆必须为浪费这段时间付费。马克海姆说他不是来卖东西的，他来买东西，这东西埋在商店的深处。典当行老板认为这很奇怪，开了个玩笑：既然马克海姆说他要卖的东西都是从他一位叔叔那里继承来的，老板说："我猜你叔叔给你留下了钱，现在你想花掉它。"马克海姆认可了这个玩笑，当他们走到商店后面时，他刺死了典当行老板。马克海姆从小偷变成了杀人犯，世界也变了样。例如，他认为自然法则可能已被暂停，因为他犯了罪，违反了道德法则。然后是斯蒂文森的奇妙发明：商店里到处都是镜子和手表。这些手表似乎在参加某种比赛，成为了时间流逝的象征。马克海姆拿了典当行老板的钥匙，他知道保险柜在楼上，但他必须快点，因为仆人会来。同时，他看到自己的形象在镜中成倍增加并且移动，而他看到的这个景象变成了整个城市的景象。因为从他杀死典当行老板的那一刻起，他就觉得整个城市都在追逐他或将追逐他。

他爬到后面的房间里，受到时钟的滴答声以及镜子中不断变化的图像的追逐。他听到了脚步声。他觉得那些脚步声可能是管家发现主人死了之后回来的脚步，她会告发他的。但是爬上楼梯来的并不是女人，马克海姆仿佛觉得他认识此人。他确实认识他，因为那是他自己；因此我们面对的是古老的"分身"主题。在苏格兰迷信中，分身被称为"fetch"，意为"找寻"。因此当有人看到他的分身时，那是因为他看到的正是自己。

这个角色进来并开始与马克海姆对话；他坐下来告诉马克海姆说自己不会告发他，一年前他会认为如果有人称他为小偷，是在撒谎，而现在，他不仅是小偷，还是杀人犯。几个月之前这似乎都令人难以置信。但是既然他杀了一个人，那再杀一个人又有什么问题呢？"管家要来，"他告诉马克海姆，"管家是个性格软弱的女人。再刺一下，您就可以离开，因为我不会告发您。"那另外一个"我"是超自然的，代表了马克海姆邪恶的一面。马克海姆跟他吵架，告诉他："我确实是个小偷，我确实是个杀人凶手，那是我的行为，但行为能代表一个人吗？难道我身上不会有些地方不符合'小偷'和'杀人凶手'这些僵化和无意义的定义吗？难道我不可以悔改吗？难道我不是已经在为我所做的事情后悔吗？"另一个人告诉他："这些哲学道理都很好很合理，但要考虑到管家马上就要来，如果她在这里看到你，她会告发你的。你现在的职责是拯救你自己。"

对话很长，涉及道德问题。马克海姆说他已经杀了人，但这并不意味着他是杀人凶手。此前那个角色一直都是个黑暗的人影，现在变成了一个光彩照人的角色。他不再是邪恶天使，而是一个善良天使。然后分身消失了，管家走近了。马克海姆手里拿着刀在那里，他让她去找警察，因为他刚刚杀死了她的主人。马克海姆就是这样自我救赎的。你们读这个故事时，它会给你们留下深刻的印象，因为是用刻意的缓慢节奏和微妙的笔调写出来的。如你们所见，主角处于一种极端情况：他们会来，会发现他，会逮捕他，可能会绞死他，但是他与另一个人（他本人）的讨论，却是微妙、诚实的是非良心问题探讨。

这个故事受到赞扬，但斯蒂文森认为他还没有写完与精神分裂有关的主题。多年后，斯蒂文森睡在妻子旁边，突然开始大喊大叫。她叫醒了他，他在发烧——那天他咳出了血。他告诉她：

248

"可惜你把我吵醒了,因为我在做一个美丽的噩梦!"他在做的梦——在这里我们可以想到开德蒙和天使,想到柯勒律治——他梦到的是那个杰基尔喝了药水,化为代表邪恶的海德的场景。这个有关博士喝了他自己炮制的某种东西然后变身为反面的场景,是斯蒂文森在梦中得到的,他必须构想所有其余的内容。

今天,《化身博士》有个缺陷,那就是故事如此众所周知,以至于几乎所有人还没阅读之前就知道它的内容。另一方面,当斯蒂文森一八八〇年发表《化身博士》——时间比《道连·格雷的画像》早得多,后者的灵感来自斯蒂文森的小说——当斯蒂文森出版他这本书时,是当作一部侦探小说出版的:只到最后我们才知道这两个人是同一个角色的两面。[5]斯蒂文森写作技巧高超。在标题中就暗示了某种双重性:引入了两个角色。但是这两个角色永远不同时出现——海德是杰基尔邪恶的投影——作者竭尽所能阻止我们想到他们是同一个人。他首先区分了他们的年龄。邪恶的海德比杰基尔年轻。一个是黑皮肤,另一个不是:他金发碧眼个子高大。海德没有畸形,如果你看他的脸,你看不到畸形,因为他是纯粹的邪恶。

许多电影都是根据这个情节拍摄的,但是根据这个故事拍电影的人全都犯了一个错误:他们用了同一个演员来扮演杰基尔和海德。而且在电影中,我们从内部看到了故事内容。我们看到了博士——想到用药水分开一个人的善与恶的博士。然后,我们看到了变化。因此所有这些都沦为相当次要的东西。另一方面,我认为这部电影应该由两位演员来演，这样我们才会感到惊讶：这两个演员——已经为观众所熟知——最终竟然是同一个人。他们将不得不更换杰基尔和海德的名字，因为他们太出名了；他们将不得不被赋予不同的名字。在所有电影版本中，杰基尔博士都被表现为一个严肃的清教徒，有执着的习惯，而海德则是醉鬼、坏蛋。对于斯蒂文森而言，邪恶并不一定要包括性放纵或酗酒。对他来说，邪恶最重要的是无端的残酷行为。小说开始的时候有个场景，有个角色站在高高的窗户旁朝外望着迷宫一般的人群，他看到一个小女孩从一条街上过来，一个男人从另一条街过来。他们俩都朝着同一个方向走，当他们在拐角处相遇时，该男子故意践踏那位女孩。对于斯蒂文森来说，这是邪恶的——残忍的。然后我们看到那个男人进入杰基尔博士的实验室，然后用支票贿赂追赶他的人。我们可能会认为海德是杰基尔的儿子，或者他知道杰基尔生活中一个可怕的秘密，直到最后一章，当我们读到杰基尔博士的供词时，我们才发现他们是同一个人。

据说一个人可以一分为二的想法是陈词滥调。但是如切斯特顿指出的，斯蒂文森的想法正好相反，他认为一个人不能一分为二，但如果一个人犯了罪，那罪就成了他的污点。因此，一开始，杰基尔博士喝了药水——如果他是个好人而不是邪恶的人，药水会把他变成天使——变成了一个纯粹邪恶的人——残酷无情——没有良心或顾忌的人。他纵情做一个纯粹邪恶的人，而并非像我们所有人一样，是两个人。首先，本来他喝了药水就够了，但是有个早晨他醒来时感觉自己变小了。然后他看着自己的手，那是海德多毛的手。然后他喝了药水，再次成为一个受人尊敬的人。一段时间过去了，他坐在海德公园，突然觉得自己的衣服太大了，他变成了另一个人。然后，当有一种药水的成分他找不到时，那就好像魔鬼设置的陷阱一样。最后，一个角色杀死了自己，另一个角色也与他一起死去了。

这是奥斯卡·王尔德在《道连·格雷的画像》最后一章中模仿的情节。你们记得道连·格雷是一个不会变老的人，一个纵情恶习的人，他看着自己的画像变老。在最后一章中，看上去纯洁年轻的道连在画像中看到了自己的形象，他的镜像。然后他销毁了这幅画像，倒地而亡。当人们找到他时，他们发现画像仿佛画家当初画出来时那样，而他却是一个老朽可怕的人，人们只能根据他的衣服和戒指辨认出他来。

我建议你们阅读斯蒂文森的书《潮汐》；里卡多·巴埃萨的西班牙语译本非常好。[6]还有一本书没有写完，是用苏格兰语写的，很难读懂。[7]

但是谈到斯蒂文森，我忘记了一件非常重要的事情，那就是斯蒂文森的诗。他有很多怀旧的诗歌，还有一首短诗叫作《安魂曲》。这首诗如果按字面意思翻译，不会令人印象深刻。诗的感觉更多在于其音调。如所有好诗一样，字面意思并非很令人印象深刻。

诗的内容如下：

Under the wide and starry sky,
Dig the grave and let me lie.
Glad did I live and gladly die,
And I laid me down with a will.

This be the verse you grave for me;
Here he lies where he longed to be;
Home is the sailor, home from sea,
And the hunter home from the hill.

在广阔的星空下,
挖好坟墓让我躺下。
我活得很快乐,也乐于死去,
我心甘情愿地躺下来。

这是你们为我刻下的诗句;
这里他躺在一心向往的地方。
是水手的家乡,远航归来的家,
是猎人从山间返回的家乡。

在英语中,这几行诗像剑一样颤动,尖锐的声音从第一行开始就占主导地位,在最后一行结尾处则有三重头韵。它不是用苏格兰方言写的,但是人们可以听到苏格兰音乐。在斯蒂文森的作品中还有情诗,献给他妻子的诗歌。有首诗中他把上帝比作一个工匠,说他让她像一把剑那样与他相配。他还有关于友谊的诗歌,关于风景的诗,他在诗中描绘太平洋,还在一些诗中描绘爱丁堡。这些诗更加令人产生怜悯之心,因为他写爱丁堡,写苏格兰及其高地,深知他永远不会回到那里,他注定要死在太平洋。

跋[1]

我认为,"必读"一词是个矛盾术语;阅读不应该是强制性的。难道我们会说"必要的快乐"吗?为什么?快乐不是强制性的,快乐是我们寻求的事情。强制性幸福!我们也同样寻求幸福。二十年来,我一直是布宜诺斯艾利斯大学哲学和文学学院的英语文学教授,我一直告诫我的学生:如果一本书让你感到厌烦,那就把它丢下来;不要因为它很有名而去读它,不要因为它很现代派而去读它,不要因为一本书很古老而去读它。如果一本书对你来说很乏味,即使是《失乐园》——我不觉得乏味——或《堂吉诃德》——我也不觉得乏味——那也可以丢下它。如果一本书对你来说很乏味,那就不要去读它;那本书不是为你写的。阅读应该是幸福的一种形式,所以我会告诫所有可能阅读我的遗愿和遗嘱——我并不打算写——的人,我会告诫他们多读书,不要被作家的声誉吓到,继续寻找个人幸福、个人享受。这是唯一的阅读方式。

豪尔赫·路易斯·博尔赫斯

后　记

"我喜欢教学，特别是因为我是在教学，但也是在学习。"豪尔赫·路易斯·博尔赫斯在许多访谈中都这样说。[1]早些时候他曾经说教学是"给我留下的仅有的乐趣之一了"。毫无疑问站在讲台前给了博尔赫斯双重乐趣。

在本书中可以体会到这种乐趣，该书汇集了作家于一九六六年在布宜诺斯艾利斯大学哲学和文学学院教授课程的完整内容。当时博尔赫斯已经在这所学校教了几年书。他一九五六年受聘为英国和北美文学教授，尽管他从未获得过任何大学学位，但该学校还是选择了他，而不是另一位申请人。[2]博尔赫斯曾数次表示——以那种充满他特有的幽默感和对本身能力完全自信的口吻——他对这项聘任感到惊讶。

在他的自传中，在提到一九五五年他被任命为阿根廷国家图书馆馆长时，博尔赫斯解释道："第二年，我被聘为布宜诺斯艾利斯大学英国和北美文学教授，再次感到心满意足。其他候选人发送了有关其翻译、文章、参加会议和其他成就的详细说明，而我却仅仅做了以下声明：'我这一生都不知不觉地始终在为这个职位做准备。'这个简单的陈述产生了我想要的效果。他们聘用了我，我在大学度过了十二年的快乐时光。"[3]

本书中出版的讲课内容向我们呈现了这样一位博尔赫斯：他已经花了十年时间致力于教学，不仅是他的大学课程，还有他在阿根廷英国文化协会等机构教授的各种课程。这也向我们展示了除文学文本、访谈，甚至讲座之外的博尔赫斯的另一个方面。讲课与讲座有根本的不同：在这里，作家——如此擅长讲轶事和改变话题——必须将自己限于事先已经公布的课程规划。他不能像在其他情况下经常做的那样，半个小时之后，才开玩笑地问道："这次讲座的题目是什么？"我们可以看到他讲课时如何做到了前后连贯一致，虽然依旧时常离题。

博尔赫斯本人也意识到这种差异。"相比讲座，我更喜欢上课。当我做讲座时，如果我谈论斯宾诺莎或贝克莱，听众对我的在场比对讲课内容更感兴趣。例如，我的说话方式、手势、领带的颜色或发型等。在具有连续性的大学课程中，来的学生都是对课程内容感兴趣的。因此，我们可以进行充分的对话。我看不见，但我能感觉到周围的气氛。例如，他们是在专心听讲还是心不在焉。"[4]

这些课程的重点之一是博尔赫斯给予文学的地位。他在另一次访谈中说："我以享乐主义的态度来评判文学。""也就是说，我根据文学给我的愉悦或感觉来评判文学。我担任文学教授很多年了,我并非没有意识到文学予人的愉悦是一回事,文学的历史研究则是另一回事情。"[5] 从第一堂课开始这一点就很清楚,博尔赫斯解释说他只有当学习文学作品需要时才会讨论历史。

同样,博尔赫斯将作者置于文学运动之上,他在有关狄更斯的那一堂课一开始就将其定义为一种历史学家的"便利"。虽然博尔赫斯不会忘记正在研究的文本的结构特征,但他主要关注的是情节和作者各自的特征。课程包含作家喜爱的文本,他通过入迷地讲述故事和作家生平,不断地表现出这一点。作为教授,博尔赫斯想要做的不是让学生为考试做准备,更多的是激发他们的兴趣,吸引他们阅读作品,发现作家。整个课程期间几乎没有提到过考试,在关于勃朗宁的第二堂课结尾时,他的评论非常感人,他说:

> 我感到有些懊悔。我觉得我对勃朗宁不公平。但是勃朗宁身上也发生过所有诗人都会发生的一些事情,我们必须直接质疑他们。总而言之,我觉得我说得够多了,足以使你们对勃朗宁的作品感兴趣。

这种热情不止一次使博尔赫斯略微偏离了他的主题,在关于塞缪尔·约翰生的第二堂课上,在讲述了佛陀的传说之后,他说他很遗憾:"请原谅我跑题,但这个故事很美。"

还有一个证据表明这里研究的书籍和作者都属于博尔赫斯

的最爱，他一生都努力为其中许多版本撰写序言，并且将许多收入由希斯帕美利加出版社出版的他的《私人藏书》。（这是他去世之前最后一次挑选其他作家的作品。）这种偏爱在他选择的诗歌中尤为明显。博尔赫斯并不总是分析作者最著名的作品，却总是谈论那些在其整个文学生涯中给他留下最深刻印象的作品。

博尔赫斯对故事的热情和对作家的钦佩并不妨碍他时常作出批评性判断。博尔赫斯揭示作品的失败和作者的错误，并不是要侮辱他们，而更有可能是为了消除他们拥有的神圣光环，使他们离学生更近。通过指出他们的失败，他同时也强调了他们的美德。以这种方式，他敢于不止一次断言《贝奥武甫》的寓言"想象得很差"，他这样描述塞缪尔·约翰生："塞缪尔·约翰生身体很糟糕，尽管他非常强壮。他既粗壮又丑陋，他会神经抽搐。"这只是为抓住学生的兴趣做铺垫。紧随其后是结论："他依旧是他那个时代最明智的知识分子之一；他拥有真正杰出的才智。"

当面对质疑作者角色的文学批评时，博尔赫斯强调作品的人性和个人特征，但是他并没有认为作者生平和作者的文本之间一定要有联系。他干脆就是着迷于——并且使学生着迷——叙述艺术家的生平；他沉浸在诗歌、叙事中，带着当代的批判性关注，其中总有着讽刺和幽默。

博尔赫斯致力于现实地看待文本，他令人惊讶地进行比较，以此作为每部作品的框架并明确其价值。因此，他探讨《贝奥武甫》中的吹嘘和勇气等题材时，比较了其角色与compadritos porteños，或二十世纪"河边的粗人"，列举了不是一组，而是三组对句，这在一堂关于八世纪盎格鲁-撒克逊文学的课程中，听起来一定很奇怪。这位作家思忖着那些本可以不进入课程的令人兴奋的细节，例如盎格鲁-撒克逊、希腊和凯尔特人诗歌中不同的色彩概念，或将布伦纳堡之战与阿根廷的胡宁战役相比。

在分析撒克逊文本时，博尔赫斯几乎全心全意地进行叙述，忘记了他的教授身份，几乎接近了古代讲故事人的角色。他叙述年代比他更早的人所讲的故事，他是如此入迷，以至于每次重复故事，都仿佛是第一次发现它。与这种迷恋同步，他的评论几乎总是关于形而上学的问题。博尔赫斯不断问自己古代盎格鲁-撒克逊诗人写下这些文本时，心里到底想些什么，并且怀疑他自己永远也找不到答案。

讲故事者的典型特征是预报稍后会讲述的事情，目的是使听众保持悬念。他这样做的方法是不断声明他会在稍后或下一堂课中谈到一些"奇怪"或"奇妙"或"有趣"的事情。

在讲课的框架内，博尔赫斯的学识渊博总是显而易见。然而，这种渊博从来没有限制他与学生之间的交流。博尔赫斯不是为了炫耀自己的知识而引用原文，而是在似乎切合当时的主题时才这样做。对他而言，想法比确切的事实更重要。尽管如此，而且尽管会为自己对日期记忆不佳而道歉，令人惊讶的是，他确实记得很多日期，具有难以置信的精确度。我们必须记住博尔赫斯讲授这些课程时——而且自从一九五五年以来——他几乎已经完全失明，而且肯定无法阅读。因此他引用文本以及他的诗歌背诵都取决于他的记忆，并证明了他广泛的阅读范畴。

这门课程中时而可见莱布尼兹、但丁、卢贡内斯、维吉尔、塞万提斯，当然还有必不可少的切斯特顿，他似乎写了几乎所有内容。还出现了一些博尔赫斯最爱的摘录片段，例如柯勒律治的著名梦境，他在许多书籍和讲座中都曾谈到过。但是在这里也有比在他的任何其他作品中出现的内容更广泛和更深入的分析：特别是在他关于狄更斯的课上，这是一个他从没有在他的任何作品中讨论过的作家；或者是他对盎格鲁-撒克逊文本的解读——这是他最后的激情——他前面几节课都是相关内容，这里他不受在其他文学史中的篇幅限制。

至于引文和叙述的文本的准确性，有趣的是必须指出博尔赫斯在他关于勃朗宁的第二堂课快要结束时说的话。博尔赫斯想到了切斯特顿致力于这位诗人的生活和工作的那本书，他评论说切斯特顿对勃朗宁的诗歌了解如此之深，以至于他在撰写自己的那本相关研究著作时，竟然没有去翻阅任何一本书，而是完全相信他的记忆。可能这些引文常常不准确，后来编辑全都加以了更正。切斯特顿对勃朗宁作品可能做了一些巧妙的改变，博尔赫斯为这些变更文字的缺失感到遗憾，本来将其与原作对比会令人着迷。因此，在这些讲课中，为了尊重他的立场，我们将博尔赫斯的叙述完整无缺地保留了下来，保留了他自己的记忆所施加的变化。

基于同样的理由，尾注尝试补全博尔赫斯认为他的学生已经理解了的信息；这些尾注是为了帮助阅读理解的，虽然即使没有任何更改或补充，这些讲课内容也足够清晰、富于想象力且令人着迷。

最后，当我们阅读这些课程时，我们可以想象博尔赫斯这样一位双目失明的教授，坐在他的学生面前，以他那非常具有个人特色的声音背诵着那些匿名作者的撒克逊诗歌的原文，并且参与有关著名浪漫主义诗人的辩论，也许今天，他也正在与这些诗人讨论这些相同的问题。

马蒂恩·阿里亚斯

课堂上的博尔赫斯

……He ðe us ðas beagas geaf……
《贝奥武甫》二六三五

编辑这本书就像追赶一个不断迷失在图书馆书籍中的博尔赫斯,或者——使用我们这位作家喜爱的一个隐喻——在巨大迷宫的一个个角落里消失的博尔赫斯。一旦我们找到需要的日期或传记,博尔赫斯就会向前奔跑,消失在一个未知人物或者鲜为人知的东方传奇中。经过漫长而艰难的寻找,我们再次找到他时,他会扔给我们一则没有日期的轶事,引用某作者的一段话,然后我们会再次看着他消失,从半开的门缝或成排的书架之间逃逸。为了复原他的话,我们跟随着他翻阅无数百科全书,走过布宜诺斯艾利斯国家图书馆的无数房间;我们在他写的书和他做过的讲座和访谈中找寻他;我们在他对拉丁语的怀念,在北欧萨迦,在他的同事和朋友的回忆录中发现他。等最终完成任务时,我们已经遍历了两千多年的历史、七大洋和五大洲。但是博尔赫斯不断地逃离我们,平静地微笑着。从远古印度跑到中世纪欧洲并没有使他疲倦。从开德蒙到柯勒律治的旅行对他来说是日常生活。

自完成这项工作以来，我们有两件快乐的事情。首先是我们设法打开了一扇时空之门，让其他人得以一窥在独立大街上的布宜诺斯艾利斯大学的教室。其次是我们也能像那些三十多年前上这些课的学生那样，以同样强烈的感受欣赏这些课程。研究和修改文本的每个细枝末节，都使我们不知不觉中去记住每首诗和每句话，将每一个陈述与他的故事和诗歌联系起来，形成（然后经常放弃）关于每个逗号、每个句号和每一行文字的假设。

博尔赫斯曾经写道："希望有谁会吟诵邓巴、弗罗斯特或者那个午夜看到淌血的树、看到十字架的人的诗句，想到第一次是从我嘴里听到那诗句的。此外，我什么都不在意。"[1]

读完本书后，读者会快乐地发现他们记住了华兹华斯和柯勒律治的诗句，威廉·莫里斯的音乐让他们着迷，休·奥尼尔或哈德拉达这样遥远的人物也变得很熟悉，多谢这位最了解世界的阿根廷人，他们的耳边回响着布伦纳堡之战中武器的撞击声，还有《十字架之梦》中盎格鲁-撒克逊人的诗句。博尔赫斯一定会满意地微笑。

在构成本课程的二十五堂课中，博尔赫斯带我们进行了一次真正的英国文学之旅，始终贴近他自己的阅读和作品本身。旅行在时间的迷雾中启程，以盎格鲁人、朱特人和撒克逊人抵达英格兰开始，继续至塞缪尔·约翰生的作品；徘徊至麦克弗森、浪漫主义诗人和维多利亚时代；呈现拉斐尔前派成员的生活和作品全景；结束于十九世纪，在萨摩亚，博尔赫斯最爱的作家之一，罗伯特·路易斯·斯蒂文森。

"我在大学里教了整整四十个学期的英国文学,不仅如此,我还试图传达我对英国文学的热爱。"博尔赫斯曾经说过。"我更愿意传授给我学生的不是英国文学——对此我一无所知——而是我对某些作家,或者说是某几页文字,甚至还可以说是某几行文字的热爱。我认为这就足够了。一个人爱上了一行话,然后一页文字,然后是这个作者。好吧,为什么不呢?这是一个美的历程。我试图带领我的学生这样前行。"[2]

从第一堂课开始就很明显这将是非常具有个人特色的旅程,以教授个人喜好为指南。将这些讲课内容串联在一起的是地道的文学享受,是博尔赫斯对待每部作品的深情,以及他想分享自己对所学习的每位作者和年代的热情的愿望。

在这些喜好中,有一个独占鳌头,教授对此花了不下七堂课的时间,超过教学大纲的四分之一:盎格鲁-撒克逊英格兰的语言和文学。这种强调和侧重的程度在任何英国文学课程中都非常罕见,考虑到该课程是在讲西班牙语的国家讲授的,那就更稀罕了。博尔赫斯有一堂课专门讲隐喻语,两堂课学习《贝奥武甫》,另外几堂课讲盎格鲁-撒克逊动物寓言集、莫尔顿和布伦纳堡之战争诗、《十字架之梦》和《坟墓》。人们不禁想知道为什么要如此侧重中世纪早期英格兰的语言和文学。博尔赫斯在这种文学中看到了什么?学习古英语对他意味着什么?这些问题的答案穿梭在虚构和现实、博尔赫斯的个人历史以及他的哲学和文学世

界观中。为了得出答案,我们应该首先简要分析英语的历史,传统上分为三个阶段:

古英语或盎格鲁-撒克逊语: 公元五世纪至约一〇六六年
中古英语: 约一〇六六年至一五〇〇年
现代英语: 一五〇〇年至今

最早的形式是古英语,保留了通用日耳曼语的许多古老特征。它的语法相当复杂,具有三种性:阳性名词,例如 *se eorl*(男人)或 *se hring*(戒指);中性名词,例如 *pæt hus*(房屋)或 *pæt boc*(书);以及阴性名词,诸如 *seo sunne*(太阳)或 *seo guð*(战役);代词的三个数:第一人称单数 *ic*,第一人称复数 "we",第一双重人称,*wit*,"我们俩";复杂的动词变位体系;以及众多的变格范式,冠词、名词和形容词有五种变格。词汇起初几乎完全是日耳曼语,只是略微受到少数几个拉丁语和少量凯尔特语外来词的影响。因此古英语对说现代英语的人来说大多很难懂,必须像学习外语一样学习它。以下例子取自《盎格鲁-撒克逊编年史》七九三年这个条目:

> *Her wæron reðe forebecna cumene ofer Norðhymbra land, and þæt folc earmlic bregdon, þæt wæron ormete ligræscas, and fyrenne dracan wæron gesewene on þam lifte fleogende. Þam tacnum sona fyligde mycel hunger, and litel æfter þam, þæs ilcan geares on vi Idus Ianuarii, earmlice*

hepenra manna hergung adilegode Godes cyrican in Lindisfarnaee purh hreaflac ond mansliht.

这种古英语是如此为我们这位作家所喜爱的英语的遥远祖先，这一点就足以说明他有理由对研究它感兴趣：博尔赫斯教授在授课时分析的那些作品是我们可以称为英语的这种语言中最早的作品。[3] 但是盎格鲁-撒克逊语具有两个特征，博尔赫斯认为具有不可抗拒的吸引力。首先，古英语对他来说具有个人意义：这恰好是他父亲家族遥远的祖先所讲的语言，他从这个家族继承了文学职业和他的博学。他的英国祖母弗朗西斯·哈斯拉姆出生于斯塔福德郡。"这可能只不过是我的一个浪漫的迷信，"博尔赫斯在他的自传中写道，"哈斯拉姆家族曾经居住在诺森布里亚和麦西亚——或者今天的诺森伯兰和米德兰兹地区——这一点将我与撒克逊，也许还有丹麦的过去联系起来。"

博尔赫斯在《七夜》中的演讲"失明"这一篇里说道："我曾经是大学的英国文学教授。在教授这个几乎无穷无尽的文学方面我能做些什么呢？毫无疑问，这个文学将超过一个人的或者几代人的生命。……有几位女学生考完试并且通过了，便来看我……我对那些女学生说："我有一个想法，现在你们考试通过了。我也完成了作为教师的职责。咱们一起来研究一种我们几乎一无所知的文学是不是很有意思？'她们问我是什么语言，什么文学。'当然是英语和英国文学。咱们来学习它们，现在我们没有考试了，轻松自如。咱们就从它的根源开始吧。'"

其次，博尔赫斯在这些诗的场景中找到了令他如此感动的真正的"史诗的味道"。博尔赫斯不止一次表达了这种快乐，比较笔与剑、多愁善感与英雄气概、他作为诗人的角色与他自己的祖先在战斗中表现出的勇气。从这个意义上来说，古英语的战斗诗歌在博尔赫斯看来，代表了所谓"他两个家族血统之间亲密无间的不协调之处"的融合与连接：一方面是他从英国家族这里获得的文学遗产，另一方面是他从阿根廷的母系祖先那里获得的在战斗中英勇牺牲的勃勃雄心。

此外，还有发现的出乎意料的性质。博尔赫斯在自传中断言："我一直认为英语文学是世界上最丰富的；恰好在这个文学的起始之处发现了一个非常隐秘的房间，对我简直是一份额外的礼物。就我个人而言，我知道这将是一场无尽的冒险，我余生都可以用来一直研究古英语。学习的乐趣，而不是精通的虚荣，一直是我的主要目标，过去的十二年并没有让我失望。"博尔赫斯写下这些话的时候，已经花了十二年的时间研究古英语，而他实际上致力于这项工作几十年，直到他生命的最后几年。古英语陪伴博尔赫斯走到人生的尽头并超越尽头。一九七八年，七十八岁的博尔赫斯出版了一卷直接将古英语译成西班牙语的文本，与玛丽亚·儿玉合作，题为《盎格鲁-撒克逊文学简编》。他在序言中进一步扩展和阐述了意外发现隐秘宝藏的想法：

"大约两百年前，人们发现（英国文学）包含一间密室，类似于地下黄金被神话中的蛇守护着。那古老的黄金就是盎格鲁-撒克逊诗歌。"[4]

博尔赫斯在这个房间里发现的东西既奇怪遥远，又珍贵迷人，这个宝藏一旦被挖掘出来，复归原位，就有力量将他带回他从军的祖先那英勇和冒险的时代。

在这种原始和史诗般的吸引力之上，我们必须添加一种审美因素，那就是作家从这种语言的声音中发现的纯粹愉悦。当博尔赫斯开始研究古英语词时，他觉得它仿佛回荡着一种奇特的美感：

"陌生语言的诗文有一种在我们自己的语言中不具备的魅力，因为人们可以听到它，可以看到每一个词。"[5]

博尔赫斯永远不会忘记这个最初的魅力。每次他提到古英语，都会再次暗示这个听觉体验的世界：

> 盎格鲁-撒克逊语——古英语——因为其硬朗本身而注定要用于史诗，换句话说，用于赞扬勇气和忠诚。这就是为什么……这些诗人做得最好的就是描述战斗。好像我们能听到剑碰撞的声音，长矛击打盾牌的声音，战场上的骚动和叫喊声。

从这样的陈述来看，似乎我们的教授会完全喜欢置身于斗殴中，聆听和见证战刃撞击，标枪投掷，中世纪军队的冲击、相撞和互相摧毁。但是这些盎格鲁-撒克逊诗文所具有的召唤力量对博尔赫斯所具有的意义还不止于此。这些听觉意象又得到了视觉意象的补充。每次简练的原始盎格鲁-撒克逊文献资料留下一个细节或意象，却没有描述，博尔赫斯就会用他自己想象的场景来点缀诗文。我们在他对《莫尔顿战役》的叙述中可以发现这样的例子。原始诗歌告诉我们，盎格鲁-撒克逊伯爵比尔特诺斯在与敌对阵之前召集他的队伍：

> *Het pa hyssa hwæne   hors forlætan,*
> *feor afysan,   and forð gangan,*
> （然后他命令每个战士／放开他的马，
> 送它远离／然后继续前进。）

然而，博尔赫斯的译文做了许多微妙的改变：

> 他命令他的队伍解散，下马，鞭策他们回到 querencia，然后继续前进……

上述文字中出现的 *querencia* 一词本身就指向一种奇异有力的酒的沸腾声。*Querencia* 是阿根廷田野和潘帕草原上使用的典型的高乔词；它的字面意思是"依恋、喜爱、向往"，但实际的、隐喻的含义指的是马匹感知的房屋或营地。当独自留下，没有人指引时，马将顺从其渴望或依恋，也就是说，他会回家。但是原文中压根就没有出现过鞭打马匹，或送马回家。莫尔顿的诗人只是说马被送走了。博尔赫斯竟然会以这样的元素来丰富这一场景，然后将 *querencia* 的概念——这个颇具民俗的词让人联想到阿根廷的传统农村生活——编织进去，确实是文学融合的惊人举动；但这却是这位最具世界性的作家常常沉迷于其中的习惯，既贯穿了他的这些课程，也出现在他的许多小说中。这些活泼的南美式增添可能与中世纪的英格兰关系不大，却无疑有助于将莫尔顿战役及其主角从十世纪带入我们的时代，更接近他的学生的文化参照框架。

博尔赫斯继续研究这首诗，重新创造了战役的背景和最初的场景：

> 然后伯爵让他们列队。他们看见很远处维京人高大的船只，船头有龙，船帆有条纹，是挪威维京人，他们已经登陆了。

博尔赫斯的描述是又一次自由发挥的版本，被他的想象力所丰富。教授引用的伯爵的命令可见于《莫尔顿之战》的诗句，但诗中既没有出现高大的船，没有带条纹的船帆，也没有维京人的到来，诗的开头已经遗失了。然而，博尔赫斯需要详细想象场景，为了让行动开始发生，他告诉我们撒克逊人"看着维京人从船上下来"，他又立即补充道："我们可以想象维京人头盔上装饰着动物角，想象所有这些人的到来。"

博尔赫斯不只是希望他的学生将这首诗作为一种文字标本,他的目标是将他们送到实际的战斗场景中去。博尔赫斯的描绘确实非常生动,而且常常就像是真实的电影场景。[6] 实际上,他不止一次将诗歌的意象与摄影联想在一起。继续《莫尔顿之战》这堂课,他说:

> 然后出场的——因为这首诗非常美——是一位年轻人……这个年轻人……他手中握着一只猎鹰;也就是说他在放鹰狩猎……发生了一件事情,现实的事情,有着象征性价值,是现在一位电影导演会用到的情景。年轻人意识到情况很严重,因此他放他心爱的老鹰……飞入树林去,他自己参加了战役。

然后,这位最奇特的教授使用同样的电影制作步骤来描述斯坦福桥战役:

> 撒克逊军队的三四十名士兵骑马前进。我们可以想象他们身披铠甲,马匹可能也有盔甲。如果你们看过《亚历山大·涅夫斯基》,可能会有助于你们想象这个场景。

这些类似电影的描述使我们沉浸在诗文的张力中。博尔赫斯这位教授不仅描述和分析,而且还为这些史诗词语注入了生命、意义和动作,就像一位电影导演那样。

正是这种敏感使得博尔赫斯将历史和传奇,神话和现实融入他的课堂。没有了讲座或出版物篇幅的限制,博尔赫斯在这里展示了他把事实与文学虚构混在一起的习惯,模糊了两个领域之间的界限,这两个领域在博尔赫斯的宇宙中经常分裂,目的只是为了后来融合在一起。

因此,在对黑斯廷斯战役的描述中,博尔赫斯加入了海涅的诗歌情节,或取自马姆斯伯里的威廉《古代英吉利编年史》的传奇细节;在解释维京人的出征时,他引用了《挪威王列传》,尽管完全清楚这部作品融合了传奇或虚构的资料。不用说,这绝不是粗心大意的结果,而是完全符合作者的世界观。[7] 博尔赫斯——对他而言,历史有时代表了梦幻文学的另一分支——并不那么担心历史事实的真实性,而更关心每个场景和故事所引起的文学乐趣或情感。为此,在解释了导致斯坦福桥战役的背景之后,我们的教授感叹:

> 因此,我们讲到哈罗德国王和他的兄弟托斯特或托斯蒂格伯爵,具体拼写视文本而定。伯爵认为他有权拥有部分王国,国王应该在他们之间划分英格兰。国王哈罗德不同意,因此托斯蒂格离开了英格兰,与挪威国王结盟,后者被称为哈拉尔德·哈德拉达、坚毅者哈拉尔德、坚强者……可惜他与哈罗德几乎同名,但是历史无法更改。

博尔赫斯甚至还想改变主角的名字,为了改善这一情节的文学素质!

最后:现实中是否有维京人围攻一座城市,以为那是罗马城市,这并不重要;国王奥拉夫·哈拉德森是否的确敏捷非凡,这并不重要;吟游诗人泰勒弗是否的确参加了黑斯廷斯战役,用他的剑耍特技,这也不重要。除了真实性之外,这些场景具有价值,因为有助于营造气氛。

博尔赫斯让自己忘情于这些词语带来的文学享受之中,尽情欣赏勇敢行为和这门语言铁一般的音节,他在这些课程中摆弄着词源学,将他的分析融入盎格鲁-撒克逊词和诗文;他背诵、解释并分析这些诗文,并尝试——最重要的是——在他的学生身上唤醒与他从这种语言和文学中获得的同样的愉悦感受。

换句话说,博尔赫斯认为他的职责是分享这座古老的黄金宝藏。在那首著名史诗的最后几行中,耶阿特人声称贝奥武甫是最温和的国王,对亲族友善,渴望得到称赞。我们知道博尔赫斯既温和又温柔;我们知道他的确对名声没有兴趣。然而,我们可以肯定他会很高兴获得因讲授这门课程而使他配得上拥有的皇家头衔,*beahgifa*,"指环赠予者","宝物分发者","财富分享者",这是盎格鲁-撒克逊人在君主对臣民分发黄金时,用来颂扬君主慷慨大方的用词。

马蒂恩·哈迪斯

尾　注

第一课

1. 博尔赫斯在这里指的是《日耳曼中世纪文学》第一版（布宜诺斯艾利斯：法尔博书人出版社，1965），是他与玛丽亚·埃丝特·巴斯克斯合著的，是一本《日耳曼古典文学》的修订版，后者最初与德丽雅·尹荷涅罗斯合著，收入经济文化基金出版公司的《概览》丛书。该书还由布宜诺斯艾利斯的埃梅塞出版社分别于1978年和1996年出版。

2. 在这些课程中，博尔赫斯使用了"Hengest"和"Hengist"两个词来指代这个传奇人物。为了方便处理，我们全都采用了"Hengest"这个词。

3. 古代冰岛文学神话和传说的两种选集叫做《埃达》。《散文埃达》或《小埃达》写于1200年左右，由冰岛历史学家斯诺里·斯图鲁松撰写。这是一本吟唱诗歌手册。第一部分名为 *Gylfaginning*（"古鲁菲的被骗"），博尔赫斯将其译成西班牙语，名为 *La alucinación de Gylfi*（马德里：联盟出版社，1984）。第二部分题为 *Skáldskaparmal*（"吟唱艺术"），广泛涉及隐喻语。第三部分题为 *Háttatal*（"韵律大全"），举例说明斯诺里·斯图鲁松所了解的诗歌韵律形式。《诗歌埃达》，或《老埃达》，匿名写成，是英雄和神话诗合集；尽管该合集产生于十八世纪下半叶，但诗歌本身年代要久远得多，大约八世纪到十一世纪之间写成。斯诺里·斯图鲁松和《诗歌埃达》匿名作者的汇编工作在很大程度上帮助保存了古代北欧神话、传说和诗歌创作形式。在大多数其他日耳曼国家，这些资料或者完全消失，或者极其零散。博尔赫斯不止一次感叹"比德没有写出撒克逊神话叙事"。《埃达》构成了保留至今最详细、最完整的日耳曼神话资源。

4. 尊者比德（673—735），盎格鲁-撒克逊历史学家、神学家和编年史家。他是中世纪欧洲最博学的人物之一，最著名的作品是《英吉利教会史》，尽管他还撰写了其他许多科学、历史和神学著作。比德一生大部分时间在贾罗的圣保罗修道院度过,在世时因博学和虔诚而闻名。一八九九年,比德封圣;他的圣日是 5 月 25 日。博尔赫斯在《日耳曼中世纪文学》中探讨了他生平的几个基本方面(《合著全集》,第 882—885 页)。

博尔赫斯在这里还提及东盎格利亚国王雷德沃尔德(Rædwald,约 624),据说他被埋在萨顿胡。尊者比德写道:"雷德沃尔德早就被接纳参加肯特的基督教信仰秘密仪式,却是徒劳,因为他回家之后,就受到妻子和一些邪恶的教师的诱惑,偏离了他真诚的信仰,因此他最后的状况比起初更糟糕。按照古代撒玛利亚人的方式,他似乎也同时侍奉基督和从前侍奉的神;他在同一个神殿里,既有一个祭坛用于基督教献祭,还有一个小祭坛向魔鬼供奉牺牲品。"《英吉利教会史》,第 2 卷,第 15 章,朱迪思·麦克卢尔和罗杰·柯林斯主编(伦敦:牛津大学出版社,1969),第 98 页。这个片段似乎给博尔赫斯留下了尤其深刻的印象,因为他将其收入(略有改动)他与阿道夫·比奥伊·卡萨雷斯合著的《不同寻常的故事》一书中,题为"以防万一"。

5　博尔赫斯指的是包含了留存至今的大部分盎格鲁-撒克逊诗歌的四个抄本。这四个抄本是:1)"科顿-维提里乌斯 A. xv"(*Cotton Vitellius A. xv*[①]),大英博物馆收藏,包含《贝奥武甫》和《犹滴传》;2)"朱尼厄斯 11"(*Junius 11*[②]),牛津大学博德利图书馆收藏,包含诗歌《创世记》《出埃及记》《但以理书》和《基督与撒旦》;3)"埃克塞特抄本"(*Codex Exoniensis* 或 *Exeter Book*),同名大教堂收藏,包含哀歌、《流浪者之歌》、《航海者》、《废墟》、一些谜语和几首小诗;4)"韦尔切利抄本"(*Codex Vercellensis* 或 *Vercelli Book*),这是博尔赫斯此处提到的,米兰附近的韦尔切利修道院收藏,包含《十字架之梦》。另外,大约有四百种盎格鲁-撒克逊散文手稿,博尔赫斯此处没有提到,但他在第六课开始时明确提到过。

6　萨图恩与所罗门对话的西班牙语译本标题为"*Un diálogo anglosajón del siglo XI*"(《十一世纪盎格鲁-撒克逊对话录》),收入博尔赫斯与玛丽亚·儿玉合著的《盎格鲁-撒克逊文学简编》,这本书收录在《合著全集》。

7　博尔赫斯此处可能是指《法论》(*Dharma Shastras*),源自印度教《法经》(*Dharma Sutras*)。《法经》是行为指南,包含从宗教观点出发指导人类生活

[①] 该抄本曾经由罗伯特·科顿(Robert Cotton)收藏,"Vitellius A. xv"表示他的图书馆架位,因该书架前放置有罗马皇帝维提里乌斯半身像得名,A. xv 表示书架 A 面的第十五本书。

[②] "Junius 11"表示在博德利图书馆的架位。弗朗西斯科·朱尼厄斯(Franciscus Junius,1591—1677)是德国日耳曼学者、藏书家,他首次出版了这个抄本的内容。

各个方面——法律、社会、道德——的格言，定义了种姓制度和每个人在社会中的作用。《法经》最初用散文写成，但是逐渐地，在每一格言后面都添加了说明性诗文，最终形成用诗文写就的抄本，称为《法论》。今天这个词用来统称印度教规则和法律。

8　博尔赫斯在他收入《永恒史》的论文"隐喻"中探讨了这个主题，他使用的是北欧语的复数形式 kenningar，而在这些课程中，他更喜欢使用"kennings"这个复数形式。

9　古代英格兰的日耳曼居民称他们自己的语言为 englisc。在十七、十八世纪，他们的语言根据拉丁语 anglo-saxonicus 称为"盎格鲁-撒克逊语"（Anglo-Saxon）。1872 年，语言学家亨利·斯威特（Henry Sweet）在一部阿尔弗烈德大王文集的序言中解释说他会使用"古英语"一词指"处于纯屈折状态时的英语。……野蛮和错误的意义上的盎格鲁-撒克逊语"。斯威特写下这些话时，英国语文学享有很高的声誉。"古英语"这个词是用来提醒人们——既有语文学也有爱国主义的原因——英语语言从中世纪早期到当下现代形式的文化和语言连续性。

10　法国所有"武功歌"中最著名的《罗兰之歌》写于 1100 年左右。它讲述了 778 年的龙塞斯瓦列斯战役和查理大帝宫廷的骑士罗兰的壮举。《尼伯龙根之歌》是一首大约 1200 年用高地德语写成的史诗，但是诗中叙述的许多事实和故事都发生得更早，出现在古代北欧文学的《伏尔松萨迦》和《诗歌埃达》（《老埃达》）的诗歌中。理查德·瓦格纳基于这三个来源创作了他的由四部歌剧组成的《指环》系列。博尔赫斯在《日耳曼中世纪文学》（《合著全集》，第 910—915 页）中分析和翻译了部分《尼伯龙根之歌》。

第二课

1　这是三堂未注明日期的课中的第一堂。博尔赫斯在星期一、星期三和星期五上课。第一堂课时间是十月十四日，星期五，第三堂课时间是十月十七日，星期一。星期天不上课。这堂课时间有可能是十月十五日，星期六，也许是为了补十月十二日星期三的课，那天可能是节假日，或者是补十月十九日星期三的课，那天的课取消了。

2　路易斯·德·贡戈拉（Luis de Góngora，1561—1627），西班牙巴洛克抒情诗人。

3　参见《想象动物志》（《合著全集》，第 674 页）中有关命运三女神诺伦的部分。

4　威廉·帕顿·克尔（William Paton Ker，1855—1923），英国学者和作家，出生于格拉斯哥。他在卡迪夫大学、伦敦大学学院任教，1920 年被任命为牛津大学教授。他的著作包括《史诗与传奇》（1897）、《黑暗时代》（1904）

和《诗歌艺术》(1923)。

5 博尔赫斯在《日耳曼中世纪文学》中断言，耶阿特人"居住在瑞典以南地区，有人将他们当作朱特人的一支，也有人认为他们是哥特人"。弗里德里希·克莱伯（Friedrich Klaeber）在他的《贝奥武甫》版本中解释说，耶阿特人的身份"在很多方面一直是长期争论的主题：语言、地理、历史和文学。格伦特维（Grundtvig）将耶阿特人归于哥得兰岛（或第二种选择，博恩霍尔姆岛）；肯伯勒（Kemble）将他们归于石勒苏益格的昂格尔恩。海格（Haigh）（理所当然地）将其归于北英格兰。但实际上仅有的被认可配得上该名称的民族是在日德兰半岛北部的朱特人，以及那些在古挪威语中称为 gautar，在古瑞典语中称为 gøtar 的人，即位于瑞典大湖南边西哥得兰和东哥得兰的居民。就语音而言，古英语的 geatas 与古挪威语的 gautar 准确对应"。（弗里德里希·克莱伯，《贝奥武甫与芬斯堡之战》，波士顿：希斯出版社，1922年，第46页）。

6 博尔赫斯将有关希尔德·塞芬（Scyld Scefing）的片段译成西班牙语，收入他的《盎格鲁-撒克逊文学简编》中，标题为"《贝奥武甫》片段"。

7 珀西瓦尔·克里斯托弗·雷恩（Percival Christopher Wren，1875—1941）著，1924年出版。

第三课

1 实际上，fus 的意思是"冰冻的"。Ond 在现代英语中的意思是"and"（和）。

2 参见第二课，注释4。

3 当英格兰的盎格鲁-撒克逊僧侣们开始用古英语写作时，他们使用拉丁字母。但是，他们必须对付两个在拉丁语中没有对应的辅音。这是两个齿间音，在现代英语中写成 th（"thin"中的清辅音和"this"中的浊辅音）。为了表示这两种发音，经文抄写者添加了两个字母：借用了如尼字母中的"刺形符"，þ，并发明了一个新字母"eth"，ð，是从拉丁文"d"转换而来。在古英语中，这两个字母都用来代表清辅音和浊辅音；它们是可以互换的。在后期古英语中，经文抄写者倾向于分开使用两者，在词头写 þ，所有其他位置写 ð。中古英语中不再使用字母 ð；而 þ 则继续使用至十六世纪。博尔赫斯的解释表明，他记得国王名字的原始拼写（使用字母 þ：Hroþgar），但他又想要向学生解释如何使用他们知道的字母来写它。

4 很明显，博尔赫斯在这里举了几个语音差异的例子。

5 这是普劳图斯（Plautus）和泰伦提乌斯（Terence）喜剧中的一个人物，他喜欢吹嘘自己在战场上的英勇表现。

6 阿里马斯普人（Arimaspians）"以只有一只眼而出名，这只眼睛长在前额中间。他们生活在与双翼怪物格里芬的没完没了的战争中，目的是要夺取后者从地底下挖出的黄金,后者则拼命抵抗,其贪婪的程度不亚于阿里马斯普人"。老普林尼,《自然史》第7卷,第2页。博尔赫斯在《想象动物志》(《合著全集》,第66页)这本书中专门讲述独眼动物的那一页摘录了这段话。

7 博尔赫斯指的是约达内斯(Jordanes)的《哥特人的起源和事迹》(*De origine actibusque Getarum*),又名《哥特史》(*Getica*),写于六世纪中叶,基于内容更为丰富的天主之仆卡西奥多鲁斯(Magnus Aurelius Cassiodorus)的作品,后者现已佚失。《哥特史》保留了哥特人讲述自己斯堪的纳维亚起源的传说;这也是特别有价值的关于匈奴人的信息来源。这部作品包含阿提拉葬礼的详细描述,博尔赫斯将其与贝奥武甫的葬礼相比。

8 《芬斯堡之战》片段由博尔赫斯翻译成西班牙语,收入他的《盎格鲁-撒克逊文学简编》。

9 乌尔菲拉(Ulfilas 或 Wulfilas),"狼崽"(约311—383),哥特主教。宣扬阿里乌斯教义,一种否认基督神性和三位一体的神学教义。他被认为是哥特字母的发明者,他用来首次将《圣经》翻译成日耳曼语言。历史学家菲洛斯托吉乌斯(Philostorgius)以及拜占庭的索克拉蒂斯(Socrates Scholasticus)都证实他翻译了整部《圣经》;菲洛斯托吉乌斯说乌尔菲拉没有翻译《列王纪》,为了避免激发哥特部落的好斗特性。然而,乌尔菲拉翻译的大部分内容已经佚失,留存至今的只有片段。最重要的是所谓的《白银抄本》(*Codex Argenteus*),用金银色在紫色羊皮纸上写成,今天保存在瑞典乌普萨拉大学的图书馆里。乌尔菲拉从他授圣职(约341)开始从事传教工作,直到去世。
约翰·威克里夫(John Wycliff,约1330—1384),英国神学家和哲学家,教会改革先驱。他认为教会应该放弃其物质财产。威克里夫反抗教皇的权威,反对教会统治。他坚持认为《圣经》是唯一合法的权威,并主导了《圣经》的第一次完整英文翻译。

10 弗朗西斯·帕尔格雷夫(Francis Palgrave,1788—1861),历史学家,英国国家档案馆创始人。他的作品包括《英格兰史》(*A History of England*),《诺曼底和英格兰史》(*The History of Normandy and England*)和《中世纪的真相与虚构:商人与修道士》(*Fictions of the Middle Ages: the Merchant and the Friar*)。

第四课

1 赫罗斯加的吟游诗人在《贝奥武甫》的第1063—1159行叙述了这个故事。
2 《城堡里的爵爷们》(*Les Burgraves*)由维克多·雨果于1843年左右撰写。
3 《伏尔松萨迦》是 *fornaldarsögur*("远古传奇")之一。博尔赫斯在第二十四课分析威廉·莫里斯《伏尔松的西古尔德的故事》时概述了这个萨迦的内容。
4 他指的是奥拉夫·特里格瓦松(Olaf Tryggvason,约964—1000),他大约从 995 年直到去世，是挪威国王。有他名字的这个传奇属于《挪威王列传》(*Heimskringla*，一译《海姆斯克林拉》)。

5 如同现代英语一样，在古英语中有三个第三人称单数代词：*he*（与现代英语相同），*hit*（中性）和 *heo*（阴性）。三种性别的复数代词都是"*hi*"或"*hie*"。这些被"they"，"theirs"和"them"所取代，全都源于古代北欧语言。

6 博尔赫斯在他的《自传随笔》中讲述了这次旅行的其他轶事。

7 克努特大帝（Knut the Great，约 985—1035），丹麦、英国、瑞典和挪威国王。

8 维京人前往似乎是北美东海岸的航行在《格陵兰人传奇》(*Saga of the Greenlanders*) 和《红发埃里克传奇》(*Saga of Erik the Red*) 中有描述。1960 年代初，挪威探险家海尔格·英斯塔（Helge Ingsta）在加拿大纽芬兰最北端的梅多斯湾发现了一个维京人定居地。安东和佩德罗·卡萨列戈·科尔多瓦（Antón and Pedro Casariego Córdoba，西班牙语编辑和译者）写道："有八间房屋，其中一间很大……几根生锈的针，一根古代北欧式骨针，一盏石灯，材料与中世纪冰岛使用的相同，还有一个小铁匠铺，里面有一个石砧、一个用于从矿物中炼铁的炉子、矿渣、铸铁碎片和一块铜。"考古年代以及炼铁和建筑的存在毫无疑问地证明了大约公元 1000 年左右在美洲就有维京人，大约是克里斯托弗·哥伦布到达新世界的五个世纪之前。

9 博尔赫斯指的是 10 世纪末由皇帝巴西尔二世组织的所谓瓦兰吉卫队，以无所畏惧和战场上残暴而闻名，瓦兰吉人效忠皇帝，是帝国收入最高的士兵；在该卫队服役是一种荣誉，可以终生享有巨大的声望和财富。

10 维京海员在 8 世纪、9 世纪占领了这些岛屿。

11 博尔赫斯指维京人远征圣地。这位"旅行者"或"耶路撒冷朝圣者"是西古尔德·"耶路撒冷朝圣者"·马格努森（Sigurd "Jórsalafari" Magnusson，约 1090—1130），国王马格努斯三世的儿子。*Jórsalir* 是维京人给耶路撒冷取的名字，古北欧语 fari 一词的意思是"旅行者"或"朝圣者"。根据《挪威王列传》的记载，西古尔德·马格努森 1107 年带领六十艘船离开挪威前往西班牙。他在里斯本、直布罗陀和西西里岛停留，然后于 1110 年到达巴勒斯坦。要了解更多信息，请参阅斯诺里·斯图鲁松著《挪威王列传》中的《朝圣者西古尔德萨迦》(*Saga of Sigurd the Pilgrim*) 或匿名的《奥克尼群岛萨迦》(*Orkneyinga Saga*)。

12 博尔赫斯这里当然是指一位名叫哈斯坦（Hastein）的维京人的大胆冒险，贝努瓦·德·圣莫尔（Benoît de Saint-Maure）和编年史家圣康坦的杜多（Dudo of Saint-Quentin）在他的著作《诺曼底第一代公爵时期的风俗世情》(*De moribus et actis primorum Normanniae ducum*) 中均有叙述。该故事具有传奇性质，不大可能包含任何历史真相。

13 《盎格鲁-撒克逊编年史》是一部编年史集,记载了发生在中世纪英格兰的事件。据信原始编年史在阿尔弗烈德大王统治期间(871—899)编写。此后有其他几种版本流传,每种根据其地理位置而有所不同。手稿不同,全都结合了与当地情形相关的资料。现存有六部手稿,以字母标注。它们之间的关系如此复杂,以至于有几位作者强调说,与其说是一部盎格鲁-撒克逊编年史,不如说是有数部编年史。"布伦纳堡之战"出现在 937 年的编年史中。最后一部 1154 年的编年史出现在彼得伯勒编年史中,讲述了斯蒂芬国王的去世。

14 1876 年底,阿尔弗雷德·丁尼生勋爵(Alfred, Lord Tennyson)撰写了他的《布伦纳堡之战》,基于他儿子哈勒姆(Hallam)的散文翻译,该译文发表于当年 11 月的《当代评论》。

15 布伦纳堡之战发生在 937 年。

16 博尔赫斯的曾外祖父伊西多罗·苏亚雷斯上校(Colonel Isidoro Suárez)参加了 1824 年 8 月 6 日的胡宁战役,领导了一次著名的秘鲁和哥伦比亚骑兵袭击,这对战斗的结果至关重要。

17 博尔赫斯分别称这个角色为安拉夫(Anlaf)和奥拉夫(Olaf)。为了简单起见,在这里和其他地方,我们都始终使用"安拉夫",这也是博尔赫斯在他的《日耳曼中世纪文学》中概述这首诗时使用的名称(《合著全集》,第 885—886 页)。

18 《埃吉尔萨迦》(*Egil's Saga*)包含文海德战役(The Battle of Vinheid)的故事(第 54 章),其中埃吉尔和他的兄弟索罗尔夫(Thorolf)在撒克逊国王埃塞尔斯坦的统治下作战。有些作者,包括博尔赫斯,称文海德战役与布伦纳堡之战相同,但仍然存在许多疑问。《埃吉尔萨迦》收录在《私人藏书》第 72 卷中,这套书 1968 年初出版,收录博尔赫斯最喜欢的书,附有他撰写的前言。

19 这一行以及本段中的其他内容均来自丁尼生的翻译。

第五课

1 莫尔顿之战发生在 991 年 8 月 10 日或 11 日。(中世纪文献关于确切的日期有差异。)

2 艾特尔雷德二世(Æthelred II, 968—1016),被称为 *Unræd*,后来称为"the Unready"("无准备者")。他 978 年成为国王。"Æthelred"这个名字的意思是"高贵的决策者"。艾特尔雷德成为国王后不久就不断遭受维京人的袭击。他采取的措施既不受欢迎又徒劳无功。他的同时代人就他的名字一语双关,昵称他为 *Unræd*,实际上意为"决策无方者"或"糟糕决策者"。

3 在维京信使的建议(*beagas wið gebeorge*,"以戒指换和平")中,就像在比尔特诺斯的回应中一样（*To heanlic me pinceð þæt ge mid urum sceattum to scype gangon unbefohtene*，"我认为让你们就这样把我们的财富带到你们的船上，不跟你们打一仗，是可耻的"），*beagas*（手镯，戒指）这个词和 *sceattas*（盎格鲁-撒克逊银币的名称，但可能也是当时的重量单位）在诗的意义上，也通常意味着"财富"。当时的确有金钱在流通，但向维京人纳贡则有金、银、珠宝、戒指和金银币，以及其他任何东西。

4 《芬斯堡之战》片段中没有戈德里克（Godric），也许博尔赫斯将这个名称与 Guthere、Garulf 或 Guthlaf 混淆了，后面这些都出现在那首诗中。

5 这本瑞典语小说的原名是 *Röde Orm*，最初分别于1941年和1945年分两册出版，作者弗兰斯·冈纳·本特森（Frans Gunnar Bengtsson, 1894—1954）是诗人、小说家和散文作家。博尔赫斯指的是第2卷的第一部分，名为"关于在莫尔顿进行的战斗以及之后发生的事情"。

6 戈登（R. K. Gordon）撰写的《盎格鲁-撒克逊诗歌》，普通人图书馆丛书，第794卷。

7 博尔赫斯评论的是《英吉利教会史》第四卷的一段话，讲述开德蒙的故事。可参见《日耳曼中世纪文学》，《合著全集》，第881页。

8 开德蒙（Caedmon）"平庸"的诗文如下：

Nu sculon herigean   heofonrices weard,
meotodes meahte   and his modgeþanc,
weorc wuldorfæder, swa he wundra gehwæs,
ece drihten,   or onstealde.
He ærest sceop   eorðan bearnum
heofon to hrofe,   halig scyppend;
þa middangeard   moncynnes weard,
ece drihten,   æfter teode
firum foldan,   frea ælmihtig.

9 "沃尔特·惠特曼，和谐一体，曼哈顿之子，/ 好动多肉、爱享受、吃、喝、繁殖。"沃尔特·惠特曼，《自我之歌》第24首，摘自《草叶集》。

10 这首诗的标题是"向世界致敬！"，属于《草叶集》中的组诗《芦笛》。

11 皮埃尔·德·龙萨（Pierre de Ronsard, 1524—1585），法国诗人。

12 莱奥波尔多·卢贡内斯·阿圭略（Leopoldo Lugones Argüello, 1874—1938），阿根廷作家和记者。

13 在题为"基督"的诗篇的第797—807行中，琴涅武甫这个名称的字母融入了最后审判的故事。使用类似的方法，琴涅武甫还为以下诗歌"签了名"：《埃琳娜》《朱莉安娜》和《使徒的命运》。琴涅武甫的身份仍然是个谜。这些诗的作者分别被认为是：彼得伯勒修道院院长肯沃夫（Cenwulf, 卒于

1006 年）林迪斯法恩主教琴涅武甫（卒于 782 年）；还有邓尼奇的一位牧师基涅武甫（Cynwulf）。
14 位于阿根廷布宜诺斯艾利斯埃尔卡诺大道 4568 号的英国公墓。
15 博尔赫斯翻译了这首哀歌的一部分，收录在他的《盎格鲁-撒克逊文学简编》中，标题为"*El navegante*"。
16 选自尼加拉瓜诗人鲁文·达里奥（Rubén Darío, 1867—1916）的《小奏鸣曲》。
17 以下是庞德译文的开始数行与古英语原文对照：

Mæg ic be me sylfum	soðgied wrecan,
siþas secgan,	hu ic geswincdagum
earfoðhwile	oft þrowade,
bitre breostceare	gebiden hæbbe,
gecunnad in ceole	cearselda fela,
atol yþa gewealc,	þær mec oft bigeat
nearo nihtwaco	æt nacan stefnan,
þonne he be clifum cnossað.	Calde geþrungen
wæron mine fet,	forste gebunden

May I for my own self song's truth reckon,
Journey's jargon, how I in harsh days
Hardship endured oft.
Bitter breast-cares have I abided,
Known on my keel many a care's hold,
And dire sea-surge, and there I oft spent
Narrow nightwatch nigh the ship's head
While she tossed close to cliffs. Coldly afflicted,
My feet were by frost benumbed.

为保证这首歌的真实性，我可以谈论
旅途的故事，我在艰辛的日子里
如何常常经历磨难。
我忍受心中的忧伤
在我的船上体会许多忧愁，
和可怕的海浪，我经常在那里度过
惊险的夜间守候，靠近船头
而她被甩向悬崖。寒冷难熬，
我的双脚因霜冻而麻木。

第六课

1 博尔赫斯在他的《想象动物志》一书里谈论女武神瓦尔基里的那一页(《合著全集》,第708页)以及谈论小精灵的那一页(《合著全集》,第624页)均提到了此咒语。

2 古英语中的 Ese 在古北欧语中是 Æsir。

3 给维罗纳的坎格兰代·德拉·斯卡拉(Cangrande della Scala)的信是保留至今的但丁的最后一封信,写于1303年左右,信很重要,因为它包含对作者本人撰写的《神曲》一书的评论。1920年之前,这封信一直被认为是伪造的,直到一些意大利和国际学者和评论家通过详尽的分析确定了其真实性。

4 威廉·兰格伦(William Langland,约1332—1440),英国诗人,一般认为是《衣夫皮尔斯》的作者。

5 斯特凡·格奥尔格(Stefan George,1868—1933),德国诗人。

6 博尔赫斯将这首诗的译文收入他的《日耳曼中世纪文学》一书(《合著全集》,第877—878页)。巴斯被罗马人称为苏利斯泉(Aquae Sulis),紧邻埃文河。温泉浴场的废墟是现代考古和旅游胜地。

7 诗人的反问,吹过房间的风,刻在墙上的蛇形实际上不属于《废墟》这首诗,而是《流浪者之歌》中具有类似主题和语调的一段。这两首诗都包含了被时间侵蚀的废墟和墙壁的描述。

8 博尔赫斯将这首诗翻译成西班牙语,收入《盎格鲁–撒克逊文学简编》,标题为简单的《提奥》(Deor)。

9 但丁·阿利吉耶里,《神曲》第三部,《地狱》,第1—3和第10行。

10 现代英语中的"beam"(木梁)与德语词"baum"(树)相关,有相同的意思。

11 《挪威王列传》由斯诺里·斯图鲁松写于18世纪初,由十六个萨迦组成,每个对应一位在850—1177年之间居挪威王位的君主。博尔赫斯解释说:"这部作品的第一份手稿缺失了第一页,第二页的头两个单词是'Kringla Heimsins',意为'世界这个圆球'。因此,手稿被称为 Kringla Kringla Heimsins 或 Kringla 或 Heimskringla。两个随意的单词就这样变成了作品的名字,然而,这两个词已经预示了书稿涉及内容极其广泛。"豪尔赫·路易斯·博尔赫斯,《日耳曼中世纪文学》,《合著全集》,第960页。

第七课

1 动物寓言集(Bestiaries,也称 Physiologus)在中世纪极其流行,由四十八个部分组成,每一部分都描述了真实或想象的动物的属性或习性,意在阐释基督教美德,创作关于罪恶或背离信仰的《圣经》式寓言。动物寓言集被翻译成多种语言,流传时间超过十五个世纪;所有的译本都源于希腊文原著,原本据信2世纪写于亚历山大城。Physiologus 这个词的意思是"博物学家"(naturalist)，被用作动物寓言集的名称，但实际上对应的是本书的作者或原始出处。

2 博尔赫斯在他《想象动物志》(《合著全集》，第 679 页) 一书中提到盎格鲁-撒克逊人关于豹（潘特拉）的诗。

3 这实际上在《小老头》(*Gerontion*) ——诗的第 20 行，《小老头》并非如博尔赫斯所想的那样在《四个四重奏》中，而是在《诗歌集》(*Poems*, 1920) 一书中。这一节诗内容如下："朕兆现在被人看作奇迹。'显个朕兆给我们看看！' / 道中之道，说不出一个词，/ 裹在黑暗中。在一年的青春期 / 基督老虎来了。"

4 "Fastitocalon" 是希腊词 *aspidochelone* 的讹误，后者源自 *aspís*（"盾牌"），和 *chelone*（"乌龟"）。后来动物寓言集每翻译和抄写一次，该词都进一步讹误。博尔赫斯在他的《想象动物志》一书中有关此动物的那几页中概述了这首鲸鱼诗（《合著全集》，第 628 页）。

5 博尔赫斯在他的《想象动物志》一书中有关扎拉坦的那一页上分析了这个传说的起源（《合著全集》，第 71 页），其中他还提到了有关鲸鱼的盎格鲁-撒克逊诗歌，并翻译了《修道院长圣布伦丹航海记》的片段。

6 航海者圣布伦丹 (Saint Brendan, 约 486—578) 建立了几座修道院和教堂，其中最著名的在克朗弗特 (Clonfert)，他埋葬在那里。博尔赫斯提到的那部作品讲述他传奇般地航行到应许之地以及遭遇鲸鱼的经历，名为 *Navigatio Sancti Brandani*（《修道院长圣布伦丹航海记》）。

7 "……或那只海洋的野兽 / 利维坦，是上帝所有造物中 / 最巨大的畅游大海的造物 / 当时他，碰巧在挪威海的泡沫上睡着了……"（约翰·弥尔顿，《失乐园》，第 1 卷）。

8 格里芬是一种假想的野兽，具有狮子的身体、鹰的头和翅膀。博尔赫斯在《想象动物志》一书中有一整页专门谈论格里芬（《合著全集》，第 639 页）。

9 博尔赫斯在《日耳曼中世纪文学》中收录了他翻译的六个盎格鲁-撒克逊谜语——有关鱼、卖大蒜的小贩、天鹅、蛾、圣杯，太阳和月亮（《合著全集》，第 890—891 页）。

10 参见《想象动物志》中有关斯芬克司的那一页（《合著全集》，第 627 页）。

11 罗伯特·K. 戈登，《盎格鲁-撒克逊诗歌》（纽约：达顿图书公司，1954）。

12 豪尔赫·曼里克 (Jorge Manrique, 1440—1479)，西班牙重要诗人，主要作品是《为亡父而作的挽歌》(*Coplas a la muerte de su padre*)。

13 这首诗由博尔赫斯翻译成西班牙语，收入他的《盎格鲁-撒克逊文学简编》中。

14 这个故事收录在爱德华多·怀尔德 (Eduardo Wilde, 1844—1913) 的一些故事集中，也被博尔赫斯收入他的文集《阿根廷画家和短篇小说家》(*Cuentistas y*

15 阿方索·雷耶斯（Alfonso Reyes, 1889—1959），墨西哥作家、哲学家和外交家。
16 博尔赫斯将莱奥波尔多·卢贡内斯的这本书收入他的《私人藏书》的第12卷。
17 在古英语中为 *cnif*。
18 征服者威廉（William the Conqueror, 约 1028—1087），诺曼底公爵，1066年在黑斯廷斯击败撒克逊国王哈罗德后成为英格兰国王。
19 国王阿尔弗烈德（849—899），被称为阿尔弗烈德大王（Alfred the Great）。从 871 年加冕为韦塞克斯国王的那一刻起，阿尔弗烈德就被迫面对维京入侵者不断的威胁。878 年，丹麦人占领了韦塞克斯，阿尔弗烈德被迫逃离。但是他不久后又返回，并在埃丁顿击败了侵略者。886 年，阿尔弗烈德和丹麦人签署了《韦德莫尔条约》，确定了英格兰的分割。岛的北部和东部仍然由丹麦人控制，但作为交换，阿尔弗烈德得以扩展自己的领域至韦塞克斯边界之外，格鲁鲁姆国王（Guthrum）皈依了基督教。阿尔弗烈德从未统治过整个英格兰，但他的改革和军事胜利标志着巩固领土的开始，使得他的继任者能够实现盎格鲁-撒克逊英格兰的统一。
20 这段情节出现在斯诺里·斯图鲁松《挪威王列传》中的《国王哈拉尔德萨迦》第二部分第 94 章。
21 博尔赫斯此处可能指的是出生于都柏林的英国作家和记者詹姆斯·刘易斯·法利（James Lewis Farley, 1823—1885）。他在布里斯托尔担任土耳其领事[①]，为改善土耳其和英国之间的关系做出了贡献。他的作品包括：《叙利亚两年之行》（*Two Years Travel in Syria*）、《叙利亚大屠杀》（*The Massacres in Syria*）、《新保加利亚》（*New Bulgaria*）、《德鲁兹和马龙派教徒》（*The Druses and the Maronites*），《现代土耳其》（*The Modern Turkey*），《土耳其资源》（*The Resources of Turkey*）以及《埃及、塞浦路斯和亚洲土耳其》（*Egypt, Cyprus and Asiatic Turkey*）。
22 斯诺里·斯图鲁松（1179—1241），冰岛诗人、学者和历史学家，是冰岛最为著名的中世纪作家。他写了《挪威王列传》和《散文埃达》（或称《小埃达》）。据信《埃吉尔萨迦》也是他写的。斯诺里·斯图鲁松在奥迪[②]师从乔恩·洛普森（Jon Loptsson），他不仅是那个时代最杰出的学者，而且很可能

[①] 由奥斯曼帝国任命，以表彰他在文学上对奥斯曼帝国作出的贡献。
[②] Oddi，中世纪南冰岛的文化和学习中心。

还拥有全冰岛最高贵的血统。除了学术研究，斯诺里还对财富和权力感兴趣，两者他都不缺。他参与了涉及挪威国王哈康四世（Haakon IV）的政治阴谋，并允诺将冰岛归于他的王冠之下；然而——出于人们现在不再能完全理解的原因——他拖延了很久都没有把冰岛交给他。如博尔赫斯指出的那样，斯诺里·斯图鲁松的一生被描述为"错综复杂的背叛史"。1241 年，在受到斯诺里·斯图鲁松冷落后，国王哈康失去了耐心，下令暗杀了他。博尔赫斯在《日耳曼中世纪文学》中探讨了他生平的这些重要方面（《合著全集》，第 950—951 页）。另请参阅博尔赫斯翻译的《散文埃达》（《小埃达》）第一部分（题为《古鲁菲的被骗》）序言。

23 谢尔盖·M. 爱森斯坦（Sergei M. Eisenstein）著名的电影，1938 年首映。

24 博尔赫斯提到的《古代英吉利编年史》是 *Gesta Regum Anglorum*，即英国历史学家马姆斯伯里的威廉（William de Malmesbury，约 1090—1143）于 1125 年左右撰写的《英国国王史》（*The History of the English Kings*）。

第八课

1 赫罗尼莫·洛博（Jerónimo Lobo，1596—1678），葡萄牙耶稣会士。他在里斯本加入耶稣会，一生致力于传教。

2 尤维纳利斯（Decimus Junius Juvenalis，约 60—140），拉丁诗人。博尔赫斯提到的塞缪尔·约翰生的两首诗的灵感来源于他的作品。1738 年写的《伦敦：一首诗》基于尤维纳利斯的《讽刺诗》第三首。1749 年的《人愿皆空》以《讽刺诗》第十首为蓝本。

3 保罗·格鲁萨克（Paul Groussac，1848—1929），出生于法国的阿根廷作家。

4 出版于 1755 年。

5 尼古拉·布瓦洛-德普雷奥（Nicolas Boileau-Despréaux，1636—1711），法国诗人和评论家。

6 这本意-英词典《语词世界》由词典编纂家和翻译家乔凡尼·弗洛里奥（Giovanni Florio，1553—1652）于 1598 年出版。

7 诺亚·韦伯斯特（Noah Webster，1758—1843），美国词典编纂家。韦伯斯特 1806 年出版了他的《简明英语词典》，1828 年出版了更详尽得多的《美国英语大词典》。

8 博尔赫斯很可能记起了《人愿皆空》这首诗的第 48 行，约翰生在其中谈到任何人选择了作家这份职业都会遭受的困境。在这首诗 1749 年的第一版中，约翰生写道："辛劳、羡慕、匮乏、阁楼和监狱"。遭遇了切斯特菲尔德勋爵拒绝帮助他的痛苦经历之后，约翰生修改了这首诗，在他列举的坏事中用"赞助人"代替了"阁楼"："辛劳、羡慕、匮乏、赞助人和监狱"。

第九课

1. 当约翰生开始编纂词典时,他向切斯特菲尔德勋爵求助,视他为潜在的赞助人,但切斯特菲尔德只给了他一笔象征性的款项。七年后,约翰生完成了他的任务,切斯特菲尔德勋爵在《世界》杂志上发表了两篇文章向他表示祝贺。约翰生发表了他的答复信件,提醒勋爵他以前的态度,他写道:"我的伯爵,所谓赞助人就是这样一个人:漠视别人在水中挣扎求生,等他爬上岸后,却又用表示帮助来麻烦他,对吗?"

   《漫步者》(Rambler)是约翰生出版了几年的售价两便士的散文小报。

2. 塞缪尔·约翰生,《王子出游记》,马里亚诺·德·贝迪亚·米特雷翻译并撰写序言,布宜诺斯艾利斯:吉列尔莫·卡拉夫特出版社(极点丛书),1951。

3. 讲述洛博神父在阿比西尼亚经历的手稿原文为葡萄牙语,直到阿巴德·勒格朗(Abad Legrand)将其翻译成法文,于1728年出版,名为:《阿比西尼亚王子出游记,侍奉耶稣的赫罗尼莫·洛博著,勒格朗续写暨补充数篇论文、信件和回忆》(*Voyage historique d'Abissinie du R. P. Jerome Lobo de la Compagnie de Jesus; traduit du Portugais; continuée et augm. de plusieurs dissertations, lettres et memoires par M. Le Grand*)。

4. 《巴兰与约沙法》(*Barlaam and Josaphat*)是基督教对佛陀传说的改编,由7世纪耶路撒冷附近萨巴斯修道院一位名叫胡安的修士用希腊文撰写。该作品在中世纪被广泛阅读并影响了许多西班牙语作家,包括洛佩·德·维加(Lope de Vega)、雷蒙多·卢里奥(Raimundo Lulio)和唐·胡安·曼努埃尔(Don Juan Manuel)。

5. 阿方索·雷耶斯,参阅第七课注15。这段话见于一篇名为《十七世纪航空理论先驱》的论文(*Un precursor teórico de la aviación en el siglo XVII*)。

6. 安托万·加朗(Antoine Galland,1646—1715),法国东方主义者和学者。他最著名的作品是法语改编的《天方夜谭》,根据叙利亚手稿编译。博尔赫斯在收入《永恒史》(1936)的文章《〈一千零一夜〉的译者》中批评和比较了这部作品的许多译本。博尔赫斯还将加朗的这部译作摘选收入《私人藏书》第52卷。

7. 古埃及的三个地区之一,也称为上埃及,首都是底比斯。3世纪末,第一批基督教隐士在该地区西部的沙漠中避难,以逃避罗马人的迫害。

8. 托马斯·布朗爵士(Sir Thomas Browne,1605—1682)。他在1635年左右写了《一个医生的宗教信仰》(*Religio medici*)一书。他的其他作品包括《世俗的谬误》(*Pseudodoxia epidemic*,1646),《瓮葬》(*Urn Burial*,1658),以及下面提到的《居鲁士花园》(*The Garden of Cyrus*,1658)。

   这句话可以在《居鲁士花园》最后的段落中找到。在这段话中,作者评论了梦境中的植物形象具有欺骗性，并提到梦会使嗅觉缺失："希波克拉底对此几乎没说过什么，而圆梦术士对植物的诠释如此严苛，以至于没有多少动力去梦见天堂本身了。花园最甜蜜的喜悦也不会在睡眠中提供太多的安慰；这种感觉的迟钝与令人愉悦的气味握手；尽管在克里奥佩特拉的床上，却几乎无法叫人高兴地拾起玫瑰的幽灵"（第5章）。

9　见《王子出游记》第32章。

10　戈特弗里德·威廉·莱布尼兹（Gottfried Wilhelm Leibniz, 1646—1716），德国哲学家和数学家。

11　托马斯·麦考莱（Thomas Macaulay）的评论实际上是一把双刃剑。在评论约翰·克罗克（John Croker）的新版詹姆斯·鲍斯威尔的《约翰生传》（1831年9月出版）时，托马斯·麦考莱说，鲍斯威尔是个白痴，碰巧有很好的记性。尽管如此，他与约翰生的相处产生了有史以来最好的传记。"我们不能肯定在整个人类智识史上是否还有似这本书一样奇怪的现象。许多曾经生活过的最伟大的人物都写过传记，鲍斯威尔是有史以来最卑微的人之一，但他击败了所有人。如果我们能相信他自己的叙述或者那些认识他的人的众口一词，那他就是一个最卑微、最软弱无能的人。"

第十课

1　摘自《旧衣新裁》第8章："还有什么能比一个真正地道的鬼魂更神奇？英国人约翰生一生都渴望见到一个；但尽管他去了寇克巷，爬上了教堂的穹顶，敲打过棺材，却无法办到。笨蛋博士！难道他从来没有用过想象的眼睛或实在的眼睛，仔细打量那个他如此热爱的人类生活的全部潮汐；难道从来没有看过他自己吗？这位好博士是个鬼魂，如他一心一意渴望的那样的鬼魂；他身边有几乎一百万鬼魂在街上走来走去。我再说一遍，抹去关于时间的幻觉，把三十年压缩成三分钟：他还有什么，我们还有什么？难道我们不是精神，塑成一个身体，一个外观，然后又消失在空气中，消失于无形？这不是隐喻，而是一个简单的科学事实：我们从虚无开始，成了形体，是幻影；围绕我们，正如围绕最真实的幽灵的，是永恒；对于永恒而言，每分钟都是岁月和永恒。"

2　约翰·斯图亚特（John Stuart, 1713—1792），第三代比特伯爵，出生于苏格兰爱丁堡的英国政治家。他是乔治三世的家庭教师和私人朋友。乔治二世即位时，他被任命为内政大臣，并于1762年任首相。但是他很快就变得非常不受欢迎，于1763年被迫辞职。

3　帕斯夸莱·保利（Pasquale di Paoli, 1725—1807），科西嘉独立斗争领袖，先是想脱离热那亚，后来想脱离法国统治。1765年鲍斯威尔到科西嘉岛进行了为期六周的旅行，采访保利，与他建立了长久的友谊。

4 "演员托马斯·戴维斯先生,在考文特花园罗素街开设了一家书店。"(詹姆斯·鲍斯威尔,《约翰生传》)

5 罗斯利男爵托马斯·巴宾顿·麦考莱(Thomas Babington Macaulay, 1800—1859),英国历史学家、政治家和散文家。麦考莱的文章于1831年9月发表,是对约翰·威尔逊·克罗克(John Wilson Croker)出版的鲍斯威尔所作传记作出的回应。

6 1831年,麦考莱在他的《约翰生传》书评中写道:"那些大多数人都隐藏在心中最秘密的地方,不愿透露的弱点,不让友谊或爱情的目光看见,却恰好正是鲍斯威尔在全世界面前炫耀的弱点。他道地的坦率,因为他理解力的缺陷和精神的骚动不安使他不知道什么时候弄得自己很可笑……他名气很大;而且毫无疑问,将是持久的;但这是一种奇特的名声,确实非常像是臭名昭著。"

7 "我不愿意提起名字的",这可能是借用了《堂吉诃德》的第一句话。

8 莱奥波尔多·卢贡内斯·阿圭略,参阅第五课注释12。

9 这时肯定有手势伴随。

10 保罗·瓦莱里(Paul Valéry, 1871—1945),法国诗人和评论家。

11 这句话可见于蒲柏的《伊利亚特》译本第8卷。

12 1791年首次分两卷出版,题为《约翰生传》(*The Life of Samuel Johnson, LL. D*)。

13 乔舒亚·雷诺兹爵士(Joshua Reynolds, 1723—1792),英国画家,出生于英国德文郡。他画他那个时代重要人物的肖像。1768年,雷诺兹被任命为皇家艺术学院首任院长,1784年任国王的首席宫廷画家。奥利弗·哥尔德斯密斯(Oliver Goldsmith, 1730—1774),盎格鲁-爱尔兰剧作家、小说家和诗人。

14 米盖尔·德·乌纳穆诺(Miguel de Unamuno, 1864—1936),西班牙作家和哲学家。

15 《皆大欢喜》第4幕,第3场。

16 亨利·柏格森(Henri L. Bergson, 1859—1941),法国哲学家。

17 约瑟夫·伍德·克鲁奇(Joseph Wood Krutch, 1893—1970),北美自然主义者、自然保护主义者、作家和评论家。他于1944年撰写了一部约翰逊传记,1937至1952年在哥伦比亚大学任教。他的自传《不止一生》于1962年出版。

18 爱德华·吉本《罗马帝国衰亡史》的精选收入《私人藏书》第27卷。阿诺德·汤因比(Arnold Toynbee, 1889—1975),英国历史学家。

第十一课

1 德国哲学家奥斯瓦尔德·斯宾格勒(Oswald Spengler, 1880—1936)。博

尔赫斯所指的作品原德文标题为 *Der Untergang des Abendlandes*，于1918年和1922年分两卷出版。

摘自《西方的没落》，第2卷，第1部，第4章。

2 格雷的诗《墓园挽歌》(*Elegy Written in a Country Churchyard*) 1751年首次出版。这首诗的灵感源自英国白金汉郡斯托克公园的教堂墓地，格雷本人也埋葬在那里。

3 何塞·安东尼奥·米拉拉（José Antonio Miralla，1789—1825），阿根廷诗人和争取独立的斗士，出生于阿根廷科尔多瓦。在英国时，他将托马斯·格雷的《墓园挽歌》译成西班牙语，译笔精湛。他的作品还包括《威廉·温斯顿之死》(*A la Muerte de William Winston*)、《自由》(*La Libertad*) 和《飞蛾不在》(*La Palomilla Ausente*)。

4 约翰·戈特弗里德·冯·赫尔德（Johann Gottfried von Herder，1744—1803），德国哲学家。

5 古斯塔沃·阿道夫·贝克尔（Gustavo Adolfo Bécquer，1836—1870），西班牙浪漫主义后期诗人和短篇小说家，是西班牙文学的重要人物之一。海因里希·海涅（Heinrich Heine，1797—1856），德国诗人和散文家。

6 科连特斯（Corrientes）是阿根廷东北部的一个省。这个地方的一些社区使用瓜拉尼语。

7 詹姆斯·麦克弗森作，1760年出版。

8 他指的是休·布莱尔（Hugh Blair，1718—1800），著名的神父，亚历山大·卡莱尔、亚当·弗格森（Adam Ferguson）、亚当·斯密和詹姆斯·麦克弗森的朋友，布莱尔为他撰写了《芬格尔之子莪相诗歌评论》(*A Critical Dissertation on the Poems of Ossian, the Son of Fingal*, 1763)。博尔赫斯所指的修辞学书籍是《修辞学和纯文学讲座》(*Lectures on Rhetoric and Belles Lettres*, 1783年出版，直到十九世纪都被用作教科书。

9 《芬格尔：六卷古代史诗》(*Fingal: Ancient Epic Poem in Six Books*) 于1762年出版。一年后，麦克弗森又出版了据称是凯尔特传说和诗歌的新合集，名为《帖莫拉：八卷古代史诗》(*Temora: An Ancient Epic Poem in Eight Books*)。

10 约翰内斯·司各特·爱留根纳（Johannes Scotus Eriugena，约830—880），爱尔兰哲学家和神学家。

11 "大约在1750年，英国的公园以其氛围取代了法国的公园，后者的景观概念被舍弃，取而代之的是爱迪生、蒲柏和感性的'大自然'，在其动机中引入也许是有史以来最令人惊讶的怪诞内容：人工废墟，以加深所呈现景观的历史特征。"（奥斯瓦尔德·斯宾格勒，《西方的没落》，牛津大学出版社，1991，第134页。）

12 博尔赫斯所指的词可能是"baritus"，塔西佗在他的《日耳曼尼亚志》中用到了这个词。"他们说赫拉克勒斯也曾经拜访过他们。他们去参加战争时,首先歌唱他的英雄事迹。他们也有自己的歌,通过演唱这种歌曲(他们称之为'baritus'),他们鼓起勇气,并根据音调来预测即将发生的冲突的结果。因为当他们音调高昂时,他们受到鼓舞或者感到震惊。与其说是有清晰的发音,不如说是鼓足勇气的呼喊。"(《阿古利可拉与日耳曼尼亚志》,A. J. 丘奇和 W. J. 布罗德里布译,伦敦:麦克米兰出版社,1877,第 87—110页)这个词的来源不明,人们曾认为它与凯尔特吟游诗人相关,也与大象发出的声音有关。

13 梅尔基奥尔·切萨罗蒂(Melchiore Cesarotti, 1730—1808),意大利诗人和散文家。他用诗体形式翻译的麦克弗森的作品名叫 *Poesie di Ossian* (1763—1772)。

14 麦克弗森的作品也吸引了浪漫派音乐家。在 1815 年和 1817 年之间,著名的奥地利人弗朗兹·舒伯特为十多首莪相长诗作曲,他读到的是巴伦·德·哈罗德(E. Baron de Harold)翻译的德语版。甚至到了 1843 年,德国作曲家罗伯特·舒曼(他也是一位作家)还提到献给莪相的一首序曲的首演,《莪相的回音》(*Nachklänge aus Ossian*),由年轻的丹麦作曲家尼尔斯·加岱(Niels Gade)创作。

15 《英诗辑古》(*Reliques of Ancient English Poetry*, 1765)。博尔赫斯下面提到的作者是英国学者和主教托马斯·珀西(Thomas Percy, 1729—1811),而不是格雷。

16 《民歌》(Volkslieder), 1778—1779 年出版。

第十二课

1 阿方索·雷耶斯,参阅第七课注 15。米格尔·德·乌纳穆诺,参见第十课注 14。

2 托马斯·德·昆西(Thomas De Quincey, 1785—1859),通常称为德·昆西(De Quincey),英国作家。

3 博尔赫斯很可能记住的是《隐士》第一部,第一卷,《家在格拉斯米尔》(*Home at Grasmere*),第 238—268 行。华兹华斯写道:"……但是有两只失踪了,两只,孤独的一对/乳白色的天鹅;它们为何不见踪影/不来享受这快乐的一天",然后解释说有可能是因为谷底山民用枪射杀了它们。

4 这首十四行诗写于 1802 年 9 月 3 日,标题为《威斯敏斯特桥上》。"地球上没有什么东西可以展示出如此的美貌:/只有沉闷无聊的灵魂才会视而不见/如此雄伟壮观的景象;/这个城市现在好似着装一样/披上晨光的美丽;静谧、裸露,/船舶、塔楼、圆顶、剧院,还有教堂/向田野,向天空开放;/在晴朗的空气中闪闪发光。/太阳从未如此美丽地/以他初升的灿烂辉煌,洒向山谷、岩石或丘陵;/我从未见过,从未感到过如此深沉的平静！／河流甜蜜悠闲地流淌；／亲爱的上帝！房屋似乎睡着了；／那强大的心灵静止不动！"

5 这首无标题的十四行诗的第一行是"大海远近浮满了船只"。在这节课结束之前，博尔赫斯再次引用了这首诗。参见注释13了解整首十四行诗。

6 这首诗创作于1802年至1806年之间，于1807年首次出版。博尔赫斯引用了第四行诗，原文实际上是"梦境的荣光和新鲜感"，他无意间改变了词的顺序。我们不应该忘记他是根据记忆讲课，没有参考任何笔记。

7 这一段落在第5卷，而不是第2卷书中。

8 博尔赫斯没有说完这句话。

9 这首诗的标题是《孤独的收割者》，写于1803年至1805年，于1807年出版。内容如下："看她啊，独自在田间／孤独的高地少女！／独自一人边收割边歌唱；／请停下脚步，或轻轻地走过！／她独自收割和捆扎谷物，／唱着忧郁的曲调；／听啊！深邃的河谷／歌声荡漾。／没有哪只夜莺曾如此婉转鸣叫／欢迎成群结队疲惫的／旅行者，在阴暗的地方，／在阿拉伯沙漠；／从无人听过如此激动人心的声音／在春天，杜鹃鸟的歌唱，／打破海洋的寂静／达到最远的赫布里底。／没有人告诉我她在唱歌什么吗？——也许这悲伤的曲调流淌／为古老、不幸、遥远的事情，／还有很久以前的战争；／或者是更加谦卑平常的歌曲，今天熟悉的事情？／一些自然的悲伤、失落或痛苦，／过去了，也许还会再来？／无论少女歌唱的主题是什么，／她的歌仿佛没有止境；／我看见她一边劳作一边歌唱／弯腰挥舞着镰刀；／我听着，一动不动，静悄悄；／而且，当我登上山岗／这音乐声依旧回荡在我内心深处，／不再听见这歌声很久很久之后。"

10 这首十四行诗标题为《1806年11月》，写于1806年，第二年出版，内容如下："又一年！——又一次致命的打击！／又一个强大的帝国被推翻！／我们被遗弃，或将被遗弃／敢于与敌人争斗到底的人们。／'这很好！从这一天开始，我们将知道／我们必须自己去寻求安全；／必须靠我们自己的双手来创造。／我们要么站稳脚跟要么被放倒。／啊，懦夫，这样的预示不会令他开心！／我们将为之欢欣鼓舞，如果统治这片土地的人／珍惜上帝赐予的这许多美好，／明智、正直、英勇；不是卑躬屈膝的一群人，／判断他们惧怕的危险，尊重他们不理解的事物。"

11 博尔赫斯想起了《序曲》第3卷第58—63行："从枕上，眼望／月光或惠顾的星光，我可以看到／雕像伫立的那个前庭／拿着棱镜，面色沉静的牛顿，／大理石呈现的心灵永远／独自在奇特的思想海洋中航行。"

12 参见注释1。

13 这一行来自同一堂课注释7中提到的华兹华斯的无题十四行诗："大海远近浮满了船只，／好似天空上的星星，欣喜地显现出来；／有些抛锚稳稳停留在航道上／有些上下摇晃，不知道为什么。／然后我瞥见一艘很好的船只／像巨人那样来自宽阔的避风港；／昂头行驶在海湾上，／装备富足，盛装打扮／但这船对我无用，我对她也一样。／但我用情人的目光追随着她；／所有船只中我最喜欢这一艘；／她什么时候转弯，会去往哪里？她会迟疑／不会拖延；她去往何处，风都必定搅动。／她继续行驶，她的旅程去往北方。"

第十三课

1. 这个故事最早刊登在1894年7月的《黄皮书》上，后来又于1895年分别收入伦敦的海涅曼和纽约的哈珀公司出版的图书《终结》(*Terminations*)中。

2. 马丁·多布雷兹霍夫（Martino Dobrizhoffer, 1717—1791），奥地利耶稣会士。十八世纪中叶他曾在瓜拉尼地区北边的一个部落阿比庞人（Abipones）中担任牧师，与弗洛里安·巴克（Florian Baucke）或帕克（Paucke）神父共事。他的这本书用拉丁文写成，共三卷，书名为《巴拉圭的马上民族阿比庞人历史》(*Historia de Abiponibus: equestri bellicosaque Paraquariae natione*)，1784年由约瑟夫·诺布·德·库兹贝克（Josph Nob de Kurzbek）在维也纳出版，同年翻译成德语，1822年翻译成英语。布宜诺斯艾利斯国家图书馆的珍本阅览室收藏了一部原始拉丁文版本。

3. 最初于1817年出版。

4. 柯勒律治就读于基督公学（Christ's Hospital），而不是基督教堂学校（Christ Church）。

5. 《罗伯斯庇尔的垮台》于1794年首次出版。《圣女贞德》（1796）实际上是一首史诗。

6. 博尔赫斯自始至终将柯勒律治的《古舟子咏》(*Rime of the Ancient Mariner*) 称为"古舟子"(*The Ancient Mariner*)。

7. 根据约翰·斯宾塞·希尔（John Spencer Hill）的说法，"整个《传记》不到四个月写就，显示出了仓促而成的迹象；这种仓促在第十二、十三章中留下了最明显的印记，这最后两章于1815年9月撰写。如人们早就知道，《文学传记》第十二章主要包括长篇译文，其中一些是逐字翻译F. W. J.谢林的《论科学唯心论的启示》(*Abhandlungen zur Erläuterung des Idealismus der Wissenschaftslehre*) 和《先验唯心论体系》(*System des transcendentalen Idealismus*)，但从未有过出处说明。在撰写《文学传记》的过程中，第十二章不是柯勒律治唯一剽窃的地方，谢林也不是他唯一剽窃过的德国哲学家；但该书中大量未说明出处的借用出现在这一章中，柯勒律治撰写这一章时肯定是把谢林的著作打开放在眼前的。当然，写作速度快并不是此类行为的借口（免责理由取决于其他更复杂的例证），但确实相当有助于解释为什么在这个特定时刻借用情况如此之多。"(《柯勒律治指南》，纽约：麦克米兰出版社，1985，第218页。)

8　马塞多尼奥·费尔南德斯（Macedonio Fernández，1874—1952），阿根廷作家，幽默家和哲学家。

9　阿马多·内尔沃（Amado Nervo，1870—1919），墨西哥诗人。

10　约翰内斯·司各特·爱留根纳参阅第十一课注释10。

11　柯勒律治在《文学传记》第十五章中断言："莎士比亚，并非纯属自然的孩子；并非天才的自控装置；并非灵感的被动载体，受到精神的控制，而不是控制精神，起初耐心学习，深刻沉思，细致理解，直到知识变成习惯和直觉，与其习惯感觉相结合，并最终产生了那种惊人的力量……将一切形式和事物吸引到自身，融入自己理想的统一之中……莎士比亚成为万物，但永远是他自己。"

12　还有一个儿子，博尔赫斯没有提及。

13　见第八课，注释3。

第十四课

1　《普通人》（*Everyman*）是十五和十六世纪的道德剧之一，有关悔过的迫切需要、生命的短暂性和掌握在上帝手中的人类灵魂的命运。《普通人》大概是基于一部佛兰芒语原著，写于1495年左右。

2　《柯勒律治珍本》（*The Golden Book of Coleridge*），由斯托福德·布鲁克（Stopford A. Brooke）编辑，普通人图书馆丛书第43卷。

3　《忧郁颂》（Dejection: An Ode）写于1802年4月4日。博尔赫斯提及的想法见于《忧郁颂》的第六部分，内容如下："那时候，尽管我的路很艰难 / 我内心的喜悦掺杂苦恼，/ 所有不幸都不过是些破烂 / 幻想使我梦想着幸福。/ 希望围绕着我生长，像葡萄藤那般缠绕，/ 一切硕果和树叶，不是我自己的，却仿佛属于我。/ 但现在苦难使我深深埋下头来；/ 我不在乎他们夺走了我的喜悦；/ 但是啊！每次天赐的苦难 / 中止了大自然在我出生时的赐予，/ 我想象力的塑造精神。/ 即使不去想我需要的也会有感觉，/ 但保持沉静和耐心，我也能做到；/ 碰巧因为深奥的研究偷走了 / 我本性中所有的自然人——这是我唯一的资源，我唯一的计划：/ 直到适合一部分的方式感染全部，/ 现在几乎已经养成了我灵魂的习惯。"

4　没有哪本关于柯勒律治的书有此标题；博尔赫斯想起的那本书无疑是乔治·威尔逊·奈特（George Wilson Knight）的《星空穹顶》（*The Starlit Dome*）（伦敦：牛津大学出版社，1941）。《星空穹顶》有一章标题为"柯勒律治的神曲"，其中作者断言《克丽斯德蓓》《古舟子咏》和《忽必烈汗》可以整体被视为一部《神曲》，分别探索地狱、炼狱和天堂。

5 雅各波·阿利吉耶里（Jacopo Alighieri，约 1291—1348）。
6 坎格兰代·德拉·斯卡拉（Cangrande della Scala，1291—1329），意大利贵族，据信为但丁·阿利吉耶里的主要保护人。
7 《螺丝在拧紧》1898 年刊登在《科利尔周刊》上，首次收入同年出版的《两个魔术》（*The Two Magics*）一书中。
8 这首诗的两个版本出现在《柯勒律治诗歌散文选集》的对页中（斯蒂芬·波特编辑，伦敦：无双出版社；纽约：兰登书屋，1962）。
9 这首诗的第二个版本开头是这样的："这是一位古老的水手，/ 他拦住了三人之一。/ '您有灰长的胡须和闪闪发光的眼睛，/ 您为何让我停下来？/ 新郎的大门敞开着，/ 我是他的近亲，/ 宾客全都聚在一起，宴会已经准备停当；/ 可以听到欢声笑语。' 他瘦削的手拉住他，/ '有一艘船。' 他说。/ '放开我！松开手，灰胡子的傻瓜！' / 他马上松开了手。"
10 博尔赫斯引用了第 4 节："他闪闪发光的双眼盯着他——/ 婚礼来宾站立不动，/ 像三岁的孩子那样听着：/ 水手的意愿占了上风。"
11 Arbaleses 这个词并未出现在任何西班牙语大型词典中，但是其词源对应法语的 *arablétes* 和拉丁文的 *arcus*，即 "弓"，和 *ballista*，"弩"。
12 杰弗里·乔叟《坎特伯雷故事集》中的 "赦罪僧的故事"（The Pardoner's Tale），第 265—268 行："Ne deeth, allas! ne wol nat han my lyf / Thus walke I, lyk a restelees kaityf, / And on the ground, which is my moodres gate, / I knokke with my staf, bothe erly and late."（不，死神啊，不肯取走我的生命 / 我就这么走着，心神不宁沮丧潦倒 / 地上，是我母亲的大门 / 我用手杖敲门，从早到晚地敲。）
13 《飞翔的荷兰人》，一部由理查德·瓦格纳创作歌词和音乐的三幕歌剧，于 1843 年首演。
14 约翰·利文斯顿·洛斯（John Livingston Lowes），《通往上都之路：想象力研究》（*The Road to Xanadu: A Study in the Way of the Imagination*，波士顿和纽约：霍顿·米夫林出版社，1927）。
15 塞缪尔·珀切斯（Samuel Purchas，1577—1626），英国作家和牧师。这本书是《珀切斯的朝圣之路》（*Purchas, his Pilgrimage*），于 1625 年出版。

第十五课

1 博尔赫斯将《诗歌全集》（*Poesía completa*），巴勃罗·马尼·加尔松（Pablo Mañé Garzón）的布莱克译本收入他的《私人藏书》的第 62 卷。在序言中，博尔赫斯简单介绍了这位英国诗人的生平。
2 德尼·索拉（Denis Saurat，巴黎：拉科隆布出版社，1954）。
3 例如在《天堂与地狱的婚姻》中（约 1790 年出版）。

4 收入《经验之歌》的诗歌写于 1789 年至 1794 年之间。博尔赫斯不断提到的《老虎》这首诗,布莱克修改过两次,并分别出版。

5 参见第九课注释 10。

6 圣伊里奈乌斯(Saint Irenaeus,约 130—202),里昂主教。他在《驳斥异端》(*Adversus haereses*)一书中详细描述了诺斯替观念,为了对其进行驳斥。

7 他引用了诗歌《十四行(因心理研究学会会议录有感而发)》,写于 1913 年,收入《南海》(*The South Sea*)一书,内容如下:

不会白白流泪,当我们超越太阳时,
　　我们会敲击坚固的门,也不会踩踏
　　那些漫无目的死者的尘土飞扬的大道
为地球悲哀;而是转身奔跑
沿着一条平整铺设的空中小路,
风与风之间某条可爱低矮的小巷,
　　在微弱的光照下弯腰,穿过阴影,找到
某个窃窃低语的鬼魂遗忘的角落,在那里

纯净地交谈度过我们永恒的日子;
　　一步步思考,立即变得聪慧;
了解我们所缺乏的一切,听到、知道和说出
　　这个动荡的身体现在否认的东西;
触摸,不再用手去感觉,
　　看,不再被我们的眼睛蒙蔽。

8 这里引用的布莱克的内容是:"如果知觉之门得到清洗,每一件事在人类看来,都是无限。"博尔赫斯此处提到赫胥黎的书是《感受之门》(*The Doors of Perception*,纽约:哈珀出版社,1954)。阿莉西亚·胡拉多(Alicia Jurado)撰写的一篇书评刊登在《图书馆》杂志(*La Biblioteca*)第一期(1957 年 1—3 月),由博尔赫斯编辑,当时他任阿根廷国家图书馆馆长。

9 《抒情歌谣集》的最后一首诗(1798 年),与塞缪尔·泰勒·柯勒律治合作出版,《廷特恩寺旁》(*Lines Composed a Few Miles Above Tintern Abbey*):

因为我学会了
观看大自然,不像在那
没有思想的青年时代;但是经常听见
人类仍然悲伤的音乐,
不粗糙,也不刺耳,尽管有强大力量

来抑制和征服。——我感到
一种令我不安的存在，带着
高尚思想的快乐，崇高的感觉
某种更深层次的融合，
其所在是夕阳的光芒，
是圆满的海洋和鲜活的空气，
湛蓝的天空，在人心中：
一种动力和一种精神，推动
一切有思想的事物，一切思想的物体，
穿越一切事物。

10　摘自《最后审判的异象》(*A Vision of the Last Judgement*)。
11　摘自《天堂与地狱的婚姻》中"地狱箴言"的第六条箴言。
12　布莱克的"预言书"中有：《美国预言》(1793)，《欧洲预言》(1794)，《乌里森之书》(*The Book of Urizen*, 1794)，《亚哈尼亚书》(*The Book of Ahania*, 1795)，《洛斯之书》(*The Book of Los*, 1795) 和《洛斯之歌》(*The Song of Los*, 1795)。
13　内容是："但乌桑会布下丝绸罗网和坚硬的陷阱，/ 为你捕捉温柔的白银或狂怒的黄金女子。"(《阿尔比翁女儿的异象》["Visions of the Daughters of Albion"]，第 197—198 行，1793)。
14　他肯定是指塞缪尔·福斯特·达蒙 (Samuel Foster Damon) 的《布莱克词典：威廉·布莱克的观念与象征》(*A Blake Dictionary: The Ideas and Symbols of William Blake*)，普罗温斯顿：布朗大学出版社，于 1965 年，讲授这些课程的前一年出版。

第十六课

1　弗朗西斯科·戈麦斯·德·克维多·桑蒂巴涅内斯·比列加斯 (Francisco Gómez de Quevedo y Santibáñez Villegas, 1580—1645) 是巴洛克时期西班牙贵族、政治家和作家。
2　莱昂·布鲁瓦 (Léon Bloy, 1846—1917)。博尔赫斯将他的《通过犹太人得到救赎》(*Le Salut par les Juifs*, 1892) 收入他的《私人藏书》第 54 卷。
3　*Arbeiten und nicht verzweifeln: Auszüge aus seinen Werken*，由玛利亚·屈恩 (Maria Kühn) 和 A. 克雷奇马尔 (A.Kretzschmar) 译成德语。
4　1820 年到 1825 年，卡莱尔为《爱丁堡百科全书》撰稿十六篇。
5　《席勒传》最初刊登在《伦敦杂志》上 (1823—1824)。
6　约翰·保尔·弗里德里希·里希特尔 (Johann Paul Friedrich Richter, 1763—

1825），小说家和幽默家，出生于德国的文西德尔。

7　分别于1824年和1827年出版。
8　《旧衣新裁》于1833—1834年出版。
9　朱塞佩·巴尔萨莫（Giuseppe Balsamo），别名卡廖斯特罗伯爵（Count Cagliostro，1743—1795），意大利冒险家。
10　何塞·加斯帕尔·罗德里格斯·德·弗朗西亚（José Gaspar Rodríguez de Francia，1766—1840），巴拉圭独裁者。
11　出版于1845年。
12　出版于1837年。
13　博尔赫斯指的是《逻辑体系》（*A System of Logic, Ratiocinative and Inductive*，1843）。
14　法昆多·基罗加（Facundo Quiroga，1788—1835）是一位阿根廷军事强人。多明哥·萨米恩托（Domingo Sarmiento，1811—1888），阿根廷第七任总统、活动家和作家。他1845年撰写了《演说家、文明与野蛮》（*Facundo, Civilization and Barbarism*）一书。
15　卡莱尔于1883年发表了她的信件和文件，标题为《简·韦尔什·卡莱尔信件与记录》。1903年又在伦敦出版了《新书信与记录》。
16　出版于1858年。
17　《挪威早期国王史》（*The Early Kings of Norway*，1875）。另请参阅第一课注释3和第四课注释4。
18　在德语中，Weissnichtwo的字面意思是"不知道在哪里"。
19　佩德罗·博尼法西奥·帕拉西奥斯（Pedro Bonifacio Palacios），也称阿尔马富埃尔特（Almafuerte，1854—1917），阿根廷诗人。
20　米盖尔·乌纳穆诺，请参阅第十课注释14。
21　出版于1841年。
22　《射击尼亚加拉：然后呢？》（"Shooting Niagara: And After？"，1867）。
23　约翰·A.卡莱尔（1801—1879）是一名医生。
24　见注释19。
25　《旧衣新裁》第七章："'最简单的服装'，我们的教授说道，'历史上凡是提到的，都指向后期哥伦比亚战争中玻利瓦尔骑兵团的军装。提供一条对角线为十二英尺的方形毯子（有些会剪去四角，做成圆形）：在中央切割开一条长十八英寸的口子；全裸的骑兵通过这个口子露出头和脖子；就这样骑行而不受各种天气影响，在战斗中避开许多打击（因为他将其卷在左臂上）；不仅穿着衣服，而且还束缚停当。'"

第十七课

1　理查德·弗朗西斯·伯顿爵士（Sir Richard Francis Burton，1821—1890），

英国探险家、语言学家、军人、作家和外交官。他曾就读牛津大学,因小过失而被开除。他二十一岁时加入了东印度公司,派驻信德省,在那里居住了八年。伯顿懂意大利语、法语、希腊语和拉丁语;在信德省期间,他还学会了说多种当地语言。最终,伯顿掌握了超过二十五种语言;如果算上方言的话则有四十种。他 1850 年回到英格兰,在那里组织了一系列探险活动:他朝拜了圣地麦加,进入了禁城哈勒尔,并参加了两次试图发现尼罗河源头的探险活动。1860 年,他前往美国,在那里观察了摩门教徒的生活。然后他进入外交部工作,被派往非洲海岸附近的费尔南多波岛,然后是巴西,他在那里翻译了卡蒙斯的作品。1872 年,他被派往的里雅斯特。伯顿撰写和翻译了许多文本,包括色情文本,例如《香园》、《神圣性爱》(*Ananda Ranga*) 和《爱经》(*The Kama Sutra of Vatsayana*)。《香园》是谢赫·乌马尔·伊本·穆罕默德·纳夫扎维 (Sheik Umar Ibn Muhammad al-Nafzawi) 撰写的阿拉伯文作品 *Rawd alatir fi nuzhat al-khatir* 的英文译本,伯顿根据法文翻译。伯顿的译本于 1886 年出版,标题为《谢赫·纳夫扎维的香园:阿拉伯色情手册》(*The Perfumed Garden of the Cheikh Nefzaoui: A Manual of Arabian Erotology*)。

2 探寻此论断与博尔赫斯本人作品之间的关系会很有趣。

3 1836 年出版。

4 他在这里指的是许多影响,但主要是指塞万提斯的《训诫小说》(*Exemplary Novels*)。

5 米盖尔·德·乌纳穆诺,请参阅第十课注释 14。

6 保罗·格鲁萨克,请参阅第八课注释 3。

7 写于 1843 年至 1844 年之间。

8 分别是 1868 年和 1860 年。博尔赫斯将《月亮宝石》收入埃梅塞出版社 (Emecé Editores) 的第七圈丛书 (*El Séptimo Círculo*) 的第 23 卷,以及他的《私人藏书》的第 6 卷和第 7 卷。

9 安德鲁·朗 (Andrew Lang, 1812—1844),苏格兰评论家、散文家、历史学家和诗人。他研究过许多民族的民俗和传统,并将其改编为他的《童话》系列丛书。他的大量著作还包括诗歌集、四卷本苏格兰史,以及直接根据希腊文原本翻译的《伊利亚特》和《奥德赛》。

10 该书于 1951 年由博尔赫斯和阿道夫·比奥伊·卡萨雷斯 (Adolfo Bioy Casares) 用西班牙语出版,收入埃梅塞出版社的第七圈丛书第 78 卷,由朵拉·德·阿尔韦亚 (Dora de Alvear) 翻译,附有吉·基·切斯特顿的序言,博尔赫斯在本课程结束时曾经引用过该序言。

11 切斯特顿在他的研究著作《查尔斯·狄更斯作品赏析》的另一段中说道:"但此前狄更斯故事中的情节太少了,在他从未讲过的故事中却有太多的情节。狄更斯死于讲述他的第一个谋杀新闻,而不是他的第十本小说。他在谴责暗杀者时倒地而亡。简而言之,狄更斯得到允许达到与他的文学开端一样奇怪的文学结局。他首先完成的是古老的旅行浪漫史,最后,他发明了新的侦探小说……德鲁德可能真的死了,也可能没有真死;但肯定狄更斯并没有真正死去。当然我们真正的侦探活着,并将出现在尘世的最后审判日。已经完成的故事可以使人就轻微的和文学的意义而言得到永生;但是一个未完成的故事则意味着另一种永生,更本质,也更奇怪。"

第十八课

1 伊丽莎白·巴雷特·勃朗宁(Elizabeth Barrett Browning, 1806—1861)。除了被视为优秀的诗人之外,还是希腊语学者和翻译家,她坚决反对奴隶制,拥护意大利民族主义事业,热切关心她那时代维多利亚社会中妇女的处境。奥斯卡·王尔德在他的文章《济慈之墓》中(1877年7月首次发表在《爱尔兰月刊》上)将伊丽莎白·巴雷特与埃德蒙·斯宾塞、莎士比亚、拜伦勋爵、珀西·雪莱,甚至还有约翰·济慈一起归入"英格兰甜美歌手的盛大王庭"。他并没有将罗伯特·勃朗宁归入这个名单。

2 给勃朗宁留下深刻印象的伊丽莎白·巴雷特的作品实际上是《诗集》一书,1844年出版。勃朗宁写信给伊丽莎白说:"我全心全意爱您的诗篇,亲爱的巴雷特小姐……我也爱您。"经过长时间的求爱,罗伯特·勃朗宁和伊丽莎白·巴雷特于1846年9月12日秘密结婚,跑去了意大利。她的《葡萄牙人十四行诗集》反映了在他们关系的头几年里她对勃朗宁的感情。伊丽莎白1845年开始写这些诗,但1848年之前从没有向任何人——甚至没有向勃朗宁——展示。这些诗直到1850年出版,收入新版《诗集》中。尽管标题试图掩盖这些诗的个人渊源,实际上,这些并非葡萄牙语译文,而是伊丽莎白·巴雷特·布朗宁的原创作品。

3 实际上,罗伯特·勃朗宁和伊丽莎白育有一子,罗伯特·魏德曼·"笔"·巴雷特·勃朗宁(Robert Wiedemann "Pen" Barrett Browning),1849年3月9日出生于佛罗伦萨。伊丽莎白1861年去世后,笔·勃朗宁和他的父亲一起回到英国。1887年,"笔"38岁时与范妮·科丁顿(Fannie Coddington)结婚,但婚姻并没有持续下去,他们三年后分开。他于1912年在意大利的阿索洛去世。

4 奥斯卡·王尔德在对话《谎言的衰落》中谈到乔治·梅瑞狄斯(George Meredith),"啊!梅瑞狄斯!谁可以定义他?他的风格是被闪电光芒照亮的一片混沌。作为作家,他精通语言以外的一切;作为小说家,他可以做到一切,除了讲故事;作为艺术家,他无所不能,除了不能表达。"

5 在刊登于1892年2月20日《每日电讯报》上的文章《木偶与演员》中,奥斯卡·王尔德将罗伯特·勃朗宁的作品描述为"内省的方法和奇怪或贫瘠的心理"。

6 拉蒙·马里亚·德尔·巴列-因克兰（Ramón María del Valle-Inclán, 1866—1936），西班牙诗人和作家。

7 参见第六课注释 8。

8 《我的前公爵夫人》，出自《戏剧浪漫史》（1845）。

9 收入《男人和女人》（1855）中。

10 "因此，我们将生活，／祈祷，歌唱，讲述古老的故事，嘲笑／镀金的蝴蝶，听可怜的恶棍／谈论法庭新闻，我们也将与他们一起谈论——／谁输谁赢，谁在里面，谁在外面——／并承担事物的神秘／仿佛我们是上帝的间谍……"《李尔王》，第 5 幕，第 3 场。

11 这首诗是这样的："好吧，我永远不会写诗，——你会吗？／让我们去普拉多，好好享受一下。"

12 《包含阿拉伯医生卡西什的奇异的医学经历的书信》（*An Epistle Containing the Strange Medical Experience of Karshish, the Arab Physician*），出自《男人和女人》（1855）。

13 这首诗名为《克里昂》（*Cleon*），也收入《男人和女人》一书中。

第十九课

1 最初发表于《戏剧浪漫史》（1845）。

2 《李尔王》，第 3 幕，第 4 场。这些话是格洛斯特的大儿子埃德加说的："查尔德·罗兰来到黑暗的塔楼，／他的话仍然是'呲，呸，滚，／我闻到了英国人的血性。'"

3 这首诗出现在《剥玉米的人》（*Cornhuskers*, 1918）一书中。

4 实际上是一个六岁的女孩。

5 最初发表于《出场人物》（*Dramatis Personae*, 1864）。

6 最初发表于《戏剧抒情诗》（*Dramatic Lyrics*, 1842）。

7 《纪念品》（*Memorabilia*）这首诗的全文是："啊，你曾经见过雪莱本人吗，／他是否停下来和你说话？／你和他说话了吗？／似乎多么奇怪，多么新颖！／／但是你生活在此之前，／你也生活在此之后，／我开始的记忆——／我的开始打动了你的笑声！／我走过一个沼泽地，有它自己的名字／无疑在世上也有一定的用途／在那里有一只手的宽度，独自闪耀／周围数英里空荡荡。／／我从欧石楠花丛中捡起／放进了胸前的口袋／一根换下的羽毛，鹰的羽毛——／好吧，我忘记了其他。"

8 阿方索·雷耶斯，参阅第七课注释 15。

9 曼努埃尔·何塞·奥顿（Manuel José Othón, 1858—1906），墨西哥诗人，出生于圣路易斯波托西。他诗歌的特征是对自然深刻而生动的理解。他的作品包括《诗集》(1880)、《乡村诗集》(*Poemas rústicos*, 1902)、《在沙漠，荒野牧歌》(*En el desierto, Idilio salvaje*, 1906)。他还写了故事、短篇小说和戏剧。

10　这首诗是《出场人物》(1864)中的《自白》。第一节说，"他在我耳边咕噪些什么？／'现在我要死了，／我是否看这世界像一川泪水？'／啊，尊敬的先生，我不这样看！"

11　这首诗的第五节是"在露台上，靠近栏杆的地方／在那里守候着我，某个六月，／一位女孩：我知道，先生，这是不对的，／我可怜的脑子不对头了。"

12　这首诗是《卡利班反思塞特波斯，或岛上的自然神学》(*Caliban upon Setebos; or Natural Theology in the Island*)，也出自《出场人物》。

13　《戏剧抒情诗》(1842)。

14　《罗生门》于1950年首映，由黑泽明执导，三船敏郎饰演强盗，京町子饰演女主角。电影获1951年威尼斯电影节金狮奖，黑泽明因此成为世界著名的艺术家。

15　芥川龙之介(1892—1927)，日本作家。他的故事、小说和散文——受古代日本历史传统和传说启发——展示了非凡的重新诠释与融合西方文学观和技巧的能力。他的两部作品，1915年的《罗生门》和1921年的《竹林中》是黑泽明电影《罗生门》的灵感来源。

16　普通人图书馆丛书第503卷，查尔斯·霍德尔(Charles E. Hodell)撰写导言(1917)。

17　另一部以一种巧妙的方式采用相同机制的电影是《杀戮》(1956)，由斯坦利·库布里克执导。

18　1809年的英文版《亲和力》(*Elective Affinities*)。

19　在他的论文《卡夫卡和他的前辈》中。

20　摘自《出场人物》(1864)。

21　亚伯拉罕·本·迈尔·伊本·以斯拉(Abraham ben Meir ibn Ezra, 1092—1167)，西班牙拉比、哲学家和诗人，出生于托莱多。他学识渊博，精通医学、语言学和天文学；他的《圣经》诠释代表了对西班牙犹太人黄金时代的重要贡献。他还精通占星术和数字命理学。他被称为"智者"、"大师"和"令人敬佩的博士"。他环游欧洲和中东，游历过伦敦、罗马、纳博讷、曼图亚和维罗纳，还有埃及和巴勒斯坦。

22　诗的第一节："跟我一起变老！／最好的还没有来到，／生命的最后一刻，第一刻就为此而创造：／我们的时间掌握在他手中／他说：'我全盘计划好了，／青春只表现了一半；相信上帝：看到一切，也不要害怕！'"

23　博尔赫斯指的是爱德华·伯多(Edward Berdoe)的《勃朗宁百科全书》，1891年伦敦斯旺·索南夏因出版公司出版。

24 在关于诗歌《查尔德·罗兰来到了暗塔》的一篇文章中,伯多断言这意味着针对科学残酷性的真正诉求,科学迫使学生去折磨动物受害者,唯一的目标只是想要抵达"黑暗的知识之塔,而实际上却不得门窗而入"。伯多认为,勃朗宁写这首诗时,创造出了最为"真实的画面:那些医学生走上实验性酷刑实施者的致命道路,等待着他们的是精神毁灭和荒凉"。伯多接着说,"我有充分的理由说假如勃朗宁先生看到对他诗歌的这种解释,他会由衷地接受它,认为至少是一种合理的解释。"(104—105)。勃朗宁本人总是拒绝解释这几行诗,只是强调这首诗的灵感来源于梦境。

25 切斯特顿撰写的《罗伯特·勃朗宁》,收入英国文学家丛书(伦敦:麦克米伦出版公司,1911)。

26 梅西·沃德(Maisie Ward)著,《吉尔伯特·基思·切斯特顿》(希德和沃德出版社:纽约,1943)。

27 "根据我的建议,麦克米伦请他撰写英国文学家丛书中的勃朗宁,他还没到达时,高级合伙人老克雷克先生让人来找我,我发现他怒气冲冲,手上拿着切斯特顿那本书的校样,上面有用铅笔做的更正,或者更确切地说,没有更正;每一页上仍然有十三个错误未更正;大部分是引用的勃朗宁。根据记忆引用了一首苏格兰民谣,四行中有三行是错的。我写信给切斯特顿说本公司认为这本书会让他们'丢脸'。他的回答就像是被撞伤的大象的吼叫一样。但这本书取得了巨大成功。"(沃德的书中西里尔·史蒂文斯引用斯蒂芬·格温的话,见《切斯特顿》,第145页。)

第二十课

1 加布里埃尔·朱塞佩·罗塞蒂(Gabriele Giuseppe Rossetti,1783—1854),意大利诗人和学者。

2 加布里埃尔·朱塞佩·罗塞蒂的《神曲》版本分两卷分别在1826年和1827年出版。

3 参见第十四课注释6。

4 参见第十四课注释5。

5 罗塞蒂的母亲弗朗西丝·玛丽·拉维妮娅·波利多里(Frances Mary Lavinia Polidori)是约翰·威廉·波利多里医生(1795—1821)的姐姐。他是拜伦勋爵1816年第一次流亡时的医生。那年夏天结束时,拜伦和波利多里成了敌人。三年后的1819年,《新月刊》杂志上刊登了一个故事,名为《吸血鬼》,这个故事起初被认为是拜伦勋爵写的,但第二个月波利多里写信给该杂志,在信中说自己才是作者,并声称他是根据一个由拜伦勋爵撰写的故事改写的。拜伦愤怒地否认了与该故事有任何关系,他断言:"我个人不喜欢吸血鬼,他们跟我没什么交情,绝不至诱使我透露他们的秘密。"许多批评家指出故事的主角，吸血鬼鲁斯文勋爵（Lord Ruthven）似乎是受到了拜伦勋爵本人的启发，可能是波利多里对这位曾经是他的朋友和病人的人的反感所致。

6 威廉·霍尔曼·亨特（William Holman Hunt, 1827—1910），英国画家。爱德华·科利·伯恩-琼斯爵士（Sir Edward Coley Burne-Jones 1833—1898），画家和设计师，出生于英国伯明翰。

7 博尔赫斯使用了西班牙语的"*Rey Artús*"一词，这是亚瑟王（King Arthur）名字的变体。

8 《亚瑟王之死》（*La morte d'Arthur*），原名是《亚瑟王与圆桌骑士之书》（*The Book of King Arthur and His Knights of the Round Table*），由托马斯·马洛礼爵士（Sir Thomas Malory）于1469至1470年撰写，由威廉·卡克斯顿（William Caxton）于1485年出版。

9 Lunfardo是起源于19世纪末，布宜诺斯艾利斯底层民众说的方言。

10 罗塞蒂写过一首关于失眠的诗，题为"失眠"。博尔赫斯引用的这行诗属于一首叫做"铭文"的诗的最后一行。

11 伊丽莎白·埃莉诺·西达尔（Elizabeth Eleanor Siddal, 1829—1862）。罗塞蒂1850年遇见伊丽莎白，但他们直到1860年才结婚。伊丽莎白是罗塞蒂许多画作的模特，也是许多其他拉斐尔前派画家的模特。

12 氯醛是人类所知最古老的催眠剂。由于味道难闻，人们经常将其稀释在橙汁或姜汁中。我们查阅过的所有其他资料都一致认为伊丽莎白·西达尔服用的药物不是氯醛，而是鸦片的衍生物劳丹酊。

13 海因里希·海涅有一首著名诗作《分身》（*Der Doppelgänger*），弗朗兹·舒伯特于1828年为此谱曲，是他死后出版的《歌曲集：天鹅之歌》（*Lieder, Schwanengesang D.957*）的一部分。

14 博尔赫斯在他的《想象动物志》一书中对"分身"的分析中提到了"找寻"（《合著全集》，616）。

15 罗伯特·路易斯·斯蒂文森的《民谣》（1890）中的一首长诗。博尔赫斯在其他专门谈论斯蒂文森的讲课中都没有再次提及这首诗。

16 《罗塞蒂的诗歌与翻译作品》，加德纳（E. G. Gardner）撰写导言，普通人图书馆丛书第626卷。

17 这首诗的标题不是"我曾来过这里"，而是"突如其来的光芒"（*Sudden Light*）。博尔赫斯引用了第一行。

18 布坎南的文章刊登在1871年10月的《当代评论》上。

19 十四行诗内容如下：

他们的长吻终于断开，带着甜蜜的痛感：

随着最后缓慢突降的雨滴落下
脱离闪闪发光的屋檐,暴风雨全都消散,
两人心脏的跳动各自松弛下来。
他们松开彼此怀抱,像初开的
并蒂花朵向两边扩展
离开纠缠的枝条,但他们的嘴,依旧鲜红地燃烧,
虽然分开,却彼此示好。

睡眠令他们沉入梦境的潮流之下,
梦看着他们下沉,然后溜走了。
慢慢地,他们的灵魂再次浮起,透过
淡淡的光线和沉闷的白日漂浮物,
直到从某个新奇的森林和溪流的奇妙之处
他醒来,更加惊叹:因为她躺在那儿。

20 这首诗的标题是"包容",内容与博尔赫斯引用的略有不同:

不断变化的客人,每个人心情都不同,
坐在路边的桌子旁,起身:
他们中的每一个生命都相似
是灵魂的案板上每天摆放新的食物。
是什么样的人弯腰朝向儿子的睡眠沉思,
那张脸会如何看他的脸庞,当他冷冰冰地躺着?——
或者思忖,当他自己的母亲亲吻他的眼睛时,
当父亲向她求爱时,她的吻是什么样?

你坐着的这个古老的房间难道没有
在不同的活着的灵魂中寻求欢乐和痛苦?
不,它所有的角落都可能漆成平淡无奇
天堂展示一些美好地度过一生的画面,
可能会被印上,记忆的一切都是徒劳,
当看见地狱里无眼睑的眼睛的景象。

21 约翰·博因顿·普里斯特利 (John Boynton Priestley, 1894—1984)。博尔赫斯提到的作品是《我曾来过这里》(*I Have Been Here Before*, 1937),《时间与康韦家人》(*Time and the Conways*, 1937) 和《巡官登门》(*An Inspector Calls*, 1946)。

22 标题是"突如其来的光芒"(*Sudden Light*)。

第二十一课

1 博尔赫斯在《想象动物志》中详细叙述了这个传说(《合著全集》,第599页)。
2 马克斯·西蒙·诺尔道(Max Simon Nordau),犹太裔匈牙利作家和医生,1849年出生于匈牙利佩斯,1923年在巴黎去世。他最著名的作品是《文明的惯常谎言》(*Die Konventionellen Lügen der Kulturmenschhei*, 1883)。
 《堕落》的德语原文书名是 *Entartung*。
3 一位学生从这里开始逐节朗读这首诗,博尔赫斯逐节进行评论。原始课堂记录中省略了英文朗读内容,但此处已重新增补,以便大家能更好地了解博尔赫斯的评论和翻译。
4 拜伦勋爵《唐璜》第2章,第13节:"一声孤独的喊叫,冒泡的叫声/强壮的泳者处于痛苦中。"
5 米盖尔·德·乌纳穆诺,参阅第十课注释14。
6 《特洛伊城》写于1869年。
7 参见第五课注释12。《无法获得的杯子》(*La copa inhallable*)是莱奥波尔多·卢贡内斯的著作《感伤的月历》(*Lunario sentimental*, 1909)中的一首长牧歌。
8 博尔赫斯指的是他《七夜》(*Siete Noches*)中的《失明》(*La Ceguera*)中提到的两个词(《合著全集》第三卷,第280页)。
9 安德鲁·朗,参阅第七课注释9。

第二十二课

1 1856年。该学生出版物的全名是《牛津和剑桥杂志》(*Oxford and Cambridge Magazine*)。
2 参见第十七课注释9。
3 1858年出版。
4 吉恩·博代尔(Jehan Bodel,约1167—1210),史诗诗人、剧作家和法国早期故事诗(*fabliaux*)作家。博尔赫斯所指以及后来引用的作品是《撒克逊之歌》(*La Chanson des Saisnes*),由博代尔于1200年左右撰写。
 查理曼大帝于778年8月15日在比利牛斯山脉西部的一个山口(法国和西班牙纳瓦拉省之间)的龙塞斯瓦列斯被巴斯克人击败。这个事件被许多诗人理想化,作为战场烈士的光辉典范。
5 根据福音书,亚利马太的约瑟是捐献自己的墓地用来埋葬耶稣的人。
6 根据传说的来源,这个名称也可作 Galaor 或 Galehaut。

7 阿瓦隆是一个神话中的国家,由亚瑟王的妹妹摩根统治。根据传说,亚瑟在最后一场战役后被带往那里。尽管不少研究者一直不懈努力,但亚瑟在历史上是否存在过从未得到证实。

8 他指的是奥拉夫二世哈拉尔德森(Olaf II Haraldsson, 995—1030),挪威国王(1015年至逝世)。他在位期间统一了挪威,并使他的人民皈依基督教。他于1030年在斯蒂克尔斯塔德战役中去世,这使他成为一名圣人和挪威的永恒国王,并为该国家巩固君主制以及该国教会的建立作出了贡献。

9 战役于1578年8月发生在摩洛哥阿尔卡萨基维尔市郊。葡萄牙国王塞巴斯蒂昂(1554—1578)不顾人民的反对去帮助被废黜的摩洛哥国王黑人穆罕默德。尽管他拥有一支由13 000名葡萄牙人、1 000名西班牙人、3 000名德国人和600名意大利人组成的军队,仍无法战胜指挥起义的阿卜杜勒·马利克(Abd-al Malik)的队伍。由于一系列的灾难,仅有六十名塞巴斯蒂昂的士兵侥幸逃命。塞巴斯蒂昂本人因伤重而亡,尽管有传说他神秘失踪,希望他能随时返回拯救他的国家。

10 安东尼奥·孔塞雷罗(Antônio Conselheiro, 1830—1897)是来自巴西东北部的农民,领导了一个由大约200人组成的团体进行叛乱,反对政府,最终失败。似乎孔塞雷罗相信他属于神圣家族,因此建议恢复巴西君主制。他与军队作战,当时诗人欧克利德斯·达·库尼亚(Euclides da Cunha, 1866—1909)也在军队中。欧克利德斯·达·库尼亚起初对阵革命者,但他很快就意识到叛乱是贫穷的结果,他同情他们的命运。他在《腹地》(*Rebellion in the Backlands*)一书中写下了自己的经历。军队费了很大力气终于在卡努杜斯战役中打败了孔塞雷罗带领的农民。孔塞雷罗和他在战役中幸存下来的同伴被政府军斩首,头挂在柱子上示众。

11 博代尔撰写的《撒克逊之歌》的第七节。以下是这首诗开头几行:"*Qui d'oyr et d'entendre a loisir ne talant / Face pais, si escoute bonne chançon vaillant / Dont li livre d'estoire sont tesmoing et garant! / Jamais vilains jougleres de cesti ne se vant, / Car il n'en saroit dire ne les vers ne le chant. / N'en sont que trois materes a nul home vivant: / De France et de Bretaigne et de Romme la grant; / Ne de ces trois materes n'i a nule samblant. / Le conte de Bretaigne si sont vain et plaisant, / Et cil de Romme sage et de sens aprendant, / Cil de France sont voir chascun jour aparant. / Et de ces trois materes tieng la plus voir disant: / La coronne de France doir estre si avant / Que tout autre roi doivent ester a li apendant / De la loi crestienne, qui en Dieu sont creant.*"

12 请参阅第七课。

13 约翰·洛克伍德·吉卜林(John Lockwood Kipling, 1837—1911)。他写了一本名为《印度的野兽与人》的书。

14 昆图斯·法比乌斯·马克西穆斯(Quintus Fabius Maximus,约公元前280—

公元前 203），罗马将军和政治家，在第二次布匿战争（公元前 218—公元前 201）期间与汉尼拔对阵。他的策略包括使敌人保持忙乱，但避免大型对抗。蒙托内罗斯（Montoneros）是活跃于十九世纪六十年代和七十年代的阿根廷左派游击队。

15　博尔赫斯在这里指的是休·奥尼尔（Hugh O'Neill, 1550—1616）使用的战术，他在 1595 和 1603 年之间发动了反对英国控制爱尔兰的叛乱。

16　莫里斯在 1859 年成立了他的第一家装饰公司，莫里斯装饰公司，两年后扩展业务，创建了莫里斯-马歇尔-福克纳公司（Morris, Marshall, Faulkner & Co.），1875 年更名为莫里斯公司（Morris & Co.）。

17　凯尔姆斯格特出版社（Kelmscott Press）成立于 1890 年底。莫里斯出版的第一本书是他自己的书《闪光平原的故事》(*Story of the Glittering Plain*, 1891)。

18　该系列于 1891 至 1905 年在伦敦由伯纳德·夸瑞奇（Bernard Quaritch）发行，包括以下内容：卷 1：《瘸子霍华德的故事》(*The Story of Howard the Halt*)，《结拜兄弟的故事》(*The Story of the Banded Men*)，《亨·托里尔的故事》(*The Story of Hen Thorir*)；卷 2：《埃尔人的故事》(*The Story of the Eredwellers*，也叫 *Eyrbyggja saga*)，附录还收入《荒地大屠杀的故事》；卷 3—6：斯诺里·斯图鲁松著《挪威王列传》。

19　博尔赫斯指的是《杰弗里·乔叟作品集》，由莫里斯设计，伯恩-琼斯插图，1896 年出版。这部作品被视为设计、印刷版式与插图精美和谐的杰作，代表了莫里斯任凯尔姆斯格特出版社负责人时的创作高峰。

20　博尔赫斯记得的这几行诗出自《世俗的天堂》的结尾部分，莫里斯对他的书道别："这是我们最后一次面对面 / 你和我，书啊。"莫里斯警告他的书说它可能会在路途上遇到乔叟："好吧，我请你想到他，在路上 / 如果恰好在你失败时，/ 在你愚蠢的重负之下晕倒，/ 我的主人杰弗里·乔叟，你的确遇见，然后你会赢得一个充满甜蜜的休息空间，/ 然后你要大胆，说出我说的话，/ 空虚日子的懒散歌手！"

21　阿道弗·莫普格（Adolfo Morpurgo, 1889—1972），阿根廷音乐家，出生于意大利的里雅斯特。他是小提琴家和管弦乐队指挥。他曾与大卫·波佩尔（David Popper）一起在布达佩斯学习大提琴，随后游历意大利、奥地利和法国。他于 1913 年在阿根廷定居，与许多乐团和室内乐团同台演奏，还指挥过歌剧和芭蕾舞剧。他曾与马斯卡尼、雷斯庇基、旺达·兰多芙丝卡（Wanda Landowska），奥涅格（Honegger）和维拉-罗伯斯（Villa-Lobos）等同台演出。他组织制作了歌剧和古典康塔塔，他曾是阿根廷国家音乐学院和布宜诺斯艾利斯市立音乐学院和拉普拉塔大学教授。1937 年，他创立了阿根廷古典乐器协会，演奏维奥尔琴和"赦免"维奥尔琴（该乐器是在

22　莫里斯的这次旅行是在 1871 年。

23　格雷蒂尔是匿名作者所著《格雷蒂尔萨迦》(*Grettir's Saga*) 的中心人物,据信写作时间为 1300 年左右,是冰岛人最晚创作的萨迦。格雷蒂尔是个历史人物;带有他名字的萨迦结合了许多真实事件与虚构。博尔赫斯在《日耳曼中世纪文学》中抄录了这个萨迦的几段文字并进行了评论(《合著全集》,第 934 和 938 页)。

24　莫里斯的《贝奥武甫》译本于 1895 年首次出版。

25　《伏尔松的西古尔德的故事》(*Story of Sigurd the Volsung*) 和《尼伯龙根的败落》(*The Fall of the Niblungs*, 1876)。博尔赫斯在《日耳曼中世纪文学》中抄录和分析了几段《伏尔松萨迦》(《合著全集》,第 966—970 页)。

26　他在这里可能指的是《彼岸世界的树林》(*The Wood Beyond the World*, 1894)或《世界尽头的井》(*The Well at the World's End*, 1896)。

27　标题是《约翰·鲍尔之梦》(*A Dream of John Ball*),1886 年 11 月和 1887 年 1 月之间发表在《联邦杂志》上,1888 年 4 月首次出版单行本。

28　约翰·鲍尔 (John Ball) 是一位英国牧师,很早就传道反对贵族、神职人员和教皇,认为人人平等。1381 年,他参加了肯特的起义,那里由沃特·泰勒 (Wat Tyler) 领导的一群农奴和农民激烈叛乱反对建制。鲍尔用一首著名的流行小曲讲道并鼓励叛乱者:"亚当耕地,夏娃织布时,/ 谁是绅士?"泰勒死后,鲍尔接管了叛乱的领导权,叛乱最终被镇压了。失败的鲍尔向理查德二世投降。他被判处死刑,同年,1381 年,在圣奥尔本斯被执行绞刑和分尸。

29　1890 年出版。

30　莫里斯于 1896 年去世,享年 62 岁,不久之前,他的一位医生得出以下诊断:他断言作家之所以生病"就是因为他是威廉·莫里斯,一个人做的工作比十个人还多"。

31　莫里斯的好朋友这样呼他,因为他乱糟糟的头发使他们想起斯陀夫人的《汤姆叔叔的小屋》中的角色托普西 (Topsy)。

32　他在 1868 年或 1869 年撰写了《世俗的天堂》(*The Earthly Paradise*)。

33　此处以及接下来的课程,博尔赫斯都在讨论一首长诗《桂妮薇儿的辩诉》,

这是 1858 年出版的一本同名书籍中的第一篇作品。与以前的课程一样，英语诗歌的内容曾经从原始课堂记录中删除，此处又恢复了，以提供博尔赫斯评论的背景信息，并为了更好地使人们感受课堂上的整体气氛。

第二十三课

1　这首诗是书中的第十九首。
2　《桂妮薇儿的辩诉和其他诗歌》的第十五首。
3　他谈论的是盎格鲁-撒克逊诗歌《凤凰》的第一部分，其中包含对 neorxnawang（"世俗的天堂"）的描述。博尔赫斯在第七课中简单地描述过这首诗。
4　"……世界是广阔的 / 对你而言，——对我来说是狭窄的空间 / 在战场的四壁之间。"《世俗的天堂》"引子：流浪者"。
5　"永别了，也许我作为国王 / 被记住，却只因这一件事情，/ 你渡海之前的那个早晨 / 你说话也听我说话；/ 请收下这枚戒指纪念这个早晨 / 啊，布列塔尼人，和你，北欧人，用这号角 / 记住我，奥丁的后人……"
6　博尔赫斯在这里指的是此前已经提到的瓦兰吉卫队。参见第四课注释 9。
7　"我无权歌唱天堂或地狱，/ 我无法减轻你恐惧的负担 / 或令速死成为一件小事，/ 或再次带来过往年月的快乐，/ 我担保你不会忘记你的眼泪，/ 不会失去希望，希望我说过的话，/ 空虚日子里的懒散歌手。"《世俗的天堂》，"寓言"。
8　"啊，大师，啊，你真心诚意能言善辩，
　　你很可能会问我为什么在这里徘徊流连，
　　身着经常传唱故事的服装！
　　但是你的温柔吸引你靠近，
　　然后有人在心里依恋着你，
　　你看哪！就在离我躺着的那么近的地方
　　听那空虚日子里的歌手在歌唱。"
9　博尔赫斯在他的《想象动物志》里《火王和他的坐骑》这一篇中翻译了这几行诗（《合著全集》，第 688 页）。
10　1867 年出版。
11　"在色萨利，在翻滚的大海边，
　　曾经住过一个民族，一个叫作明亚的民族
　　因为，来自古老的奥尔霍迈诺斯，
　　带着他们的妻儿、野兽和黄金，
　　他们跋涉过长长的路途，
　　最后停下来，在阳光明媚的海湾里
　　碧绿的阿瑙洛斯河劈开了白色的海沙，
　　东面的内陆屹立着皮立翁山，

那里半人马的弓箭射中熊和狼……"
《伊阿宋的生与死》, 第 1 卷, 第 1—10 行

12 "那里目光敏锐的半人马会成为他们的朋友。"
《伊阿宋的生与死》, 第 1 卷, 第 87 行

13 "但在喧闹声中倾听的人能听到
马蹄声, 因此有点恐惧,
他内心深处感到, 不顾
孩子的挣扎, 他一心想要
得到闪闪发光明亮黄金的号角,
由狡猾的老代达罗斯锻造。
但是他听到的声音越来越大,
直到最后看到半人马到来……"
《伊阿宋的生与死》, 第 132—140 行

14 "因为腰以上是人, 但下面全是
一匹强大的马, 曾经是红棕色, 如今已近全白
随着时间的流逝; 他用橡木花环扎紧
人与马合而为一的地方,"
《伊阿宋的生与死》, 第 145—147 行

15 "所以, 当看见他穿过树林,
颤抖的奴隶跪在地上。"
《伊阿宋的生与死》, 第 151—152 行

16 这一情节属于《尼雅尔萨迦》(*Brennu-Njáls saga* 或 *Njal's Saga*)(第 77 章)。这位女子是豪斯库尔德 (Hauskuld) 的女儿霍格德 (Hallgerd)。

17 贡纳尔 (Gunnar) 这一段情节的结尾以及博尔赫斯的评论可见于《日耳曼中世纪文学》第一版 (1951 年), 第 71 页。
"把你的头发揪一根下来给我当弓弦吧。"贡纳尔对海尔嘉说。
"这是不是事关你的生死?"她问。
"是的。"贡纳尔回答。
"那么, 我想起那次你打了我一耳光。现在, 我要看着你死。"海尔嘉说。
就这样, 贡纳尔死了, 被好多人打败了。他们还杀死了他的狗萨姆尔, 当然, 萨姆尔死前还咬死了一个入侵者。故事从来没有对我们提到过这份仇恨, 而现在, 我们突然之间知道了, 突兀的, 可怕的, 带着和贡纳尔一样的震惊。

第二十四课

1 完整标题为《伏尔松的西古尔德的故事》。

2 维克多·雨果的《历代传奇》(*La légende des Siècles*)，也许是雨果最重要的诗歌作品，三卷分别于 1859 年、1877 年和 1883 年出版。雨果在他的序言中申明他想以某种循环性的作品来表达人性；同时和连续地描述它在各个方面——历史、寓言、哲学、宗教、科学——如何全都归纳为一个朝向光明的巨大运动。

3 博尔赫斯在这里指的是威廉·兰格伦的《农夫皮尔斯》，此前也提到过。

4 在这些课程中，博尔赫斯使用此名称的西班牙语形式（Brunilda）。在《日耳曼中世纪文学》中，博尔赫斯提到这个人物时用的是原始形式，Brynhild。

5 在萨迦中，古德隆恩答应将她的女儿斯凡希尔德（Svanhild）——被描述为有着敏锐的眼神和非凡美貌的女人——嫁给一位名叫朱尔曼里克（Jormunrek）的强大国王。斯凡希尔德被不公正地指控背叛了朱尔曼里克，并被判处死刑。她遭到马的践踏。萨迦的最后几章讲述了古德隆恩如何计划为斯凡希尔德报仇，她说服其他孩子杀死了国王朱尔曼里克。古德隆恩后来嫁给了国王阿提里（Atli）（大致以匈奴人阿提拉（Attila）为原型）。

6 1883 年以书的形式出版。

7 与劳埃德·奥斯本（Lloyd Osburne）合作编写，刊登在《斯克里布纳杂志》第 10—12 期（1891 年 8 月—1892 年 7 月），同年又出版单行本。

8 《论间歇光照与灯塔的一种新形式》(*On a New Form of Intermittent Light and Lighthouses*)，《苏格兰皇家艺术学会学报》第 8 卷，1870—1871（爱丁堡：尼尔出版公司，1871）。

9 这首诗收入 1887 年出版的《林下灌木丛》(*Underwoods*) 一书中，编号为第三十八首，内容如下："不要说我软弱地拒绝了／我父辈的劳作，逃往大海，／我们建立的塔楼和我们点亮的灯，／像个孩子那样在家中玩耍纸张。／而是说：在时间的下午／一个勤奋的家庭拍去手掌上的／花岗岩砂砾，远眺／呼啸海岸的金字塔／高大的纪念碑迎着垂死的太阳，／心满意足地微笑，面对这项孩童的任务／围绕着炉火度过夜晚的时辰。"

10 博尔赫斯引用了《献给我的前辈，1500—1900》("*Dedicatoria a los antepasados, 1500—1900*")的最后两行，这是卢贡内斯《祖辈诗集》(*Poemas Solariegos*)中的第一首（1927）。

11 《化身博士》(*Dr. Jekyll and Mr. Hyde*) 于 1886 年出版。

12 收入《维琴伯斯·普鲁斯克集》(*Virginibus Puerisque and Other Papers*, 1881)。

13 出版于 1882 年。

14 哈伦·拉希德（Harun al-Rashid, 766—809），阿拔斯王朝第五任哈里发。人们记住他，因为他是艺术的伟大赞助人，也因为他在巴格达的宫廷奢侈豪华。他在构成《一千零一夜》的传奇中得到永生。

15 事实上，他们是在法国枫丹白露附近巴比松的一个国际画家聚居地。

16 劳埃德·奥斯本（Lloyd Osbourne，1868—1947），北美作家。
17 一共39章。
18 完整书名是《执事布罗迪或双重生活》（*Deacon Brodie or The Double Life*），写于1879年。斯蒂文森与他的朋友威廉·欧内斯特·亨利（William Ernest Henley）也合作撰写了《情郎奥斯丁》（*Beau Austin*，1884）、《几内亚船长》（*Admiral Guinea*，1884）和《马凯尔》（*Macaire*，1885）。亨利是斯蒂文森的经纪人，也是他《金银岛》中的角色约翰·西尔弗的灵感来源。
19 在萨摩亚，斯蒂文森本人给它起了这个名字，意思是"五河"。他在那里被埋葬在一个山顶上，俯瞰太平洋。
20 这封信的标题是"达米安神父：给檀香山海德博士暨牧师的公开信"，1890年2月25日写于悉尼，其中几段内容如下："您可以问我有什么权利这样说。我冷酷的命运，不是结识达米安，而是结识海德博士。当我拜访拉扎雷托时，达米安已经躺在坟墓里了。但是我在现场与那些熟识他很久的人进行了谈话，掌握了一些信息：有一些人确实缅怀他；但也有人曾经与他发生争执，不把他当作圣人，也许并不尊重他，通过这些并未事先做好准备，几乎不带偏见的谈话，我看到了这位男人平淡无奇的凡人性格特征，并深以为信。这给了我现在拥有的相关知识；……（如果您愿意的话）我们将一起着手一段段浏览您信件中的话，并根据其真实性、贴切性和慈善性坦诚地检视每句话。

达米安很粗鲁。

这是很有可能的。您让我们为麻风病人感到遗憾，他们只有一位粗鲁的老农民做朋友和神父。但您是如此文雅，为什么您不在那儿，用文化的光芒为他们鼓劲呢？……

达米安很脏。

他是很脏。想想可怜的麻风病人会对这个肮脏的同志感到恼火！但是干净的海德博士正在他漂亮的房子里吃饭。

达米安很顽固。

我相信你又是对的。我感谢上帝赐他顽强的头脑和心脏。"
21 博尔赫斯记得的这篇散文收录在《穿越平原：其他回忆和随笔》（*Across the Plains: With Other Memories and Essays*，1892）。
22 博尔赫斯记得的那篇文章的标题是"论文学风格的某些技术要素"，这是斯蒂文森《写作艺术随笔》（*Essays in the Art of Writing*）中的第一篇。
23 这是十六世纪西班牙士兵和诗人加尔西拉索·德·拉·维加（Garcilaso de la Vega）创作的十四行诗的第一节。
24 吉·基·切斯特顿，《罗伯特·路易斯·斯蒂文森》（伦敦：霍德与斯托顿出版社，1927）。

25 斯蒂芬·卢修斯·格温（Stephen Lucius Gwynn，1864—1950），爱尔兰诗人、作家和评论家，出生于都柏林。他的主要著作有《英国文学家》(1904)，以及丁尼生、托马斯·摩尔、沃尔特·司各特爵士、霍勒斯·沃波尔、玛丽·金斯利、斯威夫特和戈德史密斯研究。他的《诗集》1923年出版，他于1926年出版了自传《一位作家的经历》。

斯蒂芬·格温撰写的斯蒂文森传记是本系列的第十卷。

第二十五课

1 出版于1882年。这本斯蒂文森的书收入《私人藏书》第53卷，由R. 杜兰翻译，标题为 *Las nuevas Noás árabes*。
2 出版于1908年。
3 参见第二十四课注释18。
4 最早收录于《翁温圣诞年刊》(*Unwin's Christmas Annual*) 上刊载的《折断的桅杆：海洋中的故事》(*The Broken Shaft: Tales of Mid-Ocean*)，亨利·诺曼爵士（Sir Henry Norman）编辑，伦敦：菲谢尔-翁温出版社，1885。也收入《风流男人和其他故事与寓言》(*The Merry Men and Other Tales and Fables*, 1887)。也收入《私人藏书》第53卷。
5 《道连·格雷的画像》1890年出版。
6 《潮汐》是罗伯特·路易斯·斯蒂文森和劳埃德·奥斯本的作品，1894年出版。里卡多·巴埃萨（Ricardo Baeza，1890—1956）出生于古巴，但一生中大部分时间在西班牙生活。他是一位非常受人尊敬的记者和翻译。
7 博尔赫斯谈论的是《赫米斯顿的韦尔》(*Weir of Hermiston*)。斯蒂文森去世那一天写完最后一句话。这部小说中的故事发生在19世纪的苏格兰，小说于他去世后的1896年出版。

跋

1 摘自《博尔赫斯纪事》(*Borges para millones*)，这是1979年在国家图书馆进行的一次采访。

后记

1 费尔南多·索伦蒂诺（Fernando Sorrentino）编辑，《博尔赫斯七席谈》(*Siete conversaciones con Jorge Luis Borges*)，雅典人出版社，1996年，第205页。
2 博尔赫斯教授英国文学，他的助手海梅·雷斯特（Jaime Rest）负责北美文学。
3 豪尔赫·路易斯·博尔赫斯，《自传随笔（1899—1970)》，布宜诺斯艾利斯，雅典人出版社，1999年）。

4 吉列尔莫·加西奥（Guillermo Gasió），《博尔赫斯在日本，博尔赫斯谈日本》(*Borges en Japón, Japón en Borges*)，布宜诺斯艾利斯，布宜诺斯艾利斯大学出版社，1988年，第68页。
5 索伦蒂诺，《博尔赫斯七席谈》，第314页。

课堂上的博尔赫斯

1 摘自《影子的颂歌》(*Elogio de la Sombra*)中的《祈祷》(Una oración)，《全集》第二卷，第392页。在恩里克·佩佐尼（Enrique Pezzoni）编辑的《博尔赫斯读本》(*Lector de Borges*)第204—205页，博尔赫斯表达了类似的想法："我一生中最令人欣喜的时刻之一是几个月前，一位我根本不认识的人在街上拦住我说：'我要谢谢您，博尔赫斯。''为什么？'我问他。'嗯，'他说，'您介绍我认识了罗伯特·路易斯·斯蒂文森'。我告诉他，'此刻，因为与您的相遇，我才感到说过的话有道理'。要感到说过的话有道理是不大寻常的。在大多数时候，我都感到没办法证明我说过的话有道理，但那一刻，不；我觉得有道理：我做了好事，我给了某人一件了不起的礼物，那就是斯蒂文森；其他一切都无所谓了。"
2 《博尔赫斯访佩佐尼》(*Borges visita a Pezzoni*)，第十六课。见恩里克·佩佐尼（布宜诺斯艾利斯，南美出版社），第204页。
3 为严格起见，必须指出，西撒克逊语，古英语方言——成为当时的文学标准，因此是最常研究的语言——不是现代标准英语的直接祖先。现代英语主要来自一种盎格鲁方言。
4 摘自《盎格鲁-撒克逊文学简编》前言，《合著全集》，第787页。
5 摘自"失明"，见《七夜》，《全集》第3卷，第280页。
6 这可能会使我们原谅博尔赫斯，维京头盔上的角状突起物不符合历史真实，他认为出自拍电影的随意性。
7 "当我们阅读《挪威王列传》时，我们感到即使历史人物并没有真正说出那些话，那他们也应该说，并且用的是同样简约的话语。"摘自博尔赫斯翻译的斯诺里·斯图鲁松的《小埃达》（或称《散文埃达》）第一部分《古鲁菲的被骗》的序言。

索 引[*]

A

Aeneid, the,《埃涅阿斯纪》, 8, 23, 40, 85, 104, 140, 234
Akutagawa Rynosuke, 芥川龙之介, 173
Alfred the Great (king of Wessex), 阿尔弗烈德大王（韦塞克斯国王）, 64
Almafuerte, 阿尔马富埃尔特, 153, 157
American Notes,《游美札记》, 161
Anglo-Saxon Chronicle, The,《盎格鲁-撒克逊编年史》, 4, 30, 35, 56, 64, 262
Anglo-Saxons: bestiary of, 盎格鲁-撒克逊：动物寓言集, 57–60; elegies of, 哀歌。 45–46, 48–53, 55; history of, 历史, 1–2, 3, 9, 35, 41, 56; language of, 语言, 6, 7, 13, 48, 62–64; literature of, 文学, 3–6, 36, 45–46, 48–55, 61–62; mythology of, 神话, 2; riddles of, 谜语, 60
Arabian Nights. 见 *A Thousand and One Nights*
Aristotle, 亚里士多德, 74, 103
Arthur, King, 亚瑟王, 182, 213–214
Augustine, Saint, 圣奥古斯丁, 189

B

Bacon, Francis, 培根, 弗朗西斯, 57, 135, 142
Baeza, Ricardo, 巴埃萨, 里卡多, 250
Barrack-Room Ballads,《兵营歌谣》, 111
"Battle of Brunanburh",《布伦纳堡之战》, 30–34, 60
"Battle of Maldon, The",《莫尔顿战役》, 35–41, 45, 60–61, 264–266
Baudelaire, Charles, 波德莱尔, 夏尔, 133, 218, 243
Bécquer, Gustavo Adolfo, 贝克尔, 古斯塔沃·阿道夫, 101
Bede, Venerable, 比德, 尊者, 3, 4, 41, 42
Beowulf: age of,《贝奥武甫》: 时代, 7; "Battle of Brunanburh" and,《布伦纳堡之战》, 32; bravery and boastfulness in, 勇敢和吹嘘, 16–17, 20–22; characters of, 性格, 9, 10, 12, 13, 16; language and style of, 语言和风格, 8–9, 15, 23; length of, 篇幅, 4, 8; nature and, 自然, 14–15; plot of, 情节, 9, 10–11, 12–21; translation of, by

---

[*] 本书索引中的页码为原书页码，与书中页边标注的页码一致。

Morris, 莫里斯的翻译, 217, 234
Bergson, Henri L., 柏格森, 亨利·L, 97
Berkeley, George, 贝克莱, 乔治, 124, 142, 152
Bestiary, Anglo-Saxon, 动物寓言集, 盎格鲁-撒克逊, 57–60
Bible, translations of, 《圣经》, 翻译, 23, 73
Biographia Literaria, 《文学传记》, 121
Blair, Hugh, 布莱尔, 休, 103, 106
Blake, William: character of, 布莱克, 威廉: 性格, 137; legacy of, 遗产, 146–147; life of, 生平, 137–138; philosophy of, 哲学, 138, 139–145; Swedenborg and, 斯维登堡, 138, 141, 143–144; works of, 作品, 138–139, 145–146
"Blessed Damozel, The," 《有福的女子》, 186, 191–202
Bloy, Léon, 布鲁瓦, 莱昂, 148, 153
Boileau-Despréaux, Nicolas, 布瓦洛-德普雷奥, 尼古拉, 73–74, 79
Bolívar, Simón, 玻利瓦尔, 西蒙, 157
Book of Thel, 《瑟尔之书》, 139
Boswell, James, 鲍斯威尔, 詹姆斯, 72, 75, 87, 90–99, 106
Brendan, Saint, 布伦丹, 圣, 59
Brooke, Rupert, 布鲁克, 鲁珀特, 142
Browne, Thomas, 布朗, 托马斯, 84
Browning, Elizabeth Barrett, 勃朗宁, 伊丽莎白·巴雷特, 164–165, 166, 175
Browning, Robert: life of, 勃朗宁, 罗伯特: 生平, 164–166; obscurity of, 晦涩, 166; Rossetti and, 罗塞蒂, 180, 183; works of, 作品, 165, 166–179
Buchanan, Robert, 布坎南, 罗伯特, 186, 187
Buddha, legend of, 佛陀, 传说, 79–80
Burne-Jones, Edward Coley, 伯恩-琼斯, 爱德华·科利, 182, 212
Burton, Richard, 伯顿, 理查德, 158
Byron, Lord, 拜伦, 勋爵, 100, 101, 115, 149, 194

C

Caedmon, 开德蒙, 41–42, 123
"Caliban upon Setebos,"《卡利班谈论塞提柏斯》, 173
Candide, 《老实人》, 76, 84, 86, 140
Canterbury Tales, The, 《坎特伯雷故事》, 229
Capote, Truman, 卡波蒂, 杜鲁门, 124–125
Carlyle, John A., 卡莱尔, 约翰·A, 156
Carlyle, Thomas: Coleridge and, 卡莱尔, 托马斯: 与柯勒律治, 127; Johnson and, 与约

翰生, 73, 88–89, 154; languages and, 与语言, 123, 149, 150; life of, 生平, 148–151, 156–157; philosophy of, 哲学, 152–156; Shakespeare and, 与莎士比亚, 230; works of, 作品, 149, 150–153, 156, 157

Cervantes, Miguel de, 塞万提斯, 米格尔·德, 95, 149, 160, 168

Cesarotti, Melchiore, 切萨罗蒂, 梅尔基奥尔, 105

Chanson de Roland, 《罗兰之歌》, 35, 39, 40, 68

Chaucer, Geoffrey, 乔叟, 杰弗里, 70, 71, 133, 137, 216, 229–231, 233

Chesterton, 吉·基·切斯特顿, G. K., 51, 108, 116, 158, 163, 176, 177, 178, 181, 193, 218, 243, 246, 249, 258

"Childe Roland to the Dark Tower Came", 《查尔德·罗兰来到了暗塔》, 170, 177

"Christabel", 《克丽斯德蓓》, 120, 129–130

Churchill, Winston, 丘吉尔, 温斯顿, 67

City of God, The, 《上帝之城》, 189

Coleridge, Samuel Taylor: character of, 柯勒律治, 塞缪尔·泰勒: 性格, 121–122, 128; conversations of, 谈话, 118, 120, 122, 127, 128; Dante and, 与但丁, 129; dreams and, 与梦境, 122–123; languages and, 与语言, 123; life of, 生平, 118–121, 127–128, 133–134; Shakespeare and, 与莎士比亚, 119, 123, 124, 125–126, 233–234; Wordsworth and, 与华兹华斯, 109–110, 115–116; works of, 作品, 110, 120, 121, 128–136

Collins, William Wilkie, 柯林斯, 威廉·威尔基, 162, 175

"Composed upon Westminster Bridge", 《威斯特敏斯特桥上》, 112

Conan Doyle, Arthur, 柯南·道尔, 亚瑟, 98

Conversations of Goethe, 《歌德谈话录》, 95

"Coxon Fund, The", 《柯克森基金会》, 118

Crime and Punishment, 《罪与罚》, 178

Cromwell, Oliver, 克伦威尔, 奥利弗, 65, 151

Cynewulf, 琴涅武甫, 43

D

Damien, Father, 达米安, 神父, 241

Dante, 但丁, 50, 54, 59, 129, 131, 137, 156, 179–181, 185, 213, 233

Darío, Rubén, 达里奥, 鲁文, 137

David Copperfield, 《大卫·科波菲尔》, 159, 163

Decline of the West, The, 《西方的衰落》, 101

Defence of Guenevere, The, 《桂妮薇儿的辩诉》, 213, 218–226

"Dejection: An Ode", 《忧郁颂》, 128

"Deor's Lament",《提奥的哀歌》, 52-53, 166
De Quincey, Thomas, 德·昆西, 托马斯, 110, 114, 119, 120, 121, 128, 133, 146
Dickens, Charles, 狄更斯, 查尔斯, 159-163, 164, 190
Dictionary of the English Language,《英语词典》, 73-75, 77
Divine Comedy, The,《神曲》, 50, 61, 129, 131, 156, 180-181, 233
Dobrizhoffer, Martino, 多布雷兹霍夫, 马丁, 119
Doll's House, A,《玩偶之家》, 159
Don Quixote,《堂吉诃德》, 15, 95-96, 113, 114, 149
Doré, Gustave, 多雷, 古斯塔夫, 131
Dostoyevsky, Fyodor, 陀思妥耶夫斯基, 费奥多尔, 162, 178
Double, theme of, 分身, 主题, 185
Double Life, The,《双重生活》, 241, 246
"Dream of the Rood, The",《十字架之梦》, 44, 46, 53-55

E

Earthly Paradise, The,《世俗的天堂》, 218, 226, 229-233, 234
Ebb-Tide, The,《潮汐》, 250
Eckermann, Johann Peter, 埃克曼, 约翰·彼得, 95
"Eden Bower",《伊甸园的闺房》, 202-205
Egil Skallagrímsson, 斯卡德拉格里姆松, 埃吉尔, 32
Eiríkr Magnússon, 埃里克·马格努森, 216, 234
Elegies, Anglo-Saxon, 哀歌, 盎格鲁—撒克逊, 45-46, 48-53, 55
Eliot, T. S., 艾略特, 托·斯, 53, 58, 162
Emerson, Ralph Waldo, 爱默生, 拉尔夫·沃尔多, 109, 127
English language, history of, 英语, 历史, 62-64, 70, 71
Euclid, 欧几里得, 114
Evil, explanation of, 罪恶, 解释, 139-141

F

Fabian Society, 费边协会, 215
Fall of Robespierre, The,《罗伯斯庇尔的垮台》, 120
Farley, James Lewis, 法利, 詹姆斯·刘易斯, 66
"Fears and Scruples",《恐惧与顾忌》, 166-167, 176
Fernández, Macedonio, 费尔南德斯, 马塞多尼奥, 121-122
Fingal,《芬格尔》, 104-105, 107
Finnsburh Fragment,《芬斯堡之战》片段, 8, 21, 22-23, 24-27, 39

Flaubert, Gustave, 福楼拜, 古斯塔夫, 129
Four Quartets,《四个四重奏》, 58
Fragments of Ancient Poetry Collected in the Highlands of Scotland,《苏格兰高地收集的古代诗歌残篇》103-104
France, Anatole, 法朗士, 阿纳托尔, 169
"France: An Ode",《法兰西颂》, 128
Francia, José Gaspar Rodríguez de, 弗朗西亚, 何塞·加斯帕尔·罗德里格斯·德, 151, 155
Frederick the Great (king of Prussia), 腓特烈大帝（普鲁士国王）, 142, 155
French Revolution, The, 法国大革命, 151, 153
Funeral rites, ancient, 葬礼仪式, 古代, 10-11, 20

G

Galland, Antoine, 加朗, 安托万, 82
Garrick, David, 加里克, 大卫, 91
George, Stefan, 格奥尔格, 斯特凡, 51
Germ, The,《细菌》, 182, 186
Gibbon, Edward, 吉本, 爱德华, 99
Goethe, Johann Wolfgang von, 歌德, 约翰·沃尔夫冈·冯, 95, 101, 105, 150-151, 154, 175
Gordon, Robert K., 戈登, 罗伯特, K., 41, 61
"Grave, The",《坟墓》, 61-62
Gray, Thomas, 格雷, 托马斯, 101, 106
Groussac, Paul, 格鲁萨克, 保罗, 73, 126, 161
Gwynn, Stephen, 格温, 斯蒂芬, 243

H

Hafiz, 哈菲兹, 43
Hamlet,《哈姆雷特》, 179, 230
Harald III (king of Norway), 哈拉尔德三世（挪威国王）, 65-67, 267
Harold Godwinson (king of England), 戈德温的儿子, 哈罗德（英格兰国王）, 65-69, 183, 267
Harris, Frank, 哈里斯, 弗兰克, 125
Hastings, Battle of, 黑斯廷斯, 战役, 64, 67-70, 266, 267
Heine, Heinrich, 海涅, 海因里希, 68-69, 101
Henley, W. E., 亨利, 威·欧, 240-241, 246

Herder, Johann Gottfried von, 赫尔德, 约翰·戈特弗里德·冯, 101, 107
Hernani, 《欧那尼》101
Historia Ecclesiastica Gentis Anglorum, 《英吉利教会史》, 41
History, cyclic repetition of, 历史, 循环往复, 189-190
History of Friedrich II of Prussia, 《普鲁士腓特烈二世史》, 152, 156
History of the Kings of Norway, 《挪威王列传》, 56
Hoffman, E. T. A., 霍夫曼, E. T. A., 151
Hölderlin, Friedrich, 荷尔德林, 弗雷德里希, 101
Homer, 荷马, 91, 103, 105, 169, 171, 178-179
House of Life, The, 《生命之殿》, 185
"How It Strikes a Contemporary", 《这如何打动了一个同时代人》, 167-168
Hugo, Victor, 雨果, 维克多, 100, 101, 125-126, 138, 140, 148, 168, 218
Hume, David, 休谟, 大卫, 189
Hunt, William Holman, 亨特, 威廉·霍尔曼, 182
Huxley, Aldous, 赫胥黎, 奥尔德斯, 142

I

Ibsen, Henrik, 易卜生, 亨里克, 159
Icelandic sagas, 冰岛萨迦, 217, 232, 234-235
"Idiot Boy, The", 《白痴男孩》, 115
"I Have Been Here Before", 《我曾来过这里》, 186, 190
Iliad, the, 《伊利亚特》, 10, 17, 26, 85, 104, 179
In Cold Blood, 《冷血》, 124-125
"Intimations of Immortality", 《不朽的暗示》, 112, 114, 128

J

James, Henry, 詹姆斯, 亨利, 118, 130
John Ball's Dream, 《约翰·鲍尔之梦》, 217-218
Johnson, Samuel: appearance of, 约翰生, 塞缪尔: 出现, 72, 256; Boswell and, 与鲍斯威尔, 90-91, 93-98, 106; Carlyle and, 与卡莱尔, 73, 88-89, 154; character of, 性格, 86-87, 88-89; concept of literature held by, 持有的文学观念, 77-78; conversations of, 谈话, 95, 98, 106, 122; life of, 生活, 72-76, 88-90; Macpherson and, 与麦克弗森, 106; works of, 作品, 72-73, 75-86, 94
Jordanes, 约达内斯, 20
"Judith", 《犹滴传》, 55
Juvenal, 尤维纳利斯, 73

K

Kafka, Franz, 卡夫卡, 弗朗茨, 176
Kant, Immanuel, 康德, 伊曼努尔, 121, 123–124, 152
"Karshish", 《卡西什》, 168–169
Keats, John, 济慈, 约翰, 100
Kennings, 隐喻语, 5–6
Kierkegaard, Søren, 克尔恺郭尔, 索伦, 85–86
King Lear, 《李尔王》, 125
Kipling, Lockwood, 吉卜林, 洛克伍德, 214–215
Kipling, Rudyard, 吉卜林, 鲁德亚德, 18, 50, 90, 111, 243
Krutch, Joseph Wood, 克鲁奇, 约瑟夫·伍德, 98
"Kubla Khan", 《忽必烈汗》, 120, 133–136

L

Lamb, Charles, 查尔斯, 兰姆, 119, 127–128
Lang, Andrew, 朗, 安德鲁, 162, 207, 213, 217, 218
Langland, William, 兰格伦, 威廉, 50, 70
Leaves of Grass, 《草叶集》, 107, 111, 138, 158
Leibniz, Gottfried Wilhelm, 莱布尼兹, 戈特弗里德·威廉, 84–85, 140
Letters and Speeches of Oliver Cromwell, The, 《奥利弗·克伦威尔书信演讲集》, 151
Life and Death of Jason, The, 《伊阿宋的生与死》, 233–234
Life of Samuel Johnson, The, 《约翰生传》, 95, 96
Lobo, Jerónimo, 洛博, 赫罗尼莫, 72, 77
"London", 《伦敦》, 73, 75
Longfellow, Henry Wadsworth, 朗费罗, 亨利·华兹华斯, 61, 62
Long Ships, The, 《长船》, 40–41
"Love Among the Ruins", 《废墟中的爱情》, 173
Lowes, John Livingston, 洛斯, 约翰·利文斯顿, 133
Lugones, Leopoldo, 卢贡内斯, 莱奥波尔多, 43, 63, 93, 239
Lyrical Ballads, 《抒情歌谣集》, 110, 133

M

Macaulay, Thomas, 麦考莱, 托马斯, 87, 91–92, 150, 242
Macbeth, 《麦克白》, 178, 230
Macpherson, James, 麦克弗森, 詹姆斯, 101–107
Mallarmé, Stéphane, 马拉美, 斯特凡, 134

Man and Superman,《人与超人》, 146
"Manitoba Childe Roland",《曼尼托巴·查尔德·罗兰》, 170
Man Who Was Thursday, The,《代号星期四》, 246
"Markheim",《马克海姆》, 246-248
Marriage of Heaven and Hell, The,《天堂与地狱的婚姻》, 145-146
Martin Chuzzlewit,《马丁·瞿述伟》, 162, 163
Maugham, Somerset, 毛姆, 萨默塞特, 64
"Memorabilia",《纪念品》, 171-172
Meredith, George, 梅瑞狄斯, 乔治, 166
Mill, John Stuart, 穆勒, 约翰·斯图亚特, 151
Milton, John, 弥尔顿, 约翰, 59, 71, 90, 94, 109, 137, 138, 236, 242
Miralla, José Antonio, 米拉拉, 何塞·安东尼奥, 101
"Mr. Sludge, the Medium",《灵媒斯拉奇先生》, 170-171
Moonstone, The,《月亮宝石》, 162
Moore, George, 摩尔, 乔治, 123
Morris, William: appearance of, 莫里斯, 威廉: 出现, 215-216; Chaucer and, 与乔叟, 216, 229-231, 233; life of, 生平, 212-213, 214-217; Pre-Raphaelite Brotherhood and, 拉斐尔前派, 182; Rossetti and, 与罗塞蒂, 212, 217; Shaw and, 与萧伯纳, 216; socialism and, 与社会主义, 215, 217-218; translations by, 译著, 234-235; works of, 作品, 213, 217-234, 236-238
Morte d'Arthur, Le,《亚瑟王之死》, 182
"My Last Duchess",《我的前公爵夫人》, 167
Mystery of Edwin Drood, The,《埃德温·德鲁德之谜》, 162-163

N

Napoleon Bonaparte, 拿破仑·波拿巴, 105-106, 115, 155
Nelson, Horatio, 纳尔逊, 霍雷肖, 133
Nervo, Amado, 内尔沃, 阿马多, 124
New Arabian Nights,《新天方夜谭》, 240, 244-246
News from Nowhere,《乌有乡消息》, 218
Nietzsche, Friedrich, 尼采, 弗雷德里希, 63, 95, 145, 156, 189
Nordau, Max, 诺尔道, 马克斯, 193, 198
"Nuptial Sleep",《新婚之睡》, 187-188

O

Odyssey, the,《奥德赛》, 10, 11, 59, 104, 234

Oliver Twist,《雾都孤儿》, 162
Orlando,《奥兰多》, 231
Osbourne, Fanny, 奥斯本, 范妮, 240
Ossian, invention of, 莪相, 杜撰, 104-105
Othón, Manuel José, 奥顿, 曼努埃尔·何塞, 172
Ovid, 奥维德, 229

P

Palgrave, Francis, 帕尔格雷夫, 弗朗西斯, 23
Paoli, Pasquale di, 保利, 帕斯夸莱·迪, 90, 94
Paradise Lost,《失乐园》, 59, 71, 138, 236
Percy, Thomas, 珀西, 托马斯, 107
Perfumed Garden, The,《香园》, 158
Pickwick Papers, The,《匹克威克外传》, 160, 163
Pipa de Kif, La,《一袋大烟》, 166
Plato, 柏拉图, 92, 142, 189
Pliny the Elder, 老普林尼, 59-60
Poe, Edgar Allan, 坡, 埃德加·爱伦, 43
Pope, Alexander, 蒲柏, 亚历山大, 73, 94, 104, 137, 234
Portrait of Dorian Gray, The,《道连·格雷的画像》, 248, 250
Pound, Ezra, 庞德, 埃兹拉, 46, 51, 116
Prelude, The,《序曲》, 112-113
Pre-Raphaelite Brotherhood, the, 拉斐尔前派, 182-183, 184, 212
Priestley, John Boynton, 普里斯特利, 约翰·博因顿, 188-189, 190
Purchas, Samuel, 珀切斯, 塞缪尔, 133
Pythagoras, 毕达哥拉斯, 189, 190

Q

Quevedo, Francisco de, 克维多, 弗朗西斯科·德, 148

R

"Rabbi Ben Ezra",《拉比伊本·以斯拉》, 176-177
Raphael, 拉斐尔, 182
Rashomon,《罗生门》, 173-174
Rasselas, Prince of Abyssinia,《王子出游记》, 76, 77-86
Read, Herbert, 里德, 赫伯特, 28

Reading, as form of happiness, 阅读，一种快乐, 253
Reliques of Ancient Poetry, 《英诗辑古》, 106
"Requiem",《安魂曲》, 250-251
Reyes, Alfonso, 雷耶斯，阿方索, 62, 81, 172
Reynolds, Joshua, 雷诺兹，乔舒亚, 95, 143
Richter, Johann Paul, 里希特，约翰·保罗, 150
Riddles, 谜语, 60
Rilke, Rainer Maria, 里尔克，莱纳·马利亚, 114
"Rime of the Ancient Mariner, The",《古舟子咏》, 120, 121, 130-133, 135, 186
Ring and the Book, The,《指环与书》, 165, 173-176, 178, 179
Romantic movement, 浪漫主义运动, 100-101, 106-107, 137, 142
Ronsard, Pierre de, 龙萨，皮埃尔·德, 43
Rossetti, Dante Gabriel: Browning and, 罗塞蒂，但丁·加布里埃尔：与勃朗宁, 180, 183; drawings and paintings of, 素描与油画, 181-182, 184-185, 186; evaluation of, 评价, 181-182, 193; life of, 生平, 180-181, 184-187, 212; Morris and, 与莫里斯, 212, 217
Rousseau, Jean Jacques, 卢梭，让·雅克, 90, 94
"Ruin, The",《废墟》, 46, 51-52, 173
runic letters, 如尼字母, 43-45
Ruskin, John, 罗斯金，约翰, 184

S

Saga of the Volsung,《伏尔松萨迦》, 236
"Sailing of the Sword, The",《剑的航行》, 226-228
Sandburg, Carl August, 桑德堡，卡尔·奥古斯特, 111, 170
Sartor Resartus,《旧衣新裁》, 88, 149, 151, 152-153, 156, 157
Saurat, Denis, 索拉，德尼, 138
Schelling, Friedrich W. J. von, 谢林，弗里德里希·W. J. 冯, 121, 152
Schiller, Friedrich von, 席勒，弗里德里希·冯, 121, 150
"Schlachtfeld bei Hastings",《黑斯廷斯战场》, 68-69
Schopenhauer, Arthur, 叔本华，阿图尔, 97
Scotus Eriugena, Johannes, 司各特·爱留根纳，约翰内斯, 104, 124, 180,
"Seafarer, The",《航海者》, 45-46, 49-50, 55
Shakespeare, William: Browning and, 莎士比亚，威廉：与勃朗宁, 168, 173, 179; Carlyle and, 与卡莱尔, 230; Coleridge and, 与柯勒律治, 119, 123, 124, 125-126, 233-234; cult of, 崇拜, 123, 125-126, 154; English history and, 与英国史, 230; Johnson and,

与约翰生, 75-76, 77, 88, 98; Rossetti and, 与罗塞蒂, 183; Shaw and, 与萧伯纳, 92; Woolf and, 与伍尔夫, 231

Shaw, George Bernard, 萧伯纳, 乔治, 91, 92-93, 124, 125, 146, 215, 216

Shelley, Percy B., 雪莱, 珀西·B., 171-172

Sidney, Philip, 西德尼, 菲利普, 74

Sigurd the Volsung,《伏尔松的西古尔德的故事》, 217, 218, 226, 236-238

Snorri Sturluson, 斯图鲁松, 斯诺里, 56, 66, 152

Song of the Nibelungs,《尼伯龙根之歌》, 236

Songs of Experience,《经验之歌》, 139

Songs of Innocence,《天真之歌》, 139

Sonnets from Portuguese,《葡萄牙人十四行诗》, 165

Sorrows of Young Werther, The,《少年维特之烦恼》, 105

Southey, Robert, 骚塞, 罗伯特, 119, 120, 133

Spengler, Oswald, 斯宾格勒, 奥斯瓦尔德, 101

Spinoza, Baruch, 斯宾诺莎, 巴鲁赫, 97, 124, 125

Stamford Bridge, Battle of, 斯坦福桥战役, 65-67, 266

Stephen, Leslie, 斯蒂芬, 莱斯利, 177

Stevenson, Robert Louis: appearance of, 斯蒂文森, 罗伯特·路易斯: 出现, 243; life of, 生平, 238-243; works of, 作品, 185, 238-240, 243-251

Strange Case of Dr. Jekyll and Mr. Hyde, The,《化身博士》, 239, 241, 248-250

Swedenborg, Emmanuel, 斯维登堡, 伊曼纽尔, 137, 138, 141, 143-144, 171

Swift, Jonathan, 斯威夫特, 乔纳森, 140

Swinburne, Algernon Charles, 斯温伯恩, 阿尔加侬·查尔斯, 50, 86, 148, 182, 184, 212

T

Table Talk,《桌边闲谈》, 122

Tacitus, 塔西佗, 2, 78, 105

Taillefer, 泰勒弗, 68

"Tale of Paraguay, A",《巴拉圭故事》, 119

Tale of Two Cities, A,《双城记》, 159

Tennyson, Alfred, 丁尼生, 阿尔弗雷德, 30, 33, 60, 128, 166, 214

Thackeray, William Makepeace, 萨克雷, 威廉·梅克比斯, 160-161, 182

Thousand and One Nights, A, (Arabian Nights),《一千零一夜》(《天方夜谭》), 82, 160, 229-230, 232, 237, 240, 244

Thus Spake Zarathustra,《查拉图斯特拉如是说》, 63

"Ticonderoga",《泰孔德罗加》, 185

"Time, Real and Imaginary",《真实与虚构的时间》, 128
"To a Highland Girl",《致高地姑娘》, 114-115
Tostig Godwinson, 托斯蒂格·戈德温之子, 65-67, 267
Toynbee, Arnold, 汤因比, 阿诺德, 99
Treasure Island,《金银岛》, 239, 240
"Troy Town",《特洛伊城》, 186, 205-211
"Tune of Seven Towers, The",《七塔之音》, 224-226
"Tyger, The",《老虎》, 139

U

Unamuno, Miguel de, 乌纳穆诺, 米盖尔·德, 95, 108, 116, 153, 161, 201

V

Valéry, Paul, 瓦莱里, 保罗, 94
Valle Inclán, Ramón María del, 巴列-因克兰, 拉蒙·马利亚·德尔, 166
Vallon, Annette, 瓦伦, 安妮特, 108, 109
"Vanity of Human Wishes, The",《人愿皆空》, 73
Vikings, 维京人, 27-30, 35-41, 55, 63
Vita Nuova, La,《新生》, 185
Voices of the People,《民歌》, 107
Voltaire, 伏尔泰, 76, 84, 86, 90, 94, 140
Voyage to Abyssinia, A,《阿比西尼亚游记》, 72, 77

W

Wagner, Richard, 瓦格纳, 理查德, 26, 133, 217
"Wanderer, The",《流浪者之歌》, 51
Ward, Maisie, 沃德, 梅西, 177
Watchman, The,《守望者》, 120
Webster, Noah, 韦伯斯特, 诺亚, 75
Welsh, Jane, 韦尔什, 简, 149, 156
"Whale, The",《鲸鱼》, 58-59
Whitehead, Alfred North, 怀特海, 阿尔弗雷德·诺思, 135
Whitman, Walt, 惠特曼, 沃尔特, 43, 45, 107, 111, 138, 148, 158
Wilde, Eduardo, 怀尔德, 爱德华多, 61
Wilde, Oscar, 王尔德, 奥斯卡, 166, 250
William the Conqueror, 征服者威廉, 64, 68, 69, 155

Woman in White, The,《白衣女人》, 162
Woolf, Virginia, 伍尔夫, 弗吉尼亚, 124, 177, 231
Wordsworth, William: Coleridge and, 华兹华斯, 威廉：与柯勒律治, 109–110, 115–116; legacy of, 遗产, 101, 116, 118; life of, 生平, 108–109, 119; theory of poetry held by, 诗歌理论, 110–112, 115–116, 182; works of, 作品, 104, 110, 112–115, 143
Wrecker, The,《沉船》, 239, 240, 246

Z

Zola, Emile, 左拉, 埃米尔, 100

JORGE LUIS BORGES
MARTIN ARIAS
MARTIN HADIS
Borges Profesor

Copyright © 2000, María Kodama
Copyright © 2000, Martín Arias y Martín Hadis, de la investigación, anotaciones, traducciones y restauración del texto
Copyright © 2000, Grupo Editorial Planeta SAIC (antes Emecé Editores S.A.)
All rights reserved

图字：09-2020-776号

图书在版编目(CIP)数据

博尔赫斯教授 /(阿根廷)豪尔赫·路易斯·博尔赫斯著；(阿根廷)马蒂恩·阿里亚斯,(阿根廷)马蒂恩·哈迪斯编；冯洁音译. —上海：上海译文出版社，2023.5(2024.6重印)
（博尔赫斯全集）
ISBN 978-7-5327-9180-4

Ⅰ.①博… Ⅱ.①豪… ②马… ③马… ④冯… Ⅲ.①英国文学-文学研究 Ⅳ.①I561.06

中国国家版本馆CIP数据核字(2023)第071595号

博尔赫斯教授	[阿根廷] 豪尔赫·路易斯·博尔赫斯 著	责任编辑 缪伶超
Borges Profesor	[阿根廷] 马蒂恩·阿里亚斯、马蒂恩·哈迪斯 编 冯洁音 译	装帧设计 陆智昌

上海译文出版社有限公司出版、发行
网址：www.yiwen.com.cn
201101 上海市闵行区号景路159弄B座
杭州宏雅印刷有限公司印刷

开本850×1168 1/32 印张14 插页6 字数244,000
2023年7月第1版 2024年6月第2次印刷

ISBN 978-7-5327-9180-4/I·5710
定价：85.00元

本书中文简体字专有出版权归本社独家所有，非经本社同意不得转载、摘编或复制
如有质量问题，请与承印厂质量科联系. T:0571-88855633